AFRIKA WUNDERHORN

Reihe für zeitgenössische afrikanische Literatur
Herausgegeben von Indra Wussow

MARK BEHR

WASSERKÖNIGE

ROMAN

AUS DEM ENGLISCHEN UND MIT EINEM GLOSSAR
VON MICHAEL KLEEBERG

AFRIKAWUNDERHORN

Für meinen Vater und meine Mutter,
die zwei von uns aufgezogen haben

Titel der Originalausgabe:
Kings of the Water, Abacus / Little, Brown Book Group London

Rohrbacherstraße 18
D-69115 Heidelberg
www.wunderhorn.de

Gesamtgestaltung: ⓢ sans serif, Berlin
Druck: NINO DRUCK Neustadt/Weinstraße
Der Umschlag verwendet eine Collage aus zwei Fotos
(© JBM / Nicole Strasser @buchcover.com)
Foto Seite 2: © African Success
ISBN 978-3-88423-370-2

Und die Liebe wird keine andere Wahl haben als gegen Raum und Zeit in die Schlacht zu ziehen – und mehr noch: sie zu gewinnen.
James Baldwin, *Nothing personal*

Als du aus der fernsten Zukunft meinem lange begrabenen Skelett den großen Spiegel entgegen hieltest, da erkannte ich meinen von der Zeit veränderten Körper, so wie man sich an einen Duft erinnert.
Dambudzo Marechera, *The Waterman Cometh*

Hoch droben treiben die Wolken vorüber wie eine Armada, deren Segel sich im Blau blähen, ihre Schatten hasten unter der Mittagssonne über das Veld. Drüben, wo der Ort in seiner Senke liegt, diesseits des Flusses, ballt sich weißes Getürm. Den Weg auf dem Pferderücken erinnert er wie seine eigenen Handlinien, wie eine Geschichte, die man kennt, ohne sich alles vorstellen zu können, das man beim Lesen noch in ihr finden mag. Bestimmt ein vorzeitiger Frühlingsregen. Sobald er das eingestürzte Dach von Ounoois altem Farmverkaufsstand erblickt, schaltet er runter und tastet auf der falschen Seite des Lenkrads nach dem Blinker. Gerade, als er auf die Schotterpiste biegt, erklingt im Autoradio Leonard Cohens Stimme: *Ring the bells that still can ring, forget your perfect offering, there is a crack in everything, that's how the light gets in.*

Er steigt aus, läßt den Motor im Leerlauf. Das Tor ist nicht verriegelt, ganz so, wie Benjamin es angekündigt hat. Der Duft von frischem Regen auf dem Gras und der Erde steigt ihm zu Kopf. Es ist, als sei er nie fort gewesen. Himmel und Wolken spiegeln sich auf der Pfütze unter dem Weiderost wider, während er das Tor darüberschiebt. In den Sand- und Kiesboden haben sich Reifenspuren gedrückt, der Wegrand ist, abgesehen von Schuh- und Fußabdrücken, ganz unberührt. Er kann lilane und pinke Schmuckkörbchen sehen, die vor der Zeit am Zaun durchs frische Grün gebrochen sind. *Paradys – Dawid & Beth Steyn*. Der Rost hat einen Teil der weißen Buchstaben weggefressen. Ein Fremder könnte eine Weile brauchen, sich das P und das S des Namens der Farm zu erschließen. Aber er ist kein Fremder.

Das Flugzeug kam reichlich vor der geplanten Uhrzeit an, und er hatte sich eine Spritztour entlang der Nebenstraßen vorgenommen, das einzige, was er sich gönnt, bevor er morgen abend wieder fort muß: ein paar Stunden durch die Gegend fahren und dabei ein bißchen von der Schönheit mitnehmen, die ihm die Tränen in die Augen treiben könnte. Nachdem er den Papierkram bei Avis erledigt und Dollar in Rands umgetauscht hatte, schaffte er es, aus dem Baustellengewirr des internationalen Flughafens von Johannesburg rauszufinden. Der nicht mehr Jan Smuts hieß, wie zu der Zeit, als er fortgegangen war. Nachdem er aus dem zähen morgendlichen Verkehr draußen war, sandte er eine SMS an Kamil: *Früh angekommen. Jetzt im Auto. Schlaf schön. Alles Liebe, M.*

Dann rief er seinen Bruder auf der Farm an. »Welkom tuis, Michiel«, sagte Benjamin, willkommen daheim – und fragte nach dem Flug und ob er geschlafen habe. Ein paar Stunden von Atlanta entfernt, hatte er versucht, einen Film anzusehen. Aber unfähig, die Gewalt der Erinnerungen zu verdrängen, hatte er dann eine Schlaftablette genommen. Er schlief mindestens acht Stunden lang, während er den Atlantik überquerte, und wachte dann aus einem Traum auf – einem Wachtraum, aus dem auftauchend er um ein Haar zur Seite gegriffen hätte, um nach Kamil zu tasten – über Ounooi beim Bodysurfen und alle möglichen Gesichter und Stimmen, die er nicht deutlich von dem unterscheiden konnte, was vor dem Zeitpunkt gewesen war, an dem er glaubte, eingeschlafen zu sein. Er blickte auf die ausgetrocknete Landschaft hinunter, die sich immer deutlicher abzeichnete, als würde sie ihm entgegenwachsen. Angola. Er war sich sicher, den grünen Kunene zu erkennen, als sie die Grenze zu Namibia überflogen. Er beugte sich tief ans Fenster hinab, blickte Richtung Osten in die Sonne, um den Trans-Caprivi Highway sowie die Flüsse Kwando und Sambesi ausmachen zu können.

»Ohne Ihre Frau hier?« Das kam von der Frau neben ihm, deren Blick auf seinen Ringfinger gerichtet war, während er seine Paßnummer in den Einreisebogen schrieb.

»Ich bin allein unterwegs.« Es wäre für mich gegen das Gesetz, zu heiraten, hätte Kamil gesagt, sein bittersüßes Lächeln aufgesetzt und die momentane Bestürzung genossen, das peinlich berührte Schweigen und die rasch gemurmelten Entschuldigungen.

Ocker und Braun in zehntausend Meter Tiefe, der Raum, das Land riesiger als je in der Erinnerung, hier und da von einer schnurgeraden Straße durchschnitten. Dann erschien in seinem dösigen Kopf ein Konvoi von *Buffel-Armeefahrzeugen* auf einer Piste aus feinem, weißen Staub, ein prähistorischer Tausendfüßler, jedes einzelne der

Militärfahrzeuge ein kleiner rechteckiger Wirbelknochen. Von Zeit zu Zeit machte er eine Siedlung aus oder einen Kraal und ausgetrocknete Flußbetten ... *hier ist meine Hand, nimm sie, springen wir in den Abgrund, was immer auch geschieht; selbst wenn wir in den Tod springen, wollen wir es wenigstens Hand in Hand tun* ... Es war Ounooi gewesen oder Karien, der diese Worte in einem Roman von Brink unterstrichen hatte, der zusammen mit den anderen Bs in den obersten Regalen hinter Ounoois Schreibtisch stand. Ob das Buch wohl seinerzeit verboten gewesen war?

»Wir nehmen unsere Anti-Malaria-Tabletten schon einen ganzen Monat ein.« Die Sitznachbarin wollte eine Unterhaltung beginnen.

»Dann sollten Sie ja keine Probleme bekommen.« Er lächelte, um sich dann wieder umzudrehen und weiter aus dem Fenster zu sehen.

Hatte er von dem Arzt geträumt? Oder von Leutnant Almeida in einer stillen, heißen Nacht mit den Lichtpünktchen und dem Duft von Zigaretten? Auf seinem Flug fort von hier, hatte er am hinteren Ende des Flugzeugs gesessen, in den Raucherreihen. Heute morgen hatte er zum ersten Mal seit Jahren Lust auf eine Zigarette gehabt. Über Botswana machte der Pilot auf die Makarikari Salzpfanne und den Limpopo aufmerksam, danach sah es nach dichterer Besiedelung aus, die Städte wurden größer, aus Kohlekraftwerken stieg Rauch auf, asphaltierte Straßen zogen ein Narbengeflecht über das Land. Ein Land, das hier absichtsvoller kartografiert und eingezäunt wirkte. Ähnlich wie wenn man von Mexiko nach Kalifornien kommt. Während er in der Schlange vor der Toilette wartete, stellte er seine Uhr neun Stunden vor. In dem dröhnenden Kabuff mußte er sich umständlich zusammenfalten, um das Gesicht zu waschen und den Kopf klar zu bekommen, dann putzte er die Zähne und pinkelte.

»Gib auf die Schlaglöcher acht, sobald du in den Free State kommst. Und halte dich auf der rechten Straßenseite«, hatte Benjamin am Telefon gesagt.

»Der linken.«

»Links ist hier rechts, Klugschnacker. Vergiß es nicht. Alida kann dann deine Klamotten für die Kirche bügeln, während du duschst und dir einen Imbiß zubereiten.«

»Ich hatte eigentlich vor, mich unterwegs ein bißchen umzusehen und dann in der Stadt ins Hotel zu gehen. Mittagessen kann ich im Wimpys.«

»Das Wimpy hat schon vor Jahren dichtgemacht, Michiel. Jetzt macht da ein McDonalds auf. Bist du sicher, daß du in der Stadt bleiben willst?«

»Ich denke, das wäre das Einfachste.«

Am anderen Ende der Leitung entstand eine lange Pause. »Dann mach das so. Wir treffen dich in der Kirche. Meine Frau und meine Kinder freuen sich darauf, dich kennenzulernen.«

Eine Weile danach klingelte das Telefon. Es war noch einmal Benjamin. »Wo du doch so früh dran bist, schlägt Oubaas vor, daß du ihn von Paradys abholst. Giselle und ich sehen zu, daß in der Kirche alles vorbereitet ist.«

»Hältst du das für eine gute Idee, Benjamin?«

»Der Vorschlag kommt von ihm, Michiel.« Eine Pause nach seinem Namen, lang genug, um das gutturale *ch* seines Bruders Afrikaans wirken zu lassen. »Er reicht dir die Hand. Zeit, daß du mit deinem Scheiß aufhörst. Er und Alida erwarten dich.«

»Alle beide? Oubaas und Alida?« Er versuchte, seine Stimme nicht zu skeptisch klingen zu lassen. Schließlich geht es um ein Begräbnis, rief er sich in Erinnerung. Also geh den Weg des geringsten Widerstands. Bring es hinter dich.

»Alida ist wie sein Schatten. Sie sorgt dafür, daß er fertig ist und angezogen. Nimm den Behindertenparkplatz vor der Kirche.« Michiel hörte das Piepen einer eintreffenden Textnachricht.

»Dann fahr ich bei der Farm vorbei, wenn du glaubst, das sei vernünftig.«

»Alida hat die Fernbedienung für das Tor zum Anwesen, und sie wird auch alles wieder abschließen, sobald du rausgefahren bist. Das Ganze muß schwer sein für dich, Michiel«, fügte Benjamin hinzu. »Aber für Oubaas noch viel schwerer als für jeden andern von uns.«

Jenseits des Viehgatters, zum Hügel hin, grasen Kühe. Er atmet wieder den Geruch ein. Hier also soll das Wiedersehen mit dem alten Mann stattfinden. Mit ihm, in seiner Levis und seinen in Kambodscha gefertigten Nike Airs auf dem verbotenen Grund, dessen Name *arady* zu sein scheint. Nicht unter dem Kirchturm mit der Glocke (die in B-Moll läutet, sagt Karien), nicht in den hohen weißen Räumen mit der Eichentäfelung und in schwarzen Kleidern. Also nicht ganz so, wie er es sich in den letzten Tagen ausgemalt hat. Jedenfalls nicht was seinen Vater betrifft. Mit Benjamin allerdings wird das Wiedersehen in der Kirche stattfinden. Und auch mit Karien, die, das weiß er, Ounoois Trauerfeier nicht verpassen wird. Kurzzeitig übermannt Trauer jede Entschlossenheit. *Ich bin mir allein über die Dinge klargeworden und habe entsprechend gehandelt. Und heute weiß ich, daß ich kein Bedürfnis habe, dich noch einmal zu sehen oder von dir zu hören.* In den frühen Jahren, - in England und Australien, als er noch hauptsächlich auf Afrikaans dachte, vor San Francisco und der Zeit, als Kamil ihn domestiziert hatte – hatte er sich ausgemalt, wie es wäre, irgend jemanden von hier zu treffen. Er hatte sich dann das Gesicht des anderen vorgestellt und seine eigene gespielte Gleichgültigkeit, wenn er ganz wegwerfend sagen würde: *Ach, das ist so lange her. Ich kann mich kaum noch an die Zeit erinnern.* Das einzige Mal, daß er tatsächlich jemandem begegnet war, den er kannte, – der Frau auf dem Bootssteg auf den Salomonen – hatte er es versucht, nur um feststellen zu müssen, daß das Täuschungsmanöver sofort durchschaut wurde. Meistens hatte er sich vorgestellt, er würde Karien wiedersehen. Wäre er ihr begegnet, er wäre vor ihr auf die Knie gefallen. Er sah De Niro in *The Mission* vor sich, wie er am Rande der Iguazu Wasserfälle zu den Guarani hinaufkletterte. Aber womit er sich gerüstet hätte, statt mit Harnisch und Waffen, das wußte er nicht.

Oubaas hat vorgeschlagen, daß du nach Paradys kommst. Ihn dann zur Kirche fährst. Schwierig, sich zu versöhnen mit all dem, was er weiß und woran er sich erinnert. Ob das Alter und die Schicksalsschläge den alten Dickschädel tatsächlich weichgeklopft haben? Nichts, was Ounooi während ihres Besuchs gesagt hatte, deutete irgendwie darauf hin. Sie spielte das Echo des Narziß, der ihr Mann war, und ihre Loyalität ließ es nur selten zu, einzugestehen, daß der Vater ihrer Söhne ein unmöglicher Mensch war. Und was war von Benjamins *Es ist Zeit, mit deinem Scheiß aufzuhören* zu halten? Die Beiläufigkeit des Satzes schien darauf hinzudeuten, daß die Schuld – die Quelle allen individuellen und gemeinsamen Grams während anderthalb Jahrzehnten Schweigens – irgendwie bei Michiel lag. Während Ounoois Besuch hatten Michiel und seine Mutter, abgesehen von dem Abend auf der Market Street, als sie auf die Tram warteten, einen Bogen um all die langvergangenen Dinge gemacht. Ohne daß sie es darauf angelegt hatten, begnügten sie sich mit dem bescheidenen, aber bemerkenswerten Erfolg, überhaupt wieder zusammen zu sein. Sie war nichts weiter als die pensionierte Englischlehrerin von der Oberschule, die auf seine Einladung hin ihren Sohn in den USA besucht. Und er (der Apfel, der nicht weit vom Stamm gefallen ist), einen Master in englischer Literatur aus Berkeley in der Tasche, der Direktor des International House, einer internationalen Firma, die Englisch als Fremdsprache lehrt. Er hatte seiner Mutter die Leute und die Orte vorgestellt, die sein Leben ausmachten. Ihr war es gelungen, unbeschwert zu sein oder zumindest so zu tun, obwohl die Kunst, sich über die alltägliche Tristesse zu erheben, die die menschliche Existenz ausmacht, eine Stärke von ihr gewesen ist, solange er zurückdenken kann. Er hat ein Bild von ihr im Kopf, von dem Morgen nach *Endstation Sehnsucht*. Ein untypisch milder Tag für einen Dezember in San Francisco. Er ist in der Küche und wäscht einen Salat, den sie fürs Mittagessen im Bioladen gekauft haben. Er fühlt sich beschissen wegen des Tons, in dem er gestern abend mit ihr geredet hat. Er blickt auf und sieht sie im Profil, draußen auf dem Balkon, in einem der Adirondack-Sessel. Was ist das, was sie da liest? Er versucht sich mit aller Kraft zu erinnern, verzehrt sich fast danach. Irgendein Taschenbuch, das sie am Vorabend bei Borders gekauft hat. Er versucht, sich den Buchumschlag ins Gedächtnis zu rufen. Margaret Atwood? Oder war es Roth – *Der menschliche Makel*? Oder der Michael Cunningham? Sie trägt eine dunkle Brille, und ihre bloßen Beine und Füße sind auf der Bank ausgestreckt, wo im Sommer neben Kamils Zementbuddha rote Geranien blühen. In der rechten Hand hält sie einen Bleistift, um damit Stellen anzustreichen. Kamil hat die Küche betreten, und sein Blick folgt dem Michiels.

»Du hast ihre Nase«, sagte Kamil.

»So sind auch die Sonntage auf der Farm abgelaufen. Mein Vater hat uns eingeschärft, still zu sein, wenn er und sie nach dem Mittagessen »ruhten«. Wir drei Jungs haben uns zugezwinkert. Wir würden eine böse Tracht Prügel abkriegen, wenn wir dieses Ritual störten. Nach einer Weile kam sie dann heraus, um im Wohnzimmer – wir nannten es den »Sitting Room« – im Schatten ihrer Buchregale zu lesen. Wann immer sie nicht für die Schule Arbeiten korrigieren oder die Buchhaltung der Farm machen mußte, las sie.« Sie sitzt auf dem Balkon, hinter ihr die Äste der Monterrey-Kiefer, ihr Haar in einem Knoten oben auf dem Kopf zusammengebunden wie so oft.

»Man sieht, daß sie eine ziemliche Nummer gewesen sein muß. Und jetzt, wo sie ein wenig verwelkt ist umso mehr«, sagte Kamil. Ounooi blickt auf und sieht über den Rand ihrer dunklen Brille herüber. Lächelnd fragt sie, worüber die beiden tuscheln.

»Ich habe Michael nur gerade gesagt, wie schön du bist, Beth.«

Sie wirft den Kopf zurück, und ihr Gelächter tönt bis hinunter in den Garten. »Wenn ich aufhören würde, die hier alle drei Wochen zu tönen«, und ihre Hand mit dem Bleistift streift ihr Haar nach hinten, »dann würde niemand auf solche Gedanken kommen.«

Er war sich immer sicher gewesen, daß sein Vater zuerst sterben würde. So viel älter als Ounooi und mit seinem überhöhten Cholesterinspiegel (den Michiel geerbt hatte), würde der alte Mann eines Tages einen Herzinfarkt erleiden oder vom Pferd fallen, oder irgendein unzufriedener Farmarbeiter würde ihm den Schädel einschlagen. Oder irgendwelche Plündererbanden. Wie auch immer er abginge, der Tod von Oubaas würde ein kleines Fenster von Möglichkeiten öffnen. Als Ounooi von der Parkinson-Krankheit erzählte, hatte Michiel seinen und Kamils Arzt nach der Prognose gefragt und sich auch in der Therapiesitzung bei Dr. Glassman danach erkundigt. Aber dann kommt immer alles anders: Um zwei Uhr morgens klingelt das Telefon, und man weiß Bescheid. Zwar nicht, wer es ist, aber man weiß Bescheid. Und dabei war sie so gesund! Michiel hatte sie zwei Tage lang durchs touristische New York geschleppt und war dann mit ihr zurück an die Westküste gereist, damit sie Kamil kennenlernte. (*Dieser Stadtteil ist doch hoffentlich nicht nach Fidel genannt, mein Kind?* Nach José Castro, Ounooi, dem Commandante General der Mexikaner, die hier vor anderthalb Jahrhunderten gegen die Siedler kämpften. Wir wohnen auf der Grenze zu Lower Haight. Ein altes Viertel, das bürgerlich geworden ist.) Und dann ihr tägliches Joggen längs des John F. Kennedy-Drives durch den Park – sie war auf Michiels Höhe geblieben und hatte ihn gedrängt, nicht absichtlich langsamer zu laufen. Und sie bestand darauf, daß sie bei gutem Wetter zu Fuß gingen, anstatt öffentliche Verkehrsmittel oder Taxis zu nehmen. Morgens, wenn er zur Arbeit gegangen war, frühstückte sie im Café Flore oder gegenüber im Bagdad. Sie half America beim Staubsaugen und Fensterputzen, sie trug den Müll, Plastiktüten, Papier, Glas und Pappe runter zum Container an der Straßenecke, sie ging auf eigene Faust einkaufen, sie fand in dem Tierladen auf der Divisadero Grillen als Futter für *La Creature Felice*, wie America Xanthippe getauft hatte. Sie gingen zusammen ins Theater, sie las jeden Morgen den *Chronicle*, sie genoß den Rotwein aus Napa. Ab dem Augenblick, als Kamil ihr davon zu trinken gegeben hatte, wollte sie nichts anderes mehr, als den *Amplexus*-Sekt von Toad Hollow. Sie war entzückt darüber, die Tarotkarte zu entdecken, die Kamil nach dem Zufallsprinzip unter jeden Teller legte, wenn Freunde zum Abendessen kamen. Ihre war *Die Kaiserin*. Nirgendwo eine vermummte Gestalt mit Hippe und Stundenglas. »Wie ein Oxymoron in Büchern«, sagte sie und klatschte in die Hände. »Beim Tarot mußt du die Bedeutung der Symbole herausfinden, in dem du ihre Verbindungen untereinander und zur Historie vergleichst.«

»Nimm die Karte mit nach Hause«, hatte Kamil gesagt.

Sie und Michiel unterhielten sich darüber, was aus diesem und jenem geworden war. Aus Benjamin und seiner Frau. Sie zeigte ihm Fotos der Enkel. Den neuen Hunden. Neuen Pferden. Sie ritt immer noch gerne. Sie erzählte von Arbeitern, die gekommen und gegangen waren. Denjenigen, die geblieben waren: Pietie, der mittlerweile die Farm de facto leitete und Alida, mit fünfundsiebzig noch immer unschlagbar, die über ihre eigenen schwelenden Vorurteile lächelte und sich jedesmal, wenn Ounooi fort war, um Oubaas kümmerte. *Für ihn ist es auch nicht einfach. Er ist ein stolzer Mann.* Und Klein-Alida, Michiel, du glaubst es nicht, sie leitet die gesamte Papierproduktion der Anglo-American Corporation, es heißt sogar, sie soll in den Vorstand, *meine kleine schwarze Prinzessin aus Paradys*! Nachdem die Großeltern durch waren, kamen Tanten, Onkel, Cousins an die Reihe. Dann die Stadt. Die Veränderungen. Das Township besitzt mittlerweile Elektrizität und fließend Wasser; das Erziehungssystem wird erneuert, da brummt es nur so vor Energien. Es ist das Neue Südafrika, *wo die Dinge sich zum Besseren verändern, wo alles wächst, soweit das Auge blickt. Das ganze Land sieht aus wie ein einziger gigantischer Bauplatz.* Gerade hatte sie *Der lange Weg zur Freiheit* gelesen und bewundert. Michiel und Kamil hatten ihr ihr gemeinsames Leben in behutsam dosierter Vollständigkeit gezeigt. (»Ist ja nicht nötig, mit der Tür ins Haus zu fallen«, hatte Kamil vor Michiels Abreise an die Ostküste gesagt und dabei die Arme über dem Kopf zu einem Rahmen geformt. »Ich bringe die Pflanze runter zu Paul und Paul. Und du solltest Hanna, Iris und Vanessa am besten nicht erwähnen, bevor du den Wasserstand nicht ein wenig sondiert hast.«) Sie teilten ihr ihre Pläne mit, ein Kind aus China oder Kambodscha zu adoptieren. Dirk und Karien – das erste Mal, daß ihr Name erwähnt wurde – sagte Ounoois, hätten zwei Kinder aus den Townships adoptiert; sie nahmen sie über Weihnachten mit in den Krüger Nationalpark, und dann noch weiter, damit das Ältere die Fundstätten bei Mapunggubwe sehen konnte. Es wurde nicht erwähnt, daß die Eltern der Kinder an Aids-Folgeinfektionen gestorben waren und daß auch die Kinder womöglich mit der Krankheit würden leben müssen.

»Hat sie keine anderen Kinder?« fragte Michiel in einer gut geheuchelten Mischung aus Gleichgültigkeit und höflichem Interesse.

»Nur die beiden adoptierten«, erwiderte sie ihm in einem Ton, der ihm klarmachte, daß sie zumindest einen Teil dessen wußte, was er bestätigt bekommen wollte. Aber mehr zu sagen brachte sie nicht übers Herz. Kein einziger Satz, in dem sein und Kariens Name gemeinsam vorkamen. Kein Wort zu diesem Thema. Wußte überhaupt jemand außer Ounooi etwas darüber? Oder wußte es *jeder*? Und Peets Name war nicht genannt worden, nicht von Ounooi, nicht einmal als Reaktion auf seinen Ausbruch. Es war ganz so, als habe es immer nur zwei Söhne gegeben.

Deine Mutter muß in der Gegenwart verwurzelt werden, sagte Kamil an jenem Abend im Bett.

Verdrängung, konterte Michiel, immer wieder, immer noch dasselbe.

»Vergebung«, sagte Kamil mit einem Satz aus der Frühzeit ihrer Beziehung, »heißt den Abstand zu akzeptieren, der zwischen unseren Wünschen liegt, wie die Dinge hätten laufen sollen und dem, wie sie tatsächlich gelaufen sind.«

»Und wie hart du mich für deine hast arbeiten lassen.«

»Ich bin nicht deine Mutter, Michiel. Eltern müssen sich nicht entsühnen. Zumindest kaum je ihren Kindern gegenüber. Es ist eine Blutsverwandtschaft, keine Wahlverwandschaft.«

»Du hast leicht reden, mit Malik und Rachel in deinen Adern.«

»Ich habe nichts davon mitgekriegt, daß Beth so merkwürdig wäre, wie du sie mir in all den Jahren ausgemalt hast. Dann redet sie eben nicht von all dem Scheißdreck der Vergangenheit. Malik und Rachel wenden sich nach ein paar Drinks gern nach rückwärts. Was nicht heißt, daß sie nicht permanent daran denken.«

Nachdem sie fort war, vermochten sich weder Michiel noch Kamil an irgendeine Bemerkung oder Frage zu erinnern, die sich auf Michiels verlorene Jahre bezogen hätte. Kein einziges Wort zu seinem Abschied von Farm und Land. Kein Kommentar, der über das *wie lang dein Haar da war* hinausgegangen wäre, als sie ein Foto von ihm und Kamil betrachtete, das aus der Zeit stammte, als er jeden ihrer Briefe ungeöffnet zum Absender hatte zurückgehen lassen: Er war fast ein Jahrzehnt jünger darauf, braungebrannt, in Badehose, beide umfaßten einander mit dem Arm und standen auf dem Boot, das sie auf den Salomonen zum Tauchen brachte. Michiels Haar hing in nassen Strähnen auf seine Schultern. Am Ende dieses Neubeginns, als er und Kamil sie zum Flughafen brachten – und er unter dem Gewicht, den dieser Abschied im Vergleich zu dem letzten hatte, fast zusammengebrochen wäre – hielten sie den Ton der vergangenen zwei Wochen aufrecht. Sie halfen ihr bei der Gepäckaufgabe. An der Schleuse hielten Mutter und Sohn sich einen Augenblick länger umarmt, als zu erwarten gewesen wäre, es war ein Augenblick, der all das Ungesagte mit einschloß.

»Ich habe dich immer geliebt, Kind meines Herzens, durch alles, was geschehen ist hindurch«, flüsterte sie auf Afrikaans. Durch alles, was geschehen ist: eine kurze Verbeugung vor dem Ungesagten, oder ein entschuldigendes Nicken angesichts der Wunde, die er an jenem regnerischen Abend gerissen hatte, als der junge Marineoffizier auftauchte, um neben ihnen auf den Trolleybus zu warten. In einer langsamen Bewegung löste sie sich von seiner Umarmung. Ihre Hände umfaßten seine Ellbogen, und mit einem Blick in seine Augen sagte sie: »Eine Mutter versteht. Und ich weiß, daß du es auch tust. Liebe kann tausendundeine Formen annehmen.«

Und er antwortete: »Und ich habe dich auch immer geliebt, Ounooi. Auf tausendundmehr Arten.«

Kamil warf ihr Küsse zu, während sie durch die Schleuse ging, und sie warf sie lächelnd zurück. Seither hatten sie alle vierzehn Tage Briefe bekommen, den letzten erst vor einer Woche. »Ein paar von den Farmen haben Internet und E-Mail, das breitet sich jetzt überall am Ort aus«, schrieb sie, »aber einen Brief zu schicken oder zu bekommen, auf dem eine Marke klebt, die die Zunge des Absenders befeuchtet hat, das klingt einfach mehr nach der Art, in der ich mit dir sprechen will. Womöglich werde ich aber trotzdem nächstens klein beigeben und elektronisch werden. Ich hasse es nämlich, als altmodisch zu gelten.« Er hatte einmal pro Monat zurückgeschrieben, seine Briefe waren ausschließlich an sie gerichtet.

Er hielt an einer neuen Mautstelle auf der N2 in der Nähe von Kroonstad an. Zahlte mit am Flughafen gezogenem Bargeld. Angesichts der Tatsache, daß er nun doch kein Geld fürs Hotel und für Mahlzeiten bräuchte, hatte er viel zu viele Dollars umgetauscht. Es sei denn, sie würden ihn noch vor Einbruch der Nacht wieder von der Farm jagen. Sein Blick fiel auf seine Brieftasche und seinen Paß, das Rückflugticket und Kamils Umschlag, die alle auf dem Beifahrersitz neben dem Handy lagen. Er dachte an die SMS: *Mitternacht. Ab ins Bett. Simse, wenn alles vorbei ist. Denke dauernd an dich. Love, K.* Als er wieder Geschwindigkeit aufgenommen hatte, nahm er den Umschlag zur Hand. (»Leg ihn auf ihren Sarg mit einem Gruß von mir.«) Die Karte mit der silbernen Dollarmünze hatte in dem Buch gesteckt, das er für den Flug mitgenommen, aber nicht gelesen hatte. Stattdessen hatte er sich für den geistlosen Film und danach für den Schlaf entschieden. Mit beiden Händen am Steuer las er: *Beth, und jetzt hast du braune Wurzelwolken über dem Kopf, eine wuchernde Lilie von Salz auf deinen Schläfen, einen Rosenkranz aus Sand, und Segel auf dem Kiel eines Bootes in lichtem Nebel, eine Meile weiter, dort wo der Fluß eine Biegung macht – sichtbar, unsichtbar – wie das Licht auf einer Welle, und du bist wahrhaft nicht anders, verlassen wie wir alle, Kamil.* Den Dichter erkennt er, den von Malik so geschätzten.

Während er – das Auto brummt noch immer im Leerlauf – vor dem Tor steht, nimmt er den Anblick des Fahrwegs zur Farm bis hinauf zur Kurve an der Flanke des Hügels in sich auf. Hier rannte Ounooi die meisten Morgen ihres Ehelebens, begleitet von den Hofhunden und eine Zeitlang auch von ihm. Der Schatten einer Wolke gleitet über den heruntergekommenen Stacheldrahtzaun, der die Farm von der ihres Nachbarn trennt, des verstorbenen Oom Oberholzer. Es muß Jahre her sein, daß diese Zäune erneuert wurden. Das war die Art von Arbeit, die die drei während der Weihnachtsferien tun mußten. Vom Morgen nach dem Gelöbnistag bis zum 18. Dezember: zwei Tage lang auf dem Pferderücken, Schlafen in Höhlen, jeder

Meter Zaun wurde mit der Zange festgezogen, dort wo die Pfähle umgefallen waren, wurden sie neu aufgestellt und durchgerosteter Draht mußte repariert werden. Er blickt in den Himmel. Ob das Begräbnis stattfindet, wenn es regnet, fragt er sich. Mittlerweile müßte die Luzerne knöchelhoch sein. Und obwohl auf den Feldern nahe des Tors keine Spur von der Arbeit einer Hacke zu sehen ist, kann er Oubaas' Stimme hören: »Die Setzlinge sehen gut aus dies Jahr.« Er setzt sich wieder ins Auto, schaltet Radio und Klimaanlage aus und öffnet alle vier Fenster. Er kann die Spitzen der Studentenblumen und des Rotgrases aus dem Weiderost ragen sehen, wie sie in der Brise schwanken. Als er drüber fährt, rüttelt das Auto. Er läßt den Motor laufen, während er aussteigt, um das Tor zu schließen. Und jetzt sieht er sie wieder, damals, als Jungs, vor den Ziehharmonika-Toren der abgelegenen Viehgehege. Hoch auf die Ladefläche des Pick-up und runter, und wer immer es war, der am Steuer saß, tat so, als würde er davonfahren. Peet, mit ausdrucksloser Miene hinter seinem Grinsen, spielt nach seinen eigenen Regeln, und geht in seinem Tempo hinterher, bis der Laster schließlich anhält. Benjamin lachend und fäusteschüttelnd und Drohungen ausstoßend, während er barfuß hinter dem Laster herrennt. Und seine, Michiels, schmollmundhafte Verstimmung, die ihn zum Lieblingsopfer jedes Fahrers werden ließ. *Wie früh sich die Muster doch ausbilden*, kann er Glassmans Stimme hören.

Die übriggebliebenen Halme irgendeiner anderen Ernte stehen hüfthoch, und auf ungepflügten Äckern hängt Laub schlaff über dem Unkraut. Liegt hier alles brach? Geht hier alles den Bach runter? Paradys ist nie eine wohlhabende Farm gewesen, jedenfalls nicht gemessen am Niveau einiger anderer im Distrikt, oder am Lebensstil der Ärzte, Zahnärzte und Anwälte in der Stadt. Auch nicht verglichen mit den Unternehmen, die sich dem steten Geschäftsfluß über die Grenze nach Lesotho verschrieben hatten oder Waren per Mietkauf an die Leute aus den Townships verkauften. Gewiß, den Steyns war es immer gutgegangen. *Keine Frage*, lernte Michiel außer Landes diesen Punkt rasch gerade rücken, *gemessen am Niveau so ungefähr jedes schwarzen Südafrikaners waren wir reich*. Die Sandstein-Architektur des Herrenhauses war von einem Entwurf von Sir Herbert Baker inspiriert, dem Architekten der Unions-Gebäude in Pretoria. Der Familien-Mythologie nach war die Farm nach dem

Völkermord an burischen Frauen und Kindern in den Konzentrationslagern von Aliwal Nord und Bloemfontein an die Engländer gefallen. Der Steyn-Zweig der Familie hatte die harten Zeiten seit Mitte des vergangenen Jahrhunderts hinter sich, als Staatsbürgschaften für Afrikaaner den Kauf des Landes mitsamt des stattlichen, von dem Engländer erbauten Hauses ermöglicht hatten. Die meisten anderen Farmen waren, um zu überleben, abhängig von staatlicher Hilfe und der Milde der Land Bank, wogegen ein Großteil der Ländereien von Paradys, die sich an Hügelketten und tiefliegende Bergflanken anschmiegten, vor Seuchen geschützt waren und mit der Regelmäßigkeit eines Uhrwerks Regen empfingen. Während der Periode der ökonomischen Sanktionen in den Achtzigern – vor Michiels endgültigem Abschied – spielte Oubaas mit dem Gedanken, sich mit Geschäftsleuten aus der Stadt und Wochenendfarmern zusammenzutun, um Farmen aufzukaufen, die ums Überleben kämpften und so ein schlagkräftigeres Gemeinschafts-Unternehmen aufzubauen. Das geschah auch anderswo, da sich angesichts von Subventionskürzungen und der kränkelnden Land Bank immer weniger traditionelle Farmen halten konnten. Aber bevor alles unterschrieben und beglaubigt war, machte Oubaas trotz Benjamins Briefen aus Angola einen Rückzieher. Das Gemeinschaftsunternehmen machte später dicke Profite. Dank seiner bewässerten Farmen entlang des Orange River fand es Wege, den internationalen Boykott südafrikanischer Waren zu umgehen. Ganze Kisten voller Kirschen, Pfirsiche, Äpfel, Trauben und Zitrusfrüchte mit Logos und Namen wie *Hartebeeskraal, Bitterput* oder *Oumoedersdrift* wurden in neue Verpackungen gesteckt, auf denen stand: Erzeugnis der Maluti Farmen, aus dem Bergkönigreich, Republik Lesotho. Im ersten Winter, in dem er in dem Hotel am Leicester Square arbeitete, entdeckte Michiel in einem der Obst- und Gemüseregale von Sainsbury's einige verschweißte Obstkisten mit dem Stempel aus Lesotho. Er steckte den Finger durch eins der Luftlöcher und fühlte die kühlen Kirschen an seinen Fingerspitzen. Er fragte sich, wie sehr sein Vater wohl seinen Entschluß bereute, und sein Bruder sich über die wirtschaftliche unkluge Entscheidung ärgerte, oder ob sie nach seiner Flucht womöglich doch noch beigetreten waren.

Kühe heben den Kopf, während er näher kommt. Er schaltet vom zweiten in den ersten Gang runter und bremst, damit eine Kuh die

Piste überqueren kann. Als sie vor der Motorhaube vorübergeht, schwankt ihr Euter schwerfällig hin und her. Sie dreht den Kopf und starrt aufmerksam das Auto an. Er rollt langsam weiter bergan. Er rollt über die flache Betonbrücke, die den Bach überbrückt. Ja, es hat dieses Jahr schon geregnet. Oberhalb des stetig fließenden Wasserlaufs flattern Oryxweber aus dem Riedgras und steigen himmelwärts, um dann wieder niederzustürzen, wie fallende Blutstropfen. Sobald er am Ende dieses Felds abbiegt, um einen Bogen um den Hügel zu fahren, wird das Herrenhaus in Sicht kommen. *Welche Erleichterung es war, ganz früh an jenem Septembermorgen an der Flanke des Hügels zu stehen und die majestätischen Berggipfel von Basutoland zu sehen, wie sie sich gegen die aufgehende Sonne abzeichneten, weit jenseits des Caledon River, der den ›Free State‹ von Basutoland trennt.* Er dreht den Kopf erneut im Genick und sehnt sich nach einer Zigarette. So mit dem frischen Grün rund um die Findlinge und Felsnasen, mit dem in frühem Orange und gelber Blüte aufflammenden Zuckerbusch, sieht es aus, als müsse es auf dem Hügel gebrannt haben. Der ganze Fleck mit den blühenden Proteas gehört nicht in diese Jahreszeit noch in diese Gegend. Aber wenn der Hügel im Winter gebrannt hätte, müßten die Blumen noch viel üppiger blühen. Von diesem Zeitpunkt an, bis lange nach dem Wiederbeginn der Schule im Januar, waren er und Peet hier oben und brachen die rauhen Stengel ab, um die Vasen auf dem langen Eßtisch damit zu dekorieren. Einmal im Monat, wenn Ounooi die Kirche zu schmücken hatte, brachten sie ganze Arme voll Zuckerbusch und Blumenrohr zur Küchentür. Sie bereitete den Strauß zu Hause, wenn kein Wind ging. Waren ihre drei Söhne außer Hörweite, dann hoben sie und Alida das riesige dreieckige Arrangement auf die Ladefläche des Pick-ups, der im Rückwärtsgang bis vors Fenster manövriert worden war, und die große Vase wurde auf ein dickes Stück Schaumgummi platziert. Dann mußte sich Klein-Alida auf die Ladefläche setzen, das Blumenarrangement zwischen ihren weit gespreizten Beinen, und mit ihren dünnen Fingern die Kristallvase festhalten, während Ounooi vorsichtig in die Stadt fuhr.

Überall auf den Feldern, über das Tal hin, die Schotterpiste entlang und die Flanken des Hügels hinauf, sieht er Kirschblüten, die aussehen, als hätte es geschneit. Mit einem Panoramablick erfaßt er das Sandsteinhaus mit der umlaufenden Veranda, dem roten Dach, den Rasenflächen, dem Garten, Ounoois Obstgarten und die Stallungen – um alles läuft jetzt ein hoher Zaun herum. Daneben der Kraal für die Schafe und die Käserei. Dort der Gesindetrakt, ein paar hundert Meter von Ounoois Obstgarten und dem Kraal, ist ebenfalls eingezäunt. Von dem Wasserreservoir erkennt er nur die gebogene obere Betonmauer, der Rest ist von Schilf und Obstbäumen verdeckt. Ein Traktor mit Anhänger kriecht durch den Obstgarten, hinter den Eichen des Friedhofs entlang, und den Hügel hinauf in Richtung des Gesindetraktes. Wer, fragt er sich, kümmert sich jetzt wohl um all dies? Ist der stockernste Pietie wirklich dazu in der Lage? *Ich ertrag es nicht*, hört er eine wütende Ounooi ins Englische wechseln, *dieser Pietie ist solch ein Stinkstiefel*. Und dann, als sie das Grinsen ihrer drei Jungs sieht: *Das hat nichts mit Finger zu tun, ihr habt so eine schmutzige Phantasie!*

Die Jacarandas auf beiden Seiten der Torpfosten tragen ein paar erste Blüten. Zwei Bullterrier kommen über den Rasen herbeigestürmt. Das sind die Hunde, von denen Ounooi Fotos mitgebracht hatte. Das elektrische Tor ist geöffnet, und er fährt hindurch. Er parkt unter dem Carport neben einem neuen weißen Volvo. Bevor er den Zündschlüssel abdreht, wirft er einen Blick auf die Hunde, die mit dem Schwanz wedeln und aus ihren kleinen Äuglein zu ihm aufzulächeln scheinen. Die Bullterrier kamen auf die Farm, als die Rottweiler zu sehr unter Rheuma litten, als daß man sie guten Gewissens hätte weiterleben lassen können. Vor den Rottweilern waren es die Rhodesian Ridgebacks aus dem letzten Wurf von Miemie gewesen, dem Hund, mit dem Michiel aufgewachsen war. Aber die hatten irgendwann Zeckenfieber bekommen und waren daran gestorben. Und Miemie selbst, das hatte ihm Ounooi während ihres Besuchs erzählt, war von Pavianen in Stücke gerissen worden. »Wir waren in der Stadt gewesen, und als wir zurückkamen, mußte ich nur Alida auf der Veranda sehen, um zu wissen, daß irgendwas passiert war. Sie kam uns über den Rasen entgegen, und ihr pinker Overall war voller Blut. Es war ein Samstag, also konnte es sich nicht um die Schlachtung von irgendwelchem Vieh handeln.«

Als er aussteigt, begnügen sich die Hunde damit, an seinen Hosenbeinen zu schnüffeln.

Rund um ihn herum ertönt das Gruu-gruu, Gruu-gruu von Turteltauben, und von der anderen Seite des Hauses her, aus den Pappeln am Wasserreservoir der schrille Schrei des Einsiedlerkuckucks. Dann hört er einen Ruf auf Sesotho, der oben vom Gesindehaus her kommt. Es fällt ihm auf, daß die Veranda jetzt von weißen Metallstäben umschlossen ist. Er öffnet den Kofferraum und hebt sein Gepäck heraus. Dann überquert er den Rasen, die Hunde trotten an seiner Seite mit, seine Nase fängt einen zarten Duft nach Kirschblüte auf.

Noch immer führen die sieben Stufen zwischen der terrakottafarbenen Betonbalustrade und den Blumenkästen voller Strelitzia hinauf, deren dunkle Blätter und kräftig blaue, weiße und goldene Blüten leuchten. Einen Augenblick lang sitzt er selbst wieder dort, unrasiert, neunzehnjährig, Miemies Kopf in seinem Schoß.

Die Veranda leuchtet rot und riecht nach Cobra-Politur. Die Gittertür ist verschlossen, aber die Eingangstür dahinter steht offen. Es ist weniger düster da drinnen als in seiner Erinnerung, von dort wo die Schlafzimmertüren offen stehen müssen, fällt Tageslicht in schrägen Streifen auf die Holzdielen des Fußbodens. Entweder wird gerade gekocht, oder das fertige Essen steht schon zum Aufwärmen im Ofen. Lammkeule, stellt er sich vor. Reis mit Rosinen. Süßkartoffeln mit Zimt und Zitrone. Karottenscheiben in kandierter Butter. Grüne Bohnen.

Er sucht nach einer Klingel. Es gibt keine.

»Fuck!« flucht er verhalten und wirft einen Blick über den Hof. »Ihr wußtet doch, daß ich komme.« Die Hunde sitzen da und blicken zu ihm auf. Er könnte es auch an der Küchentür oder am Seiteneingang versuchen. Ärger steigt in ihm auf, es ist im wahrsten Sinne des Wortes etwas, das ihm aus dem Magen hochkommt. Später würde er sich dann mit einer gewissen Überraschung erinnern, daß er in diesem Augenblick an Glassman gedacht hat: *Achten Sie genau auf das, was Sie fühlen, was in Ihrem Körper vorgeht.* Er stellt Koffer und Reisetasche ab. Er wirft einen Blick übers Tal, entdeckt den Kirchturm. Das Township, *der Ort*, wie sie es noch immer häufig nannten, als er fortging, hat sich sowohl zur Stadt hin als nach außen vergrößert. Der Streifen Steppe, früher völlig leer, die im Süden verlaufenden Eisenbahngleise und die hohe Wand aus Eukalyptusbäumen sind keine Grenzmarken mehr.

Er formt mit den Händen einen Trichter vor seinem Mund und ruft in den Korridor hinein: »Pa!« Er hat sich vorhin fest vorgenommen, das Wort *Oubaas* nie wieder in den Mund zu nehmen.

Die beiden Hunde bellen einmal kurz.

»Alida!« ruft er.

Dann geht er die Stufen hinunter und umrundet die Veranda. Einer der Hunde folgt ihm, der andere bleibt sitzen und schnüffelt an seinem Koffer. Der Seiteneingang, vor dem ebenfalls Gitter angebracht sind, ist verschlossen. Durch eine neue gläserne Schiebetür sieht er im Schlafzimmer das mächtige eichene Kopfende des Ehebettes seiner Eltern. *Direkt neben Oubaas. Als er am Morgen aufwachte, war sie schon kalt.* Zwei offene Koffer, deren Inhalt überquillt, lehnen an einer neuen Einbau-Schrankwand. Der Rasen ist frisch gemäht und so kräftig gewässert, daß er in samtigem, grünem Glanz schimmert. Sprinkleranlagen puffen in den Blumenrabatten. Die Furchen entlang der Rosenbeete und der Fußwege sind mit geometrischer Präzision angelegt. Vor seinem innere Auge sieht Michiel Adam, den Fuß auf dem Spaten, wie er von Beet zu Beet geht und das überhängende Gras abschneidet, um die Grenzen haarscharf zu markieren. Und dann fliegt Adams Kopf zur Seite, als Oubaas ihn mit der flachen Hand ohrfeigt. Ist die Rosenschere etwa über Nacht draußen liegen geblieben?

Am Kücheneingang hört er wieder den unablässig wiederholten Schrei des Einsiedlerkuckucks. Seine Nasenlöcher ziehen bebend den Duft von Rosen, Geißblatt, Taglilien und Kamelien ein. Die Mittagshitze ist erfüllt vom Klang der Turteltauben in den Maulbeerbäumen und Pappeln, und er hört auch das Gesumm von Bienen und Zikaden aus den Obstbäumen bei der Quelle heraus. Der Obstgarten hinter der Hecke aus Feigenbäumen schimmert wie weiße Gaze. *Ich will mit dir das tun, was der Frühling mit den Kirschbäumen tut.* Seine erste Valentinstags-Karte an Karien. Sechste Klasse. Den Neruda hatte er in Ounoois Regal gefunden, auf den linken Seiten standen die Gedichte in Englisch, auf den rechten in Spanisch. Er schrieb das ab, was seine Mutter unterstrichen hatte und lernte die Zeilen auf Englisch und auf Spanisch auswendig, um sie für Karien aufsagen zu können. Und dann in späteren Jahren für die Ohren von Fremden. In Sevilla hatte ihm ein Flüstern geantwortet: »Das ›r‹ rollst du perfekt, aber es heißt nicht ›cerillos‹ sondern ›cerezos‹.

Quiero hacer contigo lo que la primavera hace con los cerezos. Da er jenem nächtlichen Geliebten glaubte, fragte er sich, wie es möglich war, daß er sich falsch erinnert oder das falsche Wort auswendig gelernt hatte. War es denn möglich, daß Ounoois Übersetzung oder der Mann in seinen Armen sich irrten?

Er zieht an der verriegelten Gittertür vor der Küche und ruft Alidas Namen ins Haus hinein und dann noch einmal in Richtung ihrer Kaya. Dann kehrt er wieder zur Vordertür zurück, der eine Hund noch immer an seiner Seite. Der andere liegt mittlerweile im Schatten am Fuß der Treppe, die Hinterbeine ausgestreckt, der Kopf ruht auf den Vorderpfoten. Dann bemerkt Michiel auf dem oberen Treppenabsatz einen glänzenden feuchten Fleck auf der Außenhaut seines Koffers.

»Poes«, sagte er mit einem wütenden Blick auf den daliegenden Hund.

»Der Amerikaner meldet sich mit einem afrikaansen Fluch auf den Lippen zurück.«

Während er sich umdreht, muß er beinahe lächeln. Sein Vater, hinter dem Gitter und in einem Rollstuhl, existiert ausschließlich mittels seiner Stimme und der kobaltblauen Augen. Alte Finger umfassen mit sichtbarem Zittern die Räder des Fahrzeugs, der Kopf nickt kaum merklich aber ständig. Trotz des eingesunkenen Mundes und des Nickens ist der Unterkiefer noch stets wie arretiert. Nichts, weder die Fotos, die Ounooi mitgebracht hatte, noch was sie sagen oder schreiben konnte, hat Michiel auf diesen Anblick vorbereitet.

»Dag, Pa.« Der sanfte Verschlußlaut des ›P‹ hört sich seltsam an in seinen Ohren.

»'N jammerte«, sagt Oubaas, während er ein Stück näher rollt und sagt, seine Augen beim Sprechen in die seines Sohns gebohrt: »Ounooi is nie hier om gevette kalf te slag vir haar verlore seun nie.« Eine Schande, daß Ounooi nicht hier ist, um ein fettes Kalb für ihren verlorenen Sohn zu schlachten.

Auf der Veranda stehend, überragt Michiel den alten Mann im gestreiften Baumwoll-Pyjama. Das wars dann wohl von wegen Altersmilde. Das wird haargenau so bitter werden wie erwartet. Weder die Zeit noch die Krankheit noch die frische Todesnachricht haben den alten Mann einlenken lassen. Warum, in drei Teufels Namen, hat er sich dazu breitschlagen lassen, auf die Farm zu kommen?

»Benjamin ...« Michiel zögert. »Benjamin sagte, du hättest vorgeschlagen, daß du und Alida mit mir zusammen fahrt.« Und dann: »Zur Kirche. Ich muß mich noch umziehen, Pa. Du dich offenbar auch. Kann Pa mich reinlassen?«

»Selbst dein Afrikaans hört sich amerikanisch an.« Oubaas gibt Michiels Augen frei, um sich ein Bild von Michiels Größe zu machen. Sein Kopf, der die ganze Zeit über zur Seite geneigt ist, vermittelt den Eindruck, er sehe alles und jeden schief an. »Ich habe dich schon rufen hören, ich bin ja nicht taub«, sagt er. »Meine Schlüssel sind nicht da. Jetzt, wo dein Bruder und seine Familie hier sind, liegt nichts mehr an seinem üblichen Platz. Einen echten Wildfang von Enkelsohn hab ich da. Du wirst Alida auftreiben müssen. Sie hat den Hauptschlüssel.«

Er steigt die sieben Stufen hinab und gerät fast ins Stolpern, als er die letzten beiden auf einmal nimmt. Einer der Hunde, der weibliche, folgt ihm wieder. Hinter dem Schilfzaun, der um Peets ehemalige Rundhütte gezogen ist, bemerkt er Kinder, und dann sieht er Alida, die den Fußweg von ihrer Kaya her kommt. Sie trägt Schuhe mit Absätzen und ist gerade dabei, die Lockenwickler, die sie aus ihrem Haar nimmt, in den Saum ihres blauen Kleids zu werfen, den sie mit einer Hand hochhält. Als der Hund an Michiel vorbeitrabt, hebt Alida den Kopf. Sie hält mitten im Schritt inne, und ihre Hand sinkt vom Kopf auf ihre Brust. Sie kommt querfeldein über den Rasen auf ihn zu. Lächelnd streckt er die Arme aus und zieht sie an sich. Er bemerkt, daß eine ihrer Hände zögernd auf seinem Unterarm liegt und die andere noch immer zwischen ihren Körpern hilflos den Rocksaum hochhält.

»Alida, du bist ja kaum einen Tag älter geworden!« sagt er ohne Schmeichelei. Aber abgesehen von ein paar zusätzlichen Kilos und dem einen oder anderen grauen Haar in der Stirn, sieht die kleine Frau, die als Kind half, Oubaas großzuziehen, später dann sie drei aufzog und ihre eigene Tochter noch dazu, auf wundersame Weise ganz genau so aus, wie er sie in Erinnerung hat.

»Kleinbaas! Man glaubt, man würde Oubaas ansehen, als er ein junger Mann war!«

Zuerst will er nichts gegen diese Anrede sagen, aber dann zwingt er ein Grinsen auf seine Lippen und sagt: »Bitte nenn mich doch Michiel, Alida.« Sie blickt zu Boden und nickt. »Ich bin 35, Alida«, sagt er lächelnd und im Versuch davon abzulenken, daß sie seine Worte vielleicht als Maßregelung empfunden hat. »Guck hier«, und er beugt den Kopf nach vorn, um die kahle Stelle unter seinem kurzen Haar zu zeigen. »Ein paar Minuten in dieser Sonne, und mein Skalp ist so rot wie gekochte Rote Beete.«

»Ai, alle Kinder werden irgendwann zu groß«, sagt Alida und schüttelt den Kopf. Ihre Stimme ist heiser und zischend, was womöglich von einem Gebiß herrührt. Ihm fallen die dunklen Flecke auf ihren Wangen auf, die von der Sonne kommen, und die feinen Linien um die schmal gewordenen Lippen und die Augen. Ihre Haut ist von hellerem Braun als in seiner Erinnerung. Doch, sie ist alt geworden. Sie ist tatsächlich eine Greisin. Sie wirft einen Blick zum Haus und fragt: »Hat der Kleinbaas den Oubaas gesehen?«

Der alte Mann habe die Schlüssel verlegt, sagt er.

»Er vergißt sowas schon mal«, erwidert sie. »Wir haben hier einen turbulenten Vormittag gehabt.« Sie ist wieder stehengeblieben. »Vom frühen Morgen an ein ständiges Kommen und Gehen. Wir haben für die Freunde und die Familie Tee und Kuchen schon vorher serviert... weil hinterher wird es zu spät sein.« Sie sucht Michiels Blick und sagt: »Jetzt plötzlich will er nicht mehr, daß ich ihn bade, Kleinbaas.« Und fährt mit abgewandtem Kopf und fast schon verschwörerisch fort: »Seit Ounooi ...« Sie zupft sich einen Lockenwickler ab und läßt ihn in den Rocksaum fallen. »Ich bade ihn und ziehe ihn an, wenn Ounooi nicht hier ist.«

»Es freut mich, dich nach all den Jahren in so guter Form wiederzusehen.«

»Ich wollte Oubaas fertig haben, bevor ich mich umziehe. Ich habe keine Lust, in meinem Kirchenaufzug vor der Badewanne zu knien. Aber er ist aufsässig.«

Sie wirft einen insistierenden Blick auf Michiel. »Muß ich jetzt Benjamin anrufen und ihm sagen, er muß noch einmal herkommen?«

»Vielleicht ist das ja seine Art, das Unvermeidliche hinauszuzögern. Ist ihm überhaupt klar, daß sie fort ist?«

»Diesem Kopf fehlt gar nichts, Kleinbaas. Er ist über so gut wie alles auf dem laufenden. Der Körper ist es, der nicht tun will, was der Kopf befiehlt.« Sie spricht jetzt leise, klickt mit der Zunge und wackelt mit ihrer freien Hand, um das krankhafte Körperzittern zu verdeutlichen. »Er redet fast völlig normal. Hört und versteht alles.« Dann lächelt sie. »Aber Jissis, Kleinbaas, er ist noch immer derselbe Dickkopf wie immer.«

Michiel ist der letzte Mensch auf Erden, auf den Oubaas hören wird, soviel muß auch Alida klar sein. Wäre er ins Hotel gegangen, oder wären die anderen bei seiner Ankunft hier gewesen, dann hätte er sich abgesperrte Gittertüren, Hundepisse auf seinem Koffer und einen Vater erspart, der noch genauso störrisch ist, wie in jeder seiner Millionen Erinnerungen an ihn und wie in jedem der Tausende von Dollars, die an Glassman gewandert sind.

»Wenn er sich nicht anziehen lassen will, Alida, dann nehmen wir ihn im Schlafanzug mit. Oder lassen ihn gleich ganz hier, mir ist das vollkommen schnuppe.«

»Jetzt redest du wie ein vernünftiger Mensch, Kleinbaas Michiel.«

Von hinter der Rundhütte ertönt Kindergelächter.

Alida lächelt. »Die zwei von meiner Lerato. So groß sind die schon.« Sie hält die flache Hand vor die Rippen. »Lerato ist auch heute morgen angekommen.«

Er ist zu verlegen nachzufragen, von wem die Rede ist.

»Du wirst dich nicht an sie erinnern, Kleinbaas. Sie hat einen Titel von der Universität, und ihr Gatte ist ein Geschäftsmann aus Nigeria. Eine große Nummer. Sie leben in Jo'burg.«

Lerato. Klein-Alida. Ounooi war bei dem Namen geblieben, den sie in der Familie hatte, wenn sie sie erwähnte.

»Wie aufmerksam von ihr zu kommen. Und ihre Kinder mitzubringen.« Er fragt nicht nach, wie die Rundhütte seines verstorbenen Bruders zu einem Spielhaus für Alidas Enkel geworden ist.

»Ounooi hatte einen Narren gefressen an den beiden. Und die zwei von Benjamin, *Ounooi was erg oor hulle.*« Sie hat sie angebetet.

»Alida«, sagt er, als sie sich der Vorderseite des Hauses nähern. »wieviele Gitter sind eigentlich rund um diese Veranda angebracht?«

Der elektrische Zaun und die einbruchssicheren Fenstergitter – mit denen auch ihre Kaya und der Rundhütte gesichert sind, wie sie sagt – wurden nach der Geschichte mit Baas und Misies Oberholzer aus Diepfontein angebracht, den Nachbarn, die vor einiger Zeit in ihrem Haus ermordet wurden. Durch die Gitter sieht der alte Mann in seinem Rollstuhl ihnen zu. Mittlerweile stehen sie vor der Vordertür und haben immer noch keinen Entschluß gefaßt, wie sie ihn ausgehfertig machen sollen. Alida zieht einen Schlüsselbund hervor und schließt das Tor auf. Michiel hebt sein Gepäck auf, und folgt ihr begleitet von den Hunden zur Veranda hinauf.

»Schau, wen ich mitgebracht habe, Oubaas«, kündigt sie an, und ihre Stimme klingt jetzt ganz zuversichtlich.

Michiel und sein Vater mustern einander, während sie den Saum ihres Kleids herunterläßt und die Lockenwickler auf einen Beistelltisch fallen. Dann streicht sie sich den Rock glatt, wendet den Rollstuhl und löst damit das Problem, ob Michiel seinem Vater jetzt die Hand drücken oder ihn umarmen soll oder nicht. Ein Kuß wäre ohnehin undenkbar gewesen.

»Das Bügeleisen ist noch heiß, Kleinbaas, falls irgendwas gebügelt werden muß.« Sie spricht über die Schulter. »Und ist Oubaas jetzt soweit, sein Bad zu nehmen?« Keine direkte Anrede. Genauso wie afrikaanse Kinder ihre Eltern oder andere weiße Erwachsene nie anders als in der Höflichkeitsform anredeten. Alida schiebt den Rollstuhl die hölzerne Rampe hoch, die die Diele aus Steineibenholz mit der Veranda verbindet. Der Rollstuhl bewegt sich erstaunlich leise über den Boden. Er hört die Seufzer, mit denen die Hunde es sich auf dem roten Zementuntergrund bequem machen.

»Alida hat dir dein Zimmer zurechtgemacht«, sagte Oubaas. »Das Haus ist voll. In der Rundhütte wohnen Klein-Alida und ihre Familie. Wir wußten nicht, ob du hier übernachten wolltest.«

»Nur heute nacht, wenn dir das recht ist, Pa.«

»Du tust, was du möchtest, Michiel. Wie lange hast du vor, hier zu bleiben?«

»Ich fliege morgen abend wieder zurück, Pa. Ich wäre gern länger geblieben, aber ich muß nächste Woche schon wieder reisen. Nach China.«

Er stellt das Gepäck vor der Tür zu seinem alten Zimmer ab. Alida macht ihm Zeichen, ihr ins Gästezimmer nachzukommen, wo Oubaas und Ounooi in den letzten Jahren geschlafen haben. »Du weißt doch, diese zwei Stufen, die zum Elternschlafzimmer hinaufführen.« Die Schwierigkeiten, den Rollstuhl dort hoch und wieder runterzubekommen, haben den Umzug notwendig gemacht. Über Küchendüften nimmt er jetzt den Geruch seiner Mutter wahr. Eine Geruchsmischung, die er nie hat genau entziffern können: frisch gebügeltes weißes Linnen und Majoran und noch irgendetwas Süßeres, vielleicht Orangenblüte. Oder Pfirsich. Parfüm hat sie keines getragen. Der Geruch lag wochenlang auf Bettlaken, Handtüchern und in dem Kleiderschrank, den sie benutzt hatte, nachdem sie wieder aus San Francisco abgereist war. Das ist dein schlechtes Gewissen, hatte Kamil gesagt, ich rieche überhaupt nichts.

Die kleinen Fenster, an die er sich erinnert, sind durch breite Schiebetüren ersetzt. Der Raum ist in weißen, cremefarbenen und beigen Tönen gehalten. Eine Brise kräuselt die zugezogenen Spitzengardinen. Wollene Übergardinen hängen schwer an beiden Enden der Türen. Der Raum wirkt auf eine Weise modern, die nicht zu dem konventionellen Äußeren des Farmhauses paßt. Ounoois Geschmack. Und hier steht auch das riesige Bett seiner Eltern mit dem hohen eichenen Kopfende. Ein Erbstück des ersten Oubaas Steyn. Am Fußende liegt, säuberlich gefaltet, weiße Männerunterwäsche. Am Türknauf hängt auf einem Kleiderbügel ein schwarzer Anzug und daneben ein weißes Hemd, über dessen Schulter eine schwarze Krawatte gelegt ist. Auf dem Fußboden ein Paar schwarze Schuhe und Socken. Auf dem Dielenboden aus Steineibe liegen keine Teppiche, vielleicht wegen des Rollstuhls. Die Wände sind nackt, Ausnahme ist ein großes Ölgemälde des Gesichts einer Nguni-Kuh in hellbraun, schokoladenbraun und weiß. Der glasige Blick oberhalb der feuchten schwarzen Schnauze enthält schattenhaft etwas von dem, was oder wen sie anblickt. Das gesamte Gemälde wird von einem mannshohen Spiegel auf der gegenüberliegenden Wand reflektiert.

»Von Karien«, sagt Oubaas, und sein Blick auf Michiel ist reine Anklage. »Sie ist hier Kind im Haus geworden, nachdem du fortgingst.«

Laß gut sein, denkt Michiel. Wenn du auf jeden Vorwurf hier wirst antworten wollen, dann bist du bald am Ende deiner Kräfte.

Auf der weißen Frisierkommode liegen Ounoois Kosmetika. Ihre Haarbürste. Genau hier hat sie ihren Kopf zwischen die Knie gesteckt und die Bürste einhundertmal durch ihr Haar gezogen, bevor sie zu Bett ging. Neben der Bürste steht eine Vase voll erblühter gelblicher Rosen, die abgefallenen Blütenblätter liegen auf der Glasplatte der Kommode. Ob sie sie selbst geschnitten hat, als es noch Knospen waren? Wie lange braucht eine Gloire de Dijon, um aufzublühen und dann die Blätter zu verlieren? Sein Blick wandert zu ihrer Seite des Bettes. Auf ihrem Nachttisch liegt ein kleiner Stapel Bücher. Ein

Hund bellt, und von draußen wehen die Geräusche von Kinder-Ausgelassenheit herein. Eine Frauenstimme ruft etwas. »Hier drüben, Mami«, hört er ein Kind auf Englisch antworten. Abgesehen von der Sprache, hätte es auch ein jeder von ihnen sein können, dreißig Jahre früher. Die weiße Wolke von Ounoois Orchidee schimmert durch die Spitzengardinen. Nichts deutet darauf hin, daß hier jemand gestorben sein könnte.

»Du wirst kahl«, sagt Oubaas.

»Ich hab mir sagen lassen, es sei ein Gen von der mütterlichen Seite her, Pa. Großvater Ford hat auch nie viel Haar gehabt.«

»Von Kopf bis Fuß der Sohn deiner Mutter.«

»Und was ist mit Benjamin, Pa? Hat der etwa immer noch so sonderlich volles Haar?« Sofort bedauert er den sarkastischen Ton und hält sich zurück, bevor er sagen kann: *Ist dein auserwählter Sohn nicht etwa auch von Kopf bis Fuß der Sohn seiner Mutter? Und wäre der verstorbene Peet heute nicht auch wahrscheinlich glatzköpfig?«*

»Du kannst gehen, Alida«, sagt Oubaas und wendet seinen Blick von Michiel ab. »Du fährst mit Klein-Alida und ihren Äffchen zur Kirche. Und vergiß deine Lockenwickler auf dem Tisch in der Diele nicht.«

Alida starrt Michiel an. Ein stummer Protest, daß der Oubaas weder gebadet noch sich angekleidet hat. Sie sieht Michiel an, damit der einschreite. Aber Michiel hat fünfzehn Jahre lang keinen Kontakt zu diesem Mann gehabt, und für diesen Augenblick fehlen ihm die rechten Worte.

»Vergessen wir also das Bad, Oubaas«, sagt Alida. »Sehen wir nur zu, daß wir uns angezogen und rasiert bekommen.«

»Geh und mach dich fertig, Alida«, erwidert der alte Mann. »Michiel ist hier. Sollten wir dich brauchen, ruf ich auf der Gegensprechanlage an.« Michiel bemerkt ein elektronisches Kästchen, das auf Oubaas' Seite des Bettes an der Wand angebracht ist. Der zugehörige Hörer liegt auf dem Nachttisch.

Der alte Mann wendet, um Michiel direkt ansehen zu können. »Deine Mutter hätte gewünscht, daß du deinem Vater zur Hand gehst, meinst du nicht?«

»Klar helfe ich mit. Bloß weiß Alida genau, wie alles gemacht werden muß. Ich meine, sie sollte uns ruhig zur Hand gehen.«

»Worauf wartest du noch, Alida? Du hast mich gehört. Michiel wird alles für mich tun.«

»Wird der Kleinbaas das hinkriegen?«

»Ich denke schon, Alida. Du kannst mir ja sagen, was gemacht werden muß.«

Hier sind Anzug und Krawatte, sagt sie. Hier Schuhe und Socken. Sie klopft auf die Unterhose. Frische Handtücher sind im Wäscheschrank. Das Rasierzeug liegt auf dem Waschbecken bereit.

»Oubaas kann allein aufstehen, wenn du den Arm von Oubaas um deinen Hals legst. Und du mußt das Palmöl benutzen, eine andere Seife verträgt die Haut von Oubaas nicht. Und dann mag Oubaas sein Wasser lauwarm, nicht heiß. Der blaue Waschlapppen und Schwamm sind die von Oubaas. Und wenn du ihn dann abgetrocknet hast, da gibt es so eine Kamille-Lotion in dem blauen Krug. Die hilft gegen –«

»Ich werd ihm sagen, was er zu tun hat, Alida.«

Sie nickt. »Der Kleinbaas kann ja anrufen, wenn der Kleinbaas mich braucht.« Sie macht vor, wie man die Gegensprechanlage benutzen muß. An ihrem Schlüsselring trägt sie auch einen elektronischen Pieper: wenn sie nicht in ihrer Kaya ist, um an der Gegensprechanlage zu antworten, dann vibriert der Pieper, und sie kann kommen, egal wo sie gerade ist. »Und was ist mit den Kleidern von Kleinbaas, müssen sie gebügelt werden? In diesem Koffer muß doch alles verknittert sein. Und Mittagessen? Mit leerem Magen in die Kirche zu gehen, hat noch niemandem gutgetan.«

Er lügt und sagt, er habe unterwegs etwas gegessen. Vielleicht könne sie ja sein Hemd bügeln? Von der Veranda her blickt ein Hund auf und beobachtet sie auf ihrem Weg den ganzen Korridor entlang. Michiel ziegt den Reißverschluß des Koffers auf und faltet sein weißes Hemd auf, als sie ihn eingeholt hat und neben ihm steht.

»Das ist alles, Alida, danke sehr.« Er kommt aus der Hocke hoch. Was er ihr sagen will, ist, daß es nun schon viele Jahre her ist, daß irgendwer für ihn gebügelt hat. Er hat das seit der Grundausbildung in Saldanha Bay selbst erledigt. Ausbildungslager hat er das in Übersee genannt. Glassmann: *Grundausbildung und Ausbildungslager* – Euphemismen für junge Männer, denen jedes Gefühl abtrainiert wird, so daß sie morden können ohne nachzudenken und hinterher weiterleben, ohne etwas zu fühlen. *Wenn der Kleinbaas seine Kleider sauber aufhängt – und die Falten so rausschlägt – dann wird der Kleinbaas die Hälfte seiner Bügelzeit einsparen. Häng die Uniformhemden an den Schultern auf, so, mit den Klammern auf den dicken Säumen, dann bekommt der Kleinbaas keine silbrigen Flecken auf dem Stoff, wenn er trocknet.*

Mit einem Dampfbügeleisen, das Ounooi bei Kloppers in Bloemfontein für ihn gekauft hatte, an dem Tag, an dem sie ihn zum Zug brachten, den er mit Hunderten anderer Achtzehnjähriger besteigen mußte. Wenn er dann mit seinem Urlaubsschein von der Offiziersschule oder später aus Namibia nach Hause kam, seinen Seesack voller schmutziger Uniformhemden, Socken und Unterwäsche bis zum Platzen voll, verbrachte Alida den ganzen Samstag mit Waschen und Bügeln.

»Ich bin kaum angekommen, da verwöhnst du mich schon, Alida.«

»Ein bißchen Verwöhnen hat noch keinen umgebracht.« Unzufrieden mit ihrer Wortwahl blickt sie auf seinen Koffer hinab. »Und die Krawatte, Kleinbaas? Laß Alida wenigstens die bügeln.«

Wieder geht er in die Hocke. Über den sauberen Kleidern für die Rückreise morgen liegen zwei Krawatten. »Blau«, hat Kamil beim Packen gesagt, »wenn alles so gut läuft, wie es unter den gegebenen Umständen laufen kann. Lila für ein bißchen Zunder, wenn du willst, daß sie alle zur Hölle fahren.«

Immer noch in der Hocke hält er beide hoch. »Welche soll ich nehmen? Du entscheidest.«

»Oh, die violette, Kleinbaas. Selbe Farbe wie der Jacaranda. Ounoois Lieblingsfarbe, Kleinbaas.«

»Alida«, sagt er ganz ruhig im Aufstehen. »Ich möchte dich nicht irgendwie quälen, aber ich muß dich um eine Sache bitten. Kannst du bitte ... könntest du versuchen aufzuhören, mich *Kleinbaas* zu nennen?«

Sie nimmt die Krawatte aus seiner Hand entgegen, als handle es sich um ein besonders empfindliches Schmuckstück. Sie legt sie säuberlich über das Hemd in ihrer Armbeuge und hält den Blick auf die Kleider gesenkt. Selbst in diesem Dämmerlicht hier kann er erkennen, daß sie errötet.

»Ich werde es versuchen, Kleinbaas Michiel.«

»Wie wirst du überhaupt mit alldem hier fertig? Treibt er dich nicht zum Wahnsinn?«

»Ich war zwei Jahre alt, als er geboren ist. Ich hab ihm damals seine Windeln gewechselt und ihm den Po saubergewischt und heute wechsele ich wieder seine Windeln und wische ihm den Po sauber. Mittlerweile kann ich wenigstens meinen eigenen wischen.« Mit einem aufwärts zu ihm gerichteten Blick geht sie. Er blickt ihr nach, wie sie nach links verschwindet, um durch das Eßzimmer zu gehen. Sie geht gebeugt. Sie ist viel zu alt für diese Arbeit. Für Arbeit überhaupt. Er lauscht dem Geräusch ihrer Absätze auf dem Holzboden – denkt dabei an die Ounoois – und wartet darauf, daß sie auf dem Linoleum der Küche verstummen. Jetzt müßte das Quietschen der Fliegengittertür kommen. Stattdessen klirrt der Schlüsselbund, während sie die neue vergitterte Küchentür aufschließt. Er sieht sie vor sich, wie sie den Hinterhof überquert, den von wilder Iris gesäumten Fußweg entlang bis zur Waschküche. Sie wird ein weißes schützendes Taschentuch über die Krawatte legen, sie glatt streichen, ein paar Tropfen Wasser aus dem emaillierten Krug darübersprenkeln, bevor sie dann das fauchende Eisen auf die rohseidenen Fliederblüten senkt.

Das Badezimmer, das sie in der Kinderzeit benutzten, ist renoviert und der Holzfußboden durch große weiße Kacheln ersetzt. Eine neue Badewanne auf Klauenfüßen steht unterhalb von vier großen, quadratischen Fenstern. Die Fenster stehen offen und lassen Luft und Licht ein, Vogelgezwitscher und Kindergetöse aus dem Garten. Er bemerkt den schweren Haltegriff aus Chromstahl, der extra für Oubaas in die blauen und weißen Fliesen eingelassen worden sein muß. Der Wäscheschrank hat Platz gemacht für eine Duschkabine, deren Wände aus Mattglas ein Lilienmotiv schmückt. Irgendwann im Laufe der Jahre seiner Abwesenheit muß der alte Mann nachgegeben und die Modernisierungen akzeptiert haben, die Ounooi immer wollte. Er erinnert sich, wie Oubaas die Buchhaltung mit Adleraugen kontrollierte. Geld wurde nur ausgegeben, wenn es auf der anderen Seite im selben Maße eingespart wurde, und solange er das letzte Wort darüber hatte – was sich manchmal sogar auf die Einnahmen erstreckte, die Ounoois Konservenherstellung einbrachten. Er hatte über ihren Vorschlag gespottet, einen Architekten damit zu beauftragen, die altmodische Küche und die feuchten, düsteren Badezimmer zu erneuern. Das einzige, was er gestattete, waren neue Rohre und eine Heizung für den Winter. Abgesehen von frischem weißem Anstrich war das Innere des Hauses genau so geblieben, wie die vormaligen Besitzer, die den Namen Paradies gespendet hatten, es zurückgelassen hatten.

Die meisten anderen Dinge, die Ounooi brauchte oder wünschte, wurden ihr gestattet: sie reiste mit anderen Mitgliedern der Kirchengemeinde durch Westeuropa, Griechenland, die Türkei, Israel, Taiwan und Uruguay. Oubaas ›überraschte‹ sie alle fünf Jahre mit einem neuen Mercedes, während er seinen vorsintflutlichen Datsun Pick-up fuhr, bis er in seine Einzelteile zerfiel. Und Ounooi kleidete sich gut – zu gut – *alle glauben sie, deine Mom ist ein Snob mit ihren Kleidern und ihren Büchern*. Die Söhne bereisten für Sportwettkämpfe ganz Südafrika und Namibia (damals noch Südwestafrika) der Länge und Breite nach. Neue Rugbyausrüstungen, wann immer sie für die Jüngeren gebraucht wurden und Tennisschläger für Peet. Und Anzüge für die Kirche. Für jeden von ihnen einen Blazer für Festlichkeiten im Sportverein oder der Schule. Niemals Aufgetragenes. Was zu klein geworden oder nicht mehr gut genug war, ging in den Gesindetrakt. Die Dinge in Ounoois Kleiderschrank, die nicht mehr getragen wurden, verkaufte Alida entweder auf eigene Rechnung, oder schneiderte sie um und trug sie unter ihren Arbeitskleidern oder zur Kirche. Später, als Karien und Klein-Alida ausgewachsen waren, verteilte Ounooi alte oder selten getragene Kleidungsstücke zwischen ihren beiden Protégées.

Er spült die Wanne aus und öffnet den Warm- und den Kaltwasserhahn, um sicherzustellen, daß das Wasser lauwarm ist. Er stellt sich vor den Spiegel über dem Waschbecken. Der Spiegel, fleckig von jahrelangem Wasserdampf, ist noch der aus seiner Jugend, das weiß er mit Sicherheit. Komisch, daß ausgerechnet der inmitten all der Veränderungen nicht ausgetauscht worden ist. Hat man ihn übersehen, oder hat Oubaas absichtlich den Geldhahn abgedreht, bevor die gesamte Renovierung beendet war? Zwar fühlt er sich nicht müde, aber sein Gesicht erzählt eine andere Geschichte. Zu Hause würden Kamil und er um diese Uhrzeit schlafen. Er öffnet den Spiegelschrank und sucht nach Augentropfen. Er fährt mit der Hand über die grau werdenden Stoppeln auf seinem Kinn. Er macht sich die Hände naß und versucht, den öligen Film von seinem Gesicht zu kriegen. Im Spiegel sieht er die neue Badewanne. Vor sein inneres Auge schiebt sich das Bild, wie er gegen Ende der Periode, als Kamil zwischen Leben und Tod schwebte, ihn ins Wasser hinabgesenkt hat, damals als Kamil mit Zähnen und Klauen versuchte, die CD 4 Helferzellen auf einem Niveau von 39 zu halten. Sie warten darauf, daß das Flüstern eines proteischen Wunders sich zum Summen steigert, schließlich dann zu vorsichtiger Erleichterung, die sich durch das ganze Eurekatal ausbreitet.

Oubaas sieht ihm ins Gesicht, als er das Schlafzimmer wieder betritt. »Ist Pa soweit?«

»Lieber Himmel! Ich bin soweit, daß ich Ounooi nachfolgen sollte. Sie ist an gebrochenem Herzen gestorben, das weißt du? Du hast es weiß Gott raus mit den Frauen, wie?«

»Ounooi hatte einen Infarkt, Pa.« Dennoch ist ihm klar, daß die Arithmetik der eigenen Verantwortung von allen Stimmen infrage gestellt wird, die die Dinge von ihrem eigenen Gesichtspunkt her erklären. Das ist auch der Grund, glaubt er, warum Ounooi auf ihrer Reise vieles unausgesprochen ließ. Er wird dieses Ritual effizient, respektvoll, und ohne sich zu sehr auf die Dinge einzulassen, hinter sich bringen und dann zurück nach Hause fahren. »Komm, Pa, bringen wirs hinter uns.« Er nimmt die Griffe des Rollstuhls in die Hände. Er fragt sich, ob der orangefarbene Stoff auf den Handgriffen das Werk Ounoois oder Alidas ist. Sobald er den Geruch seines Vaters in die Nase bekommt, schlägt sie instinktiv Alarm. Säuerlich, leicht stockig, mit einem Hauch Kampfer, der in ungewaschenes Flanell gezogen ist. Der Geruch des Alters oder auch der bettlägeriger junger Männer. Wie hat Ounooi das ausgehalten? Sie mit ihren Rosen auf dem Nachttisch, der jeder sinnliche Eindruck so ungeheuer wichtig war. Sie mit ihren weißen Baumwollblusen, weitgeschnittenen Baumwolljacken, den beigen Röcken, immer ein Stück länger als modisch gewesen wäre, ihren silbernen und weißgoldenen – niemals Gelbgold! – Ohrringen. Mit dem gerahmten Foto von Virginia Woolf auf ihrem Schreibtisch in der Schule. Wie hält Eleganz es aus mit Sowas hier vor ihren Augen, in ihren perfekt geformten Nüstern und neben ihr im Bett? Ob sie es in den Jahren seiner Krankheit wohl bereut hat, einen Mann geheiratet zu haben, der so viel älter war als sie? Er spürt, wie sein Herz sich zusammenzieht. Er fährt den Rollstuhl längsseits der Wanne und geht um die Fußstützen herum.

Selbst wenn sie die Armlehnen umklammern, zittern Oubaas Hände. Er blickt auf. Was Michiel in den blauen Augen liest, ist Verachtung. Es ist eindeutig, daß sein Bestehen darauf, sein Sohn – dieser Sohn hier – solle ihn waschen, keinerlei große Versöhnungsgeste darstellt. Nein, das kommt aus einer Verächtlichkeit heraus, die auch nach all diesen Jahren immer noch vor sich hin köchelt. Hier geht es nicht um das Begräbnis einer Mutter. Hier geht es um den endgültigen Showdown eines Vaters mit seinem Sohn. Deswegen wurde er hierher auf die Farm gelockt.

»Laß mich Pa mit dem Pyjama helfen«, bietet er an, beugt sich hinab und faßt nach den Knöpfen. Reglos sieht der alte Mann zu, wie Michiels Finger ungeschickt ihre Arbeit tun. Jetzt ist dem abgestandenen Geruch nicht mehr zu entkommen. Er versucht den Atem anzuhalten. Die Nähe des Gesichts des anderen macht ihm bewußt, daß er selbst sich anderthalb Tage nicht gewaschen hat, daß er eine Stunde vor der Landung in der engen Flugzeugtoilette die Zähne nur sehr oberflächlich geputzt hat. Gut möglich, daß ein Teil des Gestanks von ihm selbst herrührt.

Oubaas' eingesunkene Brust ist bläulich-weiß und von Venen durchzogen. Wie Roquefort-Käse. Seine Brüste hängen. Die Brustwarzen stehen hervor wie die eines pubertierenden Mädchens. Obwohl er sich bemüht, nicht zu genau hinzusehen, kann Michiel doch nicht anders, als die fahlen Hautfalten unterhalb der dünnen grauen Behaarung des Bauches wahrzunehmen. Ob es noch Muskeln in den Armen gibt, ist nicht mehr zu erkennen. Dem typischen Muster bäuerlicher Hautbräunung folgend, verläuft ein V vom Nacken bis zum haarigen Brustkorb, auf dem Sommersprossen und Leberflecke die Haut ebenso verfärben wie auf beiden Armen vom Ellbogen bis zu den Händen. In den Falten, wo die weichen Oberarme auf die Brust treffen, ist die Haut von blaugeädertem Beige, darauf gelbliche Runzeln wie die faulen Stellen auf einem alten Apfel.

»Kannst du dich hochstemmen, Pa, damit ich die hier ausziehen kann?« Michiel zieht an der Unterhose. »Oder muß ich dich hochziehen?«

Mit einer Kraftanstrengung, für die er, gleich einem hartnäckigen Knaben Zeugen braucht, stemmt Oubaas sich auf zitternden Armen ein Stückchen von seinem Sitz hoch, was es Michiel erlaubt, die Finger in den Gummizug der Unterhose zu klemmen und sie mit einer

Bewegung hinab auf die Knöchel zu ziehen. Leise die Luft aussto-ßend läßt Oubaas sich wieder auf den Sitz fallen. Zusammen mit der verknüllten Unterhose zieht Michiel ihm auch die braunen Hausschuhe und die Socken aus. Er spürt ein Stechen hinter den Augenlidern. Er dreht sich um, legt den gefalteten Pyjama neben die Rasiersachen und stellt die Hausschuhe unters Waschbecken.

»Diese Baderei ist völlig unnötig«, brummelt der alte Mann.

Michiel blickt das Spiegelbild des nackten Mannes im Rollstuhl an. »Soll ich nur den Waschlappen nehmen, Pa? Dann können wir dich wenigstens einmal abwaschen, bevor du dich anziehst.« Keiner sagt etwas. Durch die Fenster ist wieder das Gruu-gruu der Turteltauben und der andauernde Ruf des Einsiedlerkuckucks zu hören. Oben in den Hügeln bellt ein Pavian.

»Du mußt Alida holen gehn.«

Michiel wendet sich um. »Ich kann das machen, Pa.« Die Worte kommen ohne vorheriges Nachdenken. »Wenn du möchtest, daß ich es tue.«

Der alte Mann nickt. »Krempel dir die Ärmel hoch. Das kann eine ganz schöne Schweinerei werden. Und du bist nie der Typ gewesen, der sich um die Schweinereien kümmert, die er veranstaltet hat. Und jetzt willst du also in China leben?«

»Ich fahre dort nur eine Woche hin, Pa. Die Firma, für die ich arbeite, eröffnet dort eine neue Niederlassung.«

Er faltet die Ärmel zurück und kniet sich auf ein Knie. Als er sich nach vorn beugt, spürt er die Berührung ihrer Schultern. Oubaas' Arm tastet sich um seinen Nacken herum. Michiel greift nach hinten, findet seine Finger und zieht die Hand herunter, bis sie auf dem Schlüsselbein liegt. Seine Hand, die sich um die seines Vaters geschlossen hat, nimmt das Zittern der Finger auf. Schon jetzt spürt er, wie leicht der alte Mann geworden ist. Was Zeit und Krankheit von dem Koloß übrig gelassen haben, vor dem sie bis tief in ihre Teenagerjahre hinein zitterten! Er fühlt den angespannten Körper gegen seinen. »Fühle mal das Wasser, Pa. Mit der anderen Hand.« Der alte Mann greift nach unten und fährt mit den Fingerspitzen durchs Wasser.

»Dis reg.« Die Temperatur ist in Ordnung. »Klein-Alida ist auch in China gewesen. Sie hat deiner Mutter erzählt, daß es der drekkigste Ort auf der ganzen Welt ist und daß sie dort Hunde essen.«

»Ich hebe dich jetzt hoch Pa, und lasse dich dann runter in die Wanne. Fertig?«

»Ich *kann* stehen, Michiel, wenn du mithilfst. Ich halte dich um den Hals und du faßt mich um den Leib.«

»Wäre es nicht einfacher, wenn ich dich reinhebe, Pa?« Was er nicht sagt, ist: Ich habe jeden zweiten Tag Gewichte gestemmt, seit ich zum ersten Mal einen anderen ins Bad unserer eigenen Wohnung getragen habe. Dein saurer Atem, das kleine Vögelchen in seinem Nest und der abgestandene Geruch von Nachtschweiß an einem warmen Morgen – all das kenne ich gut. Auch ungewaschener Füße, die nach getrockneten Pfirsichen riechen. Er schiebt den freien Arm unter die dünnen weißen Beine. Der Leib in seinen Armen versteift sich. Mit einer kleinen Kraftanstrengung hebt er ihn hoch und hört ein schwaches Grunzen.

»Ich hab dich, keine Angst.«

Dann beugt er wieder ein Knie und hält den Körper direkt über der Wasseroberfläche. »Jetzt gehts rein, in Ordnung?« Er spürt das Nicken an seinem Nacken, das Kratzen der Bartstoppeln gegen sein Hemd. Ganz langsam läßt er, nachdem er spürt, daß der Hintern aufgesetzt hat, die Beine ins Wasser hinab. Indem er seinen oberen Arm über den Nacken und die Schultern hinaufgleiten läßt, lehnt er den Kopf gegen die Umwandung der Wanne. Wie unglaublich leicht ein ausgewachsener Mann im Wasser ist. Oubaas seufzt mit geschlossenen Augen.

»Alles in Ordnung, Pa?«

»Mhm«, grunzt der alte Mann. Gegen das weiße Email gelehnt ist der Kopf endlich ruhig geworden und bewegt sich nicht mehr. Desgleichen die Hände, die über dem Bauch treiben – ganz friedlich. Er dreht den Kopf ein wenig zu Michiel, der neben der Wanne kniet. Die Augen sind sanft, wenn sie sich öffnen, das blaue Blitzen fehlt, ganz so, als hätte es seit dessen Kindheit immer nur in der schmerzhaften Phantasie seines jüngsten Sohnes existiert. »Du kannst den Waschlappen nehmen für meinen Körper. Ounooi hat für mein Gesicht den Schwamm genommen.«

Er wird bei den Füßen anfangen. Er trifft den Blick seines Vaters und ahnt, daß sich irgendetwas zwischen ihnen verändert hat. Überhaupt oder nur im diesem Augenblick, da der verfallende Patriarch vollkommen abhängig von seinem Sohn im Wasser treibt? Mit Glassmann zusammen hat er darüber spekuliert, ob der Alte an einer Art

Schizophrenie litt. War es möglich, daß seine Ausbrüche gegenüber seinen Jungen und den Farmarbeitern eher eine neurologische Ursache hatten, als psychologisch erklärt werden zu können? Hätte es damals schon die richtigen Pillen gegeben, irgendeine von dem Dutzend Stimmungsstabilisierern, die Kamils Studenten in Berkeley so gern einwarfen – wäre dann ihr gesamtes Leben anders verlaufen? Aber wie wäre dann die Einseitigkeit seiner Wutausbrüche zu erklären gewesen? Soweit Michiel sich erinnern kann, hatte sich die verbale oder physische Gewalt niemals gegen Ounooi oder Alida gerichtet. Oubaas war fähig, einen Arbeiter oder jeden seiner Söhne zu prügeln, er konnte bei jedem Zeichen von Inkompetenz brüllen und grollen, aber sobald Ounooi oder Alida auftauchten, wurde er so freundlich wie eine Frühlingsbrise. Oder Karien; all ihre Wochenenden und Ferien hier. Was war das in Oubaas, daß er Frauen – sogar Mamparra und Adams Frau Liesbet – immer schonte? »Nein«, schloß Michiel auf Glassmans Couch, »mein Vater leidet an mehr als einem biochemischen Ungleichgewicht oder an fehlgeleiteten Neuronenströmen. Aber egal, was es ist, dazu gesellt sich der Überlegenheitswahn von brutaler, weißer, männlicher südafrikanischer Macht. Man muß dort aufgewachsen sein, um zu verstehen, was ich meine.« Und Glassmann hatte laut gelacht und gesagt: »Michael, ich komme aus Texas.«

»Wenn wir mit dem Waschen fertig sind«, sagt Oubaas, seine Augen noch immer auf Michiel gerichtet, »dann kannst du die weiße Tupperware-Schüssel, die unter dem Abfluß steht, mit sehr heißem Wasser füllen. Dann rasierst du mich gleich hier drin. So hat Ounooi es gemacht. Wenn wir das machen, solange ich noch hier drinsitze, wird nicht das ganze Badezimmer naß.«

Michiel, neben der Wanne kniend, nimmt die Füße zwischen seine Hände. Die Zehennägel, so hart wie Muschelschalen, sind gelb, aber sauber geschnitten, die Hornhaut der Fersen abgerubbelt. Ob es so war mit ihr, wenn sie beide allein waren? War es die geheime Verletzlichkeit oder Gebrechlichkeit, in die sie sich verliebte und die sie beide beieinander hielt? War es so, daß seit er ihr anfänglich den Hof gemacht hatte und bis hin zu ihren späten, immergleichen Sonntagnachmittagen, Zärtlichkeit etwas war, das nur sie von ihm bekam, das zu ihrem Liebesritual gehörte oder in die müde Ruhe danach? Michiel blickt zu seinem Gesicht auf, zu den geschlossenen

Augen, der Kopf liegt auf der Seite, der schwache Nacken, gehalten von sichtbaren Sehnen, die hängenden Mundwinkel. Wie eine der uralten Möwen auf den Salomonen. Man blickt hinauf und sieht sie gegen dieses unglaubliche Blau. Sie gleiten herab, um genauer zu sehen, den Eindringling in ihrer Welt zu mustern. Ob in diesem flüchtigen Moment wohl etwas von dem steckt, was religiöse Menschen Gnade nennen?

Er wäscht Seifenlauge von seinen Füßen. Die Knöchel sind überzogen von einem Netzwerk aus bläulichen, violetten und roten Knoten, über die zartere weiße Haut rund um die Achillessehnen läuft ein Delta aus Krampfäderchen in feinstem Geflecht nach oben. Michiel beugt das linke Bein, seift Schienbeinknochen und Knie ein, dann die Wade, über die eine einzige dicke Vene diagonal verläuft, von der Kniekehle bis nach vorn aufs Schienbein. Er drückt das Knie hinunter ins Wasser und bemerkt dabei erschreckt, wie weich die Wade ist, wie fleischlos und leer sie sich anfühlt. Nichts ist mehr übrig von den braungebrannten Muskeln, die unter der Haut spielten, wenn Oubaas zwischen säuberlich gesetzten Reihen von Mais und Sonnenblumen ausschritt.

»Wenn du nochmal so lange brauchst, um nach Hause zu kommen, dann werde ich auch nicht mehr hier sein.«

Er wringt den Waschlappen aus. Oubaas' Augen bleiben geschlossen. Ist dies denn also deine Art, die Hand auszustrecken, wie Benjamin meinte?

»Du redest nicht viel«, murmelt Oubaas.

Du und ich, wir hatten einander nie viel zu sagen, wäre vielleicht die aufrichtigste Antwort. Zwischen uns herrschte immer Schweigen. Als Junge habe ich beständig versucht, in dir zu lesen, um herauszufinden, was du von mir denkst und von mir wolltest. Ich habe Knoten in meine Seele geschlagen, nur um dir zu gefallen, ich habe gelernt, mich zu verschließen und mißtrauisch zu sein, etwas, das ich mir immer noch nicht vollständig abgewöhnt habe. Als du mir befahlst, meine Sachen zu packen, hast du mehr mit mir geredet – besser gesagt: in meine Richtung, als in all den Jahren zuvor. Aber Michiel hat jetzt kein Interesse an Wahrheit. Stattdessen wird er irgendetwas Respektvolles sagen. Irgendetwas, das diesem Moment hier, was auch immer gerade ablaufen mag, gerecht wird. Im Zweifel wird er für den Angeklagten und für diesen Augenblick aussagen.

Ehrlichkeit reicht schon aus, würde Kamil vielleicht sagen. *Wahrheit ist manchmal einfach zu viel des Guten.*

»Ich denke gerade darüber nach, Pa, daß das Leben einen manchmal an unerwartete Orte führt.«

Er wäscht die schlaff gewordenen Schenkel und kommt mit dem Waschlappen nahe an die vorstehenden Beckenknochen.

Der alte Mann hustet einmal kurz. Und sagt dann: »Der nächste unerwartete Ort, an dens dich führt, ist mein Schwengel.« Er verschluckt sich vor Gelächter, und Michiel kichert los, er kann nicht anders als zu lachen. Oubaas Gelächter beginnt in seinem Bauch, er wirft den Kopf zurück. Seine Brust hebt und senkt sich. Eine seifige Welle schwappt über den Rand der Wanne und macht Michiels Jeans naß. Immer noch lächelnd, hebt Michiel den Blick wieder zu Oubaas' Gesicht. Was er jetzt dort sieht, kann man nicht mehr als Heiterkeit mißinterpretieren. Der Mund klafft, die Lippen sind schmal zusammengezogen, die Augen weit aufgerissen. Das Gesicht ist verzerrt, und kein Laut dringt aus seiner Kehle. Die Arme ziehen die Hände hinauf und schaffen es irgendwie, die jetzt wieder zitternden über die offenen Augen zu legen, so daß nur noch der stumme Schrei aus dem offenen Mund zu sehen ist.

»Oubaas?« Einen Augenblick lang glaubt Michiel an einen Anfall. Dann dringt ein matter Ton, etwas wie der Klang einer gestopften Oboe, aus irgendeiner Tiefe in der Brust des alten Mannes. Er schnappt nach Luft, und der Ton wird zu einem Klagelaut. Der Brustkorb hebt und senkt sich. Noch ein tiefer Atemzug, dann beginnt er in die zitternde Schale seiner Hände zu schluchzen. Michiel erträgt es nicht hinzusehen. Wie lange es dauert – er wird sich später nicht erinnern können. Woran er sich erinnern wird, ist, daß er sich auf die Badezimmerfliesen gesetzt hat, den Waschlappen noch immer in der Hand. Daß er sich vielleicht die Finger in die Ohren gestopft hat. Daß irgendwann wieder Stille herrschte, und daß er sich erst dann wieder hinkniete und sah, daß eine Vene auf der Stirn seines Vaters hervorstand, daß seine Augen und Wangen glitzerten, daß die Augen jetzt blauer waren als je zuvor, und das Bild der Niederlage in ihnen schrecklich.

Dann spricht Oubaas. »Wieviel Zeit ist noch?« Er blickt von Michiel zur Decke hoch. »Sind wir auch nicht zu spät, Peet?« Michiel läßt den Versprecher durchgehen und wirft einen Blick auf seine

Uhr. Kein Grund zur Eile. Dann macht er weiter: Hüften, Bauch, Brust, Nacken. Der alte Mann, der vielleicht vom Pfad des Waschlappens auf die Widerstände seines Sohnes schließt, sagt: »Meinen Intimbereich schaffe ich selbst. Gib mir den Waschlappen. Es reicht, wenn du mir die Hand führst.« Danach verlangt er von Michiel die Flasche Denorex, die auf dem Waschbecken steht. »Das ist gegen trockene Kopfhaut«, erklärt er. »Deine Mutter hat Kokosnußöl reingeschmiert und mich mit dem Zeug in meinem Haar schlafen lassen. Sie hat es auf meine Raucherei geschoben. Meinte, das würde mir Feuchtigkeit entziehen. Also hab ich mit Rauchen aufgehört, aber schuppige Kopfhaut habe ich immer noch.« Michiel schiebt die Hand unter Oubaas' Kopf und feuchtet mit dem Wasser aus dem Emailkrug auf dem Waschbecken das dichte graue Haar an. Dann lehnt er den Kopf wieder gegen die Wand der Wanne, während er die stark riechende braune Flüssigkeit in seine Handmuschel gießt. Nachdem er sich hochgehievt und auf den Wannenrand gesetzt hat, reibt er das Mittel ein und massiert mit den Fingerspitzen die Kopfhaut. Dann wäscht er es mit drei vier Güssen aus dem mit frischem Wasser gefüllten Emailkrug wieder aus. Jetzt der blaue Schwamm fürs Gesicht. Aus dem Schrank unter dem Waschbecken holt er die große Tupperware-Schüssel und füllt sie mit heißem Wasser. Er verteilt Rasiercreme auf dem Kinn, den Wangen und der Kehle seines Vaters. Er nimmt den Rasierer vom Waschbecken. Auf dem Wannenrand sitzend, beginnt er die borstigen Stoppeln zu rasieren.

Dann trifft er auf den Blick seines Vaters.

»Wie hast du sie verlassen können, während sie schwanger war?«

Er senkt den Blick auf seine Arbeit.

»So habe ich meine Söhne nicht erzogen.«

Wenn wir so wären, wie du uns erzogen hast, könnte Michiel sagen, dann gäbe es keinen Platz auf dieser Welt, wo wir leben könnten.

»Das ist vielleicht deine letzte Chance, Peet.«

»Ich bin Michiel, Pa –«

»Mit dem Rasierer wird es aber nichts. Die Leute werden bemerken, daß dus versucht hast und es nicht geklappt hat. Es wird wieder polizeiliche Ermittlungen geben. Und das wird ernster als unerlaubte Entfernung von der Truppe.«

Michiel sieht, daß das Glitzern in die blauen Augen zurückgekehrt ist.

»Aber du könntest mich untertunken. Ich verspreche dir, es steckt nicht mehr sehr viel Gegenwehr in diesem Körper.« Er lächelt. »Du kannst behaupten, du wärst kurz aus dem Badezimmer raus, um etwas zu holen. Und als du dann zurückkamst, hatte ich einen Anfall und bin ertrunken. Letzter Wille und Testament sind in der Stadt bei Malherbe & Partners.«

Die Hast, mit der der alte Mann vom Zustand der Verzweiflung wieder in diesen hier zurückgekehrt ist, überrumpelt Michiel. Er spürt, wie sein Atem kürzer wird und Zorn in ihm aufsteigt. Er spült den Rasierer ab. Zieht mit der freien Hand die Haut unter seines Vaters Kinn straff und fährt dann vorsichtig mit dem Rasierer die Wange hinab. Dann das Geräusch, mit dem die verschmierte Klinge wieder abgewaschen wird. Er wiederholt die Abwärtsbewegung weiter ausholend, näher an den Ohren und Koteletten.

»Es gab Zeiten, Pa, da hätte ich dir gewünscht, einmal von deiner eigenen Medizin zu kosten.« Als er jetzt endlich zu sprechen beginnt, ist seine Stimme ruhig und klingt selbst den eigenen Ohren resigniert. »Irgendeine Form von Rache. Aber dieser Wunsch ist im Laufe der Zeit vergangen, Pa.« Er spürt sich entspannter werden, er konzentriert sich auf den Rasierer, obwohl er jedes Wort wägt. In der Stille des Badezimmers erinnert das Geräusch, mit dem die Stoppeln abgeschert werden, an das Knistern, mit der eine Welle vom Strand zurückrollt. Und als ich dich von der Veranda her sah, Pa, in deinem Schlafanzug im Rollstuhl sitzend – dies würde er gern sagen – da wurde mir klar, daß keine Form von Rache mir heute mehr Befriedigung geben könnte. Die Fotos, die Ounooi mitgebracht hat, haben nichts von dem Rollstuhl erzählt oder von dem Zittern. Sie zog es vor, dich so zu zeigen, wie du bis vor einigen Jahren gewesen sein mußt. In der Wirklichkeit bist du zu alt geworden, als daß ich dich noch irgendwie angreifen könnte, Pa. Alt und schwach und erbarmungswürdig. Vielleicht ist Rache ein Gericht, das am besten kalt genossen wird, aber wenn das Festmahl zu lange hinausgeschoben wurde, ist es nicht mehr von Interesse. Die kool is die sous nie werd nie. Der Kohl ist die Sauce nicht wert, hört er sich sagen, aber er sagt nichts. Er leert die Seifenlauge der Schüssel ins Waschbecken und füllt frisches heißes Wasser ein. Dabei fällt sein Blick auf das eigene verzerrte Spiegelbild auf dem verchromten Wasserhahn. Er sieht in den Spiegel und bemerkt seine roten Augen, bevor er sich erneut auf den Rand der Wanne setzt. Und irgendwo tief im Herzen, alter Mann, habe ich dich immer geliebt. Gibt es eine Möglichkeit, diese Worte irgendwie herauszuzwingen?

Der blauäugige Blick ruht noch immer auf ihm und wartet, daß er spricht. Einen Augenblick lang starren sie einander an, dann sieht Michiel weg und konzentriert sich wieder auf den Rasierer. Mit den Fingerspitzen holt er die Rasiercreme aus den Ohrmuscheln. Als ich degradiert war und zur Farm zurücktrampte, kam ich deswegen, weil es keinen anderen Ort gab, an den ich hätte gehen können. Niemals, selbst als Kind nicht, war ich so einsam gewesen.

»Jissis«, unterbricht Oubaas seine Gedanken. »Ein Mann mitten in den Dreißigern, der immer noch nicht fähig ist, seine Gedanken auszudrücken. Steh doch einmal gerade für deine Taten! Kann es denn wirklich sein, daß du noch erbärmlicher bist, als ich dich in Erinnerung habe?«

»Sogar heute, Pa, willst du mir nicht erlauben, um meine Mutter zu trauern. Sogar – «

»Wenn ich dich hergerufen habe, dann weil sie dich geliebt hat! Trotz all deiner Perversionen. Hol mich aus dieser Wanne raus!«

»Ist denn wirklich keinerlei Barmherzigkeit in dir?«

»Barmherzigkeit? Du redest wie eine Frau, großer Gott. Wenn du schon unbedingt diese Art von Kreatur sein mußt, die du bist, kannst du dann nicht wenigstens so tun, als hättest du ein paar Eier in der Hose? Ich habe dir nichts zu sagen. Hol mich hier raus. Ruf Alida. Geh zur Gegensprechanlage ...« Dann scheint er es sich anders zu überlegen und, das Gesicht zu den Fenstern gewandt und in einer Lautstärke, die erstaunlich ist aus solch einer eingefallenen Brust, hebt er den Kopf und bellt zweimal, dreimal, den Namen der Frau heraus, die ihn aufgezogen hat. Von draußen dringt in die Stille des Badezimmers das Gurren von Tauben, als sei hier drin überhaupt nichts vorgefallen.

Eine Stunde, bevor sie in Richtung Stadt aufbrechen, betritt er, aus seinem alten Zimmer kommend, das dämmrige Wohnzimmer. Die Dusche hat ihn erfrischt wie ein guter nächtlicher Schlaf. Sein Koffer ist aus dem Korridor hier her getragen worden und steht jetzt am Fuß seines alten Bettes, des linken der beiden Einzelbetten. An der Schranktür hängen Jackett und Hose säuberlich neben dem gebügelten Hemd. Die faltenlose Krawatte liegt über der Schulter des

Hemds. Am anderen Ende des Korridors hört er Alida, die immer noch mit Oubaas zugange ist. Es ist jetzt entschieden worden, daß sie, wie ursprünglich vorgesehen, den alten Mann und den verlorenen Sohn im Mietwagen begleiten wird.

Die neuen Schiebetüren des Wohnzimmers sind zugezogen. Neue Sessel. Das alte Sofa und die Chaiselongue sind frisch gepolstert worden. *Ich schreibe in Englisch, damit Michiel nicht übersetzen muß und Sie die Neuigkeiten von Zuhause teilen können.* Ihre Briefe, die er Kamil im Bett laut vorlas, den Kopf auf dem Kissen unter der Seitenstickerei der Grünen Tara. *Wenn ihr beiden hier wärt, könntet ihr mitentscheiden, wo die Couch hin soll. Ich habe Oubaas überredet, die entsetzliche alte La-Z-Boy, die er mittlerweile kaum noch benutzt, an Alida weiterzugeben. Ich habe allen Fotos von eurer geschmackvollen Einrichtung gezeigt.* Übergardinen aus Mohair und Spitzengardinen. Auf einem neuen Kaffeetisch steht ein Strauß Calla-Lilien (die oben an der Quelle wachsen, das weiß er), die langen grünen Stile leuchten hell durch die Glasvase. Hier, wo heute morgen noch viele Leute bei Tee und Kuchen saßen, ist jetzt alles wieder picobello, jede Spur der Trauer getilgt. Der Raum ist kühler als der Rest des Hauses. Als er Ounoois geliebte Maggie Laubscher in ihrem geschnitzten Rahmen sieht, sowie die Radierungen von Pierneff und eine Reihe neuer Pastelle von Claerhouts, muß er an die Wände seines eigenen Schlafzimmers denken. Als er den Korridor wieder überquert, hört er das altvertraute Knirschen der einen losen Fußbodenbohle. Die Sachen, die er in der Volksschule gezeichnet und gemalt hat und die Ounooi rahmte, hängen nicht mehr hier. An ihrer Stelle befinden sich Radierungen und Kohlezeichnungen Kariens: die geblähten Nüstern eines Pferdes, ein Schaf und ein Kind auf einem Fußweg vor dem Höhleneingang. Seit wann hat sie es mit Farmtieren? Außerdem fällt ihm auf, daß das zum Leuchter umfunktionierte Wagenrad, das von der Decke hing, durch Spotlights ersetzt ist, die die Ecken des Raums ausleuchten. Statt der metallgerahmten alten, lassen neue, breite Schiebefenster mehr Licht herein, und statt der Vorhänge hängen Rollos davor. Auf den Betten liegen Daunendecken, deren Bezüge blaue und weiße Motive afrikanischer Masken zeigen. Am Fußende seines alten Bettes liegt, sauber gefaltet, noch immer die Decke aus Fellen vom Schabrackenschakal, die er von Grandpa Ford geerbt hat. Irgendjemand, Alida vielleicht, hat eine Vase mit Callas (Arums werden sie hier genannt, erinnert er sich plötzlich) in das dreistöckige Bücherregal gestellt, das mit seiner bescheidenen Auswahl an Büchern neben dem Schreibtisch steht.

Erneut betritt er das Wohnzimmer. Seine Bewegungen hinter dem langen Sofa spiegeln sich im grauen Glas eines neuen Breitwandbildschirmes. Ob sie hier beisammen saßen auf dem blauen Sofa, in der letzten Nacht? In Ablagen unter dem Fernseher liegen die Fernbedienungen und ein Satellitendecoder. Oubaas ist völlig fasziniert von Sport: *Er sieht sich alles an, Rugby, europäischen Fußball, die Tour de France, Wasserball, du weißt ja, wie sehr er alle Mannschaftssportarten liebt. Merkwürdigerweise hat er sich nie für American Football interessiert. Wie ihr beide wißt, habe ich meine eigenen kleinen Schwächen: Vorwärts, Mädchen!* Kamil und er waren beide erstaunt gewesen, wie sehr sie auf dem laufenden war, was neuere Filme betraf oder britische und amerikanische Popkultur. Sie hatte ihnen erzählt, daß sie 1998 die Clinton-Lewinsky-Anhörung live gesehen hatte. *Wie lächerlich, so unanständig das Ganze.* Als sie in ihrer Wohnung durch die Sender gezappt war, kicherte sie, als sie an *Reich und schön* hängenblieb. Sie sah sich *Zeit der Sehnsucht* an, damit sie ihren Studenten in ihrem Erwachsenenbildungsprojekt erzählen konnte, was sie demnächst in Südafrika geboten bekommen würden. »Wenn ich diesen Frauen erzähle, daß ich das in Amerika gesehen habe, dann geht mein Glaubwürdigkeitslevel durch die Decke!« Auf der Farm bekamen sie trotz Satellitenschüssel nicht die aktuellen Folgen der Soaps zu sehen (die sie aber ohnehin nicht ansah), ebensowenig *Oprah* (die sie allerdings süchtig verfolgte), sie waren hier immer eine oder zwei Staffeln hinter den USA her.

Das Steineibenparkett ist bedeckt von dem blauen, cremefarbenen und tiefpinken Kelim, den sie sich nach einer Reise in die Türkei in den frühen Siebzigern schicken ließ. Der Teppich kam ohne den englischen Text über die Herkunft des Gewebes an, den der Händler versprochen hatte. Sie hatte mit dem Bus Euphrat und Tigris überquert, um nach Urfa zu kommen, dem Geburtsort Abrahams nahe der syrischen Grenze und war von dort aus bis zum Ararat gefahren, »weiter östlich als Moskau«. Von Istanbul aus war sie nach Israel gereist. *Meine Reise in den mittleren Osten*, nannte sie es. Hinter ihrem Schreibtisch ist die Wand, die vom Boden bis zur Decke mit Büchern bedeckt ist. Die Lektüre eines ganzen Lebens, alphabetisch geordnet, nicht nach Themen wie seine und Kamils Bibliothek. A ganz links oben bis Z ganz rechts unten: Aristoteles, Blake, Chechov, Dante, Eliot, Flaubert, Gogol, Hamsun, Ibsen, Joyce, Kipling, Lawrence, Melville, Nietzsche, Ovid, Proust, Rousseau, Sartre, Twain, Voltaire, Woolf, Yeats, Zola.

Haben Alida oder Benjamin ihre Papiere für die Zusammenkunft heute morgen geordnet, oder hat sie selbst alles eingeräumt in der Nacht, in der sie starb? Er studiert die Fotos: die fünfköpfige Familie in Schwarzweiß auf der Chaiselongue, aufgenommen vom Ortsfotografen. Eingerahmt von barocken Silbergirlanden, grinst Oubaas von einem Ohr zum andern. Sein dickes, dunkles Haar ist seitlich gescheitelt und mit Frisiercreme nach hinten gelegt. Er trägt einen dunklen Anzug, auf seinem rechten Knie hat er Benjamin sitzen, auf dem linken Peet. Michiel steht neben Ounooi. Sie, die nackten Knie seitlich gedreht, trägt einen Minirock aus Crimplene. Bei zwei von den drei Jungen fehlen Zähne. Ihre Gesichter leuchten. Der Faconschnitt kann nicht das dicke dunkle Haar verbergen. In London, später in Australien ließ er den Schul- bzw. Armeekurzhaarschnitt auswachsen und hatte jahrelang keine Schere in seiner Nähe geduldet. Als er in Sydney Kamil kennenlernte, reichten die Haare bis über die Schultern. Als die dünnen Stellen dann zu sichtbar wurden, optierte Kamil für den Bürstenschnitt und mußte sich dann auch weiterhin um seine Aufrechterhaltung kümmern.

Er hört Gekicher aus dem Garten, ein Name wird gerufen, dann rennende Schritte und Hundegebell.

Peet. In Farbe. Sein Kopf, im Profil aufgenommen, macht einen Diener, während der Rektor seine Schulter berührt. Wer würde das verzerrte Grinsen des damaligen südafrikanischen Präsidenten nicht wiedererkennen? Peets Züge unter dem Doktorhut und der Strähne dunklen Haars über dem Ohr sind eindrücklicher als sie es in Michiels Erinnerung je waren. Eine tiefe Linie verläuft vom Nasenflügel bis zum Rand des schwarzen Schnurrbarts. Das ist ein paar Tage, bevor Fischer seine Leiche finden. Michiels Blick konzentriert sich auf die Krawatte und den weißen Hemdkragen seines Bruders oberhalb des Vs, wo der Ausschnitt des schwarzen Talars und die beiden Ehrenbänder übereinanderliegen. Das Blitzlicht des Fotografen hat einen Schatten auf den Punkt geworfen, wo der Kragen auf Höhe des Adamsapfels vom Hals absteht. Wieviel Gewicht hatte er schon verloren? Oubaas und Ounooi müssen es bemerkt haben. Ounooi, deine Gabe, nur das zu sehen, was du sehen möchtest. Von Peet hat er gelernt, wie man einen Krawattenknoten bindet. Wie andere Jungs und wie Benjamin auch, markierte Michiel auf der Rückseite seiner Schulkrawatte mit einem kleinen Strich, mit dem Federhalter, jeden Schlag, den er bekommen hatte, und mit einem dicken Strich, wenn die Prügel vom Direktor kamen. In seinen gesamten Highschooljahren hatte Peet, der älteste, der Ruhige, der disziplinierte, der auf seinen Schulstoff konzentrierte, der mit den vier Einsen im Abitur, der Tennisspieler, der niemals jemandem erlaubt hatte, ihn zum Rugby zu drängen oder zu zwingen, lediglich zwei Schläge bekommen, und den Vorschlag, sie auf seiner Krawatte zu vermerken, hätte er höhnisch abgelehnt.

Und hier sind wir. Siebzehnjährig in unseren Schul-Blazern. Ein gutaussehender Junge / Mann mit verblassenden Aknenarben auf den Schläfen und ein attraktives Mädchen / eine junge Frau mit Zöpfen, beide mit vor Optimismus strahlenden Augen. Schönheit und Schenie mit großem Sch, hatte Ounooi gesagt. Wie hätte irgendjemand auch nicht in dich verliebt sein können, Karien? Meine Freundin, meine Geliebte, mein Herz. Daneben ein neueres Foto von ihr und Dirk. Auf ihrem Schoß ein Kind, ein braunes Kind, das glückselig lacht. Dirk leicht ergraut, aber immer noch Adonis. Schönheit neben Schönheit. Sie müssen wie die Tiger vögeln. Sie altert gut. Die weiße Haut, die sie in seiner Erinnerung hat, ist fort, sie ist braungebrannt, ihr Arm kupferfarben neben der kleinen Hand des Kindes. Ihre etwas härteren, eckigeren Züge vergrößern ihre Ähnlichkeit mit ihrer Mutter, Gerda Niehaus, der ehemaligen Kirschenkönigin.

Benjamin: das Rugby-Ei in der Hand, Kapitän der ersten Mannschaft der Schule, Kapitän der Unter-18-Auswahl des Free State beim Craven Week-Turnier. Ein echter Allrounder, der beste bei ausnahmslos jedem Sport, den sie zu Lande oder im Wasser spielten. Jedermanns bester Freund. Nein: Kumpel. Schon früh war klar gewesen, daß entweder Michiel oder er – oder beide zusammen – Paradys übernehmen würden. Im Laufe der Zeit schien Michiel das Interesse daran zu verlieren und stürzte sich auf Bücher, vor allem als das Geschick des mittleren Bruders für alles Landwirtschaftliche und seine Neigung fürs Geschäft deutlich wurden. Dann in der Highschool machte Benjamin deutlich, daß er, mehr als darauf, Farmer zu werden, Lust hatte Geld zu machen. Und mit Paradys allein war das nicht zu erreichen. Er wollte ein ganzes Imperium schaffen, wie Harry Oppenheimer. Oder Rhodes. Oder Anton Rupert mit Rupert International: Rembrandt van Rijn – jede Zigarette ein Meisterstück. Die Kirschgärten und der Viehbestand von Paradys würden in seiner großen Zukunft gerade mal einen Erwerbszweig darstellen. Auf halbem Wege durch seine zwei Jahre Wehrdienst verpflichtete er sich für die Minimaldauer zu den Permanent Forces. Finanziell macht das Sinn, sagte er. Und als Infanterieleutnant im Angolakrieg machte er mittels UNISA einen Abschluß in Betriebswirtschaft.

Das erste und einzige Familienfoto ohne Peet: die beiden übriggebliebenen Jungs in Uniform zwischen Oubaas und Ounooi. Gerahmt vom gotischen Kirchenportal. Benjamin in der Khakijacke mit den beiden silbernen Sternchen, Michiel in Weiß, die goldenen Schnüre der Epauletten eines Fähnrichs auf den Schultern. Zehn Wochen bevor er sie loswurde.

Glassman: Ihr verstorbener Bruder konnte aufs College, während Sie beide zur Armee gingen? Michiel: Man konnte entweder nach der Highschool oder wenn man einen Universitätsabschluß hatte hingehen. Glassmann: Das war die Wahl, die man hatte? Michiel: Es sei denn, man ging ins Gefängnis oder verließ das Land. Glassman: Aber Sie haben nicht fürs College optiert wie Peet (er sprach den Namen wie ein Amerikaner oder Engländer aus, ohne den Diphtong, der in Afrikaans dazugehört). Michiel: Zwei Jungs zur selben Zeit im College, wäre für meine Eltern sehr teuer geworden. Peet war das Superhirn. Er war dazu geboren, Jurist zu werden, wie alle Männer von der mütterlichen Seite der Familie. Glassman: Warum haben Sie sich entschlossen, Offizier zu werden und in einem fremden Land Krieg zu führen? Warum nicht lieber irgendeinen Schreibstubenjob oder Lastwagenfahren? Michiel, einige Sitzungen später: Es gab keine Entscheidung, ich kann mich nicht erinnern, bewußt eine Wahl getroffen zu haben, es kam so natürlich wie das Atmen. Michiel, ein weiteres Jahr später: Es war mir zu peinlich, nicht dahinzugehen. Ich hätte mich zu sehr geschämt, kein Offizier zu sein. Glassman: Eine Scham, die sich als Stolz verkleidet? Michiel: Damals habe ich das nicht so empfunden.

»Kanu! Pulane!« Er blickt hoch. Es klingt beinahe wie die Stimme seiner Mutter da draußen im Garten. »Rein mit euch, und wascht die

Grasflecken ab, damit ihr eure Schuhe anziehen könnt!« Aufgrund des perfekten Weiße-Leute-Englischs ihrer Aussprache weiß er, daß es Klein-Alida sein muß. Lerato. Ihre Stimme fährt mit einem warnenden Ton auf Sesotho fort, einer Sprache, die Michiel so gut wie nicht versteht. Ein Kind protestiert, ebenfalls auf Sesotho, und dann ruft die Stimme, an die er sich erinnern kann: »Kanu, ich sage das nicht noch einmal!«

Und hier jetzt Benjamins Familie. Seine zwei Kinder und Giselle. *Dein Bruder hat genau wie Oubaas eine englischsprachige Frau ausgesucht. Aber sie ist eine echte Buchhalterin. Sie führt seine Investmentfirma mit ihm. Großartige Mutter. Starke Frau.*

Er setzt sich in Ounoois Sessel. Hebt eine weitere gerahmte Fotografie hoch. Vom Tag, nachdem er sie im Schnee von JFK abholte. Eine Stadtrundfahrt, die die Hafenrundfahrt einschloß. Unter der Freiheitsstatue ist der Schnee zu großen Haufen geräumt. Ounooi ist in den Wintermantel mit dem falschen Fuchspelzkragen gepackt, den er und Kamil bei Nordstroms für sie gekauft hatten. *Vielleicht hat sie nichts mit, was warm genug ist für den Winter. Komm schon, Michael, bereite ihr eine Überraschung.* Tief über die Ohren und in den Blick gezogen, der lilane Hut – *denk an Annie Hall* – der Kamil ins Auge gefallen war, als sie bereits in der Kassenschlange standen, um den Mantel zu bezahlen. Michiel, dick vermummt und mit einem Hut, lächelt direkt in die Kamera. Er hat den Arm um sie gelegt und zieht sie mit seiner behandschuhten Hand zu sich heran. Wie strahlend sie aussieht – sie alle beide aussehen – in der Wintersonne. Wirklich, das einzig Wichtige ist, daß sie wenigstens das zusammen hatten. Ein paar Stunden später wird ihm bewußt, daß hier auf ihrem Schreibtisch etwas fehlt, nämlich er und Kamil, und kaum hat er das bemerkt, entschuldigt er es auch schon. Wozu den Zorn des alten Mannes provozieren? Momentan ist er von ihrem Lächeln gerührt, davon, wie sie beide sich auf etwas schäbige Weise versöhnt haben, wie sie da stehen, zwischen all den anderen Touristen, hinter sich die königliche Skyline Manhattans, die sich aus dem Wasser erhebt.

Bei dem Geräusch von lautem Gelächter steht er aus ihrem Sessel auf und schiebt die Spitzengardinen zur Seite, um über die Veranda auf den Rasen hinaus zu sehen. Ein schick gekleidetes Mädchen und ein Junge versuchen, die Bullterrier lange genug zum Stillstehen zu bewegen, um ihnen Kränzchen aus Geißblatt auf die Köpfe zu drapieren. Die Hunde ziehen den Nacken ein und versuchen, das störende Zeug mit den Pfoten zu erreichen. Aus der Richtung von Peets Rundhütte kommt eine Frau in einem schwarzen Hosenanzug. Sie ist schlank und hochgewachsen, wie ihr Vater, der in einer der Welkom-Minen gestorben ist. Sie spricht in ein Handy und gestikuliert mit einem Schlüssel. Über der Schulter trägt sie eine schwarze Umhängetasche. Ihre Zöpfchen schwingen beim Reden mit. Eine Hand in die Hüfte gestemmt, schüttelt sie wild den Kopf und unterstreicht ihre Worte mit dem Schlüssel. Alidas einziges Kind, ein paar Jahre älter als Peet. Ounooi hat ihr beigebracht, Englisch und Afrikaans ohne (schwarz-) afrikanischen Akzent zu sprechen. Hinter Oubaas' Rücken hatte Ounooi das Geschäft mit der Konservenfabrikation bei der Volkskas als Sicherheit eingesetzt, um Klein-Alidas erste Studiengebühren zu finanzieren. Am Ende ihres ersten Jahres im Jo'Burg College für Erziehungswissenschaften bekam sie von Anglo-American ein Stipendium, um nach Wits zu gehen. Sie ließ die Erziehungswissenschaften fallen und schrieb sich für einen Abschluß in Ingenieurswissenschaften ein, den sie summa cum laude bestand. Die einzige Enttäuschung für Ounooi war, daß ihr Schützling sich dann entschloß zu heiraten, anstatt sich um ein Rhodes-Stripendium zu bewerben. *Natürlich dachte ich zuerst, das Mädchen sei schwanger.* Das war in den frühen Neunzigern. Die Zeit des ersten großen Umschwungs. Ounooi flehte sie an, sich das nochmal zu überlegen. Aber zu dem Zeitpunkt hatte das Wunderkind einen eigenen Willen entwickelt, und der Einfluß der weißen Frau, die ihr ein blütenreines Englisch beigebracht hatte, war geschwunden. Ounooi nahm an der Hochzeit teil. In einem Saal von dreihundert Gästen war sie eine von nur einem Dutzend Weißen. In einem kürzlich geschriebenen Brief: *Klein-Alida ist auf Besuch aus Jo'Burg, während ihr reicher Geschäftsmann von Gatte seine Familie in Lagos besucht. Dieser Mann liebt die Zwillinge und ist den beiden, die auch über das Osterwochenende hier sind, ein exemplarischer Vater. Der Sohn wird mit jedem Besuch frühreifer, und das Mädchen will jetzt plötzlich unbedingt Ballettänzerin werden. Sie bewegt sich nur noch auf Zehenspitzen vorwärts.* Er kann die Augen nicht von der Frau auf dem Rasen wenden. Beim Geräusch des Schlüssels in der Schiebetür blickt sie hoch. Er lächelt, als er sieht, daß sie ihn wiedererkannt hat. Das Telefon noch immer am Ohr, öffnet sie ihren Mund weit, hebt die freie Hand und winkt ihm mit den Fingern zu.

»*Kleinbaas* Michiel Steyn!« ruft sie, klappt das Telefon zu und kommt auf ihn zu, der hinter dem Gitter steht. »Der Schlüssel für das Gitter hängt an dem Schlüssel in der Schiebetür«, sagt sie, während sie die Treppe heraufkommt. Sobald das Gitter geöffnet ist, umarmen sie sich so selbstverständlich, als hätten sie ihr ganzes Leben nichts anderes getan. Ob sie wohl genau wie er hinterher das Gefühl hatte, dies sei das erste Mal gewesen, daß sie einander so bewußt berührt haben? Als sie wieder spricht (auf Englisch, bemerkt er, nicht in ihrem alten Afrikaans aus früherer Zeit), ist ihr Ton ein ganz anderer. »Mom hat gesagt, du würdest kommen. Es tut mir wahnsinnig leid wegen Ounooi, Michiel.«

»Danke dir ... Es freut mich so, daß *du* hier bist.«

»Wie könnte ich denn nicht?« Sie winkt die Kinder herbei. »Kommt und sagt Michiel Hallo, ihr beiden«, ruft sie. »Er ist Tante Beths Sohn aus den Vereinigten Staaten.« Das Mädchen nähert sich, aber der Junge ziert sich. »Es ist gut, daß du gekommen bist, Michiel. Ounooi hätte das so gewollt.« Der Junge spielt mit einem Stöckchen mit den Hunden, während das Mädchen, die Blumenkränze in der Hand, auf sie zu kommt. Es kann nicht älter als sechs oder sieben sein. Es umfaßt seine Mutter mit beiden Armen und starrt dabei Michiel an.

»Du mußt der Edelstein in der Krone deiner Mutter sein«, sagt er, und das Mädchen drückt sein Gesicht in die Hüfte seiner Mutter, schielt dabei aber mit einem Auge auf ihn.

»Sei nicht so schüchtern.« Lerato zuckt die Hüfte zur Seite, um den Griff des Kindes zu lockern. »Die hats faustdick hinter den Ohren.« Und dann wieder zu dem Kind gewandt: »Stell dich vor, mein Kind.«

Das Kind läßt seine Mutter los und streckt die rechte Hand aus. »Ich heiße Pulane. Ich freue mich, Sie kennenzulernen.« Ein dünnes Stimmchen.

Die warme Hand des Kindes in seiner geht Michiel in die Hocke. »Und ich freue mich erst, dich kennenzulernen, Pulane. Ich habe gehört, du hast dir dein Kleid selbst geschneidert mit Stoff aus Timbuktu.«

»Das kommt von Truworth's, nicht aus Timbuktu!« Sie kichert. »Mammi hat es mir gekauft!«

»So? Ich habe gehört, daß du all deine Kleider selbst entwirfst und schneiderst.«

»Du bist ja verrückt!« Das Kind lacht und entzieht ihm seine Hand und tut dann so, als wolle es ihn mit den Kränzen bewerfen, während es sich wieder an seine Mutter lehnt. Es ist ein hübsches Kind, ein schönes Kind mit Mandelaugen, die leicht aufwärts gezogen sind, hin zu den kleinen Ohren. Seine Haut ist viel dunkler als die seiner Mutter und Großmutter, das bezopfte Haar ist im Nacken zusammengebunden. »Ich wette du weißt nicht, wie die Hunde heißen«, sagt es.

»Dieser hier, hmmm ...«, er tut so, als denke er über verschiedene Möglichkeiten nach, »der heißt Portunovascotiakokkadoodledoo.«

Pulane schreit vor Lachen auf. »Überhaupt nicht! Sie heißt Isabella!« Sie blickt zu ihrer Mutter hinauf. »Und der da drüben bei meinem Bruder?«

»Hmm ... Das muß Versaikreaturasomnambulakolombangara sein.«

»Nein, nein, nein! Mammi, sags ihm! Der heißt Grootman.«

»Kanu!« ruft Lerato dem Jungen zu, der gerade einen Stock in den Obstgarten wirft, den Grootman holen soll. »Hast du mich nicht gehört? Komm her und sag Hallo. Wir sind schon zu spät dran.« Und zu Michiel gewandt: »Ich muß vor der Feier noch Sachen bei den Cousins im Township abgeben.« Sie und die Kinder bleiben über Nacht, aber sie muß vor Tagesanbruch zurück, um in ein Meeting zu kommen und die Kinder in der Schule abzuliefern. Einen Moment lang stellt er sich die fünf in Alidas Kaya vor: die Businessfrau von Anglo-American auf dem winzigen Feldbett, das ihres war, als sie ein Kind war, und jetzt die beiden Kinder, die sich womöglich eine Matratze teilen, die auf dem Boden liegt. Ob sie so geschlafen haben, bevor man ihnen Peets Rundhütte öffnete? Oder haben sie und die Kinder ein Zimmer im Hotel genommen, das mittlerweile wohl auch farbige Kunden akzeptieren wird? Ob man sie wohl sogar in das Herrenhaus einließ in den Jahren, nachdem sie zu dem und zu der geworden war, die sie jetzt war? Er traut sich nicht nachzufragen.

Der Junge steht atemlos am Fuß der Treppe. Er ist in einen cremefarbenen Anzug gekleidet und hat braune Lederschuhe an, unter dem sehr kurz geschorenen Haar schimmert der Schädel. Er hat die hohe Stirn seiner Großmutter, die gleiche selbstbewußte Art, seine Schultern gerade zu halten und hellbraune Haut. Da er auch mindestens sechs Zentimeter größer ist als seine Schwester, deutet wenig darauf hin, er könne Pulanes Zwillingsbruder sein, oder auch Leratos Sohn.

Michiel tritt auf den Rasen hinab.

»Ich bin Michiel.« Er streckt die Hand aus. »Ich habe schon viel von dir gehört.« Der Junge sagt: »Freut mich dich kennenzulernen, Michiel aus Amerika.« Dann, im Versuch, amerikanisch zu klingen: »Ich bin Kanu Mahabane-Okonkwo aus Gauteng, Südafrika.«

»Ziemlich gut getroffen«, sagt Michiel anerkennend.

»Wir fahren nächstes Jahr zur Winterolympiade und wir werden skifahren«, fährt Kanu fort.

»Ich habs ihnen versprochen«, sagt Lerato. »Salt Lake City. Eine Woche zu den Spielen und dann einen Skikurs in Tahoe. Kann heiter werden.«

»Das ist ganz in der Nähe von wo ich lebe. Wir sind dort auch schon skigefahren.«

»Ounooi hat San Francisco geliebt. Es ist so wunderbar, daß du und sie –«

»Wie schnell kannst du skifahren?« unterbricht sie Kanu, und Lerato mahnt ihn, sich zu benehmen. Dann fügt sie hinzu: »Wir müssen jetzt auch los. Ihr beide wartet im Wagen auf mich. Macht die Fenster auf, damit ihr nicht bratet wie die Hähnchen.« Sie reicht Kanu den Autoschlüssel, und die Kinder laufen los, rufen Auf Wiedersehn, und die Hunde stürmen neben ihnen her.

»Ich hoffe, sein Energiepegel wird sich irgendwo im mittleren Bereich einspielen, wenn er älter wird. Weißt du noch, daß Benjamin auch nie still sitzen konnte? Der hier ist ganz genauso.«

»Ist Benjamin denn ruhiger geworden?«

»Giselle hat irgendwelche magischen Kräfte auf ihn angewandt.« Sie lacht. »Stimmt ja, du hast sie noch gar nicht gesehen, oder?«

»Wir haben miteinander telefoniert.«

Mit einer Geste, an die er sich von Alida erinnert, wann immer sie gerührt war oder Mitgefühl oder Dankbarkeit ausdrücken wollte, legt Lerato eine Hand auf ihren Solarplexus. »Das muß ein schrecklicher Schock für dich gewesen sein. Es war für uns alle einer.« Ihr

Handy klingelt, und sie stellt den Ton ab. »Ich stell es auf Lautlos, bevor ich dann vergesse, es auszuschalten und es mitten in der Andacht klingelt.« Sie läßt das Telefon in ihre Tasche fallen. Sie dreht den Kopf zu ihrem Wagen, der piept, während die Fernbedienung die Schlösser öffnet. »Sie haben Ounooi geliebt. Sie hat uns nie mit leeren Händen fortgelassen: Koeksusters oder Tüten voll Trockenfrüchte oder Natbeskuit. Kanu ist ganz wild auf die Natbeskuit. Und ganze Kartons voller Kirschen. Ich brauch dir nicht zu sagen, wie ich deine Mutter geliebt habe. Sie war ein großherziger Mensch.«

Deine heutige Welt, denkt er, während sie spricht, muß eine Welt weit jenseits dieser Farm sein. Wo nimmst du die Sprache her, um von der Frau des Baas zu sagen ›Ich habe sie geliebt‹? Und was ist mit Oubaas? Was denkt eine Frau wie du über ihn? »Danke dir, Klein-« Er unterbricht sich. »Entschuldige, Lerato.«

»Hier nennt mich jeder noch so. Mom versucht es immerhin. Hauptsächlich aus Angeberei heraus. Damit der Name ihres Kindes zu den Bildern paßt, die ab und zu in der Zeitung oder im Fernsehen zu sehen sind.«

Er begleitet sie zum Wagen, aus dessen offenen Fenstern laute Musik dröhnt. Kanu sitzt auf dem Beifahrersitz und Pulane hinten und ist bereits angeschnallt.

»Dreh diesen Krach leiser«, ruft Lerato und droht Kanu, dessen Kopf ihnen aus dem Fenster entgegensieht, mit dem Finger. Dann zu Michiel gewandt: »Ich spüre schon meine flache Hand auf seinem Hintern, bevor der Tag zuende ist.«

Der Junge dreht die Lautstärke herunter und hievt sich dann kopfüber aus dem Fenster. »Findest du Brenda Fassie gut?« fragt er.

»Ich fürchte, ich weiß gar nicht, wer das ist.«

»Mammi, er weiß nicht, wer Brenda Fassie ist!«

»Das reicht jetzt, Kanu. Schlüpf wieder rein und nimm deine Schuhe von den Polstern. Mach den Sicherheitsgurt zu, oder willst du lieber hier mit den Hunden bleiben, während wir in die Stadt fahren?«

Kanu zieht die Schultern zurück ins Wageninnere, setzt sich hin und schiebt den Unterkiefer in Richtung Windschutzscheibe nach vorn.

»Superkrawatte«, sagt Lerato beim Einsteigen und läßt die Seide zwischen den Fingern hindurchgleiten. »Sien jou oppie dorp.« Seh dich in der Stadt. Der Volvo fährt durchs Tor, die Hunde stürmen zunächst voraus und fallen dann zurück. Wieder streckt sich Kanus

Kopf aus dem Seitenfenster und er schreit: »Ich geh mit dir skifahren in Amerika!«

Michiel winkt, und dann bleibt der Wagen abrupt stehen. Er sieht, wie Lerato den Jungen an der Schulter zurück in den Sitz zieht. Er stellt sich vor, wie sie ihn mahnt, den Sicherheitsgurt anzulegen, bevor der Wagen weiter die Schotterpiste hinabfährt.

Seine Hand gleitet über die Rohseide. Isabella und Grootman sind auf dem Rückweg und schnüffeln hier und da. Plötzlich erinnert er sich an den früheren Eingang zum Anwesen, bevor das elektronische Tor angebracht wurde. Flußkiesel waren mit Zement verputzt zu beiden Seiten des Viehgatters zu hohen Säulen aufgetürmt gewesen. Miemie kommt um sie zu verabschieden. Alle drei mit Ounooi in ihrem alten Mercedes. Klein-Alida geht die Schotterpiste hinab, gekleidet in ihre schwarz-weiße Schuluniform und barfuß. Sie trägt ihre Schulbücher unter dem Arm und tritt an den Straßenrand, um sie vorbeizulassen. Sie winkt ihnen nach. Sie winken ihr zu. Das Gras, beige gebleicht, ist vom Frost plattgedrückt. Der Mercedes wird den Hügel umrunden, und Alida wird rechter Hand auf den Fußweg einbiegen, der sie durch Hektare blätterloser Kirschbäume bis zu der Farmschule für Schwarze auf der Oberholzer Farm bringt. Es muß ein Weg von fünf Kilometern gewesen sein. Und fünf auch wieder zurück, bei jedem Wetter. Michiel ist in der zweiten Klasse, Benjamin in der dritten und Peet bereits in der High School. Die Malutiberge sind schneebedeckt. Klein-Alida, die gegen die Kälte anrennt, ist schon am Beginn der Plantage. Ounooi hupt.

Sie bremst den Wagen ab und sagt zu ihnen gewandt: »Ich kann nicht mehr in den Spiegel blicken, wenn das Kind bei diesem Wetter zur Schule laufen muß.«

Benjamin auf dem Rücksitz protestiert: »Ag, Ounooi! Wir kommen zu spät in die Schule, wenn wir vorher den ganzen Umweg fahren müssen, um sie abzusetzen.«

Ounooi wechselt ins Englische: »Wenn du ein Gefühl dafür bekommen willst, wie es ist, zu spät zur Schule zu kommen, dann kann ich dich gleich hier rauslassen, Benjamin.«

»Gute Idee«, sagt Peet und dreht sich in seinem Sitz, um einen Blick nach hinten auf Benjamin zu werfen. »Kriegt das Großmaul vielleicht Geschmack am zu Fuß Gehen. Vielleicht sollte er auch barfuß gehen.«

»Mach deine Tür auf, Benjamin«, sagt Ounooi, »und rück zur Seite, damit Klein-Alida einsteigen kann.«

Benjamin ist über die Rückbank gerutscht und sitzt jetzt so, daß er seine Schulter in Michiel bohrt. Peet beginnt ein Gespräch mit Klein-Alida darüber, was in ihrer Klasse im Vergleich zum selben Jahrgang in der Generaal Reitz Grundschule gelehrt wird. Auf dem Gelände der Farmschule treten die anderen Kinder beiseite, als der Mercedes den staubigen Schulhof erreicht. Klein-Alida sagt *Danke sehr, Ounooi.* (Und dann bemerkt er, daß die Stimme, die er dabei in seinem Kopf hört, das dünne Stimmchen von Pulane ist.) Benjamin sagt nichts. Er ist wütend auf seine Mutter und lehnt sich weiterhin gegen Michiel.

»Hör auf, mich gegen die Tür zu quetschen«, meckert Michiel. Sie fahren rückwärts hinaus, und Ounooi befiehlt Benjamin, wieder auf seine Seite der Rückbank zu rücken.

»Ek sit nie waar 'n *meid* gesit het nie. Ek gaan nie na kaffer ruik as ons by die skool aankom nie.« Ich setze mich nicht dahin, wo dieses Kaffern-Mädel gesessen hat. Ich hab keine Lust, nach Kaffer zu stinken, wenn wir in der Schule ankommen.

Der Wagen hält an. »Was war das?«

Ounoois Ton hörend, rückt Benjamin von Michiel ab. Ounooi, noch immer in Englisch: »Wiederhole, was da eben aus diesem Mund gekommen ist, Benjamin.«

»Ich hab keine Lust zu stinken«, murmelt Benjamin.

»Was ich gehört habe, klang so:« Ounooi, die sich jetzt auf ihrem Sitz umgedreht hat, wiederholt Wort für beleidigendes Wort Benjamins Sätze auf Afrikaans. Dann wechselt sie wieder ins Englische: »Ich habe dich zigtausend Mal gewarnt, daß unsere Familie diese Art von Sprache nicht benutzt. Es ist mir egal, was du in der Schule aufschnappst; in unserer Familie reden wir so nicht über die Leute.«

»Aber ich hab keine Lust, so zu riechen wie sie. Sie werden mich alle auslachen. Fahr jetzt einfach, Ounooi, wir sind ohnehin schon zu spät.«

»Steig aus dem Auto aus, Benjamin. Wenn du nicht riechen willst wie Klein-Alida, dann steig aus und geh zu Fuß zur Schule.«

»Oubaas sagt auch Kaffern, wenn du nicht da bist, Ounooi!«

»Es ist mir gleichgültig, was euer Vater hinter meinem Rücken sagt. Ihr kennt meine Regeln. Steig aus, oder muß ich kommen und dir helfen?«

Benjamin beginnt zu heulen. »Ounooi schlägt sich auf die Seite eines Kaffern-Mädels und gegen mich.«

»Die Stunden, die du brauchst, um zur Schule zu kommen, werden dir reichlich Zeit lassen, darüber nachzudenken, was du gesagt hast und warum ich solche Ansichten nicht toleriere.«

»Laß ihn vorne sitzen, Ounooi«, mischt Peet sich ein. »Ich setze mich auf den Platz von Klein-Alida.«

»Ich setz mich dahin«, bietet Michiel an. »Er kann ja auf meiner Seite sitzen.«

»Ihr beiden mischt euch da nicht ein. Raus mit dir, Benjamin. Nicht mal ein ganzer Eimer voll Krokodilstränen wird dich heute in diesem Auto drin lassen.«

Herausfordernd stößt Benjamin die Tür auf. Ounooi sagt ihm, er solle seine Schultasche aus dem Kofferraum holen. Sollte sie herausfinden, daß er sich von einem der Farmer hat mitnehmen lassen, wird sein Taschengeld einen Monat lang gesperrt. Immer noch heulend schlägt Benjamin den Kofferraumdeckel zu. Die Kinder auf dem staubigen Fußballplatz starren hinter ihnen her. Ounooi fährt davon. Michiel wirft einen Blick zurück auf seinen Bruder, der mit strammem Schritt ins Veld hineingeht, vermutlich in Richtung des Pfades, der am Fluß entlang führt. Jetzt hat Benjamin doch bestimmt seine Lektion gelernt, jetzt wird seine Mutter doch gewiß anhalten? Ounooi schaltet das Radio an und hört sich die Nachrichten auf *Radio Today* an. Sie hält nicht an. Peet dreht sich auf seinem Sitz um und wirft einen kurzen Blick auf Michiel: Das ist ein Teil Ounoois, den wir noch nicht kannten, sagen seine Augen, aber keine Angst, kleiner Bruder, sie hat uns trotzdem noch alle drei lieb.

Als Klein-Alida begann, die Highschool im Township zu besuchen, wurde sie jeden Morgen im Auto gebracht und saß auf der Rückbank neben den beiden jüngeren Steyn-Brüdern. Als Peet zur Universität ging, saß sie vorne. Mehr als einmal geriet Benjamin in Prügeleien (und die Strichliste auf der Rückseite seiner Krawatte wuchs) mit allen, die die Steyns auf der Weißen-Schule *Kafferboeties* nannten, Kaffern-Freunde. Ob das Leratos erste Erfahrung mit einem schicken Auto gewesen war? Er könnte jetzt laut loslachen. *Wie nennt man einen Kaffern, der einen Mercedes fährt?* war ihm heute morgen im Berufsverkehr in Jo'Burg eingefallen. *Einen Dieb.* Hiergewesen zu sein, um den Abgesang auf all die alten Wörter mitzubekommen – dafür wäre er gern in diesem Land gewesen und auf dieser Farm. Ist das *Schadenfreude*? Gibt es für dieses Wort ein Gegenstück im Englischen? *Gloating*. Paßt aber nicht ganz. Auf Afrikaans: *Leedvermaak*, wenn er sich richtig erinnert. *Es gibt einen Unterschied*, sagt Kamils Vater, der ehemalige Kommunist gerne, *zwischen denjenigen, die auf Seiten der Unterdrückten stehen und denjenigen, die lediglich die Unterdrücker hassen*. Ich bin hierher zurückgekommen, denkt Michiel, als kaum mehr denn ein Voyeur. Keine handelnde Person mehr in dem Stück, nur ein Zuschauer, der einen kurzen Statistenpart übernimmt, oder ein Mitglied des Chors. *Das Wunder Südafrikas* sieht und hört er überall in den Medien, ein Satz, ebenso ernst wie selbstbeweihräuchernd, und für Dinner-Party-Unterhaltungen gemacht. Er weiß auch, daß es ein Wunder ist, dem tausendundeine Herausforderungen gegenüberstehen, die eine Lerato mit ihren cleveren Kindern nur verdeckt, die in ihrer brandneuen schwedischen Limousine an dem Fußweg vorüberbraust, auf dem sie einst barfuß zur Schule lief. Er kennt (und wie denn auch nicht?) die Statistiken der HIV-Infektionen und der Aidstoten. Der Hunderttausende von Leute, die in die großen Städte strömen und dort in den Slums landen – *inoffizielle Siedlungen*, hat er letztens irgendwo online gelesen. Die Arbeitslosenquote des Staates irgendwo um die 40%. Schwarze aus Simbabwe, die jetzt ins Land hineindrängen, wohingegen es zwanzig Jahre zuvor die weißen Rhodesier waren.

Er weiß, und das weiß er schon seit Jahren, daß seine Heimat – was immer eine Heimat auch sein mag – hier nicht mehr ist. Es sind nicht nur seine Arbeit und Kamil, die ihn an Nordamerika binden. Auch nicht ihr bürgerlicher Freundeskreis aus Technikern, Ärzten, Designern, Anwälten, Angelsachsen, Latinos, japanischen Amerikanern und dem einen Paul vom Erdgeschoß, der ein afrikanischer Amerikaner ist. Auch nicht nur die umhegte Sicherheit und Normalität des Eureka Valley, wo zwei Männer auch außerhalb der viktorianischen Reihenhäuser, die sie mieten oder zum Teil oder in Gänze besitzen, Händchen halten und sich küssen können. Es liegt auch daran, daß die BART pünktlich fährt und sie es sich leisten können, kein Auto zu haben, und daß der Job, solange man nicht in der Internetbranche arbeitet, ziemlich sicher scheint. Auch daran, daß man um Mitternacht die Marketstreet hochgehen kann (trotz der Obdachlosen) oder die öffentlichen Verkehrsmittel ohne ungewollte Überraschungen und in einer Stimmung benutzen kann, die hier aufzubauen Generationen dauern wird. Und dann weiß er zu gut, was Neuanfänge mit sich bringen: das Fremdheitsgefühl und die Unsicherheit, die andauernde Nostalgie des ersten Jahrzehnts, gegen die man permanent ankämpfen muß; Herumlavieren mit stümperhaften Worten, in denen man von hinter einer dicken Glasplatte redet, die einen selbst von der neuen Welt trennt.

Er wirft einen Blick auf die Uhr. Die Hunde an seinen Seiten betritt er den Frühlingsduft neben den Schuppen und Alidas Kaya. Aufgeregtes Stimmgewirr weht vom Gesindetrakt durch die Blüten herab. Hinter dem weißen Blütenmeer der Kirschen leuchtet ein rosiges Banner von Aprikosenbäumen in letzter Blüte. Dann kommen Äpfel. Orangen. Zitronen. Am Fuße jedes Stammes ist das Gras kurzgeschnitten, um nicht über die runden Abgrenzungen zu wuchern, die rund um die Bäume die Erde festhalten. Bewässerungsschläuche aus schwarzem Plastik versorgen die Bäume von der Quelle bis zum höchsten Punkt der Plantage unterhalb der Ställe und der Molkerei. Die Schläuche verbinden alle Bäume miteinander und verwandeln den Boden des Obstgartens in ein Schachbrett symmetrischer Quadrate. Von hier kommt das Obst für Gelee und Marmelade, deren Herstellung von Liesbet und Mamparra überwacht wird. Auf langen Tischen in der Scheune stehen Kochtöpfe über den Flammen aus Gasöfchen, und Frauen in blauen Overalls schälen, schneiden, kochen, rühren und schöpfen. Wieder macht er sich Gedanken über die Zukunft der Farm. Nach all diesen Jahrzehnten werden Liesbet und Mamparra das Abfüllen doch bestimmt auch allein hinkriegen können? Andererseits werden sie auch nicht jünger. Und Alida kann ihnen doch sicher keine Hilfe sein, nicht jetzt, wo sie zusätzlich zu ihren häuslichen Pflichten auch noch Oubaas pflegen muß. Ob Liesbet das Verkaufen beherrschen wird? Wenn sich nicht irgendetwas verändert hat, dann stand auf den kleinen weißen Etiketten der Gläser mit der Aufschrift ›Früchte aus dem Paradies – Vrugte van die Paradys‹ auch immer Ounoois Unterschrift. Jeder Deckel ist mit einem blauweißen Papierumschlag verziert, den ein blauer Gummi festhält. Das Erntejahr ist per Hand notiert. Den Farmverkauf auf der Hauptstraße führten ursprünglich Klein-Alida und andere Frauen durch. In den mittleren Achtzigern waren Liesbet und Mamparra dort mit dem Messer bedroht worden. Pietie, der Mamparra erfolglos jahrzehntelang den Hof gemacht hatte, überzeugte Ounooi, den Stand zu schließen. Sie hatte vorgehabt, ihn wieder zu eröffnen, sobald die Lage etwas sicherer schien und sich beruhigte. Aber mit dem Aufwallen neuer Kriminalität begann sie, an Woolworths und Cafés in den größeren Städten zu verkaufen, bis hin nach Bloemfontein und Johannesburg. Aus dem Verkauf der Marmeladen und Konfitüren finanzierte sie ihr Reise-, Kleidungs- und Haushaltungsbudget. In den seltenen Jahren, da die Kirschenernte mager ausfiel, war es das Einkommen aus dem Marmeladengeschäft, das Oubaas davor bewahrte, bei der Land Bank anklopfen zu müssen. In den USA hatte Ounooi Michiel von Plänen erzählt, einen Anbau an die Rundhütte zu stellen. Sie hatte vor, ein Bed & Breakfast zu eröffnen. In den letzten Jahren war die Anzahl der Touristen explodiert, sowohl aus dem Land selbst als auch von Übersee, vor allem rund um die Erntezeit. Benjamin, berichtete Ounooi, versuchte in der Tat, Oubaas davon zu überzeugen, oben bei der Quelle weitere Rundhütten zu bauen, der Aussicht wegen. Der Ort veranstaltet mittlerweile ein Kirschenfest, das eine Woche dauert – ja, den Kirschenkönigin-Wettbewerb gibt es immer noch, aber jetzt läuft alles auf größerem Fuß, die Gewinnerin und ihre beiden Prinzessinnen winken von einem roten, kirschenförmigen Wagen runter, der eine Parade weiterer Wagen die Church Street hinunter anführt.

Über dem Gegurre der Tauben und dem Gemeckere eines Schafs im Kraal kann er das Motorengeräusch eines Pick-ups hören, der die Straße zu den Gesindegebäuden hochfährt. Wieder Stimmen, diesmal lauter, auf Sesotho und in Afrikaans. Hört sich nach einem Aufruf zur Arbeit an, gefolgt von Gelächter. Dann die blecherne Hupe eines Traktors, nachdem der Motor angesprungen ist. Dann das Getucker des Leerlaufs. Hier ist das verschlossene Tor, durch das die Arbeiter morgens kommen, um sich zur Arbeit zu melden. Acht kleine Häuser. Genau wie immer. Backsteinfassade und rote Blechdächer, um einen scheinbaren Gleichklang mit dem Herrenhaus und den Nebengebäuden zu schaffen. Der Zaun rund um den Gesindetrakt ist nicht ganz so hoch wie der um das Anwesen und die Plantage. Auch nicht elektrisch gesichert. Der Anhänger wird am Traktor befestigt, und ein gutes Dutzend sonntäglich gekleideter Leute sitzen auf der Kante oder der Ladefläche. Einige der Frauen tragen Hüte. Kleine Kinder in ihrer Alltagskleidung winken von den offenen Türen der Gesindeunterkünfte. Die Erwachsenen machen sich auf den Weg zum Begräbnis. Er nimmt an, daß die Arbeiter mittlerweile in die Kirche hineindürfen. Schluß mit der getrennten Niederländisch Reformierten Kirche in Afrika. Als Peet begraben wurde, waren sie nicht zum Gottesdienst zugelassen, durften aber an der Beisetzung auf der Farm teilnehmen.

»Fahr los, Pietie«, hört er eine Frauenstimme. »Wir halten zuerst bei Pick 'n Pay.«

Michiel beginnt am Zaun entlangzugehen. Er kann das Gebrumm des Traktormotors hören, gefolgt vom leisen Holpern des Anhängers auf dem Weg herunter. Wenn er es bis zum Friedhof schafft, ist er hinter den Eichen und wird vielleicht nicht bemerkt werden. Er hat keine Lust, jetzt mit den Arbeitern zu sprechen. Es wird zuviel Hallo und Witzeleien geben. Er geht schneller, um der guten Laune der näherkommenden Stimmen zu entgehen. In der Plantage kann er sich nicht verstecken. Wenn jemand einen Mann – selbst einen weißen Mann – halb versteckt hinter den Obstbäumen entdeckt, dann ist der Aufruhr noch viel größer, als wenn er sie einfach grüßt und die Sache hinter sich bringt. Er hört den Traktor abbremsen, als er dabei ist, an ihm vorüberzufahren. Er erkennt Pietie am Lenkrad, der seinen besten Sonntagsanzug trägt. Pietie zieht den Hut, und Michiel hebt die Hand. Der Traktor will gerade weiterrollen, als eine Frauenstimme von der Ladefläche her ausruft: »Dis mos Kleinbaas Michiel. Stop die trekker, Pietie!« Darauf folgt ein Augenblick des Schweigens, dann ein Chor von Begrüßungen und Kondolenzen. Einige wissen nicht, ob sie eher ihrer Überraschung Ausdruck geben sollen, ihn hier wieder zu sehen oder eher betreten auf die Gründe für sein Hiersein zu sprechen kommen. Er winkt ihnen ein allgemeines Guten Tag zu. Adam steigt ab und kommt zum Zaun getrottet. Ein paar andere wollen auch kommen, werden aber von Pietie angewiesen, sitzen zu bleiben.

»Entschuldige, daß wir nicht alle absteigen, Michiel«, ruft Pietie. »Diese Frauen haben den ganzen Tag gebraucht, um sich anzuziehen. Und jetzt wollen sie offenbar in den Regen reinkommen.«

»Dag, Adam«, sagt Michiel und ergreift vorsichtig die Hand, die zwischen den elektrischen Drähten des Zauns auf ihn zukommt.

»Dis goed om die Kleinbaas weer op Paradys te sien.« Es tut gut, den Kleinbaas wieder auf Paradys zu sehen.

»Gib acht, Adam«, sagt Michiel, als er Adams Hand durch den Zaun zurückschiebt.

»Wir schalten den Strom nur von sechs Uhr abends bis sechs Uhr morgens an.« Dann fügt er noch hinzu: »Wir haben einen schönen Platz gefunden für Ounoois letzte Ruhe, Kleinbaas.«

Trotz Pieties Verbot ist eine Frau, die einen roten Hut trägt, vom Anhänger geklettert und tappt auf hohen Absätzen unsicher auf sie zu. Einige Stimmen fordern sie auf zurückzugehen. Michiel erkennt Mamparra wieder, bevor sie noch am Zaun ist. Den Spitznamen bekam sie, als sie als junges Mädchen einmal die Gläser einer gesamten Ernte falsch beschriftete: Aus Pfirsich wurde Aprikose, aus Kirsche Apfel, aus Maulbeere Feige. Und statt *Sommer 1961* schrieb sie *Sommer 1861*.

»Michiel!« schreit sie, und beide Arme greifen durch den Zaun. Genau wie Pietie hat Mamparra die Jungs beim Vornamen genannt und auch selten ›Ounooi‹ und Oubaas' gesagt, so wie die anderen Arbeiter. »Ich bins Mamparra! Erinnerst du dich nicht mehr an mich?« Sie lächelt ihn von unter der roten Filzkrempe an, an der mit einer silbernen Spange in Form eines Seesterns die Schwanzfeder einer Taube befestigt ist.

»Wie könnte jemand dich vergessen ...« Er sagt den Namen nicht, denn sie nimmt jetzt seine beiden Hände zwischen ihre. »Ich kann dich immer noch singen hören beim Kirschenpflücken.«

»Unser Verlust ist gar zu groß, Michiel«, antwortet sie. Sie nimmt eine Hand zurück und zieht damit ein Taschentuch aus dem BH, das sie sich vor die Augen hält. Durch den Zaun dringt der Duft eines billigen, nach Rosen riechenden Parfums. Vielleicht auch Vaseline. Vom Anhänger her werden wieder Rufe laut.

Michiel winkt den Gesichtern zu, an die er sich erinnert. Er grüßt Liesbet, Adams stattliche Frau, mit Namen. Sie stand im Ruf, ein aufbrausendes Temperament zu haben und hat die Farm mehr als einmal im Zorn verlassen, nur um dann einige Monate später von wo immer sie gewesen sein mochte wieder zurückzukommen.

Adam hilft Mamparra, der sich helfende Hände entgegenstrekken, wieder zurück auf den Anhänger. Noch weiteres ernstes Winken, dann stumme Blicke, als der Traktor wieder losfährt und Grootman ihm auf der Innenseite des Zauns nachläuft.

In seiner Handfläche findet Michiel den altvertrauten Geruch nach Lifebuoy-Seife. *Juli verneigte sich vor der Tür und begann den Tag für sie, wie seinesgleichen es immer für ihresgleichen getan hat ... schwarze Hände, die nach Lifebuoy-Seife riechen ...* der Satz war zusammen mit dem Geruch da. Fünf Seiten seiner Dissertation über wenig mehr als diesen einen Satz. Die hier, nicht nur getrennt vom Haus und der weißen Welt, sondern auch von der Frau im schwarzen Hosenanzug und dem Volvo. Wie verhält sie sich wohl zu diesem Teil der Farm und wie diese Leute zu ihr? Und wie Pulane und Kanu zu den Kindern aus den Gesindewohnungen? *Die vormaligen Hausnigger*, würde Kamil vielleicht vergleichen. *Die Haus-Ns, wie man vor der Verbeamtung formulieren würde ...* Welche von diesen Frauen, die meilenweit zwischen den Reihen der Obstbäume entlanggehen und auf Blechdosen schlagen, um Vögel und Paviane abzuschrecken, haben Träume von Vorstandsetagen? Einmal im Herrenhaus arbeiten, *das* mögen vielleicht ihre ausgreifendsten Fantasien sein. Wer von ihnen stellt sich sein Leben in weicher Baumwolle vor, wie er unter dem Flutlicht eines Stadions inmitten der Völker der Welt kleine Flaggen wedelt? Und wieviel Vorstellungskraft wird auch durch unsere Position in den Hierarchien von Besitztum, Arbeit und Arbeitslosigkeit abgestumpft? Auf seiner Fahrt hierher hat er bei einer Ultra City in Winburg angehalten, um zu tanken, zu pinkeln und eine Diet Coke zu kaufen (oder *Coke Light*, wie sie hier heißen). Auf dem Weg vom Auto bis zur Herrentoilette und zurück durch die Cafeteria hat er mindestens viermal vor einer moralischen Entscheidung gestanden angesichts acht erhobener Hände und vier Paar Augen. Und irgendwie hatten die etwas gänzlich anderes zu bedeuten gehabt als die Bitten oder Drohungen oder naßforschen Witzeleien der Obdachlosen auf der Powell Street unterhalb des International House. Hier fühlte er sich im Gegensatz zu dort weit über die Frage, ob er etwas geben solle oder nicht hinaus verantwortlich. Wenn er dort etwas gibt – und das tut er oft – eine Banknote, die er in einen Beutel stopft, in einen Napf fallen läßt, in ausgestreckte Finger steckt, dann ist er schlicht und einfach freundlich. Heute morgen dagegen schien auch die Bedeutung des Empfangens (alle viermal die baffe Verblüffung angesichts der sauberen Banknoten aus dem Geldautomaten der First National am Flughafen) eine gänzlich andere. Hier hilft das überraschte *dankie Baas* dem Geber kein bißchen dabei, sein Gefühl verstummen zu lassen, es sei nicht genug, was er tut. Auch dies, weiß er, ist im Laufe der Zeit einer der Gründe dafür geworden, warum er dort lebt. Ab einem gewissen Punkt übersteigt die moralische Verantwortung hier (wohin so viel von ihm gehört, wo er so viel schuldet) den Gegenwert. Und dann waren es auch nicht wirklich vier moralische Entscheidungen gewesen. Sondern mindestens fünf. Sechs, wenn man das Fahren eines Autos und das Auftanken mitrechnet. Impliziert der Kauf eines Liters Benzin oder einer Dose Diet Coke, würde Malik sagen, in den Vereinigten Staaten oder Indien oder im besetzten Palästina nicht bereits eine moralische Entscheidung? Vielleicht keine so eindeutige wie in sein Portemonnaie zu greifen und einen Geldschein oder eine Münze herauszuziehen und in eine erwartungsvolle Hand fallen zu lassen, aber ist es nicht trotzdem eine Entscheidung, die ihre Konsequenzen hat? Und dann würde Rachel sagen: Um Himmels Willen, Malik, kannst du nicht mal eine Sekunde aufhören, die Jungs zu terrorisieren? Wo wären wir beide denn ohne die Liberalen? Jedenfalls würden wir nicht glücklich Orangen in Jaffa pflücken, das sag ich dir.

Von unter der Reihe Birnbäume blickt er auf den Friedhof. Isabella sitzt zu seinen Füßen und starrt zu ihm hoch. Er streichelt ihre Nase und spürt die feuchte Schnauze in seiner Handfläche. Das Gras ist rund um jeden Grabstein weggeschnitten, ebenso um die rechteckigen Umfriedungen der ältesten Gräber. Durch die Eichen fallen Sonnenflecke auf den frisch gemähten Boden. Die Baumstämme sind so dick geworden, daß sie auf den rostigen schmiedeeisernen Zaun drücken, der schräg nach innen lehnt. Laut Familienüberlieferung – Michiel kann immer noch hören, wie Ouma und Oupa Steyn davon erzählten – wurden die vier Eichen während des englisch-burischen Kriegs durch den letzten afrikaansen Eigentümer gepflanzt, zur Erinnerung an seine Frau, seine Töchter und seinen kleinen Sohn, die in den Konzentrationslagern von Nord-Aliwal ums Leben gekommen waren. Während die Burenmänner bei ihren Kommandounternehmen waren, schwärmten Kitcheners Soldaten übers Land aus, nahmen Frauen und Kinder als Geiseln und brannten die Farmen und Häuser samt dem Viehbestand und dem Getreide bis auf den Grund nieder. *Verbrannte Erde*, nannten die Engländer das: hier war das, in den Hügeln und Tälern des Oranje Freistaats, daß diese Strategie das erste Mal zum Einsatz kam. … »Schwachsinn! *Thalatta, tha-*

latta!« schreit Malik auf, »die Politik der verbrannten Erde ist so alt wie die ganze westliche Zivilisation. Habt ihr nie gelesen, was Xenophon über vergiftete Quellen und zerstörte Ernten schreibt? Sie sind an Wassermangel eingegangen. So haben die Römer Karthago vernichtet, dem Erdboden gleich gemacht und es von den Landkarten getilgt, und dann karrten sie Säcke voller Salz heran, um die Erde zu verderben, damit dort niemals mehr etwas wachse. Wilhelm der Eroberer übernahm die karthagische Salzlektion, und jahrelang wuchs in Nordengland auf Meilen und Meilen hinaus überhaupt nichts mehr, so daß die Verhungernden die Schädel ihrer eigenen Familienmitglieder aufbrachen, um deren Gehirne zu verspeisen. Edmund Spenser, dieser Prinz der Poeten, singt das Loblied Englands, das in Munster im 16. Jahrhundert die Lebensgrundlagen der Iren zerstörte. England überließ diesem Vergil seiner Epoche eine riesige Farm, die den Iren gestohlen worden war, nicht durch das Schwert, sondern durch Aushungern. Und was ist mit Sherman während des amerikanischen Bürgerkriegs? Und wie glaubt ihr hat Kit Carson die Navajos aus ihrem Land vertrieben? Und warum meint ihr, ist eine Million Menschen gestorben, als die USA die Philippinen besetzten? Wegen dem, was sie dort taten«, sagt Malik, »wollte Twain, Amerikas größter Schriftsteller, sich in Harvard nicht neben Teddy Roosevelt auf das Podium setzen ... Habt ihr eigentlich nie von Napalm gehört? Ist doch erst zwei Jahrzehnte her. Oder von Guatemala, erst ein Jahrzehnt? Wenn man euch keine Geschichte mehr beigebracht hat, was für eine Art Lehrer wollt ihr denn dann sein?« Die Buren wurden zur Kapitulation gezwungen, Farmen, seit ewigen Zeiten in Familienbesitz, gingen für einen Appel und ein Ei weg. Ein Engländer – Horwood – konnte dieses Land hier für Sixpence erstehen. Als es wieder in die Hände eines Afrikaaners zurückkam, ließ der erste Oubaas Steyn den Namen in *Paradys* umändern.

Ein aufgeworfener Erdhügel zeigt die Stelle für Ounoois Grab an, neben dem Peets und einem neueren, das das von Ouma Steyn sein muß, die gestorben ist, während er fort war. Eine Zeitlang verweilen seine Augen auf dem schlichten schwarzen Marmorstein und der Platte seines Bruders. Von dieser Seite des Zaunes aus kann er die Inschrift nicht lesen, aber er sieht, daß jemand frischen Zuckerbusch in eine Vase dort gestellt hat. Als Michiel fortging, war die Erde noch nicht gesackt, und der sich langsam senkende Grabhügel war die einzige Wegmarke gewesen. Das Zelt der Offiziersmesse. Ein glühend heißer Dezembertag an der Grenze. In den örtliche Kraals sind Fälle von Malaria aufgetreten. Der kommandierende Offizier, Lotter, tritt aus dem Stabszelt kommend, herein. Er bittet seinen jungen Zugführer kurz hinaus. Sie gehen am Flußufer entlang. Papyrus wiegt sich in der Strömung, rosige und gelbe Wasserlinien treiben auf dem kristallklaren Fluß. Die Regenzeit ist seit Monaten in Verzug. Anderswo, in Südwest und in Angola, hat es geregnet, hier nicht. Patrouillenboote hängen ruhig vom Steg herunter. Am gegenüberliegenden Ufer stehen Baobabs, ihre gewaltigen Stämme aufgeschwollen von zwei,- vielleicht dreitausend Jahren Wasser, ihre gestutzten Äste ragen wie Wurzelwerk in den blauen Himmel. *Schlechte Nachrichten von Zuhause. Tut mir leid, Steyn. Ihr ältester Bruder ist ertrunken. Sie fahren heute Nachmittag mit dem Verpflegungskonvoi, Sie bekommen Sonderurlaub aus dringenden familiären Gründen. Zu Neujahr sind Sie mir wieder hier.* Und da bist du jetzt, Peet. Dein Freund Leon hat deinen Doktorhut auf den Sarg gelegt. Unsere Mutter vermochte sich an diesem Tag nicht aufrecht zu halten, also haben Benjamin und ich sie gestützt. Er spürt, wie seine Kehle sich zusammenzieht. Als er Leon später in Sydney traf, aßen sie gemeinsam zu Abend und gingen dann im Hafen segeln. Das war kurz, nachdem hier die ernsthaften Veränderungen begonnen hatten, und Leon war in Australien, um einzuschätzen, was ein Studienabschluß in römisch-niederländischem Recht und ein Magister in Latein dort wert waren. Michiel beugt sich auf ein Knie nieder, und seine Hand faßt nach Isabellas Kopf. Er nimmt das samtweiche Ohr zwischen die Finger. Irgendwann wird er sich gestatten müssen zu weinen. Das wird das erste sein, wonach Glassman fragen wird, sobald er zurück ist: *Und wie haben Sie getrauert?*

Er geht in Richtung Wasserreservoir, und Isabella trottet ihm voraus. Wäre mehr Zeit, dann hätte er gerne bei den Ställen vorbeigeschaut, um nach den neuen Pferden zu sehen. Als er das Wasser erreicht, steht Isabella schon oben auf dem Sprungfelsen und überblickt die glasartige Oberfläche. Miemie hat das immer genauso gemacht und die ägyptischen Gänse dabei zu Tode erschreckt, bevor sie dann wegflogen. Sie war mit ihm hier oben an dem Morgen, als er fortging. Er saß nackt auf der Umfassungsmauer, baumelte mit den Beinen im Wasser und sann über die Alternativen nach, die vor ihm lagen, zugleich jedoch kollidierten Gedanken an Karien – *Ich ertrage den Gedanken deiner Nähe nicht mehr* – mit purer Verzweiflung und dem Impuls davonzulaufen. Hier hatte Oubaas ihn gefunden. Er stand auf dem abgesägten Baumstumpf des Eukalyptus und blickte auf den armeekurzen Haarschopf seines Sohnes herab. Michiel ließ die Hände in den Schoß fallen, gänzlich hilflos im Schatten des Mannes, dem das Wasserreservoir gehörte, die Obstplantage, die gesamte Farm. Die Welt. Er blickte auf, sein Vater sah weg. Michiel versuchte, den Gedanken nach Übersee zu gehen, aufs Tapet zu bringen.

»Du gehst zurück zur Armee.«

»Ich kann da nicht wieder hingehen, Oubaas. Nicht nach Salisbury Island. Oubaas kennt doch Leute. Oubaas kennt den Landwirtschaftsminister. Oubaas kann doch wenigstens helfen, mich irgendwohin versetzen zu lassen. Zu einer anderen Basis. Nach Port Elizabeth oder Simonstown.«

»Ich werde weder so etwas billigen noch das, was aus dir geworden ist. Benimm dich ein einziges Mal wie ein Mann. Geh zurück und beende deine Wehrpflicht und sieh dich an. Danach können wir dann reden.«

»Ich kann mich auch genau hier ansehen, Oubaas. Ich muß nicht zurück zur Armee gehen, um zu wissen, wer ich bin, Oubaas.«

»Dann wirst du keinen Fuß mehr auf diese Farm hier setzen. So funktioniert das im Leben, Michiel. Du hältst dich an die Regeln, oder du spielst nicht mehr mit.«

Ich bin die Regel, von der das ganze Spiel abhängt, dachte er Jahre später und wünschte sich, er hätte damals schon die Klugheit und den Mut gehabt – und eine umfassendere Kenntnis von Gut und Böse – um das an jenem Tag zu sagen.

Er hört Alida rufen. Durch die weißen Blüten, die hügelabwärts gleiten und den Eindruck erwecken, die Landschaft sei schneebedeckt, macht er ihre Silhouette auf der Veranda aus. Er formt die Hände zu einem Trichter und ruft »Ek kom, Alida.« Dann geht er zurück, die Nase voller Frühlingsduft und Isabella voraus, die nach Schmetterlingen hascht und Grashüpfer jagt. Noch immer hängt das Gurren der Turteltauben in der Luft. Und das Gesumm der Bienen erfüllt seine Ohren, es hört sich anders an, stellt er fest, ohne die Stimmen vom Gesindetrakt. Heiße Sonne auf seinem Hemd und seinem dünnen Haar, die seine Kopfhaut wärmt und seinen Nacken. Die Stimmung, das Gefühl, das er empfindet, ist das eines Sonntagnachmittags, wenn alles und jeder ruht. Auf der Veranda steht Alida, angekleidet und frisiert, wie eine alte Schildwache neben Oubaas. Grootman, der neben dem Rollstuhl liegt, hebt den Kopf, als Michiel und Isabella sich nähern.

Den ganzen Weg von der Farm her haben sich Haufenwolken geballt. Vor dem Straßenschild, das Besucher auf Afrikaans und Englisch in der *Hauptstadt der Kirschen* willkommen heißt, ragt eine Antenne, die geformt ist wie eine überdimensionierte Fichte, über die Eukalyptus- und Akazienbäume hinaus. Er ist Schneckentempo gefahren, weniger um die Landschaft zu genießen, als vielmehr um die Zeit zu verkürzen, die er vor der Kirche herumstehen muß. Nicht nur, um den Moment möglichst lange hinauszuzögern, in dem er in die Gesichter von früher wird blicken und sich die unbeholfenen Scherze der Trauergäste wird anhören müssen. Seine Gefühle sind ambivalent, sein Magen krampft sich vor ängstlicher Erwartung zusammen, Arme und Beine sind bleiern, und dann fürchtet er sich davor, Karien gegenüberzutreten. *Ich hege keinen Groll gegen dich. Was morgen betrifft, weiß ich nicht.* Und dann der Ehemann. Und Benjamin mit seiner perfekten Familie. Unter diesen unmöglichen Umständen wieder hinein in die mysteriösen alten Blutsbande gezogen zu werden. Wie soll er denn dem Erwählten gegenübertreten, dem einzigen von dreien, der keine einzige Erwartung enttäuscht hat?

Kamil, der sich im Bett herüberlehnte: *Es ist dein Bruder. Hört sich nicht nach guten Neuigkeiten an.*

Ounooi. Im Schlaf. Im Bett neben Oubaas. Aussegnungsgottesdienst ist für Montag am späten Nachmittag geplant. Früh genug, damit das Begräbnis auf Paradys noch bei Tageslicht stattfinden kann.

Sie saßen da gegen die Kissen gelehnt unter der Weißen und der Grünen Tara. Kamil erinnerte sich an den Besuch und an die Frau aus Michiels Erzählungen, die jetzt tot war. Michiels eigenes Inneres zunächst völlig fühllos, dann plötzlich die Blitzlichter der Erinnerung.

»Ich muß da hin.«

»Natürlich mußt du das.« Kamils Hand legt sich um seine. Er begann zu telefonieren, während Kamil im Netz nach Flügen suchte.

Die Mitarbeiterin von American Airlines entschuldigte sich für die notwendigen Formalitäten, die einen offiziellen Totenschein sowie die Geburtsurkunde des Passagiers verlangten, um die Verwandtschaftsbeziehungen zu bezeugen. Ein Anruf bei Benjamin, dann wurde der Papierkram gefaxt, und ein paar Stunden später hatte er seine Buchung (online per Visakarte) für einen Flug später am selben Vormittag. Bei der SAA gab es zwischen Jo'burg und Bloem keine freien Plätze. Also würde er in Johannesburg einen Wagen mieten. Rasch wurden Mobiltelefon-Verträge umgeändert, damit Anrufe von und nach der südlichen Spitze Afrikas möglich wurden. Kamil würde Ling vom International House Bescheid sagen. Dann mußte noch Glassman abgesagt werden, oder konnte der Termin auf einen späteren Tag in der Woche gelegt werden? Vierzig Dollar und den Hausschlüssel in einem Umschlag unter der Fußmatte für America – das wäre an einem Montag normalerweise Michiels Aufgabe gewesen.

»Wie fühlst du dich?« Kamil, die Ellbogen auf die Kücheninsel gestützt, die Hände unterm Kinn, die buschigen Brauen in einem Stirnrunzeln zusammengezogen.

»Kümmerst du dich um Wasser für Xanthippe? Ich mach es dann in der Woche nach Peking.«

»Wie fühlst du dich bei dem Gedanken, jetzt einfach so wieder dorthin zurückzukehren?«

»Noch keine Zeit gehabt darüber nachzudenken.«

»Schon, aber wie *fühlst* du dich?«

Am Eingang der Stadt ist eine neue Tankstelle, wo unter einem Sonnenschutz aus Matten Frauen auf Decken hocken und allen möglichen Krimskrams zum Verkauf anbieten, Körbe, Perlen und Basotho-Hüte, die zu gefährlich schwankenden Türmen aufeinander gestapelt sind. Minibusse mit Nummernschildern aus Lesotho und dem Free State stehen hintereinander aufgereiht am Straßenrand. Fußgängertrauben auf dem Gehweg und mitten auf der Straße. Ein Mann stürzt vorwärts und packt ein Kind, das gerade mitten in den Verkehr hineinlaufen will. Dann eilt er lachend zurück, während die Beine des Kleinen unter seinem Arm strampeln. Zwei Jugendliche stehen da und streiten sich, einer auf der durchgehenden Linie in der Mitte der Straße, der andere mitten auf der Fahrbahn mit dem Rücken zum Verkehr.

»Die moedswilligheid self. Gebruik jou toeter, Michiel.« Der pure Mutwille. Benutz die Hupe, Michiel.

Er bremst ab, schaltet runter und hält an. Aus einem Wagen hinter ihm ertönt ungeduldiges Hupen. Die Augen eines der Jungs auf der Straße begegnen denen Michiels. Sie blitzen verächtlich. Michiel hebt die Hand in einer entschuldigenden Geste. Die beiden Kumpane schlendern zu den Minibussen. Da haben wir die Gründe, kein männliches Kind zu adoptieren, gleich welcher Rasse, Nationalität oder welchen Glaubens. Sich vorzustellen, daß dieses dämliche, unglaublich hippe und tödlich coole Grinsen durch deine Haustür gelatscht kommt, bloß weil es hier wohnt. Wozu?

»So is hulle mos deesdae«, sagt Oubaas. So sind sie heutzutage.

Am Straßenrand, dort wo die ersten Häuser beginnen, werden hölzerne Giraffen verkauft, die größte beeindruckende einsfünfzig hoch. Ob man sowas wohl verpacken und ohne Schaden im Flugzeug verschicken kann? So eine Skulptur würde die leere Wand neben dem Balkon und dem fetten Buddha schön in die Höhe hin vergrößern. Oder als Geschenk fürs International House? *Paß auf*, kann er sich selbst sagen hören, während er mit dem Finger am Ohrläppchen zupft, *die Giraffe ist sehr groß. Nein, groß, nicht toe-ru. Groß.* Ein japanisches Mädchen kichert und klatscht in die Hände: *Gi-ra-fe. Perfekt.*

Nach den Wohnhäusern kommen die Schule, die Verwaltungsgebäude, ein Geschäftshaus und die Kirche, dann wieder ein Block mit Läden und dann, wenn man wieder hinausfährt, erneut Wohnhäuser. Weit am anderen Ende der Straße können sie den Traktor von Paradys samt Anhänger sehen, wie er auf den Parkplatz der niederländisch-reformierten Kirche abbiegt. Die Gärten hier sind heute durch Zäune und Hecken von den Gehwegen und Kanalrinnen der Church Street getrennt. Ein Haus, an dessen Blechdach er sich erinnert, hat jetzt Ziegel. Der Giebel und der riesige Rasen des Cape Dutch-Hauses der Familie Erasmus ist jetzt von einer schulterhohen weißen Mauer den Blicken von der Straße entzogen, den Eingang bildet ein Torbogen mit einem Schild Bed & Breakfast. Auf dem Gelände der High School rennen Kinder in Sportklamotten über das Spielfeld oder hocken auf den Stufen des Pavillons. Ein Junge mit einem Speer tänzelt, rennt dann los und stoppt abrupt ab, während der Speer davonfliegt. Zwei Mädchen, die nicht älter als dreizehn sein können, die eine hell, die andere dunkel, bereiten sich auf ihren Versuch im Hochsprung vor. Das dunkle Mädchen nimmt einen weiten Anlauf, geht in die Kurve und fliegt dann rückwärts weit über die Stange – ihre geballte Faust schon siegreich gereckt, bevor ihr Rücken noch auf der Matte aufkommt. Zwischen frisch gezogenen Kreidestrichen ein Gewirr jugendlicher Glieder, darunter auch Farbtöne, die hier zu anderen Zeiten keinen Zugang gehabt hätten. Wären dieser Sportplatz und die Menge an schwarzen Leuten, die in klimatisierten Autos über den Highway rollen, ein Maßstab für sieben Jahre Demokratie, dann würde es hier ziemlich hoffnungsvoll aussehen.

Alidas Handy klingelt. »Nein, Kleinbaas, wir sind fast da. Wir hatten ein bißchen Trubel ... wir sind gerade an der Generaal Reitz vorbei. Wir können die Kirche schon sehen.« Sein eigenes Telefon steckt im Aufladegerät in der Steckdose hinter seinem alten Schreibtisch. Er sieht nach der Uhr: noch zehn Minuten bis der Gottesdienst beginnt.

Oubaas, der kaum ein Wort gesprochen hat, seit sie die Farm verlassen haben, fragt jetzt: »Du weißt, daß sie Dominee Dirk geheiratet hat, nachdem du fort bist?«

»Ja, Pa.« Seine Augen folgen dem zitternden Arm und Zeigefinger von Oubaas, der auf ein Schild mit der Aufschrift *Moosa's Haberdashery and Eastern Fabrics* deutet.

»*Du* wirst gewiß eine besondere Genugtuung aus der Tatsache ziehen, daß es jetzt auch einen Kuli-Laden gibt im Ort.«

Er blickt wieder die Church Street hinab und unterdrückt einen Impuls, mit einem Satz über den Kurkuma-Geschmack eines jeden ordentlichen indischen Schwanzes zu kontern. Achtsamkeit, würde Kamil jetzt sagen. *Jedes Wort ist der Flügelschlag eines Schmetterlings auf dem Macchu Pichu, der an der Golfküste einen Hurrikan aufwirbeln kann.* Und Malik, ausspuckend: *Diese obsessive Beschäftigung mit Sprache ist, als würde man eine Nadel im Heuhaufen suchen, während die ganze Scheune in Flammen steht. Noch so eine postmoderne new-agige Ablenkungsstrategie von den wesentlichen Dingen. Solange du deine Geschichte erzählen kannst, kann es angeblich so schlimm nicht sein.*

»Bist du auf deinem Weg hierher durch irgendeinen anderen Ort gefahren?« fragt Oubaas. Als Michiel den Kopf schüttelt, fährt

Oubaas fort: »Ein weißes Gesicht wirst du überall vergeblich suchen. Seit Jahren ist nirgendwo etwas frisch gestrichen worden. Die schlachten Schafe und Rinder mitten im Ortszentrum – ja sogar auf dem Kirchhof – je nachdem, was für ein Opfer oder einen Zauber ihre jeweiligen Götzen verlangen. Jede Hauptstraße ist mittlerweile nach irgendeinem *boy* benannt. Es ist alles vor die Hunde gegangen.«

Er erkennt Leratos Auto auf dem vollgestopften Parkplatz. Pietie hat Traktor und Anhänger vor der hintersten Ligusterhecke und dem Rasen geparkt, wo gefleckte Krähen sich um irgendein Stück Aas streiten. Arbeiter aus Paradys, von denen einige blauweiße Pick 'n Pay-Plastiktüten tragen, überqueren den Parkplatz in Richtung Portal.

»Park vor dem kleinen Tor.«

»Es ist wegen dem Rollstuhl, Kleinbaas. Beim Behindertenparkplatz ist eine Rampe.«

Mamparra hat ihre Einkaufstüten abgegeben und kommt auf den Mietwagen zu.

»Da ist dein Bruder.« Oubaas deutet mit vorgestrecktem Kinn auf die Sakristei.

Michiel sieht Benjamin in einem dunklen Anzug, neben sich eine Frau, dazu zwei Kinder, die aus der Tür kommen.

»Steig aus und begrüße deine Familie. Alida, nimm den Rollstuhl und schieb ihn rüber.«

»Laß uns erstmal Pa aus dem heißen Auto kriegen.«

»Du hast die Klimaanlage laufen lassen, Michiel. Ich werd schon nicht schmelzen. Thomas kann Alida helfen. Gott im Himmel, da kommt auch noch die verrückte Mamparra.«

Mamparra hat sich von hinten genähert und blickt jetzt von unter der Hutkrempe mit dem Seestern, die über einem Auge hängt, auf Oubaas herab. »Astrante bleddie meid.« Verdammtes dreistes Negermädel.

»Schaffst du das, Alida?«

»Wenn der Kleinbaas mir nur den Kofferraum aufmachen könnte.«

Er sucht unter dem Armaturenbrett nach der Entriegelung. Dann nimmt er das Jackett, das Alida ihm über den Sitz reicht und begibt sich hinaus in die gedämpft klingende Orgelmusik und die verstohlenen Blicke der anderen Begräbnisgäste.

»Ich stehe bereit, Michiel«, sagt Mamparra vor dem Kofferraum. »Dieser Rollstuhl kann der armen Alida auch schnell zu schwer werden. Sie ist nicht mehr so stark, wie sie mal war.« Dann ist Alida da und spricht Mamparra mit zusammengekniffenen Augen barsch auf Sesotho an, während sie nach dem zusammengeklappten Rollstuhl greift.

»Dag, Broer.« Sein Bruder, die Hand ausgestreckt. Blaue Augen hinter randlosen Gläsern, ergrauende Schläfen. Fester Händedruck. »«Das ist Giselle«, fährt Benjamin auf Englisch fort. »Kommt her – Thomas, Bianca – und sagt Onkel Michiel Hallo.«

Die Arme um die Schultern der Kinder gelegt, bugsiert Giselle sie vorwärts. Der Junge, der am Haaransatz ein wenig Akne hat und eine wasserstoffblonde Strähne im Haar trägt, muß bereits ein Teenager sein. Das Mädchen ist vielleicht neun. Die Kinder strekken die rechte Hand aus und sagen fast gleichzeitig: »Freut mich dich kennenzulernen.« Keine Spur von afrikaansem Akzent. Das Mädchen, Bianca, erwidert Michiels Lächeln, und er sieht, daß ihr Mund und ihre Zähne ungeheuer viel von Ounooi haben. Thomas macht keinerlei Anstrengung, seine Skepsis zu verhehlen und ist bereits wieder an die Seite seiner Mutter zurückgetreten. Das bist also du, scheint der neutrale Gesichtsausdruck des Jungen zu knurren, dieser Onkel aus Amerika, der das Herz von Großmutter Beth gebrochen hat. Der, dessen Name in Oupas Gegenwart nie ausgesprochen werden darf. Giselle läßt die Kinder stehen und umarmt Michiel. Sie ist eine kleine, gutaussehende Frau mit durchsichtiger weißer Haut. Sie trägt eine langärmlige Seidenbluse und einen maßgeschneiderten marineblauen, knielangen Rock. In ihren Ohren stecken Diamanten und an beiden Händen trägt sie goldene Ringe. »Es ist gut, daß du gekommen bist. Unsere Freude darüber wird nur durch unsere Trauer um Ounooi gedämpft.« Unterhalb der ehrlichen Herzlichkeit verbirgt sich eine Frau, die genau weiß, was sie will und was nicht. Er kann sie sich gut vorstellen, wie sie effizient ihre Zahlen durchgeht, bei der Kontrolle der Aktienkurse Gewinnmargen kalkuliert, zugleich ihr großes Haus- und Gartenpersonal dirigiert und sich dennoch die Zeit nimmt, so wie es jede gute Mutter aus ihrer sozialen Schicht tut, ihre Kinder zwischen einem halben Dutzend nachschulischer Aktivitäten hin- und her zu chauffieren.

Jetzt steht Benjamin vor Michiel. Michiel spürt die Arme seines Bruders, die sich um ihn schließen. Und Benjamin sagt jetzt auf Afrikaans: »Sie wäre so dankbar, wenn sie wüßte, daß du hier bist. Und ich bin es auch. Danke dir.« Immer noch in gemeinsamer Umarmung stehend, erwidert Michiel: »Dankie Bennie, vir jou ...« Er sucht nach dem Wort und sagt dann schließlich, da er es nicht findet: »Dankie vir jou Freundlichkeit.«

Alida und Mamparra haben Oubaas in den Rollstuhl bekommen. Mamparra umfaßt die Griffe, während Alida sich hinkniet, das Jackett des alten Mannes glattstreicht und beide Hosenbeine nach unten zieht. Als Alida sich wieder aufrichtet, dreht Mamparra den Rollstuhl um, um sie nicht an die Griffe zu lassen, und der alte Mann schwankt auf seinem Sitz hin und her.

»So, ihr beiden«, sagt Oubaas zu den beiden Frauen, die sich hinter seinem Rücken kabbeln. »Thomas wird mich in die Kirche fahren.«

»Sie werden die Glocken für Großmutter läuten, wenn wir alle drin sind, Oupa«, sagt der Junge, während seine Hände nach den orangefarbenen Griffen greifen. Das rote Sandsteingebäude hockt schwerfällig da wie ein Koloß, sein Finger zeigt nach oben zu einem Gott irgendwo im wolkenbepackten Himmel.

»Sieht nach Sturm aus«, sagt Benjamin mit aufwärtsgerichtetem Blick. Das erlaubt Michiel festzustellen, daß die Kinnlinie trotz der Gewichtszunahme noch immer wie gemeißelt wirkt, die Haut sonnengebräunt ist, sein Gang noch immer der eines Rugby-Mannschaftskapitäns ist oder der eines Armeeoffiziers, der in seinem ganzen Leben niemals aus der Reihe ausscheren würde. Die harmlose kleine kahle Stelle auf dem Kopf kann nicht darüber hinwegtäuschen, daß er ein Mann von absoluter Selbstsicherheit ist.

»Schande, daß Mevrouv heute nicht hier sein kann«, flüstert Mamparra Alida zu, aber laut genug, daß alle Umstehenden es hören können. »um ihre Familie wieder einmal so zusammen zu sehen.«

»Sie sieht das«, entgegnet Alida.

»Ich meine doch, in Fleisch und Blut«, wispert Mamparra zurück. »Ich *weiß* doch, daß sie bei Jesus ist. Der Name des Herrn sei gesegnet.«

In dem düsterem Vorraum kann Michiel die Vibrationen der Orgel durch den teppichbedeckten Boden spüren. Plastiktüten von

Pick 'n Pay mit zusammengeknoteten Halteschlaufen stehen halb versteckt unter einem Eichentisch in der Ecke.

»Du sitzt bei uns, Alida.« Benjamin bedeutet Alida, sich hinter Thomas einzureihen. Der Junge wird den Rollstuhl nach vorne schieben, aber Benjamin will Alida neben Oubaas haben, im Falle, daß sie gebraucht wird, wenn die Sargträger hinausgehen. Als Michiel Giselle andeutet, er wolle den Schluß bilden, geht Bianca um ihre Mutter herum, lächelt Michiel erneut an und reiht sich dann direkt vor ihm ein. Trotz ihres dunklen kurzen Haars und der Intensität und Direktheit der Augen seiner Nichte, paßt ihr Bild ganz fraglos über ein Foto seiner Mutter als junge Frau, an das er sich erinnert.

Die Bänke sind dicht besetzt, im Gang sind zusätzliche Stühle aufgestellt. Am hinteren Ende sitzen die Arbeiter von Paradys. Er nickt Pietie und Adam zu. Obwohl er den Blick gesenkt hält, sieht er die langen Kleider der Chorsänger und die Stalagmiten der Orgelpfeifen auf der Empore. Köpfe werden gewendet. Über Giselles Schulter kann er den kleinen Sarg sehen, der unter der Kanzel beinahe verschwindet. Irgendwo zwischen all den weißen Gesichtern macht er Lerato aus. Er zwinkert Pulane zu und trifft auf Kanus Augen. Der Junge setzt ein ernstes Gesicht auf, während sein Blick sich auf irgendjemanden hinter Michiel konzentriert. Bei der vordersten Bank übernimmt Alida wieder das Kommando über den Rollstuhl. Sie blickt Benjamin an, der ihr zuflüstert, sie solle den ersten Platz am Gang nehmen, bevor die anderen sich setzen. Michiel spürt jemanden hinter sich, dreht sich um und sieht, daß Mamparra sich der Prozession als Letzte angeschlossen hat. Der Platz zwischen seiner Nichte auf der einen und den Onkels und Tanten auf der anderen Seite reicht nur für eine Person, so daß er und Mamparra gezwungen sind, sich aneinanderzudrängen. Peinlich berührt streckt er eine Hand nach seinem Onkel aus, der den anderen bedeutet weiterzurücken. Auch Benjamin hat sich nach vorn gebeugt und bittet die anderen leise zusammenzurücken. Nachdem Michiel und Mamparra sitzen, ist die Reihe unbequem eng. Eingeklemmt zwischen ihr und Bianca muß er ein Bein übers andere legen. Er hebt den Arm, der zwischen ihm und seiner Nichte eingeklemmt ist und legt ihn auf die Lehne hinter ihr.

Im Anfang war das Wort. Das Altartuch ist aus demselben blauen Samt, aus dem es schon immer gewesen ist und auch noch mit demselben goldgestickten Bibelvers beschrieben. Der Sarg aus ungefleckter Pinie, mit Seilen als Haltegriffen, ruht auf einem aufklappbaren Chromständer. Auf dem Deckel liegen miteinander verbunden eine einzige Zuckerbuschblüte und zwei geflochtene Kreise Geißblatt. Blumengebinde also, keine Kränze. Einen Augenblick lang stellt er sich vor, der wahre Sarg werde irgendwo anders aufbewahrt und diese Pinienkiste hier sei nichts als ein Trugbild. Er hatte sich irgendetwas wie ein schwarzes Ebenholzgefäß vorgestellt, glänzend lackiert und mit Zierleisten und Edelstahlgriffen, über die ganze Länge hin bedeckt mit Rosen und Lilien. Irgendetwas Eindrucksvolles. Den Sarg seines Bruders irgendwie als den seiner Mutter. Er versucht sie vor sein inneres Auge zu holen, ihren Kopf auf einem weißen Kissen. Ob wohl Leichenschminke auf diesem Gesicht ist, das sie selbst so selten mit Make up bedeckte? Er sieht sie vor sich, wie sie vor Lachen den Kopf in den Nacken wirft, auf seinem Balkon. Auf der Sunset Beach, wie der Wind ihr Haar löst. *Gott, wie ich das Meer liebe!* Noch weiter zurück, wie er auf Zehenspitzen ins Elternschlafzimmer trippelt. Seine Hand greift nach ihrer Schulter. Er flüstert *Ounooi, ich hab schlecht geträumt* und klettert über sie, um bis in den sicheren Hafen des Morgens zwischen ihr und Oubaas zu schlafen. Dort, hinter einer Planke unbehandelten Pinienholzes. Keine tausende von Meilen Ozean und keine zwei Kontinente mehr zwischen uns. *Durch alles hindurch*. In der Innentasche meines Mantels ist eine Karte. Ein Silberdollar. Kamil richtet sein *Adieu* aus, *Beth, gute Reise, der Fluß ist breit, und du brauchst eine Münze, um sie Charon in die Hand zu drücken.*

Er blinzelt, als seine Nichte ihm das Programm reicht. *Elizabeth Ellenore Steyn, geborene Ford, 4. Februar 1938 – 8. September 2001*, in fetter Kursivschrift über einem Wasserfarbenbild, das gelbe und orangene Zuckerbuschblüten zeigt. Bianca berührt seine Hand. Er beugt den Kopf und spürt ihren Atem gegen seine Wange.

»Mami sagt, das Bild auf dem Programm ist von Karien gemalt.« Er nickt, er hat sowas schon geahnt. In die Zwischenräume der Orgeltöne fällt das Klicken der Pedale und der Atem der Pfeifen. Er gestattet sich, zugleich das Beethoven-Quartett zu hören und diejenige zu würdigen, die darauf geachtet haben wird, daß Ounoois Gesicht frei von Make up bleibt. Er kann jetzt die Augen nicht länger von der Empore fernhalten.

Sie trägt ihr Haar in einem französischen Zopf, und ihr Nacken ist über die Tasten gesenkt. Was sie über Schultern und Rücken trägt, sieht von hier unten aus wie ein beiges Baumwolljackett. Da sind wir also wieder beisammen, denkt er. Du und ich. Wie viele hundert Tage bist du wohl in meinen Gedanken gewesen und wieder daraus verschwunden, auf allen möglichen Kontinenten, Ozeanen, an irgendwelchen Himmeln. Ob ich die Träume, den Ärger und die Schuld vor dir offenbaren soll? Wenn ich vor dir in die Knie sänke, würdest du dann erraten, wie viele Stunden ich auf einem schwarzen Ledersessel in Berkeley von dir gesprochen habe? Soll ich dir verraten, daß ich mit deiner Stimme zu mir selbst gesprochen habe?

Ounooi hatte das Klavier jahrelang vernachlässigt, und als weder ihre Söhne noch Klein-Alida Interesse oder Fähigkeiten zeigten, zu spielen oder zu singen, wurde das Instrument abgestaubt, in Decken gehüllt und dann mit einem Pick-up auf Dauermietbasis zu dem musikalisch talentierten Mädchen gebracht, das mit Michiel die erste Klasse besuchte. Ihr Vater, Constable Opperman, hatte sich von Gerda Niehaus scheiden lassen, der für ihre Schönheit weithin berühmten leidenschaftlichen Kassiererin der größten Metzgerei am Ort. Bis zur Highschool, als das erste Elternpaar und dann noch eins sich scheiden ließ, war Karien die einzige in der Klasse, die aus einem »zerbrochenen Elternhaus« kam. Das Superhirn vom ersten Tag an bis hin zu ihrem lächelnden Gesicht auf dem Titel des Volksblads: Sieben Einsen im Abitur, dazu noch eine achte für Kunst als Wahlfach. In der Grundschule bestanden Michiels Geschenke an sie aus Tüten mit Simba Kartoffelchips und manchmal einem Eis in der Pause. Das Ihre an ihn war bedingungslose Freundschaft. Keine Überraschung in der Highschool, als Ounooi das Mädchen entschlossen – oder besitzergreifend – unter ihre Fittiche nahm. *In all meinen Berufsjahren ist dies das potenteste Gehirn, das jemals eine meiner Klassen durchlaufen hat. Mädchen wie Jungen. Aus der wird eine Kernphysikerin oder eine Professorin oder was immer sie sich wünscht. Ein Genie mit großem G.* Daß dieses Mädchen und ihr jüngster Sohn füreinander schwärmten, war ein zusätzlicher Anreiz. Samstags und in den Ferien arbeitete Karien in der Apotheke. Mit dem, was sie dort verdiente, kaufte sie sich schlichte silberne Ohrringe und für die Kirche schlabbrige Kleidung in beige, weiß und khaki. Sie steckte ihr Haar auf, damit jeder sehen konnte, wen sie nachahmte. Sie begann, die Farm zu besuchen. Weg von ihrer eigenen Mutter und von der Stadt. Die Wochenenden verbrachte sie auf dem Pferderücken oder oben am Reservoir oder auf dem Kelim im Wohnzimmer bei Hausaufgaben oder beim gegenseitigen Vorlesen. *Meine dürren Hände zünden eine Kerze für dich an, weil du meine Freundin geworden bist, weil du mich in der Pause aus der Bibliothek abholst und dann mit zum Singen in die Halle kommst, weil du meine Freundin bleibst trotz der Schuppen auf meinem Hemd und meinem Nylonpullover und weil du dich entschlossen hast, mich zu lieben, trotz der Aknekrusten auf meinen Wangen, weil du mir nachmittags Mathe erklärst und manchmal mit der Hand durch mein frisch gewaschenes Haar strubbelst; siehst du, wie meine Kerze für dich zittert, sie dankt dir und betet für dich* ... Am langen Eßtisch lernte Karien Peet kennen. Sie erfuhr mehr von den Fords, der Familie ihrer Mentorin, in der drei Generationen Männer Juristen geworden waren. Als Peet in deren Fußstapfen trat, wurde er auch zu einem Idol für Karien: sein Intellekt und seine ruhige Vernunft waren etwas, wonach auch sie strebte, und seine erwachsene Abgeklärtheit stand in solchem Kontrast zu Michiels Gefühligkeit. Als sie mit dem ältesten Bruder besser reden konnte als mit ihm, störte das Michiel nicht. Im Gegenteil, denn Peet war der erste Mann, den er liebte. Zu Ounoois größter Freude entwickelte Karien den Ehrgeiz, Anwältin zu werden. In dem Jahr, als Michiel zur Marine ging, bekam sie ein Vollstipendium für Bloemfontein. Dort sah er sie zu Beginn ihres ersten Jahres zum letzten Mal. Er hatte eine Geschichte eingeübt, die er erzählen wollte. Aber als er dort ankam, war sie es, die ihn in Kenntnis setzte, daß sein Name in einer Zeitung genannt worden war. Sie schloß die Tür zum Gemeinschaftsraum des Wohnheims, der für eine unbegleitete Frau in männlicher Gesellschaft verboten war. Ich werde der Herbergsmutter erklären, daß es einer Frau biologisch unmöglich ist, schwanger zu werden, wenn sie es bereits ist. Dein ganzes Leben ist eine einzige Lüge gewesen, wir werden jeder für uns wieder ganz von vorn beginnen müssen, wenn überhaupt, ganz so, als hätte es zwölf Jahre Schule und uns beide überhaupt nie gegeben. Ich ertrage den Gedanken deiner Nähe nicht mehr.

Oder etwas ähnliches, sinngemäß. Rund um ihre Lippen verlief eine weiße Schwellung in ihrem blassen Gesicht. Er hatte sie nie zuvor wirklich wütend gesehen. Aber sie weinte nicht. Das tat er. *Und was ist mit*, begann er, wurde aber gleich unterbrochen: *Ich komme allein zurecht*. Und als er sich dann zum Gehen wandte, der Gnadenstoß: »Hätte ich Peet gewählt und wäre mit ihm gegangen, dann wäre das hier nicht passiert, und er wäre auch nicht ertrunken.« Von dort fuhr er per Anhalter auf die Farm und zu dem, was ihn dort erwartete. Ounooi. Oubaas. Dominee Dirk. Als er dort zu keinem Entschluß fand, ging er zu Peets Freund Leon. Dann in die Einsamkeit von London. Und tauchte in Selbstmitleid und Schuldgefühle ein. Er schleppte sich durch die Wintertristesse von Bayswater, um ein öffentliches Telefon zu finden. Als die weitentfernte Stimme sagte: *Emily Hobhouse Dameskoshuis*, goeienaand, fragte er nach ihr und fügte hinzu, es sei ein internationales Ferngespräch. Dann wartete er, und hörte, wie seine Pfunde geschluckt wurden. Schließlich hörte er, wie das Telefon eingehängt wurde. Er versuchte es noch einmal: Niemand nahm ab. Dann versuchte er die Privatnummer, die er schon einmal benutzt hatte, und der Hörer wurde aufgeknallt. Er schickte einen Express-Einschreibebrief. Er rief erneut die Privatnummer an. Er wollte noch einmal sagen, was er auch schon in dem Brief geschrieben hatte: *Ich will zahlen. Mit dem Geld, das ich von Peet geerbt habe. Komm zu mir nach London. Hier können wir alles auf die Reihe kriegen*. Ihre Freundin antwortete. Karien hatte die Universität verlassen und sei ›von anständigen und ehrlichen Menschen unter die Fittiche genommen worden, die sie wirklich lieben‹. Er fand einen Job an der Rezeption eines Hotels, der mit einem Zimmer verbunden war. Die Arbeit war illegal, aber halbwegs anständig bezahlt. Saß er nicht an der Rezeption, igelte er sich ein, rauchte das winzige Zimmerchen voll und starrte hinaus auf den Platz mit seinen nackten Bäumen. Karien, was tust du, und was ist mit dieser Sache, die uns gehört, die uns beide angeht? Wo bist du, während ich in dieser düsteren Stadt sitze mit ihrer grauen Themse, ihrem endlosen Autoverkehr und ihren trüben, bläulichen Gesichtern? Es vergingen Monate, bevor er, poste restante Bayswater, eine Antwort erhielt: *Ich habe mich selbst darum gekümmert. Was ich heute weiß, ist, daß ich von dir weder etwas hören noch je wieder etwas sehen möchte*. Er lieh sich Bücher aus der Hotelbibliothek. Als sein Haar zum ersten Mal in seinem Leben über die Ohren reichte, hatte sich das Wetter gebessert. Er ging durch die Straßen und ließ sich auf Parkbänken nieder, um zu lesen. Er entdeckte Forsters *Maurice* und las Woolf und Bücher über sie und ihren Kreis. Ärger schwoll in ihm an. Nachts hieb er auf sein Kissen ein, bis jemand gegen die Wand klopfte. Endlich war er wütend und stellte sich vor, wie er sagen würde: Du und meine nutzlose Mutter, was seid ihr für billige Heuchler da in eurem hinterwäldlerischen Land, wo ihr haust wie die Paviane! Du hast ja keine Ahnung, wer Woolf war und wofür sie stand. Weißt du, was sie in einer derartigen Situation getan hätte? Du, der du noch nicht einmal Namen wie Vita Sackville-West oder Lytton Strachey oder Dora Carrington gehört hast. Und dich ausgerechnet in Peet zu verknallen, du dummes Ding, Karien, du hast wirklich keinen blassen Schimmer!

Die Mütze tief in die Stirn gezogen, besuchte er eine Vorlesung am Commonwealth Institute. Zum ersten Mal hörte er die Stimme eines schwarzen Mannes von einem Rednerpult herab: es war eine Verurteilung des Ausnahmezustands in seinem Land, ein Aufruf für internationale Sanktionen und ein Plädoyer für den Sport- und Kulturboykott. Neben ihm saß eine ältere schwarze Frau. Sie grüßte ihn, wandte sich dann aber, nachdem sie seinen Akzent gehört hatte, ab. Später trafen sie erneut aufeinander, beim Warten auf die U-Bahn. Sie fragte ihn, was er von dem Vortrag gehalten habe. Er antwortete, er sei informativ gewesen, aber Sanktionen würden hauptsächlich dazu führen, daß die Schwarzen weiterhin zu leiden haben würden. Ob er in London sein ›Übergangsjahr‹ verbringe, wollte sie wissen. Er wußte nicht, was ein Übergangsjahr sein sollte. Er sagte, er arbeitete, bevor er auf die Universität gehen werde. Um was zu studieren? Englisch oder Geschichte, antwortete er und fürchtete eine Frage nach der Armee. Sie wollte wissen, wo er herkam. Aus dem Free State, sagte er. Oh, sagte sie lächelnd, sie kam selbst aus Brandfort in der Nähe von Bloemfontein. Und warum sind Sie so weit fort von Zuhause, fragte er. »Ich arbeite für eine NGO.« Er fragte nicht nach, was eine NGO sei. »Wenn Sie sich für Geschichte interessieren, würde ich Ihnen gerne etwas Interessantes über den Free State zuschicken. Schließlich kommen wir ja beide von dort.« Widerwillig sagte er ihr seinen Namen und nannte die Hoteladresse.

Der braune Umschlag an der Rezeption hatte keinen Absender. Weder von dem Autor noch von dem Buch hatte er je gehört: *Schriftsteller, Staatsmann, Redakteur, Journalist, beherrschte sieben*

Sprachen fließend, der erste schwarze südafrikanische Romancier: 1876–1932. Dieses Buch enthüllt einen der folgenschwersten Gesetzgebungsakte in der Geschichte Südafrikas. Das Motto stammte aus dem Hohelied: *Ich bin schwarz, aber gar lieblich, ihr Töchter Jerusalems, wie die Zelte Kedars, wie die Teppiche Salomos. Seht mich nicht an, daß ich so schwarz bin, denn die Sonne hat mich so verbrannt. Meiner Mutter Söhne zürnten mit mir, sie haben mich zum Hüter der Weinberge gemacht, aber meinen eigenen Weinberg habe ich nicht behütet.* Im Buch eine Broschüre mit weiteren Lektüreempfehlungen. Und zwischen Telefon und dem Einchecken der Gäste las er das Buch – Kariens Brief als Lesezeichen benutzend – in dieser selben Nacht von der ersten bis zur letzten Seite durch.

Wo, fragt er sich, eingequetscht hier zwischen seiner Nichte und Mamparra, war er eigentlich Kariens Brief in dem zerfletterten Umschlag losgeworden? Er erinnert sich noch an seinen Namen in ihren Zeilen, an die Briefmarken mit dem Bild Jan van Riebeecks und an den Luftpostaufkleber, der einen weißen Springbock auf blauem Untergrund zeigte. Vielleicht hat er ihn Jahre später weggeworfen, beim Ausmisten, als er Sydney in Richtung der Salomonen verließ oder, als er später von dort nach San Francisco und zu Kamil ging.

Die Kirchenglocke läutet.

Dreiundsechzig gravitätische Schläge, das weiß er. Wie viele davon hat er bereits verpaßt?

Ein Kind hustet. In einer der mittleren Reihen räuspert sich jemand.

Die Tür zur Sakristei öffnet sich, und da ist der Ehemann. Im Talar, das ehemals jettschwarze Haar jetzt salz- und pfefferfarben, aber noch voll. Auch das gute Aussehen ist noch da. Er ist unter den Altarstufen stehengeblieben, hat sich verbeugt, die Hände, die aus den weiten Ärmeln ragen, gefaltet. Michiel ist sich des Knotens in seinem Magen bewußt, ebenso des leichten Zitterns in Armen und Beinen. Wie kommts, daß noch immer etwas übrig ist vom Zorn? Er wirft einen Blick hinter sich auf den Sarg. Er sucht erfolglos nach einem Bild Ounoois, auf dem sie nicht neben dem jungen Dominee hier in der Sakristei auf der Couch sitzt. Die Falte auf der Stirn ist das einzige Zeichen, das ihre ruhige Eleganz Lügen straft. Sie hat den Termin für sich und ihren degradierten Sohn ausgemacht. Auf Afrikaans: *Du weißt, daß ich der niederländisch-reformierten Kirche bei unserer Heirat beigetreten bin, hauptsächlich, um der Familie deines Vaters willen. Du warst zwar fort* (sie sagt nicht: bei der Armee), *aber du hast ihn im Dezember kennengelernt* (sie sagt nicht: anläßlich des Begräbnisses deines ertrunkenen Bruders). *Er ist kein herkömmlicher konservativer Dominee.* Und ab hier auf Englisch: *Er hat einen zeitgemäßen Blick auf die Dinge. Er predigt in den Townships. Er ist aufgeschlossen und gebildet – Ich habe seine Bücherregale gesehen. Er wird dir einen vernünftigen und positiven Rat geben. Geh rein und erzähle ihm alles.* Sie sagt nicht: *Geh rein und beichte das Unaussprechliche.* Seit Michiels unvorhergesehenem Auftauchen auf der Farm – sein nächster Urlaub ist erst in zwei Wochen – hat Ounooi kein Wort über das verloren, was ihr jüngster Sohn getan hat oder über das, was sie aus der Zeitung weiß (ohne zu sagen, daß sie etwas weiß). Unter anderen Umständen hätte sie vielleicht die Konfrontation mit dem in flagranti überführten Delinquenten genossen. Sie trat wegen Miemies aufgeregtem Gebell auf die Veranda hinaus. Michiel war auf der untersten Stufe, neben sich die aus der Offiziersmesse mitgenommene Sporttasche und in seinem Schoß der Kopf des Hundes. *Michiel, mein Schatz, ich bin ja so froh, daß du hier bist.* Keinerlei Anzeichen von Schock oder Ungläubigkeit, so daß er zunächst meinte, sie könne es nicht wissen. Dann – noch bevor er den Zeitungsausschnitt entdeckte, der halb unter die Akten auf ihrem Schreibtisch geschoben war – kam Oubaas auf dem Weg vom Kraal ins Haus. Die Kiefer seines Vaters waren so fest aufeinandergepreßt, als sollten sie sich nie wieder öffnen, um ein einziges Wort hindurchzulassen, während Ounooi sich damit begnügte, den Kopf in den Nacken zu werfen, als ihr Jüngster etwas von übler Nachrede und Rufmord sagte. Als sie mit ihm zu der Verabredung mit dem Dominee ging, blieben ihre Züge völlig neutral, so daß er sich noch Jahre später fragte, ob das einem Zustand göttlicher Gnade oder völligen Wahns zuzuschreiben gewesen war. Es ist der erste Posten des jungen Dominee nach seiner Militärdienstzeit. Der ganze Distrikt ist völlig aus dem Häuschen über den gutaussehenden neuen Hirten, der einen Stil des Mehr-Seins-als-Scheinens und viel frisches Blut mitgebracht hat. Gitarre, Klavier und Tamburin sind jetzt in der Kirche erlaubt, die Mitglieder der Jugendgruppe haben sich vervielfacht, er spricht von vorsichtigen Reformen: Es hat Kunden-Streiks gegeben am Ort, und die Schilder mit der Aufschrift *Nur für Europäer* auf dem für Weiße reservierten Teil des Bahnsteigs und im Postamt werden regelmäßig Opfer von Vandalismus. Er ist unverheiratet. Es gibt keine Mutter in der Stadt, die sich ihn nicht öffentlich als Ehemann für ihre Tochter wünscht – oder heimlich für sich selbst. Bisher hat er einen Jahrgang Jugendlicher in der Kirche konfirmiert. Ein paar Jahre früher, und Michiel und Karien hätten ebenfalls unter seinen Konfirmanden sein können.

Der gutaussehende, beinahe völlig ergraute Mann hat seinen Thron bestiegen. Als die Gemeinde platznimmt, muß die vordere Reihe sich wieder zusammenquetschen. Dirks Arme breiten sich zu Flügeln: »Liebe Brüder in Jesus Christus«, beginnt er, und seine Stimme ist so gedankenvoll und sanft wie Michiel sie in Erinnerung hat. Nichts in ihr von der selbstherrlichen Rhetorik der Pfarrer, mit denen sie aufgewachsen sind. »Wir sind hier zusammengekommen, weil unser himmlicher Vater in seinem unerforschlichen Ratschluß unsere geliebte Schwester Beth Steyn von uns genommen hat.« Er läßt die Flügel sinken. Dann lächelt er auf die erste Reihe herab und schenkt jedem einzelnen einen Blick des Mitgefühls. »Auch wenn der Tod eines geliebten Menschen ein furchbarer Verlust ist, der uns in tiefes Leiden stürzt, ist es der Herr selbst, der uns in diesen Momenten Trost spendet.«

Erst nach Jahren der Analyse hatte Michiel die Worte gefunden, um seine Erinnerungen an seine eigenen verborgenen Wünsche an jenem Tag in der Sakristei auszusprechen. Und ohne auch das bisher anzusprechen, war er sich ebenfalls des erotischen Prickelns zwischen ihm und dem Mann bewußt geworden, der ihm einmal in der Woche zuhörte. Während er Glassman erzählte, sah Michiel noch immer, wie sich die Lippen des Dominee bewegten und hörte, wie der junge Pfarrer mit keinem Wort versuchte, seine Vertreibung aus dem Paradies herunterzureden. *Die Kirche hat eine klare Position zu diesem Thema. Die Schrift sagt uns, daß es ein Greuel ist. Ich persönlich glaube nicht, daß wir uns zu Richtern aufschwingen sollten. Denn sagt Gott nicht auch: Liebe den Sünder, aber hasse die Sünde? Ich schlage vor, Sie kehren zur Armee zurück und bitten sie, Sie an eine kompetente Person zu verweisen. Während meiner Dienstzeit bei der Armee gab es Männer, die durch Psychologen von solchen Trieben geheilt wurden. Ich kann mich an den örtlichen Militärkaplan wenden, damit er Ihnen geistliche Führung zuteil werden läßt.* Zwischen die Sätze, die in Michiels Ohren klangen, nisteten sich extreme Vorstellungen ein, Bilder seines Schwanzes, wie er zwischen den weichen Lippen des schönen Dominee verschwand, seiner Finger, die durch das dichte schwarze Haar strichen. Wie er die vollen Lippen küßte und dann Dirks Schwanz, der aus dem dichten schwarzen Nest emporragte, in seinen Mund nahm. Und womöglich, denkt er sich jetzt in seiner Bankreihe, sind einige dieser Fantasien wahr geworden – im Leben der Organistin. Es sei denn, daß auch ihre persönlichen Vorstellungen von Sexualität und Liebe sich eher auf die Ehe richteten – eine Ehe jenseits der Brüder Steyn.

»Himmel und Erde werden vergehen, aber meine Worte werden nicht vergehen.«

Weihnachtsurlaub in den Bergen oberhalb von Vancouver. Es gab Geschenke und Weihnachtslieder für Nawals Kinder, allerdings keinen Baum. Bevor die Kleinen zu Bett gebracht wurden, fingen Kamil und Michiel mit ihnen zusammen Schneeflocken mit dem Mund auf.

»Liebe«, zitiert Rachel einen Satz, den ihr Sohn immer wiederholt, »besteht nur zu einem kleinen Teil aus dem, was wir fühlen und zu einem sehr großen Teil aus dem, was wir tun. Es ist ein Wort, das man am besten als ein Verb versteht, nicht als ein Nomen. Das ist die Wahrheit, die sich aus dem Fiasko romantischer Liebe herauskristallisiert.«

»Und was machst du mit dem Begehren, Rachel?«

»Das ist der schlimmste Stecher.« Malik lacht am lautesten von allen.

»War es Lust oder Liebe, was dich zu Malik hingezogen hat?«

»Reine Lust«, sagt Malik grinsend.

»Lust allein würde ein anständiges jüdisches Mädchen wie mich nicht dazu bringen, mich in einen solchen Philister aus Jaffa zu verknallen. Wir waren Kommunisten. Ich mochte seine Überzeugungen. Die Leidenschaft, mit der er an die gemeinsame Sache glaubte. Sozialismus würde das Problem zwischen Israel und dem besetzten Palästina lösen.«

»Na komm schon, Rachel«, Malik zwinkert, »ich bin einfach ein sexy Schegetz!

»Nach arabischen Standards hast du tatsächlich recht gut ausgesehen.«

Als Kamil Michiel zum internationalen Flughafen von San Francisco fährt, sagt er irgendwo kurz vor dem Halten: »Es muß bei Xanthippes Fütterung gewesen sein. Beth wollte wissen, was für eine Art Reptil sie eigentlich sei. Ein Leopardengecko, sagte ich, aus Afghanistan oder Pakistan. Warum beschwert man so ein kleines Tierchen mit so einem großen Namen, fragte sie. Ich habe ihr erzählt, wie sie anfangs, als wir sie hatten, geschnappt hat. Und dann kamen wir von Xanthippe irgendwie auf Rachel und Malik und ihren Weg von Palästina nach Kanada. Beth meinte, sie hätte sie gern kennengelernt.« Flugzeuge hoben über dem langen Arm der San Francisco-Bay ab. »Sie nahm an, daß ich wegen Rachel jüdisch erzogen worden sei. Sie fragte, ob ich hebräisch spreche oder arabisch. Als ich ihr sagte, daß keiner von uns je wieder dort war, erzählte sie eine Menge über Kulturen, die ihre eigenen Wurzeln vernachlässigen. Sie war der Meinung, daß Rituale die Menschen zusammenhalten, und daß die Moderne und die Migration die Menschen einander überall gleichmachen, in Südafrika genauso. Sie war schockiert, daß von deinem Akzent nichts übrig geblieben ist. Und sie fragte sich, was hier wohl noch von den Indianern geblieben sei. Ich habe das Gefühl, sie hätte gerne Ureinwohner in ihrer zeremoniellen Kleidung gesehen, wie bei den Pueblo-Tänzen. Ich hab dann noch einen draufgesetzt, indem ich sagte, zumindest im Hinblick auf ein altes Ritual sei ich ebensosehr Jude wie Araber.«

»Das hast du ihr gesagt?«

»Sie erzählte, ihr wärt alle beschnitten.«

»Hat sie Peets Namen ausgesprochen?«

»Nur ›alle meine Söhne‹ gesagt. Irgendsowas. Dann fragte sie mich, wie oft wir das Reptil fütterten. Ich wollte antworten ›jeden Abend, bis wir die Schnauze voneinander voll haben‹, aber ich hab lieber den Mund gehalten.«

»Ein weiterer Grund zur Traurigkeit heute liegt darin, daß wir alle wissen, es ist nicht das erste Mal, daß wir uns zusammenfinden, um einem geliebten Mitglied dieser Familie Lebewohl zu sagen.« Dirk spricht davon, wie er als junger Dominee beim Begräbnis des ältesten Steyn-Sohnes anwesend war. Des soliden, verläßlichen, liebenden, hochanständigen und brillanten Peet. Der meistens über den Allianzen und Zwistigkeiten der täglichen Familienauseinandersetzungen stand. Der so sanft und offen war. Eher zuhörte als selbst redete.

Seine Augen waren so blau wie die der übrigen Familienmitglieder, hatten aber nicht wie die von Oubaas oder Benjamin die Eigenschaft, zu Eis oder Feuer entsichert werden zu können. Und waren auch nicht wie die von Ounooi. Deren Augen waren zwar freundlich, aber sie blickte die Leute immer gern ein wenig von oben herab an. Wenn Peet einen dagegen ansah, hatte man das Gefühl, er blicke etwas von unschätzbarem Wert an, vielleicht etwas Heiliges, jedenfalls etwas, das man selbst beim Blick in den Spiegel nie sehen konnte. Mit Ihr sprachen seine Augen einen an, nicht einfach mit *Du*. Und genau das, was er in diesem Bruder liebte, fürchtete Michiel an sich selbst. Diese Fähigkeit zur Güte und diese Liebe, die ihn an Peet anzog, dieser Blick, der dem Angeblickten fast das Gefühl vermittelte, geliebt zu werden, genau das ängstigte Michiel, wenn jemand es bei ihm wahrnahm. Was er bei seinem Bruder für bewundernswert hielt, fand er an sich selbst eine fatale Schwäche. In Berkeley wurde Sitzung auf Sitzung diesem Thema gewidmet, dem Aufdröseln des gordischen Knotens, den ein aufgesetztes Bajonett halb, aber eben doch nicht ganz durchschlagen hatte.Warum nennt man sie eigentlich gordische Peitschen, fragt er auf dem Tauchboot, das auf den Salomonen über dem Wrack der Kasi Maru geankert hat. Gorgonische, korrigiert irgendjemand. Vielleicht wegen des Haars der Gorgonen, deren Blick jedermann versteinern ließ. »So wie die Adern im Gorgonzola«, sagt Kamil, während er eine gelbe Sauerstofflasche an Bord hievt. Innerlich lächelt Michiel und öffnet damit ein Fenster, um den dürren Mann in der schlabbrigen roten Badehose einzulassen, der mit einem feuchten Handtuch versucht, seine Brille sauberzuwischen. Er gestattet sich, sie sich gemeinsam vorzustellen, irgendwo auf einem städtischen Bürgersteig, Hand in Hand, eng aneinandergeschmiegt. Hinter einem Wolkenschleier erheben sich die grünen Hänge des ehemaligen Vulkans *Kolombangara*. Kolombangara, das ist ein Wort, das Michiel liebt, ohne seine Bedeutung zu kennen, nur wegen des Klangs und des Bildes. In dem türkisen Wasser verwandeln Korallen und wie Brüsseler Spitzen geformte Wasserpflanzen die verrosteten Spanten, die von einer Kriegskatastrophe geblieben sind, in eine bunte und lebenssprühende Terrassenwelt. Das Boot erhebt sich auf einer Welle, und Kamils haariger, olivengetönter Arm greift ins Leere, um das Gleichgewicht zu halten. Er stolpert vorwärts, stößt das Wort »Uupsie« aus und landet auf dem Hintern. Michiel zuckt zusammen. Sein Magen hebt und senkt sich mit dem Auf und Ab des Bootes. Er steht da und reicht Kiko eine Hand, der neben dem Boot im Wasser ist.

Und Benjamin? Der Charakter des mittleren Bruders strahlte alles aus, was Oubaas sich hatte wünschen können. Das war Benjamins Glück, und oft genug waren die beiden anderen dafür dankbar: daß Benjamin sich nämlich als der willige Treuhänder allen Ehrgeizes ihres Vaters begriff, hieß, daß zumindest einiges von dem, was normalerweise von ihnen erwartet worden wäre, oft genug an ihnen vorüberging. Benjamin konnte die Lagerbestände in Scheunen und Kammern herunterrasseln, mit dem Blick auf einen einzigen Baum die Ernte des Jahres einschätzen, ohne in die Bücher schauen zu müssen, und ebenso effizient schlitzte er einem Schaf die Kehle auf. Seine Leidenschaft für die Farm war zwar nicht größer als die Michiels, aber von gänzlich anderer Art: Michiel fand sein Glück auf den morgendlichen Läufen mit Ounooi über Berg und Tal und genoß die farbenfrohen jahreszeitlichen Veränderungen. Benjamin dagegen überwachte – neben Oubaas, mit dem er sich regelmäßig in die Haare kriegte – die tägliche Arbeit auf der Farm. Er sprach Sesotho fast ebenso fließend wie Englisch und Afrikaans. Er trat seinem Vater auf eine Weise entgegen, die nicht in Peets Wesen lag und für die Michiel zu ängstlich war. Eingeschüchtert, wie er von Oubaas' Jähzorn und Spott war, verbrachte Michiel seine Jugend beständig auf der Hut. Er schluckte seine aufkommende Abneigung herunter und versuchte haargenau das zu tun, was sein Vater anordnete. Peet dagegen ließ Oubaas ausreden und setzte dann seinen eigenen Kopf durch, ohne Rücksicht auf die Konsequenzen, die er zu ertragen hatte. Aber kein Streit auf Paradys erreichte je die Intensität derer zwischen Oubaas und dem Erwählten. Sie waren aus demselben Holz geschnitzt und wie zwei Stiere, die die Kraft des anderen gut einschätzen konnten, wobei der Ältere wußte, daß es nur eine Frage der Zeit war, bis der Jüngere ihn in die Knie zwingen würde. Entweder brachte einer den anderen um oder fügte sich in die gewalttätige Art der Kameraderie – oder brauchte sie womöglich zu seinem Glück.

Michiel erinnerte sich an eine Rückkehr der Familie aus den Ferien. Peet war zurück an der Universität. Sie befanden sich irgendwo in der Transkei. Was hatte Benjamin gesagt oder getan, das Oubaas dazu brachte, den Wagen an den Straßenrand zu steuern? »Vandag bliksem ek jou hier in hierdie kafferstaat, mannetjie.« Heute, Freundchen, werde ich dir hier mitten in diesem Kaffernstaat die Scheiße aus den Knochen prügeln. Mit den Worten *Ich warte auf dich, Oubaas* war Benjamin schon aus dem Auto, bevor es noch ausgerollt war. Und schon schnallte Oubaas den Sicherheitsgurt ab und ließ beim Aussteigen die Fahrertür offen; mit versteinertem Gesicht beugte Ounooi sich rüber und schloß sie von innen. Dann sahen sie und Michiel durch die Windschutzscheibe hinaus. »Heirate einen Wilden, mein Junge, und du kannst sicher sein, daß du wenigstens einen zweiten großziehen mußt.« Seltene kritische Worte über ihren Mann. Ein dumpfes Geräusch von draußen, das vielleicht ein Faustschlag sein konnte. Ounooi und Michiel fuhren herum. In einer einzigen Bewegung drehte Benjamin Oubaas um die eigene Achse, indem er ihm den Arm auf den Rücken hebelte und zwischen den Schulterblättern festhielt. Den Blick aufs Auto gerichtet, sah Benjamin Ounoois Augen auf sich und senkte sofort die seinen. Dann neigte er den Mund zum Ohr des alten Mannes. Oubaas stand schweratmend da, mit angespanntem Unterkiefer und die Augen auf den Asphalt gerichtet, wo er in der Ferne zwischen grünen Hügeln verschwand. Ein junger Mann mit seiner Herde näherte sich auf ihrer Straßenseite. Ein Auto kam vorüber und bremste wegen des Viehs ab. Benjamin drehte sich um seinen Vater. Sie schüttelten sich die Hand. Michiel las von den Lippen seines Bruders *Ich liebe dich Oubaas* ab, ein Satz, der ihm selbst nie über die Lippen gekommen wäre. Seite an Seiten kehrten Vater und Sohn zum Auto zurück. Der Kuhhirte hob die Hand zum Gruß, als der Mercedes aufs Asphaltband zurückkehrte und langsam an ihm vorbeifuhr. »Was hast du ihm eigentlich ins Ohr gesagt?« wollte Michiel später wissen. »An dem Tag, an dem du es schaffst, ihn so in den Schwitzkasten zu nehmen wie ich, werd ichs dir verraten.« Die verbalen Ausbrüche gingen weiter, und Michiel hörte auch ab und zu noch Berichte über einen Schlag auf den Kopf eines Arbeiters. Aber nie wieder erhob der alte Mann die Hand gegen einen seiner Söhne.

Michiel und Benjamin bestiegen die Militärmaschine auf dem Flugfeld von Grootfontein. In den unbequemen Netzen hockend, in Dienstuniform gekleidet, sonderte ihre Trauer sie von den gutgelaunten Urlaubern ab: einigen, die ihren Militärdienst ableisteten, Berufssoldaten, ein paar, die sich kurzzeitig verpflichtet hatten und einem, der sich dabei verwundet hatte, als er seine eigene Landmine vergrub. Hätten sie geredet, dann hätten sie ihren hilflosen Unglauben kundgetan angesichts dessen, was geschehen war. Sie waren alle drei gute Schwimmer. Seit sie krabbeln konnten, hatten sie ihre Tage am Reservoir verbracht. Zwei Meter Wassertiefe und keine flache Seite. Entweder hielt man sich wie eine Schildkröte am Rand fest, oder man schaufelte mit den Armen und strampelte mit den Beinen und schwamm. War Peet in eine gefährliche Strömung geraten? Andererseits waren da all die Badeferien in der Kei gewesen, in denen sie furchtlos ins Wasser gegangen waren, weit jenseits der Wellenbrecher. Wenn einen dort eine Strömung erfaßt, dann kämpft oder schwimmt man nicht gegen sie an, man läßt sich treiben, irgendwann bringt sie einen zurück zum Ufer oder aber irgendjemand am Strand sieht einen davontreiben. Irgendwann sagte Benjamin: »Ich weiß nicht, wie Ounooi darüber hinwegkommen soll. Oder wenn mit einem von uns auch noch etwas passiert.« Aus diesen Worten entwickelte sich dann der Gedanke, Michiel von der Grenze wegzuversetzen, weg vom Krieg. Benjamin hatte Verbindungen. Und wenn es ihm nicht gelang, seinen Bruder versetzen zu lassen, dann würden sie Oubaas bitten, ein Wort mit dem Agrarminister zu reden. »Mit deinem Sinn für Statistik wirst du wissen, Benjamin«, entgegnete Michiel halbherzig, »daß die Chancen, daß ein Marineangehöriger in einem Geheimdienstlager im Busch stirbt, tausendmal geringer sind, als irgendwo im Land von einem Besoffenen überfahren zu werden.« *Ein Marinesoldat*, rief Kamil mit gespielter Extase, als Michiel ihm Wochen nachdem sie sich kennengelernt hatten, von seiner Militärvergangenheit erzählte. *Ich hatte einen Marinesoldaten in meinem Bett! Wie aufregend! Was um Himmels willen werden Mom und Dad dazu sagen?* Und Michiel erklärte sofort, daß ihre Einheit nicht eine Tötungsmaschine sei wie die amerikanischen Marines: keine großangelegten militärischen Operationen, kaum je Verluste. Stattdessen gehörten zu ihrer Arbeit Hafenpatrouillen innerhalb von Südafrika oder auf Flüssen in Namibia. (Als er in Sydney angekommen war, sagte er nie mehr *Südwestafrika*.) Und kaum je wurde jemand aus der lokalen Bevölkerung (LB) mal von Geheimdienstoffizieren hereingebracht und verhört. *Was meinst du mit Ver-*

hör? Das passierte auf der anderen Seite des Camps. Damit hatte ich nichts zu tun. *Du kannst doch nicht nichts davon gewußt haben.* Das gehörte nicht in meinen Aufgabenbereich. *Nichtwissenwollen,* sagte Kamil, *unterscheidet sich von Ignoranz insofern als es mehr Arbeit ist.* Kommst du eigentlich auch jemals von deinem verschissenen hohen moralischen Roß runter? fragte Michiel. »Jedermann weiß, daß wir diesen Krieg nicht gewinnen«, sagte Benjamin. »Der Scheißdreck kommt jedes Jahr ein Stück näher vor unsere Tür. Und Paradys liegt direkt an der Grenze zu Lesotho. Unsere Jungs sind bereits in den Townships rund um Kapstadt und Jo'burg. Denk daran, was in Rhodesien passiert ist. Die nächste Front werden die Farmen innerhalb von Südafrika sein. Und irgendein in Moskau ausgebildeter Arschficker wird eine Landmine auf der Straße zur Farm eingraben, genau da, wo Ounooi laufen geht.«

Dicke Tropfen prallen auf das Blechdach der Kirche. Von ferne ertönt Donner. Sie singen jetzt das Vaterunser. Mamparra flüstert Michiel zu, daß sie den Text auswendig kann und hält ihm das Programm hin. Über ihren Daumennagel verläuft ein feiner Schmutzrand, der weniger auffällt als etwas, das eine Pilzerkrankung sein könnte. Als sie sich zurücklehnt, bleibt da wieder der blumige Duft. Aus den hinteren Reihen sind die Stimmen der Paradys-Arbeiter zu hören, die den altvertrauten Klang des Gebets mit ihren flacheren Vokalen und ihrer schärferen und klareren Aussprache verändern. Die harmonische Stimme des Chors vom Balkon versetzt dem schleppenden Gesang der Gemeinde ein wenig Schwung, und so sind es drei unterschiedliche Klangeinheiten, die sich da vermischen. Jede der Zeilen des Gebets hat sich irgendwie in seinem Hirn festgehakt, als hätte er es ohne Unterbrechung jede Woche gesungen: *Geheilig sy U naam, U koninkryk kom, U wil geskied* ... Geheiligt werde Dein Name, Dein Königreich komme, Dein Wille geschehe, wie im Himmel so auf Erden ... Thy and Thou sind Duzformen, das *U* dagegen die Höflichkeitsform, weit von mir entfernt und von der Hölle. Das dünne, helle Stimmchen der freundlichen Tochter seines Bruders. Er blickt auf ihr kurzes braunes Haar hinunter und bemerkt die kräftigen Kiefer, die sich im Rhythmus der Worte bewegen. Was war bloß mit dem Sohn losgewesen? Thomas. Das war mehr als Argwohn. Das war eine *Demonstration* des Mißtrauens. Mamparras hoher Sopran dringt direkt aus seiner Kindheit herüber, die Höhen schrillen fast dissonant über den sonstigen Chorklang hinaus. Anstatt auf ihrem Weg durch die Kirschenplantage mit ihrer steingefüllten Zinndose zu rasseln oder gegen eine leere Kaffeekanne zu schlagen, singt sie beim Gehen. Tausendundein Lieder, manchmal stimmen andere Frauen mit ein: Auf Sotho, Tswana, Englisch, Xhosa, Afrikaans und Zulu. Von ihren Sätteln aus greifen Karien und Michiel ins Laub und stopfen sich Kirschen in den Mund, die nächste süße Kugel bereits auf den Lippen, bevor noch der letzte Kern ausgespuckt ist. Sie entkernen die Kirschen im Mund und lehnen sich dann, die Hand voll rotem Fruchtfleisch, im Sattel nach vorn, damit die Lippen der Pferde ebenfalls von der Süße kosten, und in der Mitte von all dem, umgeben vom Gerassel der Büchsen, ist Mamparras Gesang. Sie hatte die apostolische Erneuerungsbewegung unter den Arbeitern von Paradys angeführt. Bis spät in die Samstagabende hinein erklang der Gesang vom Gesindetrakt – *er ist der König der Könige, der Herr der Herren, sein Name ist Jesus* – bis die Einführung des Fernsehers die Wochenendgeräusche der Farm aus dem Wohnzimmer verbannte. Montags war Mamparra dann heiser. *Erneuerung, Michiel. Ach war das schön. Jafet hat sein Herz Christus gegeben, als er gehört hat, wie ich in Zungen sprach. Nur Pietie und Adam sind noch so verhärtet. Aber die Wege von Jesus sind mysteriös. Du weißt doch, wo zwei oder mehr in seinem Namen versammelt sind …*

Die Witzfigur der Farm. Einmal, als er übers Wochenende Schulfreunde da hatte, schickten sie im Gesindetrakt nach ihr. Sie versprachen ihr ein Trinkgeld, wenn sie in Zungen sprach und Prophezeiungen machte. Eine Bande weißer Jungs auf Sesseln, und vor ihnen steht die schwarze Frau auf dem roten Zementboden und hat die Hände gefaltet, als würde sie beten. Bevor sie prophezeien kann, sagt sie, muß sie den Geist empfangen und dann Jesu unendliche Liebe und Barmherzigkeit predigen. *Nein, Kacke, Mamparra, kein Rumpredigen heute, mach einfach die Prophezeiungen.* Die Jungs bepissen sich und verfallen dann ins Parodieren – *unlabara fo Cristu losparrafat indragarrahsandi* – bis Ounooi auf der Veranda erscheint und die Vorführung beendet. Als der Tratsch aus dem Gesindetrakt die Neuigkeit brachte, daß Pietie ganz ruhig und ohne großes Aufsehen sein Herz dem Herrn geschenkt hatte, waren sie überzeugt, daß Mamparra jetzt endlich seinen Heiratsantrag akzeptieren würde. Aber sie widerstand noch immer und sagte zum tausendsten Mal, sie wisse zuviel von den Männern, um einem von ihnen zu gestatten, einen Fuß über ihre Türschwelle zu setzen. Er greift nach einem Taschentuch und bemerkt, daß er vergessen hat, welche einzustecken.

Welchen Grad der Untröstlichkeit hat er jetzt erreicht? Oder ist es nur die Trauer, die in aller Erinnerung liegt, ins Extreme gesteigert? Damit ist es nie vorbei, man schaufelt es nur zu. Er hat Glassman das erste Mal aufgesucht, als er ein Jahr lang mit Kamil lebte. »Du gehst aus?« hatte Kamil gefragt. Nur schnell auf einen Drink, hatte er geantwortet. Kamil: Das heißt, du kommst heute nacht nicht nach Hause? Er: Geh mir nicht auf die Eier. Kamil: Wenn du jetzt aus dieser Tür hinausgehst, schlage ich vor, du bleibst in welchem Bett du dich heute nacht auch immer findest. Er: Was soll das jetzt heißen? Kamil: Rachel war der Typ, der bei einem Schürzenjäger bleibt, aber ich nicht. Weil ich weiß, daß es der Rotz von irgendeinem anderen Typen ist, der den Duschabfluß verstopft. Weil ich nicht weiß, welches deiner Worte sich wenigstens dafür schämt, unwahr zu sein. Weil ich nicht weiß, was du eigentlich meinst, wenn du sagst ›ich geh mal eben Brot kaufen‹. Weil ich Fotos von uns ansehe und nicht mehr sicher bin, wer dieser Typ da neben mir eigentlich ist. Ich habe geglaubt, das hätte auf den Salomonen aufgehört, aber du bist wie ein Tier. *Gestatte dir wenigstens einmal zu erfühlen, was deine Taten mit mir anstellen.*

In diesem Augenblick wich jegliche Farbe aus der Welt. Ein Leben ohne den kleinen Mann, der bis zu diesem Moment keine Ultimaten ausgesprochen hatte, schien nur noch eine Schwarzweißzeichnung zu sein. An der Tür stehend, protestierte Michiel: »Willst du denn irgendso ein spießiges heterosexuelles Ideal für uns?« »Ich möchte eine Beziehung.« »Wir haben eine.« »Wenn die Art von Beziehung, die du brauchst, eine ist, bei der du dir erlaubst, auf alles draufzuspringen, was du auf der Straße erschnüffelst, dann pack deine Sachen.« »Männer brauchen nun mal 'n bißchen Abwechslung, Kamil, verdammt noch mal.« »Männer sprühen auch gerne Agent Orange auf Dörfer und Wälder. Ich hab etwas Besseres zu tun als diesen Saustall aufzuräumen.« Michiel trat in die Wohnung zurück. Dann schloß er die Tür hinter sich. Und akzeptierte murrend, ein paar Sitzungen mit dem Seelenklempner zu vereinbaren, den Kamil in seiner Postgraduiertenzeit in Berkeley aufgesucht hatte. Hinter dem Sessel, in dem Glassman in seinem Kabinett in Berkeley sitzt, hängt ein gerahmtes Schwarzweißfoto von Derek Walcott neben einem Ausdruck von ›Liebe nach Liebe‹. *Die Zeit wird kommen, wenn du mit Schwung dich selbst an deiner eigenen Tür begrüßen wirst, in deinem eigenen Spiegel, und jeder wird beim Gruß des anderen lächeln* ... Ich bin hier, weil Kamil Kassis – er war mal Ihr Kunde, erinnern Sie sich – der Meinung ist, das könnte uns helfen zusammenzubleiben. Glassman: Wie lange haben Sie eine Partnerschaft? Michiel: Ich hasse dieses Wort. Ich lebe jetzt seit einem Jahr mit ihm. Glassman: Was ist es an dem Wort Partnerschaft, das Ihnen unangenehm ist? Aus den paar geplanten Sitzungen wurden dann zunächst zwei Jahre. Nachdem sein Drang zu fliehen vernünftig unter Kontrolle gebracht war (›integriert‹ nannte Glassman das), beendete er sie. Bis zu der Zeit, als Kamil zwischen Leben und Tod schwebte und ein verwirrter, zorniger und verängstiger Michiel die wöchentliche Pilgerreise wieder aufnahm. Glassman: Wenn ein akutes Trauma nicht in einem vernünftigen Maße integriert ist, dann legt es sich über jede künftige Erfahrung – vor allem über neue traumatische Erfahrungen – ohne daß die Psyche merkt, was da geschieht. Möchten Sie fortgehen, weil er stirbt oder weil sie die verheerenden Konsequenzen kennen, die das Verlassenwerden mit sich bringt? Was für eine Rolle spielen der Tod Ihres Bruders, Karien und die Tatsache, Ihr Heimatland verlassen zu haben für den Verlust Kamils? Mit Glassmans Hilfe würde er Kamil durch das mörderische Endstadium der Krankheit begleiten: Sarkom, die Schweißausbrüche der letzten Nächte, Demenz. Um dabei zu helfen, ihren Sohn zu pflegen, kamen Rachel und Malik über die Wochenenden von Vancouver herüber. Manchmal auch Nawal, ohne die Kinder. Als die Wundermittel auf den Markt kamen, fuhr Michiel mit seinen wöchentlichen Ausflügen nach Berkeley fort. Nachdem die Anspannung der Tage, als alles auf Messer Schneide stand, nachließ, begannen seine Gedanken rückwärts zu fließen: hierher, zu dem und denen, die er zurückgelassen hatte. Nachdem er endlich mit einer gewissen Entspannung so etwas wie eine Zukunft im neuen Jahrtausend entdecken konnte, brandeten Wellen von Nostalgie über ihn hin: Eine Jugend von fast vollkommenem Glück, ohne einen Schatten dessen, was er doch als größere Wahrheit erkannte. Ohne daß er sie wollte, tauchten Bilder von ihm und Karien auf, wie sie einander vorlasen, bevor ihre Lippen und Zungen sich trafen; von seiner Mutter, die ihm zulächelt, als er in seiner Schuluniform an ihrem Klassenzimmer vorübergeht. In einem Traum erklärt ein Leutnant Govender, der nie ein Gesicht hat, einem sehr viel älteren Michiel Algebra, während sie auf dem Pferderücken eine Landschaft durchqueren, die ebensogut Paradys sein könnte wie der australische Outback. In einem der vielen Träume, mit denen er zu Glassman kommt, ist er in der Ebene von St. Augustine, wohin er und Kamil nach einem Besuch der Mesa Verde gereist waren. Reihen von gigantischen Ohren drehen sich gemeinsam in einer spektakulären Choreografie, nehmen Laute und Zeichen aus dem Weltraum auf, während er durch ein Feld von Sonnenblumen streift, die alle seinen Namen rufen. Er ertappte sich dabei, daß er online regelmäßig Nachrichten über Südafrika studierte. Dann, vor achtzehn Monaten, fragte Glassman, ob er je darüber nachgedacht habe, den Kontakt auf andere Weise als nur über die Erinnerung zu erneuern. Michiel: Darüber haben wir bereits das erste Mal gesprochen. Ich kann sie in meinem Leben nicht brauchen. Das ganze ist vorbei und erledigt. Glassman: Der Prozeß persönlicher Integration ist natürlich überhaupt nie vorüber. Irgendwann kam dann der eine Seite lange handgeschriebene Brief. Und, einige Wochen später, Ounoois Antwort: *Wie wunderbar, von dir zu hören, Michiel. Und was für eine großartige Idee das ist, dich besuchen zu kommen, und auch das Timing paßt perfekt! Da ich ja pensioniert bin und bis Mitte Dezember ein Großteil der Abfüllung beendet ist, bin ich ein freier Mensch!* Eine Antwort, als habe das Schweigen nicht länger gedauert als ein normales Intervall zwischen zwei Briefen oder Anrufen. Ein weiterer Brief, dem er ihr Ticket beifügte. Sie sollte kurz nachdem er das erste Mal als amerikanischer Staatsbürger gewählt hatte, anreisen. Sein Kandidat (Kamil wählte viel weiter links) verlor gegen den wiedergeborenen Christen-Sohn eines vormaligen Präsidenten, dessen anderer Sohn der Gouverneur ausgerechnet jenes Staates war, der die umstrittene Wahl durch eine Intervention beim konservativen Supreme Court knapp entschied. Kamil, vor Ounoois Ankunft: Deine Mutter kümmert sich also um eine Obstplantage und weckt Früchte ein, sie erzieht drei Söhne und einen Ehemann, sie läuft jeden Tag ebensoviele Meilen wie du, sie liest und hält sich in neuer Literatur auf dem laufenden, besorgt den Blumenschmuck der Kirche und arbeitet in der Gemeinde, und außerdem kümmert sie sich auch noch um ein gepflegtes Äußeres? Dann erkläre mir doch mal bitte, von einem Englischlehrer zum andern, wann und wie Superwoman dann bitteschön noch Zeit findet, Aufsätze zu korrigieren und Noten zu geben? Michiel: Dienerschaft.

Mamparras Stimme schwillt zu den hohen Tönen von *in Ewigkeit* hinauf, um mit dem *Amen* wieder abzusinken. Als sie wieder sitzen, kreuzt Michiel erneut die Beine und spürt seinen Schweiß im Rücken.

Mit einem ernsten Blick über sie alle hinweg fragt Dirk: »Wie beurteilt man die Bedeutung eines Lebens?« Trifft der Blick des Pfarrers dabei – nur für eine Sekunde – auf den von Michiel in der ersten Reihe? Ein greller Blitz und ein Schlag, als er irgendwo ganz in der Nähe einschlägt, unterbrechen Dirks Worte, und aller Augen gehen zu den Fenstern. Wieder setzt das Getrommel von Regentropfen auf dem Dach ein, hört dann aber wieder auf, als warte es auf etwas. Gegrummel und helles Aufleuchten am grauen Himmel. Der Himmel kann seine Last nicht halten. *Unsere Schwester tanzt von den Bergen von Moshoeshoe herab ... sie hat ihren grauen Umhang aufgetan, ihre Armreifen funkeln und ihre Perlen glitzern, Vieh und Großwild blicken auf, deren Nüstern weiten sich, und die Stimmen der allerkleinsten Lebewesen singen: Es ist der Tanz des Regens, seht, unsere Schwester, sie ist gekommen ...* Ob das Begräbnis verschoben und der Leichnam wieder ins Leichenschauhaus zurückgebracht werden muß? Beth Steyn – oder Ounooi, der zärtliche Name, unter dem sie uns allen bekannt ist – hat ein Leben geführt, dessen Mittelpunkt ihre Familie und ihre Arbeit waren. Sie heiratete Dawid Steyn kurz nach ihrer Ankunft in der Stadt als vielgeliebte Englischlehrerin an der Generaal Reitz Highschool. Diese über vierzigjährige Ehe ist in vielerlei Hinsicht exemplarisch gewesen. Mag ihre Haupteigenschaft dauerhafte Liebe und vollkommene Loyalität gewesen sein, so besaß sie doch noch eine weitere Zutat, die den meisten geglückten Verbindungen als Fundament dient: den Respekt für die Unterschiedlichkeit des anderen. Beth war eine Intellektuelle, eine gefräßige Leserin, die es liebte zu reisen. Oubaas Dawid dagegen« – Dirk blickt herab und lächelt dem alten Mann zu – »ist der Überzeugung, daß die Welt dort endet, wo die Ländereien von Paradys auf die N2 treffen und daß die beiden wichtigsten Bücher der Welt der *Farmer's Weekly* und das *Landbou Weekblad* sind.« Gelächter der Gemeinde. Bianca lehnt sich vor und blickt die Reihe entlang zu Oubaas hin, dann wendet sie ihr Gesicht zu Michiel hinauf, und ihre funkelnden Augen treffen direkt auf seine, anstatt weiter nach oben, gegen die Augenbrauen zu blicken. »Beths Freude über und Stolz auf ihre Söhne war permanent und durch nichts zu erschüttern. Aber sie liebte nicht nur ihre eigenen Kinder. Mehr als einmal griff sie ein, um sich auch um Kinder anderer Leute zu kümmern, die in Not waren. Manchmal in akuter Not. Und niemand in dieser Stadt muß daran erinnert werden, daß ihr ganzes Leben der Bildung gewidmet war. Sie glaubte felsenfest daran, daß die Zukunft der Menschheit eine Frage der Bildung ist.« *Laß mich euch beiden mal was über Bildung erzählen, sagt Rachel. Als wir aus Berlin nach Israel flohen, war Deutschland das Land mit der höchsten Bildung, die die Welt je gesehen hatte. Das ist doch das absolute Argument, Mom, entgegnet Kamil. Bitte erzähle das mal in Ruanda oder im Mission-Viertel.* »Beths neunte und ihre Abiturklasse waren Orte, die für ihren toleranten Geist und das freie Spiel der Ideen berühmt waren. Die Siebzehnjährigen, die ich über die Jahre hin konfirmiert habe, haben mich oft zu Diskussionen herausgefordert, die führen zu können sie dem Unterricht in Beths Klassen verdankten. Auch nach ihrer Pensionierung lehnte sie sich nicht einfach zurück. Das Erwachsenenbildungsprogramm, das sie im Township ins Leben rief ...«

Sie war unsere Liebste. Was für einen Stil diese Frau hatte. Und immer bereit zuzuhören. Hat es irgendwie geschafft, mit keinem in dieser ultrarechten Stadt über Kreuz zu geraten, trotz ihrer Überzeugungen. Ich bin immer der Meinung gewesen, sie war ein echtes Miststück. Hat den Bankkredit der Tochter ihrer Dienerin gegengezeichnet, hat mir der Manager erzählt. Psst, psst. Ukushisa oku leli sonto kukhipa umkhovu etsheni angazi umuntu uyophuma nini la. Wir werden Tantchen Beth vermissen. Wie sie in ihrem Mercedes ins Township gesegelt kam, als wäre sie die Heilige Johanna, bid jou dit aan. Ich verneige mich vor dir, Ounooi, für das, was du mir gegeben hast. Modimo ha o roriswe bana beso ka ha re kopane mona betsong la ona. Eine bessere Frau, als von deiner Epoche vorgesehen. Mögest du keinen Schmerz verspürt haben. Miesies, du wolltest nie, daß wir Miesies zu dir sagen, Ounooi war ok. Ich spüre den Regen in meinem Knie hier. Sprich mir nach: The rain in Spain stays ... Ich habe immer noch ihr Exemplar von Denn sie sollen getröstet werden mit ihrem Namen darin. Frau meines Lebens, wie soll ich jetzt die Tage ohne dich bestehen? Mein Kind fand Rettung, weil du an es geglaubt hast und ihm gesagt hast, es sei in Ordnung zu weinen. Mos gedink haar eie hol ruik na laventel. Die Wäsche ist aufgehängt. Heute nacht schlafen wir auf den blanken Matratzen. Inene akwaziwa nto ngemingcwabo ngaba Bantu. Kuthe cwaka ungeva nokuwa kwesipeliti esi! Bafe behleli xa bebonke endaweni yokufa komlungukazi. Jetzt werden wir ja sehen, was aus der Farm wird, sie war die Macht hinter dem Thron, die da liegt. Ohne dich hier unten, Ounooi, wird es hart werden. Lekker in daai manor gebly met al die lee slaapkamers. Die Bienenkönigin von Paradys. Niemals ein Wort über den toten Sohn, immer nur gelächelt. Welch ein langes Leiden. Hättest du mich nicht davon abgehalten, dann wäre ich verheiratet gewesen und hätte mit drei Rotznasen auf der falschen Seite der Straße gelebt. Und der andere, weißt du, der, den sie ›ihren Reisenden‹ nannte, weißt du, der ist aus der Armee ausgebüxt, und jetzt hockt er da, und es ist zu spät für Tränen. Ho na le se etsahalang lehodimong. Na ekaba maru le lehadima di tla tlisa pula? Moffie. Der ganze Platinschmuck geht vermutlich an die Schwiegertochter. Oder an die große Dame Lerato. Die schnieke, aufgetakelte schwarze Nutte hat auch vergessen, wo sie herkommt. Kaffer-naaier. Ist eine genetische Sache, so'n Schlaganfall. Sie war doch kerngesund. Wollte sogar noch den Comrades-Marathon laufen. Nee, die hat was gemacht mit dem Gesicht, da bin ich sicher, auf einer der sogenannten Reisen, wie kommts denn sonst, daß du ein Kind verlierst und immer noch so gut aussiehst? Eine der wenigen Weißen hier, die versucht haben, Teil der Lösung zu sein und nicht Teil des Problems. Laasmaand se rekeninge. Warum sie den alten Bock nie verlassen hat, das ist die Frage. Einfach an mir vorbeigefahren, als ich am Highway entlang Richtung Stadt ging. Er ist eine Partie, ein Mann wie er wird nicht lange allein bleiben, invalide oder nicht, schließlich hat er Geld. Sie war das Rollenmodell, sie war alles, was wir uns zu sein wünschten. Die ganzen jungen Farmer wollten sie heiraten. Ihre Autos parkten in einer langen Reihe vor diesem kleinen Haus in der Cross Street Nummer neun. Der da lebt in San Francisco, du weißt schon, was ich meine. Re a o leboha Morena Jeso. Re lebohela lerato la hao. Die voortreflike familie Steyn. Wenn du soviel Kohle hast, klar kannst du dir dann erlauben, zu allen nett zu sein. Der Teufel scheißt auf den größten Haufen. Sy was 'n goie ma. Frag mich, wie die beiden Söhne miteinander zurechtkommen. Ohne sie gäb es im Gesindetrakt bis heute keine Elektrizität. Hat einem nie in die Augen geschaut, immer so über den Kopf weg, wenn sie mit einem geredet hat. Benjamin, da, neben ihrem Dienstmädchen, der ist das Rückgrat dieser Familie. Ein Multimillionär. Aber alle drei Kinder waren verdammt clever. Ich würde meinen rechten Arm geben für diese Farm. Perfekte Familie.

Michiel beugt den Kopf. Er sieht sie, wie sie da mit ihm steht und auf das Cable Car wartet. Ein junger Schwarzer in einer Navy-Ausgehuniform ist vor ihnen, ein Stück näher zur Haltestelle hin. Ounooi kommentiert die Aufführung, dabei hält sie in einer Hand das Theaterprogramm, in der anderen die Borders-Tüte voller Bücher. Sie schüttelt den Kopf über das immer irrere Benehmen von Blanche DuBois. Irgendetwas in Michiel schnappt auf, er unterbricht sie, so daß sie einen Schritt zurücktritt, um Abstand zu seinem hitzigen Geflüster zu bekommen. *Da liest du all diese Bücher, da stehst du hier und meckerst über eine literarische Gestalt, die die Augen vor der Realität verschließt, du spuckst Verse von Shakespeare aus wie am Fließband oder zitierst Brecht auf Deutsch. Aber keiner hat dich je mal mit der Nase auf dein eigenes Leben gestoßen. Worte, Worte, immer nur Worte, die dich unterhalten, aber nicht ein Jota von deinen Überzeugungen abbringen. Aber ich werde jetzt ein für alle Mal deine Realitätsblindheit kurieren, deine eigenen Wunschvorstellungen von deinen Söhnen. So, und jetzt hör mir mal zu, du elitärer Snob. Ich werde dir jetzt ein paar Wahrheiten über Peet sagen.*

Michiel, bitte. Hör auf. Bei der Erwähnung von Peets Namen ist sie einen Schritt zurückgetreten und hat ihm die Schulter zugekehrt. Ihre Augen sind unter den gerunzelten Brauen auf das GAP-Schaufenster gerichtet, als gäbe es dort etwas Interessantes zu sehen.

»Du wirst mir jetzt zuhören.« Seine Stimme ist beinahe ein Zischen. Er tritt auf sie zu, beugt sich fast über sie, während sie sich immer weiter gegen das Schaufenster zurücklehnt.

Peets Sarg, bedeckt mit Rosen und Lilien, senkte sich zwischen zwei Matten Kunstrasen hinab. Sein Busenfreund war vom Kap her rausgefahren. Gerade eine Woche zuvor hatten Peet und Leon mit Ounooi und Oubaas ihren Studienabschluß im Lanzerac in Stellenbosch gefeiert. Als die Trauergäste sich zerstreuten, gingen Michiel und Karien mit Leon hinauf zum Reservoir, durch die Plantage, auf der Frauen in blauen Overalls wieder auf ihren Aluleitern standen und Maulbeeren für Marmelade und Feigen für grüne Feigenkonfitüre pflückten. Aus dem schwarzen Rohr sprudelte der Strahl Frühlingswasser wie Quecksilber in das Zementbecken. An seinem Rand, dort wo austretendes Wasser die Erde fast das ganze Jahr über feucht hielt, wiegten sich Lilien in der Brise.

»Das letzte Mal, daß er und ich hier auf der Farm waren, sind wir da oben geschwommen«, sagte Leon. Michiel konnte das Geplantsche hören, das er und seine Brüder veranstaltet hatten, das Kämpfen und Untertauchen, dann begann einer zu heulen, rannte davon und brüllte ›Das sag' ich Ounooi!‹ und ein anderer rief ›Heulsuse‹, da waren die Reifenschläuche, Wettrennen, Ringkämpfe, das Geschrei, das gegenseitige Abwerfen mit einem nassen Tennisball, sie schlugen einander nasse Handtücher gegen die Beine, ganz nackt, in der frühen Pubertät, hielten sich am Beckenrand fest, prüften nach, wessen Erektion dort von oberhalb des Wasserspiegels am größten aussah, wer am schnellsten kommen konnte, und dann flohen sie vor dem wie Froschlaich aussehenden Schleim im Wasser, er und Peet (mit dunklen Sonnenbrillen) und Karien (ihr Gesicht im Schatten von Ounoois Strohhut) trieben, in größeren Schläuchen liegend, im Wasser und hatten aufgeschlagene Bücher im Schoß liegen. Während Leon spricht, blickt Michiel auf und nimmt Kariens Aussehen in sich auf: die dunkle Kleidung, die sie von jemandem an der Universität geborgt haben muß, ihr Gesicht gramvoll. »Das war ein schöner Traum, das Examen hinter uns, und die meisten Jungs mit ihren Gedanken schon bei der Armee kommendes Jahr.« Leon hatte sich entschlossen, den Militärdienst zu verschieben und erst mit einem Zusatzdiplom in Latein weiterzumachen. Peet, immer schon der plaasjapie, war mit dem ersten Hahnenschrei auf gewesen. Sie machten einen langen Spaziergang an diesem Morgen, den Strand entlang. »Dann ging ich zurück frühstücken, aber er wollte noch eine Runde schwimmen.« Leon blickte hinab aufs

Wasser. »Seitdem frage ich mich in jeder Stunde, warum ich ihn da allein gelassen habe.« Seine Augen suchten und fanden die Michiels, dann Kariens. »Ich werde das den Rest meines Lebens bereuen.« Peets Hemd und Shorts wurden genau dort gefunden, wo Leon ihn verlassen hatte, seine Fußspuren liefen von dem Kleiderbündel bis zum nassen Sand. Jetzt waren auch andere Leute am Strand. Eine Menge weiterer Maties von der Uni. Sie fingen an zu rufen. Alles war dicht wegen des Feiertags. Dann kamen die Seerettung und die Polizei. Ihre Gruppe suchte den Strand ab. Andere paddelten auf Surfbrettern raus. »Bei Sonnenuntergang rief ich hier an. Oubaas wollte rüberkommen. Ich sagte ihm, er solle warten, es gab nichts, was er hätte tun können. Die ganze Küste war mit Helikoptern und Booten abgesucht worden. Am Mittag des nächsten Tages fand ein Fischer die Leiche in einem Gezeitenbekken in Richtung Gordon's Bay. Er war unversehrt. Kein Hinweis auf einen Hai. Einfach ertrunken.« Leon lehnte den Kopf an die Beckenumrandung und schluchzte.

Auf dem Rückflug in die Wüste teilt Michiel diese Dinge Benjamin mit. Später dachte er, es mochte dieser Moment gewesen sein, als er die Worte, die von Leons Lippen gekommen waren, wiederholte: *einfach ertrunken*, daß der erste Keim von Argwohn gepflanzt worden war, den er nicht bemerkte, bis er selbst die Farm verließ und kurz darauf das Land. Er sitzt in dem Zug, zu dem Ounooi ihn gebracht hat. Oubaas ist früh aus dem Haus gegangen und nicht zurückgekommen, um Auf Wiedersehn zu sagen oder ihn zu verabschieden. Keiner der Eltern weiß, daß er seinen Paß dabei hat. »Du bist ein starker junger Mann«, sagt sie, als der Zug in den Bahnhof einfährt. »Ruf uns an, wenn du in Durban bist.« Sie glauben, er mache sich auf den Rückweg nach Salisbury Island, kehre dorthin zurück, wo weitere Erniedrigung ihn erwartet. Im Zug wiederholt er die Lügen, die er dem höhnischen Oubaas und der sprachlosen Ounooi erzählt hat: »Sie haben uns eine Falle gestellt. Wir haben überhaupt nichts gemacht. Er war ein Freund aus der Offiziersmesse, und ich hätte ihn nicht mit an den für Weiße reservierten Strand nehmen sollen. Ich habe einfach eine Dummheit begangen.« Als das Wort *einfach ertrunken* sich über *einfach eine Dummheit* legt, reiben die beiden Sätze sich aneinander wie Hölzer, aus denen man Feuer schlägt, und ein Gedanke flammt auf, der bis dahin unvorstellbar gewesen ist. Er denkt, daß er Leon wiedersehen muß, daß er Peets Geschichte anderswo als auf der Farm hören muß, fort von der Traurigkeit, in der sowohl *einfach ertrunken* wie auch *einfach eine Dummheit* nur Platzhalter waren für *einfach die Wahrheit*, denn *einfach die Wahrheit* wäre nicht auszuhalten gewesen. Und auch nicht auszusprechen.

Ob es nun geschah, um das, was in Durban auf ihn wartete, weiter hinauszuzögern oder um einen letzten guten Grund zu finden, den Paß benutzen zu können, jedenfalls macht er in Kapstadt Station. Er fährt durch Weinberge bis hinauf nach Stellenbosch. An einem Ort blendend weißer holländischer Architektur findet er Leon. Während die anderen Studenten im weißgekalkten Hof von *Die Ou Hoofgebou* herumschlendern, sprechen er und Leon in einem engen Klassenzimmer mit niedrigen Holztischen, in die Palimpseste von Namen und unleserlichen Graffiti eingeritzt sind. Als Michiel gesteht, daß er sich unerlaubt von der Truppe entfernt hat und degradiert ist, taut Leon auf. Glassman: Im Hinblick darauf, daß Ihr Bruder schwul war? Michiel: Und daß er seit zwei Jahren wußte, daß er krank war. Seinen Juraabschluß zu machen hatte ihn davor bewahrt auszuflippen. Damals konnte man nichts anderes tun, als warten, bis es zu Ende ging. Glassman: Was ist da in Ihnen vorgegangen? Michiel: Ich war fertig. Als würde ich in meine Einzelteile zerfallen. Ich wünschte mir, er hätte mir etwas gesagt. Sein Geheimleben schien ebenso schwer zu glauben wie sein Tod. An dem Morgen am Strand hatte Leon Bescheid gewußt. Sie hatten seit Monaten darüber diskutiert. Er mußte sich zwingen immer weiter reinzugehen, sich nicht umzusehen. Wenn Peet schon nicht fähig gewesen war, damit zu leben, dann ich erst recht nicht. Als ich mein Ticket nach London kaufte, war ich sicher, daß ich es auch hatte. Und daß ich weit weg von zu Hause sterben würde.

Unaussprechlich und auch niemandem anvertraut, außer Glassman und Kamil. Bis zu diesem Abend auf der winterlich nassen Straße von San Francisco. Weit weg von Paradys und so viele Jahre später. Als Michiel Ounooi das verrät, was er, ausgestoßen von zu Hause, aus Leon herausbekommen hatte.

Peet ist nicht ertrunken.

Mit dem Rücken zu ihm hebt Ounooi den Arm mit dem Theaterprogramm und der Plastiktüte. *Tu das nicht*, sagt sie.

Ertrinken impliziert, so wie wir dieses Wort benutzen, einen Unfall. Selfmoord, Ounooi, wenn du es auf Afrikaans hören willst.

Sie fährt herum, ihr Unterarm verbirgt ihr Gesicht zur Hälfte. Sie starrt ihn fassungslos an.

Sich selbst zu ertränken ist Selbstmord.

Ihr Blick irrt umher, sie wirkt nicht ganz bei sich. Sie schüttelt den Kopf, wendet sich um, scheint ins Stolpern zu geraten, ihre Wange drückt gegen das Schaufenster, das sie zusammenquetscht.

Das wirst du dir nie verzeihen, flüstert sie.

Er ist ins Wasser gegangen, weil er am Sterben war, sagt er grinsend mit absichtlicher Brutalität, und das kannste nicht hinweglügen.

Sie wirft den Kopf zurück, bedeckt das Gesicht mit einer Hand und hebt den anderen Arm, als wolle sie sich vor ihm schützen.

Später wird er sich nur noch an den uniformierten Leutnant erinnern, aber nicht mehr an die Straße und die Umgebung um sie herum. Dabei müssen die Leute sie gesehen und gehört haben.

Nein, dein Ältester war weder ein Bluter noch ein Fixer. Laß es mich dir mal in Worten sagen, wie Benjamin sie benutzen würde: du und Oubaas, ihr hattet eine 66 zwei Drittel Prozent Erfolgsquote – zwei Homos von dreien. Und dann mit einem Grunzen: *Und für anständige Afrikaaner-Bauernjungs ist das gar nicht schlecht. Zwei von unserer Art hast du großgezogen. Das ist eine Statistik, auf die man in der Welt, in der ich lebe, stolz ist.*

»Aber warum ...«, flüsterte sie mit flehender Stimme und richtete ihre tränenüberströmten Augen auf ihn, schüttelte dann den Kopf, »warum benutzt du es dann gegen deine Mutter wie eine Messerklinge?« Sie sah winzig aus vor dem Schaufenster, so, als wäre eine alte Frau in diese Auslage ewiger Model-Jugend hineingestiegen. Binnen weniger Minuten war sie so in sich zusammengesunken, als wäre ihr all das, was ihr nie widerfahren war, jetzt mit einem Schlag passiert. Dieses Bild von ihr von zehn Jahren zuvor, riß ihn plötzlich zurück in die Gegenwart, und er realisierte schreckerfüllt, was er getan hatte. Ihre Straßenbahn war angekommen. Der junge Offizier stieg ein und blickte dann mit gerunzelter Stirn zu ihnen – soll ich den Fahrer bitten zu warten? – Michiel winkte nein danke.

Er wandte ihr den Rücken zu. Als er sich schließlich umdrehte, um sie wieder anzusehen, waren Ounoois Schultern wieder gerade und sie strich sich das Haar zurück. Auch ihre Einkäufe und das

Theaterprogramm steckten wieder in der Armbeuge. Sie wischte sich die Tränen von den Wangen und rund um die Augen ab. Die Erschöpfung auf ihrem Gesicht verschwand, während sie versuchte, ihm zuzulächeln. Daß sie dann zu sprechen begann, wirkte zunächst wie Prahlerei, ihre Stimme war heiser, aber das Lächeln gelang ihr, und sie sagte: »Der Regen hat aufgehört, und es ist eine wunderbare Nacht in einer der großartigsten Städte dieser Welt.« Sie stieß ein kurzes Lachen aus. »So viel dazu, was Twain und seine Klagen übers Wetter angeht. Der alte Miesepeter. Laß uns ein Stück gehen.« Sie blickte zum Embarcadero hinüber und deutete dann die Market Street hinauf. »Immer geradeaus, bis wir die Regenbogenflagge sehen, und dann rechts, stimmts? Es ist großzügig von Kamil, daß er dich mir für den ganzen Abend gelassen hat, heute.« Sie trat zu ihm und blickte zu seinem Gesicht auf. Aus dem ihren war kaum mehr eine Spur dessen zu lesen, was soeben geschehen war.

Für den Weg Richtung Süden hängte sie sich bei ihm ein. Er erinnert sich an ihre Spiegelungen in erhellten Schaufenstern, vorüber an den Obdachlosen, die aus ihren Plastikverschlägen hervorsahen, vorüber an dem Straßenhändler, der auf dem Bürgersteig Stoffe aus Guatemala verkaufte, durch den Gestank nach Urin und Exkrementen hindurch, der nach dem Regen aus den Gullys stieg. Schweigend warteten sie, jeder in seine Gedanken versunken, an roten Ampeln auf Grün und überquerten Kreuzungen, den ganzen Weg hinauf bis nach Castro. Vor dem Safeway warf er einen Blick nach ihr. Ihre Wangen waren feucht von Tränen, und die Unterlippe bebte.

»Ounooi«, sagte er und nahm ihren Arm fest in die Hand, »es tut mir leid.«

»Ich habe mich an deinen Akzent gewöhnt und auch daran, daß jedermann dich Michael nennt«, antwortete sie, räusperte sich und blickte geradeaus. »Aber ich wünschte, du würdest nicht das Wort *kannste* benutzen. Da hörst du dich nämlich wie weiße Unterschicht an. Wie ein Hillbilly. Bist du der Leiter einer Sprachenschule, ja oder nein.« Sie traten auf die Straße. Sie sah ihn immer noch nicht an, als sie fragte: »Wärst du beleidigt, wenn deine Mutter dir genau zwei Fragen stellen würde?« Ein kurzer Blick zu ihm hoch.

Er schüttelte beschämt den Kopf.

»Ich möchte wissen, ob du diese Krankheit hast. Und falls du sie hast, was ich tun kann, um zu helfen.«

Er zögerte mit seiner Antwort. »Kamil ist positiv. Ich nicht. Er nimmt Medikamente und ist, was das betrifft, bei ebenso guter Gesundheit wie ich.«

»Ihr seid Manns genug, euch umeinander zu kümmern. Er ist ein guter Mensch.« Sie faltete kurz die Hände, bevor sie ihm mit einer Handfläche den Rücken hinabstrich.

»Ounooi, es war saublöd von mir, dir die Dinge zu sagen, die ich gesagt habe.« Ihre Augen fanden seine, und sie wischte seine Entschuldigung beiseite, als wäre sie ganz unangebracht, und sie wisse überhaupt nicht, worauf er hinauswolle.

»Wenn wir zu Hause sind, möchte ich doch hoffen, daß du mit deiner Mutter ein Glas Amplexus trinkst.« Und dann mit einem Augenzwinkern: »Ich würde auch zu ein paar von diesen süßen chilenischen Trauben nicht nein sagen.«

»Zeit«, sagte Glassman mit einem Blick auf die Uhr. »Wir haben schon überzogen, und mein nächster Patient wartet.« Michiel nimmt seinen auf der Armlehne liegenden Mantel. Er reicht den Scheck mit seinem Honoraranteil von 35 Dollar. Die übrigen 100 Dollar werden von der Mitarbeiter-Versicherung des International House gezahlt. »Ich hasse das Wort Patient«, sagt er und blickt direkt in das Gesicht, das er so gut kennt. »Und warum?« fragt Glassman und sieht ihn über seine Lesebrille hin an. »Weil es sich so anhört, als wären die Leute, die Sie aufsuchen, krank oder verrückt. Dabei handelt es sich meiner Meinung nach lediglich um Fragen der menschlichen Existenz«, sagt Michiel im Aufstehen. »Ein interessanter Punkt, dem wir nächste Woche nachgehen können«, antwortet Glassman lächelnd.

Dirk stellt den Bürgermeister vor, Sam Thabane. Das ist der Mann, unter dessen Federführung Ounooi das Alphabetisierungsprojekt für Erwachsene im Township ins Leben gerufen hat. Er ist kaum älter als Michiel und steht auf der einen Seite des Sargs. Ein ehemals Exilierter – Schweden, Holland, Kanada, Tansania, auch Rußland? – den die neue Regierung hierher geschickt hat, anstatt ihn ins Parlament zu holen, damit er die Gräben zuschüttet, die der Staat in den turbulenten späten Achtzigern in der schwarzen Community aufgerissen hat. Das sind Informationen, an die Michiel sich jetzt von Ounoois

Besuch her erinnert. Er trägt ein lockeres grünes Baumwollhemd mit gelb-schwarzem Muster und weißen Spitzen rund um die Manschetten und den zugeknöpften Kragen. »Ich habe Beth Steyn 1991 kennengelernt, kurz nachdem Sharon und ich aus Sambia zurückgekommen sind.« Seine Haltung verrät lockere Selbstsicherheit, und er spricht ohne Notizen. Für einen so schmalen Mann hat er eine tiefe Stimme. »Sie bat um unsere Hilfe, um das örtliche Schwimmbad wieder öffnen zu können. Erinnern wir uns, daß das Schwimmbad geschlossen und durch den vormaligen Gemeinderat in einem letzten Versuch, die alten Methoden beizubehalten, zugeschüttet worden war.« Michiel bemerkt, daß es in diesem Satz kein handelndes Subjekt gibt, kein Mensch wird hier angeklagt. Genausogut hätte Ounooi diesen Satz sagen können. »Beth und ihre Freunde Sally Devon und Karien, die Gattin des Dominee, wollten Gelder auftreiben, um den Pool ausbaggern und ausbessern zu lassen und wieder für die Öffentlichkeit zugänglich zu machen.« Nur die *Anständigen* werden mit Namen genannt. »Sie glaubten, je früher die Kinder miteinander spielen und je jünger sie sind, wenn sie gemeinsam schwimmen lernen, desto eher werde unsere Stadt heilen. Wir bekamen dieses Projekt nie realisiert, da der Übergang mit anderen Schlüsselprojekten unsere Konzentration verlangte. Aber Beth legte sich weiterhin mit überraschenden Aktivitäten ins Zeug: Sie sammelte Gelder für den Kinderhort, sie trat der Frauenliga bei, um beim Staat durchzusetzen, daß die Langenhoven Bücherei mit Büchern auf Sesotho ausgestattet wird. Und noch kurz vor ihrer Pensionierung gründeten sie und Karien Burger das Frauen-Alphabetisierungs-Programm. Für die meisten war es das erste Mal, daß unser Volk gemeinsam an einem Tisch saß.« Bislang sind die Wörter weiß und schwarz noch nicht gefallen. »Ich könnte euch noch eine Menge mehr über Beth erzählen, aber ich will mich damit begnügen zu sagen, daß sie ein außergewöhnlicher Mensch war. Vor einigen Monaten kam sie in mein Büro, wir sind uns auch noch danach in der Stadt über den Weg gelaufen, aber ich glaube, das war das letzte Mal, daß wir ein offizielles Gespräch führten. Sie wollte wissen, was sie und andere tun könnten, um das öffentliche Gespräch darüber zu fördern, was mit HIV und Aids geschieht. Allein in unserem Krankenhaus sterben täglich bis zu vier Menschen daran. Dasselbe gilt für Zastron und Wepener und Smithfield. Das Schweigen bringt unser Volk um.« Michiels

Herz schwillt in seiner Brust. Ounooi, meine Heldin. Geliebt, trotz allem. »Eines der Dinge, die Beth ganz besonders erzürnten, ist die Art, wie Bestattungsinstitute die vormals Benachteiligten ausnutzen. Unser Volk wird dazu verführt zu glauben, daß nur die aufwendigsten und teuersten Beerdigungen recht sind. Als ich heute hier hereingekommen bin und diesen Sarg gesehen habe«, er hebt die offene Hand zu der Kiste, »das simpelste und preisgünstigste Behältnis, in dem man sich bestatten lassen kann, wenn man es nicht in einem Mehlsack tun möchte, da wollte es mir so vorkommen, als sei dies Beths' Vermächtnis für uns: Selbst im Tode noch wollte sie etwas von unserem gemeinsamen Menschentum demonstrieren. Wenn dieser Sarg gut genug ist für Beth Steyn, dann ist er gut genug für jeden von uns.« Er macht eine Pause, blickt dann auf die vorderste Bank. »Und zur Familie Steyn gewandt sage ich, euer schrecklicher Verlust ist in vielerlei Hinsicht ein Verlust für uns alle. Beth hat gewußt, daß wir menschlich nur durch andere Menschen werden.«

Auch dies also hat Michiel verpaßt. Den Alltag. Das normale Leben. Den bescheidenen Beitrag seiner Mutter zur Aussöhnung. Natürlich, denkt er weiter, hatte auch sie ihren eigenen Begriff von Wahrheit, so wie wir alle. Wieviel Sam Thabane wohl ungesagt sein ließ? Von Mißtrauen und Privilegien, von der Philantropie einer reichen Weißen? Oder von sich selbst, der womöglich noch nicht eingeladen wurde, auf dem frisch gepolsterten Sofa im Wohnzimmer von Paradys platzzunehmen? Von der Wut und der Verzweiflung, die einen Jungen namens Samuel dazu getrieben hatten, vielleicht noch im Teenageralter, sich zu den anschwellenden Rängen der Exilanten zu gesellen? Ob er wohl hier geboren und aufgewachsen ist? Mit Klein-Alida zusammen die Schule besucht hat? Ob er wohl durch den Caledon nach Lesotho gewatet ist, so wie seine Vorfahren es Jahrzehnte zuvor hatten tun müssen? *Seht euch diese Flüchtlinge an, wie sie zur Grenze nach Basotho schwärmen, einige von ihnen tragen all ihren Besitz auf dem Kopf, wie sie ihre dürren Tiere vorantreiben, die von Hunger und Kälte dezimiert sind. Es sieht aus, als seien all diese Menschen Flüchtlinge vor einem Krieg, der Feind dicht auf ihren Fersen ... Wie beruhigend zu wissen, daß diese Exilierten, sobald sie diesen Fluß überquert haben, ihre müden Glieder zur Ruhe legen und ihr Vieh tränken können, ohne damit irgendein Gesetz zu brechen.* Unter welchen Umständen, außer bei Begräbnissen, und in welcher Form diese Geschichte wohl ins Bewußtsein der Öffentlichkeit zurückfinden wird? Ist Geschichte je neu geschrieben worden? Dies hier, denkt er, ist endlich eine neue, die am Entstehen ist, die ihre Nachgeburt hinter sich herschleift und sich am Kopf kratzt, um eine Möglichkeit zu finden, die Vergangenheit zu befruchten, um den Preis, andernfalls selbst sterben zu müssen. Und er hat sich entschlossen, dieser Geschichte fernzubleiben. *Exil.* Das Wort hat für ihn immer in den Bereich von großer Politik und Zwang gehört. Zum Leben von Malik und Rachel. Und Sam Thabane. Es hat nie etwas mit ihm zu tun gehabt, denn was immer er auch sein mag, es macht ihm nicht zum Blutsverwandten eines Exilierten: er bleibt ein bourgeoiser Emigrant, ein Expatriierter wie die Australier, die massenhaft auf die Salomonen kamen. Er war mit einer weißen Haut fortgegangen, mit 1001 Möglichkeiten, genügend Geld und lediglich persönlichen Problemen, von denen er noch nicht einmal wußte, ob er sie lösen wollte. Aber falls er je die Zeit und die Energie aufbringt, eine Dissertation zu schreiben, dann könnte das ein Thema sein: *Darstellungen des Exils in südafrikanischer Non-fiction.* Oder eine komparatistische Studie: *Südafrika und Palästina: Exil und Land – Sol Plaatje und Edward Said.* Diese letztere würde Malik entzücken. Und Rachel würde dazu sagen: *Allein schon der Titel führt Maliks ganze kleinkarierte Parteilichkeit vor. Wenn es ein Volk gibt, daß einen Corpus an Exilliteratur besitzt, der groß genug ist, das Empire State Building damit vollzustellen, dann ist es das jüdische. Malik: Immerhin hätten die ein Gebäude dafür.* Rachel, lächelnd, und sich vorbeugend, um das Knie ihres Mannes mit der Hand zu umfassen: *Surmay Arrasak! Manchmal glaube ich, meine Mutter hatte doch nicht ganz unrecht …*

Frühling in London. Es gab Momente, da wirkten die Dinge erträglich, wenn er sie durch die Sprünge in dem Glas betrachtete, hinter dem er seinem Gefühl nach immer gelebt hatte. Auf dem Bett liegend, las er wieder Plaatje: *Ein erbarmungswürdiges Spektakel dagegen war der Anblick derer, die aus dem Zentrum des Oranje Freistaats vertrieben worden waren. Es brach einem das Herz, sie die Umstände ihrer Ausweisung erzählen zu hören, und wie sie die Wintermonate damit verbracht hatten, mit ihrem verhungerndem Vieh von Farm zu Farm zu ziehen und vergeblich um einen Ruheplatz zu bitten. Manche Farmer zeigten offenbar Verständ-*

nis, wurden aber von dem Schwert des Damokles über ihren Köpfen daran gehindert, etwas zu tun – der 100-Pfund-Strafe aus dem 5. Paragrafen des Native Land Act – und mußten die Bittsteller daher zwangsläufig abweisen. Die Farmen in unserer Gegend sind im Besitz von burischen und englischen Siedlern, aber viele gehören auch Deutschen, Juden, Russen und anderen Europäern. Obwohl er im Abitur neben seiner 1 in Englisch auch eine 1 in Geschichte gehabt hatte, war in seinem Gedächtnis nichts über den Land Act von 1913 gespeichert. Falls er aber etwas darüber gehört und es wieder vergessen hatte, dann war es jedenfalls nicht so dargestellt worden. Und falls doch, dann hätte es ihm womöglich weder Sommer noch Winter gemacht. Nicht damals und nicht dort, mit dem Reich von Paradys unter den Füßen des *Kleinbaas*. Aber es ganz allein zu lesen, aus der Vereinsamung seiner Flucht und der Entfernung seines muffigen Zimmers am Leicester Square heraus, es aus den Händen einer Schwarzen empfangen zu haben, ohne jemanden, der es erklärte oder einordnete, ohne daß irgendeine Bedrohung oder eine Verlockung nach dem Chaos seines Abschieds und all dessen, was er zurückgelassen hatte, seine Lesart beeinflußte, all das befähigte ihn und machte ihm Lust, diese Dinge an sich heranzulassen und all die Niedrigkeit und Grausamkeit deutlich zu sehen. Er sah jetzt nur noch eine geschmacklose 1 inmitten ausgelöschter Wahrheiten. Während er las und dabei manchmal in Tagträumerei verfiel, kamen auch wieder Dinge an die Oberfläche, die jenseits der Schule und der Bücher geschehen waren. In der Kunstklasse wollte Karien irgendetwas Originelles machen, *nicht bloß so eine doofe Frottage von Blättern oder alten Münzen*. Da gab es die Felszeichnungen gegenüber dem Eingang der Buschmänner-Höhle. Und das Ding in den Felsen, das gewiß das Fossil einer Muschel war. Vielleicht konnten sie das ja mit einer Abenteuer-Tour verbinden und unter den überhängenden Felsen übernachten. Ounooi sprach ein Machtwort: Ihr vierzehnjähriger Schützling würde nicht draußen im Busch übernachten wie ein Pioniermädchen (hatte sie *voortrekker*-Mädchen gesagt?) Ein Picknick am Wasserfall, in Ordnung, aber wenn sie nicht vor dem Abendessen zurück wären, dann würde sie Adam ausschicken, um nach ihnen zu suchen. Also wanderten sie hinauf, bewaffnet mit Pauspapier, Bunt- und Kohlestiften. Unterhalb der Felsen banden sie die Pferde fest, so daß sie grasen konnten.

Dann kletterten sie den felsigen Hang hinauf, der früher einmal ein Pfad gewesen sein mußte. Karien legte das Pauspapier über die im Felsen sitzende Form, die aussah wie eine Meeresschnecke, dann über Muster, die vielleicht irgendwelche Zeichen gewesen waren oder Botschaften oder Sternenkarten (ist das hier nicht das Kreuz des Südens?) oder Herden auf dem Veld. Oder Heeresformationen? Wer sagt denn, daß das von Buschmännern stammt, vielleicht waren es Frühmenschen oder was immer ganz am Anfang da war? Von den Wänden in der Sandsteinhöhle und von rußschwarzen Überhängen, die den Eingang rahmten, malte sie ockerfarbene und rote Elenantilopen ab und Blessböcke und menschliche Gestalten, die offenbar auf der Jagd waren oder im Krieg. Einige hatten Erektionen, akzentuierte Hinterteile und stark ausgebildete Waden- und Oberschenkelmuskeln. Das sieht aus wie eine aufgespannte Kuhhaut. Das wie eine Gruppe, die Instrumente spielt, wie Sitars. Und wenn das hier so eine Art Kirche für sie war, wenn sie hier in dieser Höhle opferten und mit Blut Kommunion hielten? Sie zogen sich die Kleider vom Leib, und ihr Geschrei, als das Wasser auf ihre nackte Haut und ihre Köpfe traf, echote durch die Kluft. Dann, ausgestreckt auf einem Fels in der Sonne, küßten sie sich mit unermüdlichen Zungen und probierten alles, was nicht zu Schwangerschaft oder dem Verlust von Kariens Jungfräulichkeit führen würde. Aber die Idee von Jungfräulichkeit gaben sie noch vor dem Ende der Highschool auf, und Michiel kaufte in Bloemfontein seine ersten französischen Briefchen (sie wollten es nicht Präser oder Kondome nennen). Wenn Karien allein in der Apotheke hinter der Registrierkasse stand, dann tippte sie die Kontrabande selbst ein. Sie zogen sich wieder an und ritten den Berg hinab, durchglüht von Sonne und Gelächter. Neben der Obstplantage gab es die Kalligrafien alter Grabsteine zu entdecken. Es war Jahre her, daß jemand auf der Farm begraben worden war, Oupa Steyn war der letzte gewesen. Grashüpfer flohen von wild wuchernden Rosenbüschen, als sie auf Gräber traten, die von Gestrüpp überwuchert waren, ohne daß sie merkten, was unter ihren Füßen lag. Es gab Gräber, die nur durch schmale aufrechte Steine kenntlich wurden, auf anderen war die Schrift nicht lesbar oder es standen Zahlen darauf, die, wie Michiel wußte, die Opfer der Konzentrationslager bezeichneten, all das überwachsen von Gras und Sträuchern, die früher einmal gelbe Kletterrosen gewesen sein mußten. Die Arbeiter erzählten Geschichten, daß der Friedhof verwunschen war, und daß nach dem Regen Kugeln aus Licht den Hügel hinabrollten. Eine andere Legende war, daß Generationen von Kobras oder Puffottern hinter dem Grabstein des ersten englischen Besitzers nisteten. Adam und Pietie hatten beim Ausheben des Grabs von Oupa Steyn ein Gelege von Vipern zerstört. Mit vorsichtigen Schritten aber möglichst lautstark, um alles zu vertreiben, was sich dort verstecken mochte, bahnten sie sich einen Pfad zu den beeindruckenderen Grabsteinen: *William Horwood, 1860–1922.* Von Paradies zurück ins Paradies. Als Karien mit den Gräbern seiner eigenen Urgroßeltern begann, fiel Michiel, der sie und den Wasserfall auf seinen Fingern roch, neben dem abgenutzten Engel von Groot-Ouma mit seinem einen zerbrochenen Flügel in die Knie. Mit einem lauten Zischen schoß er den Arm vor, sie schrie, schreckte hoch, und der Bleistift stach ein Loch ins Pauspapier. Sie mußte die Buchstaben noch einmal abpausen: *Hermiena Katarina Elisabet Steyn, 1890–1945, Überlebende der Leiden von Bloemfontein, Frau und Mutter.* Der Ort verursachte Karien eine Gänsehaut, aber er wollte noch sehen, was die älteren Inschriften zu bieten hatten. Auf diesen Steinen, die ebenfalls wettergegerbt waren, die die Zeit hatte erodieren lassen oder auf denen die Gravierungen nicht tief genug gegangen waren, als daß man hätte pausen können, mußte sie den Kohlestift benutzen. *Moshe* – (die letzten Buchstaben des Namens waren verschwunden), dann *Mohlakwana 1849–1898.* Wahrscheinlich ein treuer Diener des frühesten afrikaansen Besitzers. Weitere nicht zu entziffernde oder nur zum Teil übrig gebliebene Namen und Daten, aber selbst ein Analphabet hätte verstanden, daß hier eine ganze Familie von Mohlakwanas liegen mußte. Beim Abendessen berichteten sie über ihre Funde. Womöglich die Ahnen der verrückten Mamparra, sagte Oubaas. Daher kam auch der Spitzname, erklärte Ounooi, die Alliteration der Ms und der Gleichklang der As ergaben dann Mamparra Mohlakwana.

Am Leicester Square wurden die Daten und die Verlogenheit der Familienlegende ein Thema. Wie kam es, daß der Tod des ersten weißen Mannes auf Paradys für das Jahr 1922 eingraviert worden war, wo es doch bereits mehr als zwei Jahrzehnte zuvor einen Mohlakwana gegeben hatte? Wenn die bescheidenen, überwucherten Gräber aus einer Zeit vor der stammten, von welcher Plaatje schreibt, dann war es möglich – sehr gut möglich sogar – daß dieses Land den Mohlakwanas gehört hatte oder daß sie dort bis zum Jahr 1913 als Pächter gelebt hatten. Der Land Act, der durch das neue Parlament der Union gepaukt wurde, verbot es schwarzen Farmern, ihr Land an andere schwarze Farmer zu verkaufen und untersagte ihnen, es innerhalb ihrer Familien zu vererben. So waren die Schwarzen gezwungen, an Weiße zu verkaufen. Sogar das Pächterwesen wurde für Schwarze ungesetzlich. Vieh zu halten und zu züchten wurde für Schwarze zu einem Delikt, das bestraft wurde. So wurden ganze Generationen von Pächtern gezwungen, entweder das Land zu verlassen, das den Weißen gehörte oder sie mußten sich über Nacht bereit erklären, zu Knechten zu werden und ihren Besitz an Vieh zu überschreiben. Derart wurden Zehntausende von Farmern und Pächtern in die Natur losgelassen. Vielleicht war es also eher ein Gesetz krimineller Expropriation und Inbesitznahme – ein legalisierter Diebstahl – als die Konzentrationslager und die Politik der verbrannten Erde, das dem alten Horwood erlaubte, das Land in die Finger zu bekommen, das er dann Paradies nannte? Aber an jenem Tag in ihren Teenagerjahren, das Nachglühen der Berge noch auf den Wangen, am Tisch, der groß genug war für Oubaas und Ounooi und für drei Söhne und drei zukünftige Schwiegertöchter und Enkelkinder, machten sich weder Karien noch Michiel irgendwelche Sorgen über Daten. Seine Nachdenklichkeit resultierte aus der Entdeckung, daß es einmal eine Zeit gegeben hatte, in der Schwarze neben Weißen begraben worden waren, sein Stolz aus der sicheren Erwartung, daß Kariens einfache Kohle-Frottage der schneckenartigen Form im Felsen die beste Arbeit der Klasse sein würde.

Und jetzt sitzt Mamparra Mohlakwana hier gegen mich gedrückt, halb mit mir verschmolzen und ich mit ihr. Diese Frau, die ein Kind hatte, das Geel, Gelb genannt wurde. Unverheiratet trotz Pieties hartnäckiger Werbung. Ihre Unterarme und Beine berühren einander. Ihre in der Gemeinschaftsdusche des Gesindekomplexes gewaschen, seine in der Glaskabine des aufgemotzten Herrenhauses. Seine Hand, mit Kamils Ring auf dem Ringfinger, ruht auf seinem Schenkel neben der ihren. Er starrt ihre Hand an, die ein zerdrücktes Kleenex umfaßt hält und wird von der Wucherung unterhalb des Daumennagels gebannt. Der Schweiß ihrer Arbeit steckt im Kalzium seiner Knochen, in seiner kräftigen Lunge (*die Lunge eines Acht-*

zehnjährigen, sagt ihr praktischer Arzt, *trotz all der Jahre Rauchens*), wenn er von Haight bis zum Bison Paddock läuft und dabei SalzundTangdesPazifiksriecht:jederSchritt,jederAtemzug–alles,was sie die meisten Tage ihres Lebens getan hat, steckt in ihm. *Astrante bleddie meid*. Wieviel von dem, was sie in die vorderste Bank getragen hat, wo nur die wichtigsten Trauergäste bei der Familie sitzen, ist wohl gespielte Zerstreutheit? Widerstandsfähigkeit, lehrt Kamil seine Studenten, ist das Geheimnis der Freude. Aus welcher Ferne heraus die Namen und Worte, die Sorgen und Erinnerungen wohl durch *ihr* vorwitziges Gedächtnis purzeln? Er stellt sich einen Mohlakwana vor, wie er in jenem September auf dem Hügel steht, zu den Malutibergen hinüberschaut und einem schlauen Mann, der von weither gekommen ist und Stift und Notizbuch in der Hand hält, um eine große Tragödie von Vertreibung und Exodus aufzuschreiben, eine Geschichte erzählt. Reisten die Worte eines Mohlakwana mit Sol Plaatje übers Meer, um den großen König Georg in einer Petition vorgelegt zu werden, die vergeblich um Vermittlung bat? Und was ist aus Geel geworden, Mamparra? Hat Ounooi dafür gesorgt, daß ihre Feldarbeiterin nur dieses eine Kind bekam oder mußte lediglich die Fruchtbarkeit der Hausdiener kontrolliert werden? Mehr als einmal hat er seine Mutter dabei beobachtet wie sie – was unter ihren Freundinnen nie ein Geheimnis war – die kleine Tablette in Alidas Brei untermischte: ein dampfendes Schüsselchen Quaker Oats mit Milch und Zucker, das bereitsteht, wenn Alida in Dienstmädchentracht von ihrer Kaya kommt, um die Lunchpäckchen für die Jungs zu bereiten. Als wäre es gestern gewesen. Heute werden in Simbabwe Farmen, die Weißen gehört haben, an schwarze Kriegsveteranen übergeben. Sie ist zwar keine Veteranin der Waffen, sondern eine der Frechheit, der Lieder und der falsch beschrifteten Marmeladengläser in Friedenszeiten, aber vielleicht kommt ja auch ihre Zeit? Er hat von Farmarbeitern hier gelesen, deren Fingerkuppen keine Abdrücke mehr haben, weil die in all den Jahren, die sie die Wäsche der Weißen gewaschen haben, weggeätzt worden sind. Wer wohl jetzt für Leratos Familie die Weißwäsche von der Buntwäsche trennt? Ein mit Seife und Bürste für ein Begräbnis geschrubbter Fingernagel: Der Pilz darauf erinnert an Kirschbäume und Pferde, an einen Kohlestift, der in einer jungen Hand über Pauspapier gleitet.

Nachdem sie Peet begraben hatten und Leon sich auf ein Etagenbett in der Rundhütte zurückgezogen hatte, als das ganze Haus in Schmerz und Gram zur Nachtruhe gegangen war, lagen Michiel und Karien auf dem Sofa im Wohnzimmer. In der schmerzhaften Unmittelbarkeit dieser Nacht verschwendeten sie keinen Gedanken an Verhütung. Warme Tränen auf den Nacken des anderen vergießend, schliefen sie ein und wachten am nächsten Morgen auf. Ihre Blöße bedeckt von Michiels Decke, die am Abend zuvor noch nicht dagewesen war. Sie sahen einander mit großen Augen an. Beim Frühstück suchten sie in den Gesichtern der anderen nach Erklärungen.

»Ich wars nicht«, grinste sein Bruder in der Hercules C 130, als sie zurück nach Grootfontein flogen. »Diesmal bist du aufgeflogen.«

Michiel war erst einen Tag zurück in der Caprivi, als der Befehl kam: ein Wechsel auf die *SAS Salisbury Island* für den Morgen des 2. Januar. Seine letzten Briefe an Karien und seine Eltern wurden an die Zensurstelle der Basis 2IC weitergeleitet. An Karien schrieb er: *Wen interessiert das, den Gefahrenzuschlag zu verlieren. Dafür werde ich nur sieben Stunden Autofahrt von dir entfernt sein. Und an die Adresse der Farm: Ich bin sicher, die Marine wird mir Ernteurlaub geben, damit ich im November helfen kann, und wer weiß, vielleicht lassen sie mich sogar ein paar Monate früher ausklaren.* Das kommende Jahr würde eine frische Brise bedeuten nach dem letzten mit Grundausbildung, Offiziersschule (*Ich gehe nach Angola, dort kill ich Sam Nujoma* ... sangen sie, während sie mit staaldak-webbing-en-geweer vorwärtsstürmten) und der Monotonie des ruhigen Lagers am Fluß verbrachten. Nach der nationalen Dienstzeit (diesen Begriff benutzten sie alle ganz ohne Ironie) käme die Universität. Bislang waren Kariens Stipendien ortsgebunden, obwohl sie ihr Juraexamen vielleicht in Stellenbosch ablegen konnte; dann würden sie in die Berge und Weingärten des Bolands gehen und an die Universität, wo man das bestangesehene Examen des Landes in afrikaanstem Recht machte. Daß ihre Studien und ihre brillante Karriere auch ihr *domicilium* bestimmen würden – ein Wort, das sie jetzt in ihren Briefen zu benutzen begann – stand nie in Frage, schließlich gab es da, bemerkten sie scherzhaft, die Tatsache ihres Genies mit großem G.

Einiges von dem, was er für sich vorhergesehen hatte, wurde wahr, wenn auch auf anderen Kontinenten: ein halber Universitätsabschluß in London, der dann in Sydney vervollständigt wurde, und den er sich mit den Einkünften aus seinen Tätigkeiten als Hotelrezeptionist, Kellner, Maître d'Hotel und Lehrer für Englisch als zweite Fremdsprache finanziert hatte. Danach ein respektables Master-Diplom der Universität von Kalifornien dank eines Stipendiums, an das er über seine Beziehungen zu Kamil gekommen war. Für Karien dagegen änderte sich alles, jeder farbige Strich ihrer gemeinsamen Zukunft und der persönlichen Genie-Zukunft mit großem G auf dem gemeinsamen und ihrem eigenen immensen Pauspapier radikal und unumkehrbar binnen wenig mehr als einigen Wochen.

Im Gebiet des angolanischen Wasserreservoirs war noch mehr Regen gefallen. Das braune Hochwasser, das der Fluß führte, ließ die Patrouillenboote bis aufs Ufer schwimmen. Treibgut klatschte gegen die hölzernen Planken des Stegs. Papyrusdolden, die sich noch zwei Wochen zuvor über dem grasigen Ufer gewiegt hatten, standen unter Wasser. Wasserlilien sprossen und sperrten ihre rosigen Lotuslippen auf, um oberhalb der nach Milchschokolade aussehenden Brühe ans Licht zu kommen. Die Malaria im Lager war unter Kontrolle. Während Michiels Abwesenheit hatte sein Zeltgenosse, Leutnant Steven Almeida, die gefährliche Zerebralform entwickelt, *Plasmodium falciparum*. Die Krankenstation des Lagers hatte kein Chinin mehr, deshalb hatte das Oberkommando, das das Schlimmste für seinen portugiesisch sprechenden Nachrichtenoffizier fürchtete, erlaubt, daß Almeida flußabwärts über die Grenze zu einer Buschklinik transportiert wurde, die von Rotkreuz-Nonnen geleitet wurde. Nach einer Weile in der Obhut der Nonnen war Steven zurück. Der Leutnant mit den großen braunen Augen war noch immer schwach und blieb im Bett unter seinem Moskitonetz. In der Klinik hatte sich ein angolanischer Arzt um ihn gekümmert. Eine schwarze Ärztin, genauer gesagt. Terroristen oder nicht, sagte Almeida, die Angolaner sind die schönsten Menschen der Welt, und die Ärztin hat da keine Ausnahme gemacht. *Lekker kommunis-poes geproe saam met die kwinien* – er hat zusammen mit seinem Chinin auch eine ordentliche Dosis Kommunistenfotze verschrieben bekommen, scherzten die Offiziere. *Schade, an den war es verschwendet.* Michiel hatte im Lager mehr als einmal hinter vorgehaltener Hand davon tuscheln hören, daß *der Porra-Nachrichten-Leutnant zu weichlich war, ein bißchen weibisch, ein Doppelstecker*, und obwohl ihm der Mann sympathisch war, gab er zumindest unbewußt doch darauf Acht, im Lager nicht in der Gesellschaft seines Zeltgenossen gesehen zu werden.

Almeida war auf einer Kaffeeplantage im Hochland Angolas geboren worden und verließ das Land als Knabe, einen Schritt vor dem Rest der portugiesischen Gemeinde, die sich über nacht davonmachte. Da er Portugiesisch noch immer fließend sprach, wurde er gleich nach seinem Examen in Wits ins Operationsgebiet geschickt. Er war bei Aktionen dabeigewesen, die bis zu 300 Kilometer jenseits der namibischen Front geführt wurden. *Kein Reisepaß nötig.* In dem Lager in Kwando befanden sich auch Soldaten, die aus der lokalen Bevölkerung und der South-West Africa Territory Force rekrutiert worden waren und fließend Herero, Diriku und Setswana sprachen. Von lokalen Sprachen wie Yeyi, Mbukushu oder Kxoe hatte Michiel überhaupt noch nie gehört. Sein Zug begleitete den Arzt und das medizinische Personal zu örtlichen Kraals und Dörfern, wo die SADF eine medizinische Grundversorgung bereitstellte. Fand sein Zug irgendetwas Verdächtiges – einen Neuankömmling, eine nicht gemeldete Abreise, einen Topf auf dem Feuer, auf dem noch ein vergessener Aufkleber in Spanisch klebte, einen kubanischen Stiefelabdruck, der nicht unkenntlich gemacht war, wurden Ortsansässige zur Befragung geholt. Während der ganzen Plackerei seiner Monate dort hatte es sehr wenig zu melden gegeben.

Während er auf seine Versetzung wartete, nahm er es mit seinen Kontroll- und Patrouillenpflichten nicht mehr so genau. Da Steven noch immer das Bett hütete, konnten sie zusammensein, ohne dem Lagerklatsch Nahrung zu geben. Er brachte dem Konvaleszenten seine Mahlzeiten aus der Messe. Abends gingen sie gemeinsam ins Duschzelt für Offiziere. Im Dämmerlicht unter dem rieselnden, lauwarmen Wasser drehte Michiel dem anderen den Rücken zu, um sein unzweideutiges Begehren nicht sehen zu lassen. Glassman: Das war nicht das erste Mal, daß Sie sich zu einem Mann hingezogen fühlten. Michiel: Das war ganz anders. Nachdem ich von dem Begräbnis zurück war, bekam ich schon einen Steifen, wenn ich ihn nur ansah. Glassman: Kamen in Ihren frühen Fantasien Mädchen oder Jungen vor? Michiel: Beide zunächst, so mit dreizehn. Kamil sagt, er wußte schon mit drei Jahren, daß die bisexuelle Kiste eine Defensivreaktion gegen das ist, was ich im Grunde von mir wußte. Glassman:

Hatten Sie befriedigende sexuelle Erfahrungen mit Karien? Michiel: Je länger wir beide rumgespielt haben, desto mehr habe ich beim Wichsen daran gedacht, in sie einzudringen. Manchmal stellte ich dann fest, daß es nicht mehr um mich in ihr ging, sondern um irgendeinen Typen in mir oder ich in ihm; (ab jetzt muß er sich zwingen weiterzureden) Almeida hatte was androgynes. Seine Wimpern waren irgendwie zu lang und seine Wangenknochen zu hoch für einen Mann. Er hatte rote Wangen. Er hatte einen breiten Mund und volle Lippen. Er rasierte sich nur einmal die Woche. Ich habe aufgehört, eine Unterhose zu tragen, damit ich mein geschwollenes Teil gegen den Stoff meiner Uniformhose spüren konnte. Glassman: Ein Teil von Ihnen muß sich gewünscht haben, daß er das bemerkt? Michiel: Die Furcht davor, daß ein anderer Offizier oder überhaupt *irgendjemand* etwas davon bemerkt – und er war schließlich ein richtiger Leutnant – war überwältigend. Glassman: Ist es nicht so, daß selbst die Verschlossensten unter uns, die Ängstlichsten, die sich selbst am meisten hassen, die Tür immer angelehnt lassen, nur für den Fall, der Richtige könne hereinkommen, auch wenn wir ihn dann davonjagen würden?

Nach den Sylvester-Lustbarkeiten sollte es eine Vorführung von *Apokalypse Now* geben. Die Bande war besoffen und auf Streit aus. Einer aus Michiels Zug hatte ein Feuerwerk aus Mörsergranaten hochgehen lassen, und Captain Lotter, der unerbittlich darauf achtete, daß die Festivitäten nicht außer Rand und Band gerieten, bestand darauf, daß ein Anklageprotokoll wegen Mißbrauch von militärischem Eigentum ausgefüllt wurde. Dann gab es noch ein Problem mit dem Filmprojektor – zu viele Lichter waren an, der Generator war überlastet, und die Vorführung mußte hinausgeschoben werden, bis alle unnötigen Stromquellen ausgeschaltet waren. Verärgert über den nachmittäglichen Zwischenfall mit den Mörsergranaten und ohne Lust, den Film ein weiteres Mal zu sehen, kehrte Michiel zu seinem Zelt zurück, als der Generator den Geist aufgab. Seit Anfang Dezember waren die Zeltklappen offen, damit wenigstens ein bißchen Luft hereinkonnte. Unter dem braunen Netz, das über die Seiten des Bettes fiel wie eine große Blüte, saß Almeida und schrieb einen Brief nach Hause, den Block auf den nackten Knien. Auf dem Rückweg von der Dusche kroch Michiel unter sein eigenes Netz und ließ das Licht an seinem Bett gelöscht. Er lag im Dunkeln, zunächst von Almeida weggedreht, dann rollte er sich auf den Bauch und starrte durch das doppelte Netzwerk den anderen im Profil an. Es war ein Begehren, das alles, was er je für Karien empfunden hatte, wie eine schattenhafte Kopie des wirklich Wahren wirken ließ. Mit Karien, würde er Glassman Jahre später sagen, war Sex die Verlängerung der zärtlichen Zuneigung, die sie füreinander empfanden. Gegenüber Steven Almeida schien das Begehren gar keinen Zusammenhang zu brauchen, es lag einfach unter seiner Haut und in der Luft, und seine Atmung änderte sich schon, bevor er überhaupt an eine Berührung dachte. Dann trafen ihre Augen sich durch die Maschen hindurch. Almeida senkte den Kugelschreiber, bis seine Spitze den Schreibblock berührte. Lauter Jubel ertönte vom Zelt der Mannschaftsmesse. Der Projektor lief wieder. Almeida stand auf, seine Erektion war unter seinen Armeeshorts sichtbar, als er unter dem Netz hervorkroch, um das Licht zu löschen. Amerikanische Sprachfetzen und das Geratter von Rotorblättern wehten durch die offenen Zeltklappen zu ihnen herein, und mit einem warmen Luftzug kam der eklig-süßliche Duft blühender Baobabs. Über dem Gejohle aus der Messe konnte Michiel Wagners Walkürenritt hören. Dann das schss-schss von Almeidas Moskitonetz, dann das Quietschen seines Bettes unter dem Gewicht seines Körpers. Über Geigengewaber und Trompetenklang übernahm Michiel den Atemrhythmus des anderen Mannes. In gemeinsamem Rhythmus atmeten die beiden durch ihre Netze füreinander, ohne daß irgendein zusätzliches Geräusch von ihnen kam. Über dem Geknatter der Kanonenboote und der lauter werdenden Bässe, über dem Bellen der Maschinengewehre und den Explosionen und den Schreien flüchtender Menschen berührten sie einander mit ihrem Atem.

Das Oberkommando holte Almeida vom Mittagessen weg. Während der Nacht waren Kriegsgefangene gebracht worden. Michiel verabschiedete sich von seinen Männern. *Durban am Meer ist verdammt besser als diese beschissene Wüste, nehmen Sie mich mit, Fähnrich, ach, bitte, Mann!* Er füllte Papierkram aus und hinterließ Notizen für seinen Nachfolger, der mit demselben Konvoi eintreffen sollte, mit dem er abreisen würde. Das Abendessen verlief trotz der Spezialität des Kochs, einem Kuchen aus Schokolade und Kondensmilch, in gedämpfter Stimmung aufgrund des allgemeinen Katers und der Abwesenheit von Captain Lotter, seinem Stellvertreter und dem Nachrichtenoffizier. Kurz vor Mitternacht, als Almeida noch immer nicht zurück war, machte sich Michiel auf den Weg zu dem gedrungenen Gebäude aus Backstein und Mörtel, welches das einzige feste Haus des Lagers war. Das Tor, normalerweise unbewacht, war jetzt besetzt (bemannt war das Wort, das er bis Berkeley benutzte, wo die Zunge rasch auf geschlechts-korrekte Wortwahl zurechtgestutzt wurde) mit Leuten aus seinem eigenen Zug, der dritten Schicht eines umlaufenden Dienstplans, den er selbst am Morgen auf Bitten des Captains erstellt hatte. Das Gebäude hatte einmal als Kirche und als Schule für die örtlichen Kinder gedient, aber irgendwann im Laufe des Krieges waren die Fenster zugemauert worden, jetzt fiel Licht nur dicht unterhalb des flachen Blechdaches ein, wo kleine bullaugenartige Glasscheiben eingesetzt waren. Michiel kam am Lagerarzt vorbei, der zurück zur Krankenstation ging: *Immer noch hier, Fähnrich? Morgen ist D-day, Leutnant.* Michiel klopfte an. »Herein.« Er öffnete die schwere Metalltür. Jemand, den er nicht erkannte und niemals würde erkennen können, drückte eine Gefangene mit dem Gesicht in eine Wanne voll Wasser. Ein Arm griff haltsuchend nach hinten aus, der andere hing schlaff an der Seite herab. Der Kopf wurde hochgerissen, und er konnte ihren klaffenden Mund sehen und das gurgelnde Geräusch hören, mit dem sie versuchte zu sprechen. Wer auch immer es war, der die Frau festhielt, warf einen Blick über die Schulter – wie ist es möglich, daß er das Gesicht, das zu der weißen Hand gehörte, nicht sehen konnte – und winkte jemandem hinter einer Art Abschirmung zu. Dann muß derjenige, der die Frau festhielt – habe ich denn tatsächlich meinen Blick die ganze Zeit nicht von ihr gewandt? – irgendeine Geste gemacht haben oder irgendwo hin gedeutet haben, jedenfalls Michiel irgendwie weggescheucht haben. Er trat zurück in den Schatten und schloß die Tür hinter sich. Er machte sich wieder auf den Weg Richtung Tor, wo er die glühenden Pünktchen von Zigaretten sehen konnte. Er hörte, wie die Tür auf- und zuging, und einen Augenblick danach war Almeida an seiner Seite. Sie suchten und fanden den Blick des anderen in der Dunkelheit.

»Ich reise mit dem Morgen-Konvoi, Leutnant«, sagte er, den Titel als Anrede benutzend, was er eigentlich schon vor Monaten aufgegeben hatte.

»Es wird eine lange Nacht.«

»Ist das – «

»Ich bin in einer unmöglichen Lage, Fähnrich. Sie hat uns nicht verraten, was wir hören wollen. Es tut mir so leid, daß Sie das mitansehen mußten.«

Sie schüttelten sich die Hand, und Michiel – der jetzt wieder Fähnrich Steyn war – ging durch das Tor und zurück zum Zelt, wo sein gepackter Seesack auf ihn wartete. Die kurzlebigen Blüten der Baobabs waren nach dem Besuch von Fledermäusen und Motten in der vergangenen Nacht abgefallen und hinterließen einen süßlichen Gestank, der ihm in der Nase stach. Jahrelang glaubte er, sich in dem Geruch getäuscht zu haben, glaubte, daß er stattdessen die weißen Blüten jenseits des Flußes silbrig im Licht des Vollmondes hätte glimmen sehen. Nachdem er sich immer wieder über die Unsicherheit seines Gedächtnisses geärgert hatte, zwischen Anblick und Geruch zu unterscheiden, hatte er vor kurzem auf einer Webseite die Bestätigung gefunden: 31. Dezember 1986, *Neumond*. Sollte er also tatsächlich je im Mondschein blühende Baobabs gesehen haben, dann jedenfalls nicht in dieser Nacht. Er rauchte eine Camel nach der anderen und benutzte den leeren Mörserkanister, der zwischen den Betten stand als Aschenbecher. Kamil: Und dann? Michiel: Ich hab ihn nie wieder gesehen. Kamil: Was ist aus der Frau geworden, Michiel? Michiel: Ich bin mit dem Morgenkonvoi abgereist. Kamil: Hast du eine Beschwerde aufgesetzt? Es muß doch für solche Fälle irgendwelche Formulare gegeben haben. Hast du bei deiner neuen Einheit nicht mit dem Kommandanten gesprochen? Michiel: Das war die Standardvorgehensweise. Dinge in der Art müssen in Hunderten von Lagern und Polizeiwachen quer durch Namibia und Angola vorgefallen sein. Und im Landesinnern ebenfalls. Es herrschte Ausnahmezustand. Ich war in einem Kriegsgebiet stationiert, Kamil, nicht in Disneyworld. Kamil: Wolltest du nicht zumindest wissen, was sie mit ihr gemacht haben? Michiel: Ich habe gesehen, was sie mit ihr gemacht haben. Kamil: Und was *haben* sie mit ihr gemacht? Michiel starrt den Mann an, den er auf dem Weg zur Hölle und zurück gepflegt hat. Der sieht weg. Er schüttelt den Kopf, bemerkt, daß das Gemälde neben dem Fernseher schief hängt und erinnert sich, daß Xanthippe frisches Wasser braucht. Er hat Angst, daß ihr Wohnzimmer nach diesen Minuten nie wieder dasselbe sein wird. Daß die namenlose Frau sich hier einnistet, zwischen ihnen stehen wird, für immer. »Ich weiß es nicht«, sagt er. »Ich habe gesehen, daß sie sie gefoltert haben. Mehr nicht. Ich wollte nicht.«Kamil: Aber hinterher? Ich will ja gar keine Urteile fällen, Michael, aber hast du es einfach so durchgehen lassen? Michiel: Ich bin zweitausend Meilen weit weg versetzt worden. In ein anderes Land. Kamil, nach langem Schweigen: Ich hoffe, du erzählst Glassman davon. Michiel: Ich rede schon seit Jahren mit ihm davon. Kamil: War es dein schöner Zeltkumpan, der sie ins Wasser gedrückt hat? Michiel: Ich weiß nicht. Ich weiß es nicht. Kamil: Merkwürdig, daß du mir nie davon erzählt hast. Michiel: Von allen Sachen ist es diese da, über die ich ausschließlich in der Therapie reden kann. Ich wollte, ich könnte dir erzählen, daß ich aus der Armee rausgeworfen wurde, weil ich mich über jemandes Verhalten beschwert hätte, daß ich aus Gewissensgründen rausgeflogen wäre. Kamil: Denkst du oft darüber nach? Michiel: Einmal im Monat, jede zweite Woche, zweimal am Tag. Manchmal ein Jahr lang gar nicht. Und dann kann es passieren, während ich die Straße lang gehe. Oder einem Studenten ins Gesicht sehe, einem Spanier, Japaner, Russen, vielleicht sage ich ihm gerade: Gib acht, daß dein Verb mit deinem Subjekt zusammenpaßt, so muß du das ausdrücken, so und so hört sich das an, wenn man es in korrektem amerikanischen Englisch ausspricht, und plötzlich ist sie da, direkt vor mir, ihre Nakkenmuskeln wie Taue. In London hab ich angefangen, von ihr zu träumen. Glassman sagt, das sei normal. Ich frage, was ist schon *normal*, egal worums geht. Sagen Sie nicht mir, was *normal* ist. Daß das nämlich alles *normal* ist, das ist das verschissene Problem, das mich jede Woche hier her bringt für 135 Dollar die Stunde. Ihre Augen treten aus den Höhlen. Sie hat langes Haar, Dreadlocks, die von einer weißen Faust in ihrem Nacken festgehalten werden. Eine weiße Hand, die sie festhält. Keine von den schwarzen Händen der Hiwis. Ich glaube, sie trug ein weißes Baumwollnachthemd, weil ich ihre braune Haut durch die Nässe wie Mokka sehe, als wäre ihr Körper untergetaucht worden und käme wieder hoch zur Wasseroberfläche. Kamil, den Tränen nah, sagt: *Habibi*, du lieber Gott, das ist ja unaussprechlich, und dann nimmt er seinen Michael in die Arme, die wieder kräftig geworden sind.

Michiel hat Rachel von den frühesten Skeletten moderner Frauen erzählen hören, deren Schlüsselbeine und Schultergelenkpfannen sich sichtbar verändert haben, als der früheste Homo Sapiens damit begann, Getreide zu mahlen. Irgendwo hat er gelesen (oder gehört oder es im Fernsehen oder im Internet gesehen), daß jede Körperzelle alle paar Monate ausgetauscht wird. Binnen kürzester Zeit kann man eigentlich nicht mehr davon reden, daß wir noch derselbe Mensch sind. Das ist das Wunder der postmodernen Existenz: aus jeglicher Verantwortung herausgepißt, -geschissen und -geschwitzt. Aber was machst du mit der Erinnerung, die sich in Knochen und Zähnen viel zäher hält als das spärlich zusammenhängende Ich? Wie kommt es, daß wir, mögen sie aus Kafzeh kommen und eine Million Jahre alt sein oder aus Skhul und hunderttausend Jahre alt, aus dem Great Rift Valley oder aus Bossishoek, daß wir heute und morgen in Oberschenkelknochen lesen können, als seien sie erst gestern über die Prärien und die Berge und durch die Sümpfe gewandert? Wir können die Eßgewohnheiten von Neandertalern und Menschen aus dem Paleolithikum und Neolithikum entziffern. Was bleibt, um die Geschichten fortzuerzählen – mit Hilfe von stabiler Isotopenanalyse, nennt Rachel das, glaubt er sich zu erinnern – ist das Kalzium, das Spuren der Flüssigkeitseinnahme, der Verletzungen, jeder eingenommenen und ausgeschiedenen Mahlzeit bewahrt, jeden Zug an einem getrockneten Tabakblatt, jedes Faulgas, jeden Tierbiß, jedes Mineral und jede kleine Frucht, die, entkernt oder nicht, ins Verdauungssystem wandert und eine nano-mikroskopische Spur hinterläßt aus Zeiten, in denen ein Kieferknochen noch mit Fleisch, Haut und Lippen bedeckt war und von einem Gillette-Rasierer glattgeschoren wurde?

Ein schwarzer Junge und ein weißes Mädchen sind von der Chor-Empore herabgestiegen und stehen neben der Orgel. Ihre Augen sind auf Karien gerichtet. Er nimmt an, daß sie ihnen Mut zuspricht. Als die Orgel anhebt, erkennt er das Stück als Lloyd Webbers Hymne auf die irischen Opfer des Terrorismus. Direkt neben Beethoven. Sie könnte Folksongs aus dem FAK-Liederbuch ebensogut singen oder spielen, als würde sie Bach direkt von der Partitur ablesen. Die Sopranstimme des einen Kindes wird von der des zweiten aufgenommen. Die Stimmen vereinigen sich in der Klage, er sieht Finger vor sich, die in Kriegstrümmern suchen. Dann fällt der Chor ein, summt zwar nur eine Begleitung, aber gehört unleugbar zum Gesamteindruck. Er spürt, wie sich seine Härchen an Armen und Beinen aufstellen. Dieser nie endende Erinnerungsfluß. Wo bleibt der Regen? Könnte er nur an diesen Knien vorbei, aus der Bank rauslaufen und aus der Kirche fliehen. Er atmet schwer. *Wat die hart van vol is, loop die brein van oor.* Wes des Herz voll ist, des geht das Hirn über. Oder heißt es: geht der *Mund* über? Er kann sich nicht an die Redensart erinnern. Nur ein paar Stunden zurück, und er hört sich selbst (kann man Gedanken hören?) ausgiebig Afrikaans reden. Die Sprache, die wieder da ist und ihren Tribut fordert. Eine Zahlungspflicht, die einmal unmöglicherweise ins Gegenteil verkehrt worden war. Aber jede Stundung endet einmal. Dann stehen wir uns wieder gegenüber.

Ob wohl die eingebaute Telefonzelle immer noch dort ist neben dem Empfangstresen? Ein Kabuff von der Größe einer kleinen Pantry als einzig öffentliches Telefon der Offiziersmesse von Salisbury Island. Nimmt es wohl noch Münzen an, und kann man R-Gespräche führen? Collect Calls, vorausdatierbare Telefonkarten, Handys, Text-Messengers und Internet Technologie. War die Tür geschlossen, hatte man eine vollkommene Privatspähre. Von dort aus hast du den Rückruf gemacht, um den eine Notiz auf dem schwarzen Brett bat, auf der jedes Wort, jeder einzelne Buchstabe so perfekt geformt war, daß man glauben konnte, sie käme aus der Hand eines Kalligrafen. *Woher kommt es, daß diese Inder so eine perfekte Handschrift haben? Und so ein großes englisches Vokabular?* Waren die Böden dort auch aus rotem Zement? Siehst du junge indische Seeleute in blauer Uniform, wie sie ihre Staubsauger führen, damit die Böden wie Spiegel glänzen? Oder auf einer ganzen Phalanx von Leitern draußen, ihre Ellbogen gehen rauf und runter wie Scheibenwischer, wie sie mit zusammengeknüllten Zeitungen die Fenster putzen? Die Kabine im Obergeschoß geht auf den Hafenkanal hinab. In ruhigen Nächten kannst du von deinem Bett aus das Kielwasser der Öltanker hören, die vorübergleiten, und im Mondlicht siehst du Buchstaben, die für einen ans lateinische Alphabet gefesselten Kopf nicht zu entziffern sind, wie sie von kleinen Lotsenbooten in den Hafenkanal herein oder aus ihm hinaus manövriert werden. Du siehst Mannschaften auf dem Deck, manchmal winkst du rüber, ein beiläufiger Gruß über die kurze Distanz hinweg, ein Zeichen, das, glaubst du, auf See allgemein verstanden wird. Aus den Türen der Kabinen zwischen denen der weißen, meist englischsprachigen Offiziere, kommt von Zeit zu Zeit ein indischer Offizier heraus. Die hohen Tiere der

Marine-Basis, gekleidet in schwarze Hosen, weiße Hemden und Kummerbund, bekommen zusammen mit dir und den anderen Zugführern ihr Dinner-Menü – Vorspeise, Hauptspeise, Nachtisch – von eben den indischen Seeleuten serviert, die früher am Tag Böden und Fenster gereinigt haben. Du versuchst dich hier so zu benehmen, wie du es aus dem Instruktionshandbuch mit dem Titel *Ein Offizier und Gentleman* gelernt hast. Du triffst auf weibliche Offiziere, die in einem eigenen Teil der Messe leben. Aus dem Handbuch: *Auf dem Bürgersteig immer auf der Straßenseite gehen, wenn in weiblicher Gesellschaft.* Rachel will wissen, wie es kommt, daß es indische *Offiziere* gab. Kamil: Meinst du indianische mit Federschmuck, Mom? Rachel: Es gab zwar Frauen, aber von einem Palästinenser in der israelischen Armee weiß ich nichts. Malik: Die wußten schon, warum sie sich dort nicht sehen ließen. Du: Ich lese schon so lange, daß ich oft nicht mehr den Unterschied zwischen dem weiß, was mir erst heute klar ist und dem, was ich damals nicht wußte. Rachel: Die meisten von uns wissen ja nicht einmal etwas über unsere Art zu schreiben. Wenn du so ganz unbekümmert irgendein Wort benutzt, denkst du dann an ein Zeichen, dessen Herkunft irgendwo tief in Syrien oder Palästina war? Du: Inder wurden von den Briten als Arbeitsverpflichtete nach Südafrika gebracht, um Zuckerrohr zu schneiden. Als 1979 die Reformen begannen, lebten sie seit mehr als einem Jahrhundert dort. Malik: Geschichte, die wir mit dem Zucker in unseren Kaffee rühren. Du: Der Präsident, der bei Peets Examen den Vorsitz hatte, war von der *Financial Mail* zum Mann des Jahres gewählt worden, weil er eine große Rede gehalten hatte, in der er die Weißen warnte, sie müßten ›sich adaptieren oder sterben‹. Ein schwuler Komiker hat den Satz zu ›adaptieren oder färben‹ verballhornt. Als die Apartheid zuende ging, waren 60% der Polizisten Schwarze, also sollten ein paar Asiaten in der Marine dich nicht so überraschen, Rachel. Malik: Gemeinschaft direkt neben Zwang. Das sind die kleinen Räume, die man den Leuten in jedem autoritären System zum Atmen läßt. Kamil, der soeben von einem akademischen Symposium in Indonesien zurück war: Ich hatte einen Streit mit einer malaysischen Professorin, die sich weigerte, den Islam homophob zu nennen, weil es doch in islamischen Gesellschaften für bestimmte Homosexuelle eine solche ›tiefe und authentische Zuneigung‹ gebe. Genau so etwas wie die tiefe und authentische Zuneigung, die Männer für ihre Frauen empfinden, die sie prügeln, sagte ich, oder die tiefe und authentische Zuneigung, die weiße Kinder für ihre schwarze Nanny empfinden. Bei diesem Vergleich hat sie sich in den Sari geschissen.

Die Wasserläufe und Mangrovenmarschen, die es vor langer Zeit auf Salisbury Island gegeben hat, sind zum Zeil aufgeschüttet und mit Zugdepots, Trockendocks, Öltanks und Straßen bebaut worden, über die immer wieder die Bahngleise kreuzen, die von der Stadt her an zwei riesigen Zuckersilos vorbei führen. Von hier aus wird Zucker in die gesamte Welt verschifft. Die Fähre der Marine fährt zu jeder vollen Stunde von und nach den Kokospalmen auf der Esplanade. Im Speisesaal sitzt du zum ersten Mal an einem Tisch mit Männern zusammen, deren Hauttönung erheblich dunkler ist als deine eigene. Du fängst an dich darauf zu freuen, Leutnant Govender zu treffen. Als sich herausstellt, daß er nicht da ist, empfindest du etwas, das nicht weit von Enttäuschung liegt. Ihr beide habt ein paar Mal in der Offiziersbar zusammen Bier getrunken und eine Partie Snooker gespielt. Er hat dir gestattet, ihn beim Vornamen zu nennen: Sol. Er spricht deinen Namen wie Miegiel aus. Zusammen mit dem presbyterianischen Pfarrer der Basis und Sonia, einer Kommunikationsoffizierin, fahrt ihr, du und Sol, in seinem Wagen zu einer Bar im Maharani-Hotel auf der Golden Mile. Sonia ist frisch zurück vom Strandurlaub und einem Tauchkurs auf Mauritius. Die Art und Weise, in der sie beschreibt, was man unter Wasser sehen kann, ist faszinierend. Sie und eine Freundin haben vor zu sparen und dann die Welt von Tauchurlaub zu Tauchurlaub zu umrunden – das heißt überall dort, wo sie mit ihren südafrikanischen Pässen hinkommen. Während sie redet fragst du dich, ob die Augen aller Inder so feucht und träumerisch schimmern wie die Augen dieses Mannes aus der Stadt Tongaat. Deine beiden Feldwebel, Reddy und Moonsamy, sind ebenfalls Inder. Mit Karien am Telefon tauschst du dich (ein wenig) über Govender und die Inder in deinem Zug aus.

Nachts trägst du Uniform und mußt als Zugführer deine Truppen auf Posten inspizieren oder in den Wachtürmen zwischen den silbernen Tanks mit den wertvollen, dahinschwindenden Ölreserven des Landes. Hirnlose Arbeit, da seid ihr euch alle einig: deine Männer bzw. Jungs patrouillieren durch die Sperrzonen auf der Suche nach irgendetwas Verdächtigem von Haftminen bis zu unerlaubter Präsenz von Leuten oder Fahrzeugen. Einmal im Monat nimmst du deinen Zug zu einem Schießstand tief in den Zuckerrohrfeldern mit, dort wird Zielschießen geübt und es gibt eine Auffrischung in städtischer Guerilla-Kampftaktik. Deine weißen Männer kommen erstaunlich gut mit der Autorität ihrer beiden indischen Feldwebel klar. Du bist neunzehn, das heißt wenigstens sechs Jahre jünger als deine Unteroffiziere und im selben Alter wie deine Männer. Natürlich hältst du eine gewisse Distanz, schließlich waren ein paar dieser Jungs letztes Jahr bei der Grundausbildung noch auf Augenhöhe mit dir, bist aber fair und freundlich. Du weißt nur zu gut, daß die Truppen auf Wache oft schlafen, es sei denn, sie werden über Funk gewarnt, daß dein Jeep oder der der Uffze auf Patrouille ist. Ihre Laxheit stört dich nicht. Eine terroristische Attacke auf eine Militärbasis, die sich anfühlt wie ein Wellnesshotel, scheint jenseits aller Vorstellung. Der Kommandant deiner Einheit, ein ehemaliger *Selous Scout*, ist hier, seit aus Rhodesien Simbabwe wurde. In den Briefings hörst du von den Lippen des Basiskommandanten das Wort ANC. Der ANC, soweit du das aus Zeitungen oder aus deiner eigenen Ausbildung weißt, ist eine der neuen kommunistischen Terrorgruppen und wird langsam populärer und gefährlicher als AZAPO und die Ableger der Black Consciousness-Bewegung. Im Laufe der Zeit hast du herausbekommen, daß einer seiner wichtigen Führer ein Nelson Mandela ist, der auf Robben Island wegen einer von Moskau unterstützten Verschwörung zum Umsturz einsitzt. Die Typen von der Black Consciousness haben einen Helden, der irgendwas mit Biko heißt. »Und du willst eine 1 in Geschichte gehabt haben?« Malik zieht die Augenbrauen hoch. Du: Diese Namen kamen in unseren Geschichtsbüchern nicht vor. Malik: Es gibt mehr Straßen auf der Erde, die nach Nelson Mandela benannt sind, als nach irgendeinem anderen lebenden oder toten Menschen, und du willst mir weismachen, daß du erst als Achtzehnjähriger von ihm gehört hast? Kamil: Dad, ich frage amerikanische Studenten, was es bedeutet, wenn ein Buch *sechzig Millionen oder mehr* gewidmet ist, und kein einziger, ob schwarz, weiß, rot oder gelb, hat einen Schimmer. Frag nach sechs Millionen, und es gibt keinen, der es *nicht* weiß!

Dein Zug hat einen umlaufenden Personalplan, um eine Signalauffangstation in Umhloti zu beschicken, das ungefähr eine Stunde die Nordküste hinauf liegt. Du hast es dir von Kollegen abgeschaut, ab und zu falsche Informationen in dein Fahrtenbuch zu schreiben, um Zeiten abzudecken, in denen du in Wirklichkeit den Pritschenwagen der Einheit einen sandigen Weg hinuntergesteuert hast, der zu einem verlassenen Strand hinter Umhlanga führt. Dein Leben hier fühlt sich an, wie ein ausgedehnter Urlaub. Wenn du in den nächsten Jahren Reserveübungen hier abhalten könntest, was wäre das heiß! Keine Gefahrenzulage, aber alle acht Wochen erlaubt dir der Dienstplan eine freie Woche. Auf diesem langen Strand hast du nackt im heißen Sand gelegen und an Peet gedacht. Du bist ratlos, wie du mit dieser bodenlosen Trauer umgehen sollst. Du wütest gegen seinen Tod und gegen den Menschen, Leon, der zum Frühstücken gegangen ist, anstatt bei dem Bruder zu bleiben, den du geliebt hast. Hier kannst du schreien, auf den Indischen Ozean hinaus oder in den Sand, und niemand hört es. Nach einem weiteren Ausflug weg von der Basis mit Sol – aber diesmal ohne Sonia und den Pfarrer – gehst du anstatt in deine eigene Kabine zurückzukehren mit ihm in seine. *In der Offiziersmesse!* ruft Kamil. *Wenn es jemals jemanden gab, der eine Abreibung gesucht hat, dann dich!* Glassman: Ganz offenbar gab es da schon ein selbstzerstörerisches Element. Sie wußten, daß das, was Sie da taten, gegen den Armeekodex und gegen den moralischen mancher Leute verstieß. Du: Das hat sich so natürlich ergeben wie das Atmen. Es war der Himmel auf Erden. Kamil: Was meine Erfahrungen betrifft, hört der ›Himmel auf Erden‹ im Allgemeinen kurz nach dem Orgasmus auf. Du: Ich habe nicht nachgedacht. Da ist etwas sehr viel Grundlegenderes abgelaufen. Glassman, ein paar Monate später: Aber wie kommt es, daß Sie zu diesem Zeitpunkt mit dem indischen Leutnant ins Bett gehen konnten, aber nicht mit dem weißen Leutnant ein paar Wochen zuvor im Lager in der Wüste? Ich könnte mir sogar vorstellen, daß man in einem Kriegsgebiet solchen Dingen gegenüber eher mal ein Auge zugedrückt hätte. Du: Sie wollen mich dazu kriegen zu sagen, daß ich es getan habe, *weil* er farbig war oder jedenfalls *nicht* weiß. Sie wollen, daß ich Ihnen sage, ich hätte es wegen des zusätzlichen Reizes getan oder, daß das Risiko für mich geringer war, weil sein Wort als Farbiger nicht gegen meines hätte ankommen können, obwohl ich einen niedrigeren Rang hatte. Glassman: Vielleicht ist eine so simple Theorie ja komplex genug um zu erklären, warum ein weißer Mann aus einer konstitutionell rassistischen Gesellschaft zwar Sex mit einem farbigen, nicht aber mit einem weißen Mann haben wollte. Kamil, später: Ein Fall von aus der Scham geborener, rassistischer Lust, nicht von simpler Suche nach Befriedigung. Hast du nicht überlegt, daß die Ungnade, in die ein indischer Offizier fallen würde, viel größer wäre als für dich? Du: Ich habe überhaupt nicht daran gedacht, daß irgendwer in Ungnade fallen könnte. Sonst hätte ich mich ihm ja nicht genähert.

Im Foyer wirfst du zufällig einen Blick aufs schwarze Brett. Es gibt eine Nachricht. FÜR: Fähnrich Steyn. VON: Miss Karien Opperman. NACHRICHT: Bitte Miss Opperman baldmöglich in ihrem Emily Hobhouse Studentenwohnheim zurückrufen. ANRUFZEIT: 13.00 Uhr. Du hast lediglich eine 20-Cent und eine 10-Cent Münze bei dir, und der Empfangstresen ist nicht besetzt. Um diese Tageszeit wirst du für 30 Cent kaum mehr als Hallo sagen können. Du wirst trotzdem anrufen, und wenn das Geld ausgeht, rufst du nach neun zurück, wenn die Tarife wesentlich günstiger sind. Karien hebt selbst ab. Du kannst hören, daß sie ganz aufgelöst ist und, als das Signal ertönt, hast du kaum Zeit, die private Nummer aufzuschreiben, unter der du sie in ein paar Minuten erreichen kannst. *R-Gespräch* sagt sie, bevor die Leitung tot ist. Sie spricht aus dem privaten Zimmer der Wohnheims-Prinzipalin, der Vorsitzenden des Hauskomitees. Du hast die Kabinentür hinter dir geschlossen. Neun Wochen. Keine Frage nach dem Zeitpunkt. Das Datum, die Nacht, die Decke sind dir ins Gedächtnis gebrannt. Du rutschst mit dem Rücken an der Wand zu Boden. Du hockst auf dem Boden, den Hörer am Ohr. Natürlich werden wir heiraten. Das kommt aus deinem Mund. Nein, Michiel, wir sind zu jung. Wir trauern doch beide noch um Peet. Das ist eine zu große Entscheidung bei dem Zustand, in dem wir uns befinden. Aber was wäre denn die Alternative, fragst du perplex. Es sind noch drei Wochen bis zu deinem langen Urlaub, sagt sie, wir können es dann tun. Was tun, fragst du. Die Prinzipalin und ihr Freund haben das gleiche in der Highschool durchgemacht, sagt sie. Es gibt eine Krankenschwester in Botshabelo. Jesus, Karien, willst du etwa, oh Jesus nein, Mädchen sterben bei so was, das können wir nicht machen. Das wird nicht mit einem Kleiderbügel gemacht, Michiel, sie ist eine richtige Krankenschwester im schwarzen Krankenhaus. Sie weiß, was sie tut. *Nee, Karien, nee, asseblief, nee, moenie dat ons dit aan jou doen nie.* Michiel, wir werden unser Leben nicht wegen einer einzigen Dummheit wegwerfen. Ich tue das Ounooi nicht an, und du kannst das auch nicht. Wir sind neunzehn. Ich kann für dich zahlen, daß du nach Übersee gehst, weinst du, Peet hat mir fast 4000 Rand hinterlassen. Ich komme mit dir, mein Paß ist im Safe von Paradys, es braucht noch nicht einmal jemand mitzukriegen, daß wir fort sind. Michiel, ich habe keinen Paß, und wir haben nicht genügend Zeit, auf einen zu warten. In England machen sie es nur bis zur zwölften Woche. Laß uns mit Oubaas reden, hör ihm zu, er kennt Leute, die schnell einen Paß besorgen können. Hör auf damit, Michiel. Hör sofort damit auf ... Als du dich ein wenig beruhigt hast, kann sie sogar einen Scherz machen: Denk doch dran, was wir aufgeben würden. Denk an das große G.

Michiel und Kamil schlendern an nackten sonnenbadenden Männern auf der Baker Beach vorüber. Sie klettern über Felsen in Richtung Golden Gate Bridge. Das ist es, was sie an Sonntagnachmittagen tun, im Angesicht der gewaltigen Meerenge, durch die 2,3 Millionen Kubikfuß Wasser pro Sekunde getrieben werden und das zweimal am Tage hinein in die Bucht und wieder hinaus. Abgesehen vom Skifahren im Winter ist dies der einzige Sport, den Kamil treibt: Er fährt mit den BART-Bahnen nach Berkeley, läuft nicht und kann sich nicht mit der Idee anfreunden, eine Muckibude von innen zu sehen. Andere mögen gelernt haben, solche Wörter wie Trizeps, Bizeps und Muskelaufbau als Synonyme für körperliche und geistige Gesundheit zu benutzen, Kamils Beitrag für sein körperliches Wohlergehen besteht seit der Zeit, als er auf der Schwelle des Todes stand, darin, seinen Medikamentencocktail einzunehmen und eine strikte vegetarische Biodiät einzuhalten. Kamil: Sie hätte sterben können. Meinst du, sie hat irgendetwas geahnt, daß du und Peet beide schwul wart? Michiel: Die Frau, in deren Büro ich sie anrief, kannte die Schwester, und es ist alles ohne Probleme für sie über die Bühne gegangen. Kamil: Trotz allem wars eine Hinterhof-Abtreibung. So rücksichtslos, ein bißchen wie Peet. Lieber den Tod als die Schande. Und die Komplexität unserer Gemeinsamkeiten ist wirklich atemnehmend. Malik hatte ein ganzes Jahr lang eine Sache am Laufen mit meiner Lehrerin in der sechsten Klasse, Miss Candles. Wir taten so, als wäre nichts. Miss Candles hat mir die besten Noten gegeben. Hat dein alter Herr eigentlich Affären gehabt? Michiel: Man muß ja auch für kleine Glückfälle dankbar sein: Nein, so weit ich weiß nicht. Kamil: Von wem hast du es dann? Michiel: Himmel, Kamil! Wie lang ist das jetzt her? Muß das jetzt sein? Kamil: Tut mir leid. (Eine lange Pause, während sie weiterklettern, die Wellen über die Felsen branden, die orange-zinnoberrote Brücke jetzt fast über ihnen schwebt. ›Ein homosexuelles Orange‹, nennt Kamil das.) Was meinst du, wollen wir Versöhnungssex auf dem Sand haben? Für dich wirds sein wie die guten alten Zeiten, Mike! Erobere den Strand zurück! Ein heilsamer Moment! Laß uns diesen Touristen da oben ein herzliches San Francisco-Willkommen bieten. Michiel schüttelt den Kopf und knurrt: Fick dich ins Knie, Kamil. Kamil bückt sich und hebt ein Stück Treibholz auf, und das Horn eines Tankers dröhnt, der von irgendwo vom Pazifik kommend, in die Bucht einfährt. Der Name ist in arabischer Schrift geschrieben. *Khaliya Safin*, liest Kamil. Komm, fährt er dann fort, wir ziehen eine Linie in den Sand. Genau hier. Dahinter ist alles Vergangenheit. Vorbei. Vergessen.

In der vordersten Reihe machen sie Platz für die Sargträger. Als er sich an seinem Vater vorbeiquetscht, drückt er das Bein des alten Mannes zusammen und trifft auf den leeren Blick aus Augen, an deren Wimpern Tränen wie kleine Kristalle hängen. Aus den im Schoß liegenden zitternden Händen nimmt Michiel das Taschentuch und wischt Wangen und Nase seines Vaters ab. Dann legt er das klebrige, nasse Tuch zurück in diese schrecklichen Hände und faltet mit seiner Hand die Finger wieder darum. Als er sich wieder aufrichtet, um den ersten Schritt auf den Sarg zu zu machen, wirft er ohne nachzudenken einen Blick nach oben. Halb umgedreht auf der Orgelbank sitzend, blickt sie über die Schulter herab. Er wendet den Blick nicht ab, aber, als er versucht, ihr Lächeln zu erwidern, spürt er, wie sich sein Gesicht zusammenzieht und er muß zu Boden blicken.

Sie heben den Sarg von seiner Unterlage. Der Druck auf Michiels Schulter ist nicht schwerer als von einer leichten Holzkiste. So wie eine einfache Palette Tomaten. Den Geruch von Pinie und Geißblatt in der Nase, konzentriert er den Blick auf die Schuhe des Bruders, die das Tempo vorgeben. Dann wird der Sarg von Bestattern in schwarzen Anzügen in den Leichenwagen geschoben, während die

Träger zum Portal zurückkehren, wo Bianca mit Oubaas wartet, daneben Alida und Mamparra und Dominee Dirk.

Die ersten, die herauskommen, sind die Arbeiter von Paradys. Die Frauen haben ihre Einkäufe wieder aufgenommen, und einige der Männer tragen Säcke mit Maismehl oder Reis über der Schulter. Sie schütteln Dominee Dirk die Hand, dann bleiben sie vor Oubaas stehen, um ihn zu grüßen und ihr Beileid auszusprechen. Zu Ounoois Söhnen sagen sie: »Danke, Kleinbaas Benjamin.« »Es ist so schön, daß Sie gekommen sind, Kleinbaas Michiel.« »Willkommen zu Hause, Kleinbaas.« »Ounooi hat gesagt, es sei ein riesiger Ort, wo Sie jetzt leben.« Und zu Giselle sagen sie: »Es tut uns so leid, Nooi.« »Ounooi war so stolz darauf, Madam in der Familie zu haben.« Man nickt und spricht Thomas mit ›Kleinbaasie‹ an und Bianca mit ›Kleinnooi‹.

Der erste, der das Wort an Alida richtet, ist der Bürgermeister. Zu Michiel, dem er von Benjamin vorgestellt worden ist, sagt er: »Sam Thabane. Freut mich, Sie kennenzulernen. Das ist meine Frau, Sharon. Beth hat ihren Besuch bei Ihnen in den Staaten genossen. Willkommen zurück.«

»Was Sie über sie gesagt haben, ist sehr anrührend gewesen«, antwortet Michiel, seine Hand noch immer in der des Bürgermeisters. »Sie waren sehr großherzig.«

»Sie war eine der Säulen der Gemeinde.« Das kommt von der weißen Frau an Sam Thabanes Seite. Als Thabane Benjamins Hand ergreift, bemerkt Michiel eine zusätzliche Bewegung im Händeschütteln. Handflächen und Finger berühren sich, danach ein zusätzlicher Griff ums Handgelenk, dann wieder die aufeinandergelegten Handflächen. Es fällt ihm auf, daß sich diese Geste wiederholt, als Thabane den jungen Thomas grüßt und auch wieder bei den Arbeitern von Paradys, die gemeinsam am Ende der Reihe stehen und aufgeregt darauf warten, die Hand des Bürgermeisters zu schütteln.

Vielen von denen, die vorüberkommen, kennt Michiel aus seiner Knabenzeit und Jugend oder erinnert sich an sie. Er ist dankbar, daß die Schlange so lang ist, denn das zwingt zu sehr kurzen Begrüßungen und Beileidsbekundungen. Tanten, Cousinen, Cousinen zweiten Grades, Frauen und Männer, die als Kinder mit ihm und seinen Brüdern die Schule besuchten. Hier und da ein Name, den er vergessen hatte; alle freundlich, alle erfreut ihn zu sehen oder in der Lage zu verbergen, daß sie es nicht sind. Mitglieder der Landwirtschaftsgemeinschaft des Free State. Oubaas' alte Golfkumpel. Dann ist da noch Obie Oberholzer aus Diepfontein, den Michiel beinahe nicht wiedererkennt, mit Frau und Kindern, alle blond und blauäugig, alle merkwürdig rosig und fett. Wäre Michiel Obie irgendwo anders begegnet, dann wäre er vermutlich einfach an dem fetten Mann vorübergegangen, den er einst als einen überdurchschnittlich gutaussehenden Mann empfunden hatte. »Es tut mir so leid wegen Ounooi.« Und Michiels Antwort: »Sie hat mir das mit deinen Eltern erzählt. Man kann ja dankbar sein, daß meine Mutter auf die Art und Weise gestorben ist, wie sie gestorben ist.« Obie nickt und drückt Michiels Hand, bevor er und seine Herde von Albino-Nilpferden weiterstapfen. Es sind auch Leute aus dem Township da. Frauen von dort, die sagen: »Schön, Sie kennenzulernen, Michiel. Beth hat uns alles über ihre Reise nach Amerika erzählt.« Mitglieder aus der Frauenhilfe der Anglikanischen Kirche, in der Ounooi Mitglied war. Oder der Frauenliga des ANC (»Beth war kein Mitglied, aber eine Brücke zwischen uns.«), Lehrer, ein pensionierter Schulrektor aus der Zeit von Michiels Tagen an der Generaal Reitz High School. »Nee, kêrel, jy lyk perdfris daar uit Amerika!« Nee, mein Junge, du bist ja ein Bild von Gesundheit da aus deinem Amerika. Je länger der Strom anhält, desto weniger Schwermut liegt in den Anreden. Das ganze hat viel weniger weiße Exklusivität als er angenommen hätte. Er wird von jungen und älteren Mitgliedern des AAC begrüßt, des Aids Action Kommittees, wie einer erläutert, bevor er im Weitergehen die Daumen hochhält und »Scharf, scharf«, zu Michiel sagt. Lerato ist in die Hocke gegangen, um mit Oubaas zu sprechen. Sie und die Kinder sind fast am Ende der Reihe, die hauptsächlich nur mehr aus Mitgliedern des Chors besteht. Drinnen spielt die Orgel ohne Unterlaß weiter – ein letztes Mal für die Frau, die sie vergöttert hat. Dann die vergessenen Schlußlichter: Gerda Niehaus und Constable Opperman. Als die Augen der Mutter auf die von Michiel treffen, wird die eisige Kälte, die sie ihn in ihrem Blick erkennen lassen will, noch unterstrichen von den weißen Linien rund um ihre zusammengepreßten Lippen. »Tannie – « ist alles, was er herausbekommt, bevor sie ihre Hand weggezogen hat und zu Benjamin weitergerückt ist, der schon ihren Ex-Ehemann grüßt. Constable Opperman hat einen Bogen um Gerda gemacht, um sogar jeglichen Augenkontakt mit dem Mann zu vermeiden, der seine Tochter betrogen hat.

Die Arbeiter klettern wieder auf den Anhänger. Autos fahren davon.

Jetzt ist es Dirk, der auf ihn zukommt. Nur ein leichter Hauch von Peinlichkeit, als ihre Hände sich treffen. »Benjamin hat gesagt, daß du nur bis morgen hier bist.«

»Ja, ich muß leider zurück zur Arbeit.« Michiel ist unfähig, sich zu einem der eben wiederholten Scherze aufzuschwingen.

»Ich muß noch abschließen«, sagt Dirk, der das Unbehagen spürt. »Wir kommen dann auf die Farm. Wir bleiben zum Abendessen.« Und dann, bevor er sich abwendet, um wieder zurück in die Kirche zu gehen: »Karien freut sich darauf, dich zu sehen. Wenn du einen Augenblick warten möchtest, dann sage ich ihr, sie soll rauskommen und Hallo sagen.« Michiel nickt.

Oubaas entfernt sich mit Benjamin und Thomas. Der Junge schiebt den Rollstuhl zu dem schicken, silbernen Mercedes. Da, denkt Michiel, gehen die letzten drei Generationen, für die es noch so gewesen sein wird. Benjamin öffnet die Tür, und Oubaas' Arm hält sich an Thomas' Nacken fest. Als sich der alte Mann hochstemmt, spannt Michiels Körper sich an, als wäre er es und nicht sein Neffe, der das Gewicht heben und seinem Großvater auf den bequemen Vordersitz helfen muß.

Mamparra ist nicht auf den Anhänger zurück, sondern wird mit Michiel und Alida fahren. Er spürt, wie eine Kinderhand in seine gleitet: Bianca. Ihr Blick ist scheu und straft die unschuldige Geste ihrer Hand Lügen. »Ich komme mit dir«, sagt sie. Vom Parkplatz her hört er seinen Namen rufen. Es ist Lerato, die aus dem offenen Wagenfenster gelehnt ist.

»Ist das ok, wenn der hier mit dir fährt?« Sie deutet auf Kanu, der sich über die Sitzlehne hinweg nach vorn beugt.

»Komm, Kanu.«

»Gogo«, ruft Lerato der neben Michiel sitzenden Alida zu, »warum kommt ihr zwei nicht mit mir mit und überlaßt Michiel seinen Fans?«

Mamparra und Alida müssen auf dem Weg zum Volvo vom Fußweg treten, als Kanu vorüberfliegt.

»Kanu!« Lerato stoppt den Jungen mit einem Schlag. »Willst du deine Abreibung jetzt gleich oder später? Komm zurück zum Auto!«

Der Knabe nickt und kehrt mit gespitztem Mund zum Wagen zurück. Dann schließt er die Tür, die er hat offen stehen lassen, bevor er zurück zu Michiel und Bianca rennt.

Der einzige Mensch, den Michiel hat wiedersehen wollen, ist aus dem Gebäude getreten. Er kann sie unter dem Bogen des Portals sehen. Er reicht einem der Kinder die Schlüssel und sagt, sie sollen im Auto auf ihn warten. »Du läßt dir besser nicht zuviel Zeit«, witzelt Kanu, »sonst machen wir ne kleine Spritztour mit diesem Skedonk.« Der Junge hat noch immer Unfug im Kopf, als Michiel und Karien, ein Dutzend Schritte zwischen ihnen, einander ansehen. Bevor einer von ihnen etwas sagen kann, dringt Benjamins Stimme vom Parkplatz zu ihnen herüber. Der Leichenwagen ist bereit und wartet. Michiel bittet seinen Bruder, schon vorzufahren. Er wird sich am Ende der Kolonne einreihen. »Es wird sowieso eine langsame Fahrt«, antwortet Benjamin, »wir müssen ja auch auf den Traktor und Anhänger Rücksicht nehmen. Die gehören dazu.«

»Dirk kommt in einer Minute, Benjamin«, ruft Karien ihm vom Portal her zu. »Er schließt hinter den Kindern ab.« Und so hört Michiel ihre Stimme. Ein beiläufiger Satz, um die Ereignisse des Tages zu lindern. Dann sagt sie zu ihm gewandt: »Die Kirche kann sich keinen Küster mehr leisten.«

Hier steht sie. Durch alles hindurch. Sie hebt das Kinn an und kommt näher. Er tut dasselbe. Ihr Blick ist unverhohlen, auf ihren Lippen liegt ein Lächeln.

»Hast du den Beethoven wiedererkannt?«

Er nickt und fragt: »Darf ich dich umarmen?«

»Das hast du früher nie gefragt. Mußt jetzt in unserem fortgeschrittenen Alter nicht damit anfangen.« Ihre Arme umschließen einander. »Du bist der beste Knutscher von allen«, flüstert sie in sein Ohr. »Warst du aber schon immer, du Arsch.« Ihr Gelächter drückt ihren Körper gegen seinen, und er drückt sie eng an sich.

»Das Älterwerden steht dir gut, Karien«, sagt er, sobald sie sich wieder losgelassen haben. Die Fältchen an den Rändern ihrer grünen Augen stammen vom Lachen, der Zeit und der Sonne. Was für eine unglaubliche Ähnlichkeit in diesem Moment mit der schönen Dame, die vor ein paar Minuten seine Hand genommen und wieder losgelassen hat, als hätte sie Scheiße angefaßt.

»Ich hab auf deinen Kopf runtergesehen oben von der Empore.« Sie tritt einen Schritt zurück, streckt die Hand aus und fährt durch den kurzen Faconschnitt.

»Besser als es seitlich drüberzukämmen«, sagt er, als eine Kinderstimme aus der Kirche nach ihr ruft.

»Ich muß gehn. Ich seh dich auf Paradys.«

»Danke dir.«

Sie dreht sich zurück, bleibt stehen.Über die Schulter fragt sie: »Wofür?« Für deine Freundlichkeit, für deinen Versuch, die Sache hier nicht zu schwer zu machen. »Für das Streichquartett«, sagt er. Er sieht die Linien des Lächelns rund um ihren Mund und das Grübchen in der Wange.

Immer noch mit dem Rücken zu ihm hört er sie sagen: »Welche Nummer?«

»Fünfzehn. Opus 132.«

»Dreizehn. 133.«

»Nein, Karien«, lächelt er, »das stimmt nicht.«

Sie nickt, hält inne, und er sieht, wie die Rückseite ihres langen Halses sich ein Stück hebt, weil sie den Kopf sinken läßt, bevor sie davon geht. Einen Augenblick lang und auch nur von hinten könnte man glauben, sie sei Ounooi in jüngeren Jahren.

Kanu sitzt am Lenkrad, Bianca auf dem Passagiersitz. Ein Streit darüber, wer neben dem Fahrer sitzen darf, entwickelt sich gerade. Der Junge hat einen strategischen Fehler begangen und muß nun versuchen, das Mädchen nach hinten zu kriegen. Michiel schlägt vor, daß sie vorn bleibt bis zum Abzweig nach Paradys und dann mit Kanu den Platz tauscht. An der Ausfahrt des Parkplatzes warten sie, bis der Gegenverkehr vorbei ist. Kanu verlangt, daß das Radio angeschaltet wird, um Musik zu hören.

«Das ist ein Begräbnis«, protestiert Bianca.

»So?« fragt Kanu. »Mom sagt, die Göttin sagt, das Leben geht weiter.«

»Wir machen es leise«, schlägt Michiel vor.

»Was für eine Göttin?« fragt Bianca und dreht sich in ihrem Sitz um, um Kanu anzusehen.

»Mom sagt, die Göttin ist die, die *alles* sehen kann. Dad sagt, sie ist Halle Berry.«

»So ein Blödsinn!« ruft Bianca und dreht sich um, um wieder nach vorne zu blicken. »Ist das nicht Blödsinn, Michiel?«

»Naja ...« sagt er und starrt dabei im Rückspiegel auf die Wände und den Glockenturm der Kirche aus Sandstein. Dort oben ist eine

Uhr angebracht, an die er sich von früher her nicht erinnern kann, obwohl er sie die Stunde hat schlagen hören, auch heute. Er findet das Gebäude irgendwie schön. Ist das nicht romanische Architektur oder täuscht er sich da? Oder vielleicht gotische? »Naja«, sagt er erneut und biegt auf die Straße ein, »es gibt wohl tausend verschiedene Möglichkeiten, diese Sache zu sehen.«

Um der Bedrückung durch Wind, Wolke und Donner zu entkommen, die nur hier und da ein paar blaue Splitter hatte sehen lassen, breitete der Himmel die Flügel aus. Nun nieselte es nur mehr gelblich irgendwo vor dem Sonnenuntergang. Jakkals trou met wolf se vrou – Der Schakal heiratet die Frau des Wolfes. In Nordamerika heißt das *Der Teufel prügelt seine Frau*.

Unter dem Baldachin der Eichen hinaus wanderten die Arbeiter hügelaufwärts, und die Familie kehrte durch die Obstplantage heim. Er ging, gefolgt von Isabella und Grootman, zum Reservoir. Die Hunde hatten aufmerksam am Rand des Grabes Wache gestanden und die Köpfe schiefgehalten, als der Kasten hinabgesenkt wurde. Als die ersten Schaufeln Erde auf die Holzlatten trafen, legte Isabella sich hin, und ihr Blick ging zwischen der Menschenansammlung und dem tiefen Loch hin und her. Grootman trieb sich zwischen den Beinen der Totengräber herum, man stolperte über ihn, er fiepte. Michiel fragte sich, ob sie durch das Pinienholz hindurch ihren Geruch wahrgenommen hatten.

Ruf jetzt an wenn du kannst. Alles ok. Love, M. Einen Arm auf die Umrandung gestützt, das Telefon am Ohr, hörte er Kamils Stimme so deutlich, als spräche er nur ein Stück hügelaufwärts.

»Ich habe deine Karte mit dem Dollar auf den Sarg gelegt.«

»Ich vermisse dich.«

»Ich dich auch.«

»Ich muß gleich los ins Seminar. Glassman kann dich Donnerstag empfangen. Und Freitag, als Ersatz für nächste Woche. Kannst du kurz sagen, wies läuft?«

»Sag ich dir, wenn ich zurück bin. Es ist ein Begräbnis, also nicht der Moment, um irgendwelche Rechnungen zu begleichen. Der alte Mann ist schwer krank, schlimmer als Mom verraten wollte.«

»Hast du Karien gesehen?«

»Wir haben nach dem Gottesdienst kurz geredet. Ihr Sohn hat in der Kirche gesungen. Sie kommen alle zum Abendessen hierher.«

»Wo wir von Kindern reden, Lust auf ein paar Neuigkeiten von Zuhause?«

»Was ist passiert?«

»Kleines Mißgeschick diesseits des Atlantiks.« Ein trockenes Kichern von Kamil. »Vor ein paar Minuten hat America angerufen, um zu sagen, daß sie das Aquarium runtergeschmissen hat. La Creatura Felice ist jetzt irgendwo auf freier Wildbahn in der Wohnung, und America hat Angst staubzusaugen, weil sie sie aufsaugen könnte.«

»Sag ihr, sie soll die Fenster zumachen. Und sie soll die Eingangstür und die Balkontür mit Handtüchern zustopfen. Ist das Aquarium kaputt?«

»Ja. Ich hab ihr gesagt, sie soll die Wäsche machen und Staub wischen. Sie kann dann früher nach Hause. Hör zu, ich muß laufen. Kann ich dich anrufen, wenn ich zu Hause bin?«

»Ich werde demnächst den Zeitunterschied in den Knochen spüren. Momentan funktioniere ich noch auf Adrenalin. Ich schicke dir eine SMS, falls ich keine Schlaftablette nehme und mich früh in die Falle haue.«

»Ich denk' an dich.«

Eine Weile blieb er am Reservoir sitzen, während der Himmel dunkel wurde, bevor er dann durch die Stille zurückschlenderte, begleitet von den Hunden.

Vor der Rundhütte traf er auf Lerato.

»Willst du nicht mit uns essen?«

Sie verdrehte die Augen. »Wir haben es ein paarmal probiert. Aber mit dem alten Mann, der sich überlegt, in wessen Auge er seine Gabel spießen soll, und dem Unbehagen meiner Mutter ist es echt zuviel Streß.«

Sie wird sehr früh am Morgen fahren. Der Abschied wurde von vagen Plänen begleitet, die Kanu schmiedete, was das gemeinsame Skifahren in Tahoe betraf. Michiel wird die provokante Lebendigkeit des Jungen vermissen. Auf der Veranda redete er mit Dirk und Benjamin, während die Kinder in die Badezimmer bugsiert wurden, um sich vor dem Abendessen die Hände zu waschen.

Duch die offenen Schiebetüren wehen Windstöße und blähen die Stores. Der lange Yellowwood-Tisch ist mit Ounoois weißem Arzberg-Porzellan für zehn Personen gedeckt. Giselle und Karien helfen Alida, die Schüsseln auf den Warmhalteplatten auf dem Sideboard zu plazieren. Aus der Küche dringt über die Geräusche der Backofentür und das Geklapper von Töpfen und Pfannen Mamparras Stimme, die *Pie Jesus* summt.

Der Tisch, den der erste Oubaas Steyn in diesem Raum haben wollte, war zu groß, um durch die Tür zu passen. Ein Schreinermeister tischlerte ihn im Speisezimmer aus Yellowwood von Knysna, und machte ihn so groß, daß er es nie wieder in einem Stück würde verlassen können. Bis dann Ounoois Schiebetüren auftauchten. Wie lang wird es dauern, bis die Erbstücke verschwinden, und an wen werden sie gehen? Oder werden sie zusammen mit der Farm hierbleiben, wenn alles verkauft wird? Auf jeder Längsseite des Tisches ist Platz für sechs Personen, dazu kommen noch zwei an den Stirnseiten. Der zweite Oubaas hatte eine kleinere Familie, der derzeitige war das älteste Kind und der einzige Sohn. Mit Ounooi und den drei Jungs waren sie fünf: Oubaas am Kopfende, wo er auch jetzt sitzt, im Rollstuhl. Zu seiner Linken saßen Ounooi und Michiel. Zu seiner Rechten Peet und Benjamin. Die Sitzordnung änderte sich, als Peet zur Universität ging, dann noch einmal, als Benjamin zur Armee und Michiel zur Marine gingen. Als ihre Söhne aus dem Haus waren, gab Ounooi nach und akzeptierte, daß Oubaas fernsehen konnte, während sie aßen – von Tabletts, die Alida säuberlich mit blauen Deckchen ausgelegt und mit weißen Damastservietten bestückt hatte – *meine letzte Bastion gegen unseren endgültigen Fall in die Barbarei*.

»Am einfachsten ist es, wenn wir die Teller der Kinder hier auffüllen«, sagt Karien. »Ihr bleibt sitzen.« Worauf als Antwortchor erschallt: »Ich will.« und »Ich will aber keinen Begräbnis-Reis.« und »Alida hat nur für mich Süßkartoffeln gemacht.« und »Aber den Spinat *rühre* ich nicht an.«

»Ruhe!« Giselle hat beide Hände gehoben. »Wir nehmen Einzelbestellungen auf, damit kein Kind verhungert, bevor es ins Bett muß. Oder, damit es, Gott bewahre, seinen Teller nicht mit diesem nahrhaften Rahmspinat verschmutzen muß, an dem Alida den halben Tag gearbeitet hat, um euren undankbaren Mündern etwas besonderes zu servieren.« Ein besonders unbarmherziger Blick fällt auf Bianca neben Michiel.

»Ich nehm' auch nichts davon«, flüstert Michiel dem Mädchen zu, das sich mit den Händen die Nase zuhält.

Die Teller gehen zwischen den Frauen am Sideboard hin und her. Laute Tropfen platschen auf das Blechdach, stoppen dann abrupt.

»Ich wollte, der Regen würde sich mal entscheiden«, murrt Bianca.

»Oupa meint, da braut sich ein Riesensturm zusammen.« Thomas, der zur rechten von Oubaas sitzt, ist dem alten Mann nicht von der Seite gewichen, seit sie aus der Kirche gekommen sind. Als Michiels Augen auf die seines Neffen treffen, wendet der den Blick unter der Strähne weißblonden Haars sofort ab.

Neben Thomas sitzt Thabiso. Er wurde als Säugling adoptiert und ist ungefähr ebenso alt und groß wie Thomas. »Sein Vater ist gestorben, als seine Mutter mit ihm schwanger war. Sie arbeitete schon vor meiner Zeit im Pfarrhaus«, hat Dirk Michiel erklärt, während sie auf das Essen gewartet haben. »Als sie dann verstarb, hatten sich die Gesetze bereits geändert, und wir konnten offiziell adoptieren.« Das war in der Anfangszeit dieser Pest, erklärte er. Vergangenes Wochenende hat er 23 Beerdigungen durchgeführt oder an ihnen teilgenommen. Und das sind nur die Erwachsenen. Kinder werden häufig unter der Woche begraben.

Neben Thabiso ist Kariens Platz, und danach sitzt erhöht auf Kissen aus dem Wohnzimmer neben Dirk die kleine Palesa. Sie hat die Hände mit gespreizten Fingern zu beiden Seiten ihres Gedecks ausgebreitet, die Lippen geschürzt und erwartungsvolle Augen auf Karien am Sideboard gerichtet. »Wir haben sie aus Bloem geholt, da war sie drei Wochen alt. Wir wollten nicht nochmal aus der Gegend hier adoptieren. Wie sollten wir der Gemeinde erklären, daß wir das eine Kind nehmen und das andere nicht? Karien hat sie die ersten sechs Monate in einem Tragetuch vor der Brust getragen.«

»Alida, was ist mit Lerato und ihren zweien?«

»Sie nehmen sich erst was, Klennoii Karien. Dann tut Alida für die übrigen auf.« Ein Diener-Satz, dessen Bedeutung ebensosehr in der Anrede wie in dem ausgelassenen Personalpronomen liegt. Aber würde die Hierarchie nicht auch gewahrt bleiben, wenn Alida es übers Herz brächte zu sagen: *Nimm dir, Karien. Sobald den Gästen serviert ist, werde ich für mich, meine Tochter und meine Enkelkinder auftun?*

»Es fängt gleich an zu regnen«, widerspricht Karien. »Machen wir es jetzt, dann wirst du nicht naß, wenn du die Sachen rüberbringst.«

Michiel wirft einen Blick auf Oubaas, dann auf Benjamin. Er sieht, wie Dirk rasch die Brauen hebt, beinahe zwinkert, wie um zu sagen: Das ist hier nicht mein Haus. Ich habe hier keine Kommentare zu machen. So sitzen wir hier also alle, denkt Michiel, und sie, die demnächst in den Vorstand der Anglo American Corporation wechselt, hockt da draußen. Wie hält sie es überhaupt aus, einen Fuß auf diese Farm zu setzen? Wie mag die momentane Ordnung wohl im Lauf der Zeit entstanden sein, und bei welchem Schritt in ihrer Karriere durfte sie wohl von der Kaya in die Rundhütte wechseln? Und da hockt Benjamin und sagt keinen Piep. Es ist schon ein Wahnsinn, die Mechanik des Übergangs zu betrachten, und sei es nur auf diesem einen Fleckchen Erde. Hier sitzen zwei dunkelbraune Kinder, das wäre unvorstellbar gewesen, es sei denn, sie wären als Spielgefährten der weißen Jungs vor der Pubertätszeit in die Küche geladen worden. Dort machte auch Klein-Alida, also Lerato, ihre Hausaufgaben und ihre extra Englischstunden. Nein, Liebes: I *gouw* to *bed*. Gib Ounooi ein schönes langes *go* und ein schönes langes *bed*, nicht I *goh* to *bid*. Stell dir vor, du bist *Die Prinzessin auf der Erbse*. Sie wären altermäßig nah genug beieinander gewesen, um Freunde zu werden, aber die Steyn-Brüder schlossen selten die Freundschaften, die auf einer Farm zwischen schwarzen und weißen Kindern existieren können, bis die Pubertät dann die Schwarzen zur Arbeit schickte und die Weißen zu Kleinbaas und Kleinnooi machte. Warum hat Ounooi, die doch eher von Erwägungen der Klasse als der Rasse geleitet zu sein schien, diese abscheuliche Praxis nicht beendet, als ihre kleine schwarze Prinzessin anfing, in einem Jahr mehr Geld zu verdienen als Paradys in all den Jahren seiner Abwesenheit zusammen erwirtschaftet hat? Jesus Maria, sie und ihr Mann könnten diesen Saftladen hier vermutlich aus der Portokasse bezahlen.

Die Tropfen fangen an, sich so anzuhören, als wolle der Regen jetzt regelmäßig fallen.

Sie hören Lerato in der Küche. Kanu, der ein paar Schritte Vorsprung vor seiner Mutter und seiner Schwester hat, erscheint in der Tür des Esszimmers und kommt sofort zu Michiel. Sie sind hier, um mitzuhelfen, die Teller hinauszutragen, bevor das Gewitter losbricht, nach dem es aussieht. Vom Dach her ertönt ein Geknatter von Aufschlägen, und Böen jaulen auf.

»Hagel.«

»Hagel!«

»Die Autos –»

»Ben, die –»

Und dann öffnen sich die Schleusen des Himmels. Beide Hunde sind hereingerast gekommen und verstecken sich unter dem Tisch. Aller Augen heben sich zur Decke und gehen zu den Türen, vor denen sich die Stores bauschen. Die Hände auf die Ohren gepreßt, sehen die Kinder ihre Eltern an. Kanu ist irgendwie plötzlich wieder bei seiner Mutter, beide Zwillinge klammern sich mit offenem Mund an ihre Mutter. Das Getrommel auf das Wellblechdach schluckt jedes andere Geräusch. Palesa schreit stumm hinauf zu Dirks Gesicht, der sie auf seinen Schoß nimmt. Der Lärm ist ohrenbetäubend. Michiels Arm legt sich um Bianca, und er zieht sie an sich, während Münder sich öffnen und schließen wie in einem Stummfilm. Giselle ist jetzt hinter Michiel, ihre Hände gleiten am Kopf ihrer Tochter hinab, und sie hält ihr die Ohren zu. Karien ist vom Sideboard zu ihrem Platz hinübergetreten, eine Hand auf Thabisos Nacken, die andere zwischen Palesas winzigen Schulterblättern.

Oubaas sitzt da mit geneigtem Kopf, als bete er.

Kaum glaublich, aber der Lärm wird noch größer. Thomas' Mundwinkel zucken, als er seiner Mutter zugrinst. Karien beugt sich nieder und hält ihre Lippen vor Palesas Ohr. *Hagel, mein Schatz*, kann Michiel ihr von den Lippen ablesen, *Mama und Papa sind hier, alles ist in Ordnung*. Und dabei streicht sie über den kleinen Kopf, der an die Brust des Vaters gedrückt ist. Ein Blitz zuckt auf. Ein weißer Stein hüpft über den Tisch und eine Scheibe zerbirst ungehört. Jemand deutet auf ein Loch im Fenster. Ein Blitz und ein Schlag und helles Orange lodert von der Veranda herein. Als Benjamin und Michiel die Türen schließen, sehen sie den Wipfel eines Jacarandabaums in Flammen. Ein schwerer Ast bricht und reißt im Fallen den Zaun mit um. Thomas und Thabiso stehen jetzt auch am Fenster, in ihren Augen flimmert das Inferno, das die obere Hälfte des Baumes verzehrt.

Ganz langsam, über ein – zwei Minuten hin, läßt der Lärm nach. Erstaunt bleibt jedermann sitzen wo er ist. Das Esszimmer riecht nach Rauch. Als es so aussieht, als seien die letzten Steine vom Dach gepoltert, versammeln sie sich an den Schiebetüren, die Augen auf die sterbenden Flammen gerichtet.

»Das Essen wird kalt.« Oubaas sitzt ganz allein am Kopfende des Tisches.

»Sollen Michiel und ich nach den Schäden sehen, Oubaas?«

»Essen wir zuerst«, murrt der alte Mann ergeben. »Laß uns das gute Essen nicht vor die Hunde gehen, hat Beth Ford immer gesagt.«

»Lerato?« Kariens offene Handfläche bietet freie Plätze am Tisch an.

»Was soll man danach auch sonst tut? Sucht euch Plätze, Kinder.«

»Das war vielleicht was.«

»Der arme Baum.«

»Was ist denn passiert?«

»Ein Blitzeinschlag, Liebes.«

»Wird der Baum jetzt sterben, so wie Großmutter?«

»Nach dem Abendessen nehmen wir uns Fackeln und gehen raus und sehen nach, was passiert ist.«

Vier weitere Gedecke werden aufgetan. Schubladen und Türen öffnen sich, und Messer und Gabeln und Servietten werden herausgeholt. Teller. Wassergläser. Ein Weinglas für Lerato. Und dann sitzen sie endlich alle: Kanu zwischen Michiel und Alida, Pulane neben Dirk. Am anderen Ende der Tafel sitzt Lerato genau gegenüber von Oubaas. Dirk will gerade das Tischgebet sprechen, als das *Pie Jesus* wieder aus der Küche ertönt. Michiels und Leratos Blicke treffen sich. Dann sehen sie beide Karien an.

»Die hemel help ons«, sagt Oubaas. »Is daai een *ook* nog hier?«

Der Himmel helfe uns, ist die etwa *auch* noch hier?

Karien schiebt ihren Stuhl zurück und schickt Thabiso, einen weiteren von Ounoois Schreibtisch zu holen. Dann hören sie Karien in der Küche: »Kom, Mamparra, kom eet saam met ons.«

»Karien«, ruft Dirk, »bringst du bitte noch eine Plastiktasse für Palesa mit?«

»Ich sterbe vor Hunger! Essen wir heute noch irgendwann?«

»Bianca«, sagt Giselle und hebt beim Blick auf ihre Tochter die Brauen, »das ist nicht die Art, wie sich eine junge Dame ausdrückt. Wie oft haben wir uns darüber unterhalten? Ich will, daß du runterkommst, Mädchen.« Sie legt die Hände auf die Brust, atmet tief ein und sagt, den Blick immer noch auf das Mädchen gerichtet: »Möchtest du, daß ich ein paar Atemübungen mit dir mache?«

»Nein, Mami.«

Unter dem Tisch drückt Michiel Biancas Knie.

Lerato macht an ihrem Ende des Tisches etwas Platz, so daß Alida ein zusätzliches Gedeck auslegen kann.

Mamparra betritt das Eßzimmer mit einem Geschirrhandtuch über der Schulter; auf ihrem Kopf noch immer der rote Hut. Sie nickt Oubaas zu, blickt um sich und faltet dann, als Thabiso mit dem zusätzlichen Stuhl kommt, das Geschirrhandtuch zusammen.

»Soll ich deinen Hut hier aufs Sideboard legen?« bietet Karien ihr an.

Mamparra setzt sich, das Geschirrhandtuch auf dem Schoß. Sie streicht sich die Bluse glatt und lächelt nervös den Kindern zu. Lerato nimmt das Handtuch und legt es aufs Sideboard, wo der rote Hut wie eine surrealistische Schildkröte neben den Wärmeplatten liegt. Dann zieht sie die Serviette unter Mamparras Gabel hervor, entfaltet sie, lächelt und legt sie auf Mamparras Schoß.

Oubaas Kinn ist reglos wie Stein, seine rauchig blauen Augen sind auf den Tisch geheftet.

Karien zwinkert Michiel zu: Kaum zu glauben, ich weiß. Ounooi, bist du hier anstatt auf der anderen Seite des Obstgartens, und erlebst das hier mit? Nebeneinander und gegenüber sitzend, das Gestern, das Heute und das Morgen. Sie neigen die Köpfe, als Dirk das Gebet spricht, und endlich beginnt der Regen aufs Dach zu fallen.

Wann suchte der Hurrikan London heim? Im September, im Oktober? Er besuchte Abendkurse an der Universität. Hatte seit Monaten keinen Haarschnitt gehabt oder sich rasiert, so daß das Gesicht im Spiegel über dem winzigen Waschbecken ihm beinahe fremd vorkam. »Du solltest das mal loswerden«, sagte einer der Männer auf dem Kissen neben ihm, zog an seinem Bart und strubbelte durch die filzigen Strähnen. »Hier herrscht 'n bißchen anderer Stil als in der Provinz.« Es gelang ihm rasch, seinen Akzent zu glätten, keiner konnte ihn mehr so leicht für einen aus der südafrikanischen Armee desertierten Wehrpflichtigen halten. Wenn er sich an der Telefonzentrale meldete oder Gäste eincheckte, versuchte er einen Londoner Akzent zu imitieren. Er las und hörte BBC und bemühte sich, nie das ›h‹ zu verschlucken. Wenn er gebürtige Londoner aus West Heath mit nach Hause brachte, bat er sie zu reden, bevor sie zur Sache kamen. Wenn sie mitmachten, wiederholte er bestimmte Sätze und ließ sich korrigieren. Sobald der Besucher fort war, schrieb er bestimmte Dinge in einem phonetischen Code nieder. Akzente aus Jamaika, Ghana oder dem Senegal halfen ihm nicht weiter, obwohl die, die in ihnen sprachen, seine häufigsten Besucher waren.

Er besuchte einen weiteren Vortrag am Commonwealth Institute, sollte die Frau wieder dort sein, würde er ihr das Buch zurückgeben. Aus dem Programmheft wußte er, daß die Sprecher südafrikanische Universitätsleute und Mitglieder des Afrikan National Congress sein würden. Thema war *Die Freiheitscharta in einem zukünftigen Südafrika*. Von einem solchen Dokument wußte er nichts, und es würde das erste Mal sein, daß er bewußt in Kontakt mit Mitgliedern der verbotenen Organisation käme. Natürlich wäre der Laden voll von südafrikanischen Geheimdienstspitzeln. Er würde zuhören und sehen, daß er wieder rauskam. Auf jedem Stuhl lag – in den verbotenen Farben grün, gelb und schwarz – eine doppelseitige Kopie des Dokuments. *Wir, das Volk von Südafrika*, las er, bevor es begann, *erklären hiermit unserem ganzen Land und der Welt: Daß Südafrika allen gehört, die in ihm leben, schwarz und weiß, und daß keine Regierung rechtens Legitimität beanspruchen kann, so sie sich nicht auf den Willen des Volkes stützt; daß unser Volk seines Geburtsrechtes auf Land, Freiheit und Frieden beraubt wurde durch eine Regierungsform, die auf Ungerechtigkeit und Ungleichheit basiert.* Die Frau mit dem Buch saß auf dem Podium als Sprecherin der Frauenliga des ANC. *Dies* also war das Tantchen, das in der U-Bahn Bücher an naive Afrikaaner-Jungs verteilte, die ihr »Übergangsjahr« in London verbrachten – gewiß Teil einer intelligent eingefädelten Kampagne. Nicht, daß es um Desinformation ging – er glaubte jedes Wort von Plaatjes Bericht – aber Propaganda war es dennoch: bring das Zeugnis schwarzen Leidens in weiße Hände und *voilà*! Schon hat man einen weiteren nützlichen Idioten, der vor dem Südafrika-Haus Banner schwingt, sagte er hämisch zu sich selbst.

Der erste Redner wurde als Historiker vorgestellt, der aus der Fort Hare Universität ausgeschlossen worden sei. »Diese Geschichte beginnt ziemlich weit in der Vergangenheit«, begann der Mann, »als wir auf zwei Beinen aus dem Great Rift Valley hinausspazierten und ein paar von uns den Weg Richtung Europa einschlugen und unterwegs weiß wurden. Aber wie alle Geschichte ist das ein windungsreicher Weg gewesen und ein zu weites Feld, um es in einer Viertelstunde zu umreißen. Also werde ich nochmal neu beginnen, ein bißchen dichter dran an unserer heutigen Situation.« Er sprach mit sanfter Stimme und fast schon poetischer Wortwahl. Angesichts der außergewöhnlichen Repression waren zahlreiche Organisationen zusammengekommen, um ein Manifest zu erstellen, das dem Traum von einem vereinten, demokratischen und gerechten Südafrika eine Stimme gab. »Das erste Treffen fand 1954 statt, in der kleinen Stadt Tongaat.« Einen Augenblick wurde er durch den Namen des Ortes, der ihn ansprang, in die Vergangenheit geworfen. Die Härchen auf seinen Armen und in seinem Nacken stellten sich auf. Er fühlte das Blut in sein Gesicht schießen. »Von dort aus schwärmten die Delegierten in der Länge und Breite über das gesamte Land aus, um sich zu beraten und ein Jahr später wieder zusammenzutreffen, damit die Entwicklung konsolidiert würde.« Unterdessen erließ der Staat den Supression of Communism Act, durch den jegliche Aktivität mit dem Ziel, das ungerechte System zu stürzen, illegal wurde. Aktivisten, Anwälte, Universitätsleute und Gewerkschafter wurden verhaftet. Die meisten Organisationen wurden als kriminell eingestuft, ihre Führer und Mitglieder verbannt oder verhaftet. »Aber, auch wenn unsere Organisationen verboten bleiben«, faßte der Exilant mit seiner sanften Stimme zusammen, »wenn unsere Mitglieder unter Hausarrest stehen und keine Stimme haben und unsere Führer im Gefängnis schmachten, bleibt unsere Charta doch die Leitlinie für das Land, das wir vor uns sehen.«

Das Volk wird herrschen!
Alle nationalen Gruppierungen werden gleiche Rechte haben!
Das Volk wird die Reichtümer des Landes teilen!
Das Land wird unter denen aufgeteilt werden, die es bestellen!
Alle Menschen werden vor dem Gesetz gleich sein!
Alle Menschen werden gleichermaßen in den Genuß der Menschenrechte kommen!
Es wird Arbeit und Sicherheit geben!
Die Pforten von Bildung und Kultur werden jedermann geöffnet werden!

Es wird Wohnraum, Sicherheit und Komfort geben!
Es werden Frieden und Freundschaft herrschen!
Für all diese Freiheiten werden wir kämpfen, Seite an Seite, unser ganzes Leben lang, bis wir unsere Freiheit gewonnen haben!

Nichts an Michiels Applaus war gespielt. Danach folgten Beiträge zu den Einzelheiten der Charta: die Wirtschaft, eine zukünftige Verfassung, Frauenrechte (worüber die Buch-Frau redete), Bildung und Kultur. In einer solchen Zukunft – auch wenn selbst die Anfänge davon in seiner Lebenszeit nicht zu realisieren wären – konnte Michiel einen Platz für sich sehen. Zum ersten Mal seit Monaten war er wieder zurück, und wenn auch nicht auf Paradys, dann doch irgendwo anders im Land. War diese verbotene Organisation, diese Bewegung, etwas, wozu er gehören könnte? Eine Diskussion und Fragen aus dem Publikum folgten. Was soll ›die Reichtümer des Landes teilen‹ bedeuten? Heißt das Verstaatlichung der Minen? Antwort: Ja, Verstaatlichung, aber auf eine Weise, die das Vertrauen der Investoren fördert. Frage: So ähnlich wie im UK vor den Privatisierungen? Antwort: Ja, so ähnlich. Frage: Alle afrikanischen Befreiungsbewegungen sind von den Sowjets unterstützt worden. Sehen Sie für sich selbst ein Einparteiensystem nach sowjetischem Vorbild? Antwort: Das muß ein Thema für Verhandlungen sein, die aber nicht stattfinden können, solange unsere Führer eingesperrt sind und der Ausnahmezustand dem Apartheid-Regime in seiner Terrorkampagne gegen die Kräfte der Demokratisierung carte blanche gibt. Frage: Höre ich da die Möglichkeit gemischter Wirtschaftsformen und eines demokratischen Mehrparteiensystems heraus? Antwort: Die derzeitige Situation ist unhaltbar aufgrund der riesigen Kapitalströme, die das Land verlassen, anstatt reinvestiert zu werden, um das Leben der Menschen zu verbessern. Wir brauchen gesteuerte staatliche Interventionen in den Bereichen Wirtschaft, Bildung, Wohnungsbau und Arbeitsbeschaffung, um überhaupt erst einmal die Voraussetzungen für alles andere zu schaffen. Frage: Interessiert sich die Bewegung für Perestroika und Glasnost? Und wie steht sie zu Reagonomics und zum Thatcherismus? Antwort: Als die Afrikaaner an die Macht kamen, war ihr Volk durch Jahrzehnte von staatlicher Gleichgültigkeit völlig verarmt. Damals wurde ein staatliches Protektionsprogramm entwickelt, um das, was man das Problem der ›armen Weißen‹

nannte, zu lindern. Das hieß de facto eine kapitalistische Arbeitsmarktpolitik für Schwarze und sozialistischer Protektionismus für Weiße, insbesonders für Afrikaaner. Jobs wurden für weiße Afrikaaner reserviert, die Universitäten und pädagogischen Hochschulen öffneten ihre Türen selbst für Studenten ohne das vorgeschriebene Niveau; weiße Farmer konnten mit Hilfe von staatlicher Unterstützung und Bankkrediten Land kaufen. Wenn wir uns Roosevelts New Deal anschauen, dann sehen wir, daß auch in den USA das Problem von Armut und Arbeitslosigkeit nicht ohne den Staat gelöst werden konnte. Keine zukünftige Regierung in Südafrika – einem Land mit einer inexistenten schwarzen Mittelklasse, ohne eine hochgebildete Elite, ohne genügende Infrastruktur für den Wohnungsbau, ohne eine Polizei, die sich der Belange der Mehrheit verpflichtet fühlt, mit einem Gesundheitssystem, das der schwarzen Bevölkerung Gesundheit vorenthält – wird in der Lage sein, die Gesellschaft umzuwandeln, wenn wir nicht dieselbe Politik, die Amerikaner und Afrikaaner zu ihren Gunsten gemacht haben, auch zu unseren Gunsten machen. Frage: Inwiefern wird sich das Bildungssystem ändern? Antwort: Momentan bekommt jedes weiße Kind seine Ausbildung viermal so hoch subventioniert wie ein schwarzes. Wir werden uns auch die Lehrinhalte genau ansehen müssen, zum Beispiel die Frage, welche Version von Geschichte gelehrt wird, ebenso die Dienlichkeit der Bildung für die Erfordernisse unserer Zeit, die Frage, welche Werte von Gemeinschaft und Verantwortung wir unseren Kindern nahebringen wollen. Frage: Wie wollen Sie die Frauenrechte sichern? Antwort von der Buch-Frau: In anderen Befreiungsbewegungen wurde den Frauen eine Stimme versprochen, mit dem Ergebnis, daß sie sich an dem Tag, an dem der Kampf endete, wieder ohne irgendein Recht in der Küche bei den Kindern fanden. Unsere Bewegung hat sich mit vielen Facetten der Geschlechtergleichheit befaßt und wir haben unsere Lektionen aus anderen Teilen der Welt gelernt. Unser Nationales Exekutivkomitee umfaßt mindestens ein Drittel Frauen, und die Debatte darüber läuft, inwieweit wir ähnliche Quoten in allen unseren Strukturen festschreiben. In Südafrika besitzen sowohl die Vereinigte Demokratische Front als auch die Gewerkschaftsbewegungen ein ausgezeichnetes Quorum von Frauen in Führungspositionen. Die Freiheitscharta stipuliert klar und deutlich, *die Rechte aller Menschen werden dieselben sein, unbenommen ih-*

rer Rasse, ihrer Hautfarbe oder ihres Geschlechts. Frauen sind die Ärmsten der Armen und leiden unter dreifacher Unterdrückung als Schwarze, als Frauen und als Arbeiterinnen. Das Wanderarbeitersystem in den Minen legt die Hauptlast der Erziehung, Gesundheitsvorsorge, Ernährung, Ausbildung und Weiterbildung der Kinder in die Hände von schwarzen Frauen in Stadt und Land: Das ist eine unhaltbare Situation, und unsere gesamte Zukunft hängt davon ab, ob wir den Müttern der Nation zu ihren Rechten verhelfen. Frage: Wie steht die Bewegung zu den Rechten von Schwulen und Lesben? Köpfe drehen sich um. Er hört einen australischen Akzent, bringt es aber nicht über sich, nach hinten zu sehen. Die Antwort kommt wieder von der Buch-Frau: Schwule Männer und Lesbierinnen sind Trittbrettfahrer der demokratischen Bewegung und beuten den Kampf für ihre eigenen Zwecke aus. Ich kann nicht sehen, daß sie eine obdachlose oder hungrige oder besonders leidende Gruppe wären. Was soll dieser ganze Unsinn? Hier im Westen ist es große Mode. Aber das Problem wird zusammen mit Kolonialismus und Rassismus verschwinden. Wir haben in Afrika bis vor kurzem von der ganzen Thematik noch nichts gehört. In einem befreiten Südafrika werden die Menschen normal sein. Und sagen Sie mir, sind Lesbierinnen und Schwule normal? Wenn jedermann so wäre, dann würde die gesamte Menschheit aussterben.

Von dem, was noch folgte, bekam er wenig mit. Hinterher steckte die Buch-Frau in einer hitzigen Diskussion mit weißen Frauen und einem jungen Mann, der so blond aussah wie ein Surfer. Michiel legte das Buch auf den Tisch, fing den Blick der Frau auf, deutete darauf und winkte ihr einen kurzen Dank zu. Schick ein Maultier auf eine Weltreise, es wird dir trotzdem nicht als Pferd zurückkommen. Laß sie alle zusammen in ihrem eigenen haßerfüllten schwarzen und weißen Saft schmoren. Soll das Land doch verbrennen mitsamt euch allen. Er ging niemals mehr zu irgendeiner Veranstaltung, die etwas mit Südafrika zu tun hatte. Und wenn er den Akzent auf der Straße, in Bars oder in Hampstead Heath hörte, ging er in die andere Richtung.

Er schrieb sich in eine riesige Anzahl Seminare ein. Er bat um weitere Schichten, saß meistens an der Rezeption, las und schrieb Aufsätze. In den Kursen meldete er sich kaum zu Wort. Er verlor den Überblick über die Menge der Besucher in seinem Zimmer und die

Buden, die er flüchtig aufsuchte. Mit einem halben Abschluß und einem Diplom als Lehrer für Englisch als Fremdsprache lebte er unter permanenten Kopfschmerzen, die bestimmt von dem fürchterlichen Klima herrührten. Mit den wenigen Ersparnissen, die er hatte, nahm er sich zwei Wochen Urlaub und zog im Eiltempo durch Frankreich, Spanien, Griechenland und die Türkei. Als ein weiterer Sommer zuende war, ohne wirklich stattgefunden zu haben, packte er und verkaufte seine Bücher auf der Charing Cross Road. Dann buchte er ein Rundreise-Ticket für Australien und versprach seinem Arbeitgeber, Ende des Monats zurück zu sein. Im Flugzeug las er Edmund Whites *Selbstbildnis eines Jünglings* und glaubte, sein Leben habe sich für immer verändert. Nach wenigen Wochen in Sydney fand er sich in einer Beziehung mit einem Anwalt, der ihm als Freundschaftsdienst legale Hilfe bei der Bewilligung einer australischen Staatsbürgerschaft anbot. Der Antrag stützte sich auf die Konsequenzen, die seiner womöglich harrten, sollte er nach Südafrika zurückkehren. Asiaten mußten in langen Schlangen auf ihre Einbürgerung warten, aber er bekam sie im Schnellverfahren. Zum ersten Mal seit Salisbury Island aß er wieder wie ein König und wurde an der Gold Coast gehätschelt, wo er mit dem Anwalt Ferien machte und auch das Tauchen lernte. Noch bevor er seine Papiere bekam, erwischte der Anwalt ihn im Bett mit einem Fischer aus Samoa.

»Du hast mich für dieses Einwanderungsding benutzt.«

»Ich habe dich – ich liebe dich. Ich gebe dir mein Wort drauf.«

»Du hast ja nicht mal den blassesten Schimmer, was das Wort heißt. Viel Besitz hast du ja nicht, aber du wirst einen großen Koffer brauchen für all die Scheiße in deinem Kopf. Pack zusammen und verschwinde.« Er ließ *Giovannis Zimmer* auf den Kaffeetisch vor Michiel fallen und sagte: »Laß den Schlüssel drinnen stecken und melde dich, wenn du gelernt hast, deinen Arsch von deinem Ellbogen zu unterscheiden.«

Er fand eine schäbige WG abseits der Oxford Street. Konnte sich jenseits von dem, was er dringend brauchte, nichts leisten. Den affigen Londoner Akzent behielt er bei. Mit den neuen Papieren bekam er einen Job als Oberkellner bei Luca's, einem ziemlich guten italienischen Restaurant mit Blick aufs Opernhaus – vorausgesetzt, du bindest das Haar zusammen und kürzt diesen Bart um zweieinhalb Zentimeter. Er schrieb sich an der Universität Sydney ein. Die Berliner Mauer fiel. Auf der Titelseite des *Morning Herald* und anderer Zeitungen sah er Fotos mit der Unterschrift *Mandela in Freiheit.* Bei Luca's tauchte eine wachsende Anzahl weißer Südafrikaner zum Abendessen auf. Wenn er bei Gelegenheit einmal nach seinem Akzent gefragt wurde – auch wenn er die Nähe zu anderen Leuten wie die Pest mied – antwortete er mit der Standardphrase des neuen südafrikanischen Emigranten auf Reisen: *Ich bin dort weg, weil ich das entsetzliche System nicht aushielt.* Kein Mensch, ob schwarz oder weiß, war jemals ein Freund oder Komplize des Apartheid-Systems oder irgendeines anderen ausbeuterischen Regimes gewesen oder hatte davon profitiert. Aus schierem Eigenwillen heraus hatte dieses System ohne irgendeine menschliche Teilnahme existiert. Südafrikaner, auf die er in Übersee traf, schienen alle zu glauben, daß sie mit dem Ruf Amandla! aus dem Bauch ihrer Mutter gerutscht waren. Und die Mütter hatten dann *Ngawethu!* geantwortet.

Die Studenten Sydneys demonstrierten zu Tausenden gegen George Bushs bevorstehenden Einmarsch in Kuwait und gegen Australiens Unterstützung des Krieges. Im Fernsehen bezeugte eine Krankenschwester aus dem Kuwait City Hospital, daß Saddam Husseins Soldaten Babies aus dem Brutkasten nahmen, so daß sie sterben mußten. In den Seminaren hielt er weiter den Kopf unten und machte seinen Examensabschluß. Als wollten sie mit aller Gewalt die Sinnlosigkeit jeder Bildung, Lektüre und Lebenserfahrung beweisen, hatten alle anderen Studenten, egal, wo auf der Welt sie lebten, niemals je ihre Weltanschauung geändert oder ihre Loyalität gewechselt. Keiner von ihnen hatte jemals falsch gelegen. Ein jeder war genauso geboren worden, wie er jetzt war: wenn nicht radikal-progressiv, dann zumindest linksliberal und tolerant. Niemals war einer von ihnen ein Rassist gewesen. Niemals einer von ihnen sexistisch. Homophob? Du lieber Gott, nein, mein bester Freund ist schwul! Heterosexistisch? Ich weiß ehrlich gesagt gar nicht, was das sein soll, aber jedenfalls bin ich es auch nie gewesen. Eine einheitliche und unveränderliche Welt. Und da keiner jemals einen Schritt vom Pfad der Tugend abgewichen war, war es das Beste – das Einfachste – so zu leben, als wäre er das auch nicht. Nach dem Examen nahm er sich Zeit frei und kehrte zum Great Barrier Reef zurück. Als er wieder nach Sydney zurückkam, war der Krieg zuende und Kuwait von Saddam Husseins Truppen befreit. Ein anderes Mal reiste er mit dem

Rucksack durch den Outback. Er kampierte im frühen Winter in einem Hain von Baobabs. Von seinem Schlafsack aus konnte er in die kahlen Äste der Bäume hinaufblicken, während er Chatwins *Songlines* las, oder Voss von Patrick White und *Warten auf die Barbaren* von Coetzee. Von einem anderen Nachtlager, nicht weit von seinem, hörte er Männerstimmen immer und immer wieder die gleiche traurige Melodie singen. Er ging etwas näher und blieb dann in einiger Entfernung stehen und hörte dem Text von »And the band played Waltzing Matilda« zu. Eine Welle von Nostalgie spülte Gesichter und Stimmen aus dem Land über ihn, von dem dieses hier sich irgendwann abgelöst hatte, Wurzeln und Saatkörner und Bäume mit sich nehmend auf seiner Reise, um schließlich ein eigener Kontinent zu werden.

Eine weitere Liebschaft, die vielversprechend begonnen hatte, war mit bitterem Nachgeschmack zuende gegangen, da sah er eine Anzeige für eine Stelle als Lehrer für Englisch als Fremdsprache für einen Modellversuch in einer abseitigen Provinz der Salomonen-Inseln. Der Job wurde von philantropischen Australiern finanziert und bestand darin, Grundschulkindern anständiges Englisch beizubringen, um damit ein Gegengewicht zu der auf den pazifischen Inseln vorherrschenden Überzeugung zu setzen, daß einen Pidgin-Englisch im Leben überall hin bringen könne. Er bewarb sich schon, bevor er noch einen Blick in den Atlas warf, um die unterhalb Papua Neugineas verstreuten Pünktchen zu finden. Hunderte von Inselchen mit weißem Strand und Kokospalmen vor türkisen Lagunen. Die Alltagssprache Pidgin, und von Tourismus wird streng abgeraten. Holz der Hauptexportartikel. Eine konstitutionelle Monarchie mit Königin Elizabeth als offiziellem Staatsoberhaupt. Zwar würde er ein erbärmliches Gehalt bekommen, dafür aber ein Haus zum Leben und ein Rückflugticket. Es war der beste Ort auf der Welt zum Tauchen, der ganze Ozean war voller Wracks aus dem Zweiten Weltkrieg. Er besaß die erforderliche Nationalität, den akademischen Titel und das Diplom. Im Bewerbungsgespräch erlog er zwei Jahre als Englischlehrer für Jugendliche in den Townships von Südafrika. »Die Salomonen haben die höchste Todesrate durch Malaria auf der ganzen Welt«, informierte man ihn. »Ich weiß alles über Malaria«, antwortete er, und schob die andrängenden Erinnerungen an Almeidas Lippen, das verzerrte Gesicht einer Frau und an über einer Wanne mit Wasser verlorenen Sprache weg.

Er mußte noch einen Monat bei Luca's arbeiten und hatte bereits begonnen, Chloroquin zu nehmen. Einer seiner Dozenten kam mit Kollegen zum Abendessen. Michiel wurde ihnen als ehemaliger Student vorgestellt – »einer von den Besseren, er könnte promovieren ...« und auf ein paar Drinks eingeladen. Die Gruppe kam noch ein paarmal wieder, und bei ihr war ein Gastprofessor aus Nordamerika. Wenig an dem kurzgewachsenen, lockigen Kanadier, der für ein Jahr in Sydney postkoloniale Literatur lehrte, war dazu angetan, Michiel zu gefallen. Er war dünn, vorlaut, selbstgefällig und putzte auf prätentiöse Weise seine Brille, wenn er extemporierte. Dunkle Haare, olivfarbener Teint, haarig. Sein sehr bestimmtes Auftreten wirkte, als habe er zu allem eine Theorie. Er war zu selbstbewußt, schroff und manieriert. Kamil war Mitglied bei ActUp, sympathisierte mit der Queer nation, hatte einen frischen Doktortitel von Stanford und achtete darauf, daß jedermann erfuhr, er sei auf dem besten Wege zu einer Postdoktorandenstelle in Berkeley. Er hatte auf alles eine Antwort, angefangen von der Frage, wie es Luca gelingen konnte, authentische Al-Dente-Pasta hinzukriegen, bis hin zur Prophezeiung, daß die Südspitze Afrikas am Ende als Blaupause für Israel und das ›besetzte Palästina‹ dienen werde. *Ein Mensch Eine Stimme in einem vereinten Israel / Palästina.* Wenn die Schwarzen die Weißen nicht umbrachten, warum sollten es dann die Araber mit den Juden tun? Er war der Sohn eines palästinensischen Vaters und einer jüdischen Mutter, beide Kommunisten, die ihre Heimat hatten verlassen müssen. Er verachtete den ›zionistischen Diskurs‹ (die Opfer von gestern sind die Unterdrücker von heute) kaum mehr als er dem palästinensischen Nationalismus mißtraute (die Opfer von heute sind die Unterdrücker von morgen), spuckte auf den Sozialismus (Null Fähigkeit zur Selbstreflexion oder Introspektion) und schiß auf dem Kapitalismus (ein sich ständig adaptierendes Konzept, die Welt aufzufressen). Selbst unter Professoren, die schon auf die Emeritierung zugingen, hielt Kamil Hof. Er hatte so eine Art, das Gespräch zu antizipieren und zusammenzufassen und es dann mit einem vorzeitigen K.O. zu beenden. Als die Unterhaltung sich der Ausbeutung der Aboriginals in Australien zuwandte, nannte Michiel in einem seiner raren Gesprächsbeiträge den ›racial capitalism‹ ein ›falsches Bewußtsein‹. Mit einer Mischung aus Sarkasmus und Flirt erwiderte der Kanadier: »Faszinierend! Jetzt müssen Sie mich aber auch über die Natur eines *wahren* Bewußtseins aufklären.« Er kicherte, zog die buschigen Brauen hoch, und dann: »Sie müssen ein Buch schreiben über dieses *wahre Bewußtsein*. Ich glaube nicht, daß es so einen Text schon in einer der großen Bibliotheken der Welt gibt. Vielleicht allerdings ist es auch beim großen Brand von Alexandria zerstört worden.« Das entzückte die Unileute und gab Michiel eine Gelegenheit, Erschöpfung vorzutäuschen und früh Guten Abend zu sagen.

Die folgenden Abende kam Kamil wieder und blieb da, bis das Restaurant schloß. Sie gingen zusammen nach Hause. *Alle Schwulen tun es wenigstens einmal miteinander.* Kamil: Was bringen Lesben zum zweiten Date mit? *Einen Möbelwagen.* Und was bringen Schwule zum zweiten Date mit? *Was ist ein zweites Date?* Und dann noch einmal die folgende Nacht, obwohl Michiel den Sex gerade so lala empfunden hatte. Jahre später brachte Michiel unter größten Mühen folgende Worte wie ein Geständnis über die Lippen: zu weibisch, zu schwuchtelig, nicht geradeheraus genug, zu kleiner Schwanz, nicht muskulös genug, zu auffällig schwul und egal wars ihm auch noch. Glassman: Ein bißchen wie in einen Spiegel sehen? Zugleich fasziniert und abgestoßen, ließ Michiel es zu, in eine Beziehung hineingezogen zu werden. In Kamils Gegenwart schien es so, als könne er kein Wort sagen, ohne daß es der andere mitbekam. So etwas wie ›Schwamm drüber‹ gab es nicht. Michiel erkannte das Gefühl einer Bedrohung, so wie oft zuvor und reagierte mit einem Fluchtimpuls, obwohl er zugleich wünschte, das Eigentliche an der Sache möge weitergehen. Glassman: In den Fällen, wo Sie nicht davongelaufen sind, haben Sie die Sache sabotiert. Michiel: Seine Augen haben mir das Gefühl gegeben: Ich lebe. Ich sog wie ein Schwamm alles auf, was er sagte. Als ich seine Familie kennenlernte, verstand ich ihn besser. In dieser Familie konnten Ferienreisen schon einmal mittendrin abgebrochen werden wegen Streitereien darüber, ob Salz gesund sei oder über das Ozonloch. Zwei Jahre Funkstille zwischen Kamil und Nawal rührten daher, daß Kamil sich einmal geweigert hatte, auch Nawals Sohn mit zum Skifahren zu nehmen, weil er mit seiner Schwester Zeit verbringen wollte, ohne ›in den Hinterhalt von Kindern‹ zu geraten. »Schande! Du kannst doch eine Mutter nicht zwingen, sich gegen ihr eigenes Kind zu entscheiden!«, schnappte Nawal. »Aber du darfst mich in die double-bind-Situation bringen, ihn entweder sehen zu müssen oder dich nicht sehen zu dürfen«, brüllte Kamil zurück. Und dann: »Ich weigere mich, mich von so einer darwinistischen Maxime erpressen zu lassen, nach der Eltern sich alles das erlauben dürfen, was ich nicht darf.« Die Frage, ob Kissinger als Kriegsverbrecher vor Gericht gehört, kann dazu führen, daß Malik mit den Fäusten auf den Tisch schlägt und Rachel in wütender Zustimmung Blumentöpfe zu Boden pfeffert. Glassman: War er eigentlich der erste sozial voll integrierte Homosexuelle, mit dem Sie zusammenwaren? Michiel: Wer, Kissinger? Glassman lächelt und wirft ihm über der Brille einen Blick zu. Michiel: Den kennenzulernen ich mir die Zeit genommen habe. Glassman: Sie haben ihn auf die Inseln eingeladen? Michiel: Er wollte tauchen lernen, und das Tauchen war einer der Gründe, warum ich dort hinging. Glassman: Wie lange hat es nach seiner Ankunft gedauert, bis die Sache schiefging? Michiel: Zunächst einmal ging alles bestens. Ich kannte dort keinen, also waren wir beide unter uns. Vormittags habe ich gelehrt, und nachmittags sind wir tauchen gegangen. Er wohnte bei mir, und dann fuhr er wieder zurück nach Sydney. Dann kam er noch einmal auf Besuch. Das war alles in Ordnung, obwohl er anfing, sich über meine Raucherei zu beschweren. Der Sex wurde besser. Ist es möglich, daß man jemand zunächst für ein stechendes Insekt hält und dann irgendwann nicht mehr die Hände von ihm lassen kann? Glassman: Es kommt nur in Märchen und Filmen vor, daß Liebe und Lust etwas ist, das ausschließlich für die Schönen reserviert ist. Michiel: Als es für ihn Zeit wurde, an seine Rückkehr in die Staaten zu denken, brachte er das Thema ›wir‹ auf. Nachdem er weg war, wurde ich trübsinnig. Ich haßte es, auf der Insel gefangen zu sitzen, und ich lernte mehr Pidgin als die Kinder Englisch lernten. Geld hatte ich auch wenig. Briefe brauchten Wochen, ich habe dann vom Hotel aus gefaxt. Es gab britische Freiwillige und Typen vom American Peace Corps in der Stadt, die ich kennenlernte. Kamil kam mit dem Vorschlag eines Stipendiums für mich hier in Berkeley. Im nächsten Jahr flog er rüber und wollte einen Monat bleiben. Schon bevor er ankam hatte ich ein mulmiges Gefühl. Sodomie war ein Verbrechen unter dem alten britischem Recht. Ich hatte Angst, sie würden mich deportieren, wenn jemand etwas herausfand. Ich hatte niemandem verraten, daß ich schwul war. Mittlerweile kannte ich die Leute ja. Die australischen und neuseeländischen Expatriierten waren extrem bigott, aber die englischen Freiwiliigen mindestens ebensosehr. Als er aus dem Insel-Hopper ausstieg, war mir seine Ankunft sowas von unrecht. Glassman: Sie haben angefangen zu schauspielern? Michiel: Ich glaube schon. Glassman: Wie würden Sie es denn nennen? Michiel: Ich habe mit ein paar von den örtlichen Jungs geschlafen. Glassman: Den örtlichen *schwarzen* Jungs, und sofort hatten Sie keine Angst mehr vor Deportation? Michiel sieht den Seelenklempner böse aber wortlos an. Glassman: Wie hat Kamil reagiert? Michiel: Er hat jede einzelne Platitüde ausgespuckt, die er, wie ich weiß, bei Ihnen gelernt hat: daß mein Rumgeficke bezwecken sollte, daß er abhaut. Daß meine wachsende schlechte Laune und mein sexuelles Desinteresse ein hinterhältiger Versuch sei, Intimität zu sabotieren. Glassman: *Wollten* Sie, daß er Sie verläßt? Michiel: Ich fand ihn abstoßend. Glassman: Ihr Heimatland befreit sich endlich von seiner rassistischen Regierung, und Sie sind hier in meinem Kabinett und haben es geschafft, sich ihren Trieb nach gleichgültigem Sex mit schwarzen Männern zu versagen. Ist das reiner Zufall? Michiel: Warum müssen Sie immer meine Sexualpartner mit Hilfe meiner Herkunft erklären? Warum müssen Sie das mit Scham und Schuldgefühlen und einer Auflehnung gegen den gottverdammten Vater verbinden? Kann es denn nicht so etwas simples sein, wie daß ich schwarze Leute einfach schön finde? Glassman: Wären Sie hier, wenn Sie selbst glauben würden, es wäre so simpel? Michiel: Therapien versuchen, Leuten wie mir genau das anzutun, was der Staat nicht geschafft hat: Uns in monogame Paare zu verwandeln, die ihre Steuern zahlen und zwei Kinder großziehen, die den Stars und Stripes salutieren. Glassman wartet ab und nickt. Michiel: Es ist gar nicht so sehr, daß ich fürchte, hier zu einem pathologischen Fall abgestempelt zu werden, sondern daß ich glaube, in eine neue Art von psychologischem Rassismus gezwungen zu werden. Glassman: Das zu fürchten ist vernünftig. Ich glaube, ich verstehe Ihre Angst. Michiel, mit einem Blick auf das Gedicht über Glassmans Kopf: ... *gib dein Herz sich selbst zurück, dem Fremden, der dich dein ganzes Leben lang geliebt hat, den du für einen anderen vernachlässigt hast, der dich auswendig kennt ...* Ich mißtraue diesem Psychogewäsch fast genauso wie manchmal Ihrem Verständnis. Glassman: Lassen Sie uns ein Schiff zurück zu den Inseln nehmen.

Neben der Treppe und am Fuß der Mauern glitzert das Eis wie aufgeschichtete Silberbarren. Oben auf dem Haufen Hagelkörner glitzern noch andere verstreut umherliegende Dinge: Im Strahl der Taschenlampen erkennen sie Nieten vom Dach. Die Kinder rennen auf eisigen Füßen umher und jagen nach silbernen Schrauben, Bolzen und Nieten. Guck, wir üben für Olympia, ruft Kanu, indem er eine Spur durch die Hagelkörner auf dem nassen Rasen schliddert. Giselle und Karien treiben die Kinder zurück ins Haus: Sonst haben wir morgen doppelseitige Lungenentzündung und mindestens einen Fall von Maulsperre obendrein. Thabiso und Thomas versuchen sich in die Schatten des Obstgartens zu verdrücken, aber Dirk ruft sie zurück. Die Jungs: Warum werden wir behandelt wie die übrigen, obwohl wir älter sind als alle andern? Dirk: Ab unter die Dusche! Seht doch, ihr seid jetzt schon pitschnaß. Lerato: Hufe abputzen, bevor ihr das Haus betretet.

Sie hören das Rauschen des Bachs. Über dem Berg zerreißen immer noch Blitze die Dunkelheit und lassen ferne Wolkenbrüche aufleuchten. Heute nacht wird kein Auto mehr die Farm verlassen. Benjamin und Dirk werden sich die Brücke ansehen, ob alles in Ordnung ist, ebenso die Plantage. Mit einer Ausnahme sind über den Autos alle Schatten-Planen unter dem Gewicht der Hagelkörner zusammengebrochen. Auch hier glänzen Nieten und Schrauben im Lichtstrahl. Das einzige Auto, das nichts abbekommen hat, ist das von Dirk und Karien, das unter der einzigen Plane stand, die gehalten hat. Der Mietwagen sieht aus wie mit dem Hammer bearbeitet. »Lieber Gott«, sagt Benjamin, die fokken Japanese kak lyk soos 'n golf ball.« Nach einem Blick ins Handschuhfach auf die Police der Zusatzversicherung ist Michiel sehr erleichtert. Sowohl der Volvo als auch Benjamins Mercedes haben nur leichte Kratzer. Das elektrische Tor und sein Motor sind von dem Ast zerstört worden, der auf den Zaun gefallen ist. Sie halten ihre Taschenlampen auf den Jacarandabaum, um zu sehen, was von ihm übriggeblieben ist. Dort, wo der Stamm geborsten ist, steigt Rauch in die kalte Nachtluft. Aber bis auf einen dicken Laubteppich und verstreute Lavendelblüten darunter, ist der zweite Baum glimpflich davongekommen.

»Erzähls mir nicht«, sagt Lerato mit einem Blick zu Michiel, als der die renovierte Küche betritt. Aus dem Haus dringen die Geräusche von Kindern, die gebadet, gescholten und geherzt werden.

»Nur ein paar kleine Schrammen auf der Haube und ein abgebrochener Außenspiegel.«

»Die Schweden wissen eben, wie man Autos baut.«

»Du solltest den Mietwagen sehen. Der einzige, der gar nichts abgekriegt hat, ist der Wagen des Dominee.«

»Die Götter halten eben die Hand über die Ihren.«

»Ich würde nicht darauf wetten, daß die Brücke passierbar ist. Weißt du noch, wie Pietie uns auf dem Traktor zur Schule bringen mußte?«

»Wenigstens hattet ihr Bleichgesichter Räder unter eurem Hintern. Weißt du nicht mehr, daß ich durchschwimmen und gegen die Wellen ankämpfen mußte?«

Alida unterbricht ihr Gelächter. »Ich sage ihr die ganze Zeit, daß sie meines Erachtens Gauteng anrufen und sagen muß, was hier los ist. Bevor man sie feuert. So leicht findet man keinen neuen Job, und mittlerweile ist die halbe Bevölkerung von Simbabwe und Nigeria in dieses Land geströmt.«

»O se ka wa nyeka marao makgowa jwalo ka ntja«, meckert Lerato in Richtung Hintertür. Dann sagt sie zu Michiel: »Ich warte auf Benjamin. Wenn es irgend geht, muß ich versuchen, rüberzukommen.«

»Sie wird nicht über diese Brücke fahren, bevor das Wasser nicht wieder vollständig abgelaufen ist, Kleinbaas.« Alida funkelt ihre Tochter an, während sie spricht.

Lerato verdreht die Augen und geht dann die Schlafanzüge ihrer Kinder aus der Rundhütte holen.

»Hat der Kleinbaas bereits in Ounoois Obstgarten nachgeschaut?«

»Ich traue mich offengestanden nicht, Alida. Wo ist der Ou – ich meine Vater?« Sein Blick geht zur Tür, durch die Lerato soeben verschwunden ist.

»Ich habe ihn zu Bett gebracht, Kleinbaas. Es war ein langer Tag. Ich habe ja die Sprechanlage, falls er mich braucht.« Mit dem Messer, mit dem sie das Fleisch für die Hunde kleinschneidet, deutet sie auf das weiße Spielzeug, das aussieht wie das Babyphon bei Nawal zuhause.

»Ich geh ihm Gute Nacht sagen.«

Kleine Füße trippeln durch den Korridor. Es ist Palesa, die spielt, vor Karien davonzulaufen, die kopfschüttelnd hinterher kommt, ein

Glas Körperlotion in der Hand. Giselle ruft den älteren Jungs zu, sie sollen aus der Dusche kommen. Das warme Wasser ist gleich zuende, und vielleicht *denkt* ihr ja mal dran, auch was für die Erwachsenen übrig zu lassen.

»Pa?«

»Komm rein. Ich mache Licht.«

Michiel geht um den Rollstuhl herum und setzt sich auf Ounoois Seite des Bettes. In den wohlbekannten Geruch seiner Mutter hinein mischt sich ein süßlicher Duft, den er nicht einordnen kann. Auf dem Nachttisch seines Vaters steht der Zwilling von Alidas Gegensprechanlage, und das Kabel der Nachttischlampe mit dem Schalter hängt an einem Gummiband um sein bleiches Handgelenk. Er kann sehen, daß die Schnur zu diesem Zweck verlängert wurde. Liegt der alte Mann etwa die ganze Nacht auf dem Rücken und paßt sogar noch im Schlaf darauf auf, die Lampe nicht vom Nachttisch zu reißen?

»Was hast du draußen gesehen?«

Er sagt, daß Benjamin und Dirk umfassendere Informationen haben werden.

»Wat van jou ma se boord?« Was ist mit dem Obstgarten deiner Mutter?

»Haben wir uns nicht angesehen, Pa. Das machen wir morgen früh.«

Der alte Mann starrt an die Decke, sein Kopf versinkt im obersten von drei Kissen. Seine Hände liegen auf der Brust, eine über der anderen. Aus den Dachrinnen ist das stetige Tropfen schmelzender Hagelkörner zu hören.

»Pa, wäre es nicht am besten, wenn Alida ins Haus zieht?«

»Jeder verschissene Farmer und jeder Engländer in dieser Stadt wollte sie haben«, sagt er, den Blick immer noch zur Decke gerichtet.

»Ai, Pa.« Michiel muß wegsehen. Er konzentriert seinen Blick auf die Bücher seiner Mutter. Da ist der rot-schwarz gestreifte Bleistift mit dem metallenen Anspitzer. Der kleine blaue Steingutkrug, in den sie die Bleistiftschnipsel füllte. Dann blickt er zurück zu dem alten Mann, löst den Krawattenknoten, streift die Krawatte vom Hals und streicht den Stoff neben sich auf dem weißen Laken glatt.

»Ich hab so getan, als wüßte ich genau, was ich tue«, sagt Oubaas. »Aber ich war ein Hund, der nur bellt und nicht beißt. Sie hat mich gleich durchschaut. Sie hat mich genommen, obwohl sie jeden wohlhabenden Mann im Freistaat hätte haben können.«

Aber du warst selbst wohlhabend. *Wir* waren wohlhabend. Das sagt Michiel aber nicht. Am Haaransatz rund um die Ohren des alten Mannes befinden sich große Leberflecke, die er heute nachmittag beim Baden nicht gesehen hat. Die Augen sind fest zugedrückt. Das graue Haar ist glatt nach hinten gebürstet, sieht beinahe aus als wäre es naß. Als er bemerkt, daß das Kopfkissen unter dem alten Mann in ein Handtuch gewickelt ist, identifiziert Michiel auch sofort den süßen Geruch als den von Kokosöl. Eine Substanz, die den Geruch ganzer Dörfer genauso verändert hat wie Holzfeuer, ebensosehr wie die Auspuffgase von Außenbordmotoren, die hinter Kanus in stillen Lagunen ein Leuchten aufquirlen. Er hatte diesen Geruch in seinem Klassenzimmer wiedergefunden, wenn er sich hinabbeugte, um eine schriftliche Übung zu korrigieren: »Nein, nicht *him fella savi* ... wir sagen, *diese Person weiß* ...« Auch auf den Kissen, wenn Kiko oder ein anderer nächtlicher Besucher wieder fort war.

»Ich kann ohne deine Mutter nicht mehr weitermachen.« Die Stimme ist die eines Kindes, ohne eine Spur von dem Ton, dessen sie ebenfalls noch fähig ist. »Ich kann mir kein Morgen ohne sie vorstellen.« Tränen ziehen glitzernd ihre Bahnen über die faltigen Wangen. »Du und dein Bruder, ihr müßt mit Doktor Niewoudt sprechen. Es muß doch ein neues Gesetz geben, daß solche Dinge möglich macht.«

»Pa.« Er beugt sich über das Bett, so daß seine Schuhe im Leeren baumeln und findet die Hand seines Vaters. »Laß Alida hier einziehen, und bleib in meinem Zimmer. Das wäre viel praktischer. Mit der Zeit werden die Dinge dann wieder anders aussehen.«

»Zeit ist genau das, was ich nicht mehr will. Mit Beth zusammen hätte ich noch weitere hundert Jahre leben wollen, selbst in diesem Zustand. Es muß nicht leicht für sie gewesen sein. Mich in dem Stuhl herumzuschieben. Ich bin kein Idiot. Sie vor mir fortzunehmen, das ist die bitterste Strafe, die Gott – « Er zieht die Nase hoch und kramt unter dem Kopfkissen nach einem Taschentuch. Dann versucht er sich mit den zitternden Fingern die Nase zu putzen. »Glaubst du, Michiel?«

»Wie bitte, Pa?«

»Glaubst du an Gott?«

»Ich habe nicht gewußt, daß du es tust, Pa. Ounooi ist immer sehr diskret gewesen in diesen Dingen.«

»Deine Mutter hat mir aus den Psalmen und Sprüchen vorgelesen. Wir haben über die Sprüche gelacht, die neuen Übersetzungen. *Eine nörgelnde Frau ist wie ein tropfender Wasserhahn: tropf, tropf, tropf.* Das Hohelied haben wir auch gemocht. Wenn ich schon lange geschlafen habe, dann hatte sie noch ihre Lampe an und hat in ihren Büchern gelesen.« Er räuspert sich, hustet. »Du hast nicht auf meine Frage geantwortet.«

»Ich habe schon eine Art von Glauben, Pa. Aber ich bin mir nicht sicher, daß ich an einen Gott glaube.«

»Deine Mutter hat mir gesagt ...« Die Augen sind immer noch geschlossen. »Deine Mutter hat gesagt, dein Freund sei so eine Art Buddhist.«

Dein Freund. So also, mit diesem Wort, wird seine Existenz anerkannt. Im Grunde ist es ja in Ordnung so. Er hört die Stille im Haus. Kein Geräusch aus dem Garten, nur leise das Rauschen des Baches von jenseits der Plantage.

»Kamil, Pa«, sagt er. »Sein Name ist Kamil.« Vor seinem geistigen Auge sieht er die weiße Tara über seiner Seite des Bettes, die grüne über der Kamils, erinnert sich, wie er mißmutig dirigierte, während Kamil, auf der Matratze stehend, die seidenen Wandteppiche zu positionieren versuchte: *höher, weiter links, nein, ein Stückchen tiefer.* »Er versucht – wir beide versuchen, anhand einiger Grundsätze zu leben. Einige davon kommen aus dem tibetanischen Buddhismus. Mitgefühl mit sich selbst und anderen. Das Rechte tun in der Welt. Aufmerksamkeit und im gegenwärtigen Moment leben – das ist das Schwierigste. Einige andere aus dem Hinduismus und weiß der Himmel von wo davor. Und einiges ist auch ganz christlich, nehme ich an. Liebe deinen Nächsten wie dich selbst, stammt aus den Geboten. Nein siebzig bis sieben mal. Tu keinem anderen an, was du nicht möchtest, daß sie dir antun. Dazu kommt noch eine Dosis Islam und Judentum von seinen Eltern, auch wenn sie Atheisten sind. Eigentlich interessiert es uns mehr, was wir tun, als was wir glauben.«

Es klopft und Giselle kommt herein. Die Übernachtungsarrangements werden besprochen. Bianca will wissen, ob sie das zweite Bett in Michiels Zimmer haben darf.

»Wenn sie's nicht stört, daß ich schnarche wie ein Bär.«

»Hat jeder ein Bett?« fragt Oubaas.

»Wir haben Karien und Dirk in Benjamins Zimmer untergebracht.« Giselle setzt sich aufs Fußende. »Palesa wird bei ihnen schlafen. Und die Jungs campen im Wohnzimmer. Jetzt spielen sie Videospiele.«

»Genügend Decken für alle? Die Wettervorhersage kündigt für morgen eine Kaltfront an. Es kann nachts immer noch frieren.«

Alle sind versorgt. Jeder hat zu essen bekommen. Die Kinder sind gebadet. Isabella und Grootman haben jeder einen halben Knochen von der Lammkeule. Niemandem fehlt irgendetwas.

»Ich nehm' dann auch ein Bad.« Durch die Decke drückt Giselle den Fuß von Oubaas. »Ich sag' Bianca, daß sie in deinem Zimmer schlafen darf, Michiel.«

Sobald die Tür zu ist, sind Michiel und sein Vater völlig still. Gerade als die Ruhe anfängt bedrückend zu werden und Michiel aufstehen will, beginnt Oubaas zu sprechen. »Ounooi hatte Angst wegen Benjamins Ehe.« Dann dreht er den Kopf zu Michiel: »Sieh auf dem Nachttisch in ihrem Buch nach. Sie hat eine Art Lesezeichen drin, das dein Freund ihr gegeben hat.«

Neben ihrer Bibel liegt *Schande* und darunter Bessie Heads *Die Schatzsammlerin*. Am Fuß des Stapels *Die gesammelten Gedichte* von Audre Lord. Er schlägt den Roman dort auf, wo das Lesezeichen steckt. Es ist die Tarotkarte. *III: Die Kaiserin*. Die Priesterin Serket, später der Isis umgewidmet, in Gold, schwanger, die Arme geöffnet und mit der Blume, die ihr aus dem Kopf wächst. Ein Vogel hat die Schwingen über ein Mohnblumenfeld gebreitet. Seine Augen blikken die Seite nach unten, dorthin, wo etwas im Text angestrichen ist. Er erkennt die Szene wieder. Der blamierte Vater kommt nicht mit der Weigerung seiner Tochter zurecht, ihm die Geschichte ihrer Vergewaltigung zu erzählen, er ist unfähig, seinen Frieden mit ihrer Reaktion auf die Vergewaltigung zu machen. Weiter vorn im Buch sind ganze Abschnitte angestrichen, an den Rändern stehen Kommentare zusammen mit Frage- und Ausrufezeichen. Auf dieser Seite ist nur ein einziger Satz unterstrichen. War das die letzte Seite, die sie gelesen hat? Sie sitzt aufrecht, die Kissen im Rücken, sie hebt den Bleistift hoch, senkt die geschärfte Spitze auf die Seite und unterstreicht folgende Worte: *und was, wenn das der Preis ist, den man dafür zahlen muß, geblieben zu sein?* Er legt die Tarotkarte wieder in die Seite und schlägt das Buch zu, das überall, wo es gelesen wird, eine Sensation ist.

»Und du, Pa, glaubst du an irgendeine Art von Gott?«

»Nur so kann ich sicher sein, sie wiederzusehen.«

»Das wirst du, Pa. Morgens wachst du mit dem Gesang des Einsiedlerkuckucks auf. Ich hab ihn sofort gehört, als ich hier heute mittag ankam. Das muß die zehnte Generation nach dem Vogel sein, der sang, als ich fortging. Oder wie lange lebt so ein kleiner Vogel?« Er sitzt die ganze Zeit da und dreht sich jetzt zu den Fenstern und Schiebetüren, vor die die Wollvorhänge gezogen sind. Er hört das Tropfen. Er stellt sich vor, Liebe mit Kamil zu machen und hat einen Knoten im Hals. »Wenn der Bach sich beruhigt hat, kannst du wieder die Turteltauben hören.« Er muß an die Karte auf dem Sarg und an die andere in dem Buch denken, an die erbarmungslose Fruchtbarkeit, die aus jedem der Bilder spricht. »Dann werden die Bienen summen, als würde die ganze Welt vibrieren. Wenn nur noch eine einzige Blüte auf den Bäumen übrig ist, dann wirst du Ounooi in ihr sehen.« Dann sagt er: »Erneuerung besteht hauptsächlich aus einem vorhergehenden Prozess des Verfallens, Pa. Nichts kann leben, wenn nicht etwas anderes stirbt.« Er wendet sich wieder dem Kopf zu, der gegen das Kissen ruht, sieht wieder das ans Handgelenk gebundene Elektrokabel. »Das, glaube ich, ist Gott«, sagt er. »Die Energie, die alles miteinander verbindet. Und nur in diesem Sinne ist Gott allmächtig.« Was er nicht sagt, ist, daß Gott dann auch der Verfall der Arbeiterhäuser und ihres erbärmlichen Lohns ist, das Problem, wer was besitzt und wem noch soviel mehr geschuldet wird. Daß Gott der Pilz unter dem Nagel von Mamparras Daumen ist.

Er sieht, daß sein Vater ihn fixiert; das Kind ist fort, und der Mann wieder zurück. Es ist klar, daß der Moment vorüber ist.

»Du hörst dich an wie deine Mutter«, sagt der alte Mann. »Sag deinem Bruder, er soll mich wecken, wenn er zurück ist.«

»Gute Nacht, Pa.«

»Um wieviel Uhr fährst du?«

»Nach dem Mittagessen, Pa. Mein Flug geht morgen spätabends.«

» Es ist gut, daß du dir die Zeit genommen hast herzukommen, bevor du nach China emigrierst.«

»Ich muß da nur für die Arbeit hin, Pa. Nicht um da zu leben.«

Die Lampe geht aus, als er an der Tür ist.

Abgesehen von dem Tropf-Tropf des schmelzenden Hagels in den Dachrinnen ist das Haus still. Aus dem Wohnzimmer schimmert

Licht und das elektronische Gepiepe von imitiertem Maschinengewehrfeuer ist zu hören. Die Ohrensessel sind zur Seite gerückt worden, um Platz für die auf den Kelim gelegten Matratzen zu schaffen. Aus ihren Schlafsäcken heraus bedienen die Jungs die Joysticks eines Videospiels. Über den Bildschirm rennen lebensgetreu aussehende Figuren durch eine Stadtlandschaft und feuern aus automatischen Maschinenpistolen, werfen Handgranaten, beschießen einander mit Laserwaffen und sprengen Gebäude in die Luft. Sie nehmen keine Notiz von Michiel, sie sind völlig auf das Spektakel ihrer Zerstörungen konzentriert. Inmitten der gurgelnden Explosionen ist ein kleines Bündel unter einer Decke auf der Couch eingeschlafen: Palesa.

Auf der Veranda sitzen Karien und Lerato in Korbsesseln, beide haben eine von Ounoois Mohairdecken über sich gezogen. Der Himmel klart auf, ab und zu wetterleuchtet noch das abziehende Gewitter. Über dem Obstgarten sind die ersten Sterne zu sehen. »Wie gehts ihm?« fragt Karien, als Michiel sich gegenüber von ihnen am Tisch niederläßt. »Wein oder Calvados?« fragt Lerato und fügt hinzu: »*Meerlust, Rubicon*, 1994. Ausgezeichnet, wenn du etwas mit so einem altertümlichen Blumenbukett magst.«

»Jetzt ein Drink, und ich schlafe sofort ein. Alle Kinder versorgt?«

»Bei meinen muß ich mal nachsehen gehen«, sagt Lerato. »Kanu sehe ich hinter den Vorhängen. Rein ins Bett und wieder raus.« Sie deutet auf das trübe Licht im Fenster der Rundhütte, hinter dem sich Kanus Silhouette bewegt. »Er ist dibbek, weil ich ihn nicht mit den anderen Jungs habe aufbleiben lassen.« Sie hat ihre morgendlichen Termine nicht abgesagt. In einer Stunde hat sie eine Telefon-Konferenz mit New York. Eine Firma der Unternehmensgruppe ist dabei, ihr Börsenlisting nach Übersee zu verlegen. In ihrem morgendlichen Meeting muß sie über die Diskussionen des Abends berichten. Selbst hier, mitten im alten Oranje Freistaat, sagt Michiel, findet man kein Eckchen und kein Versteck, das nicht mit der Außenwelt vernetzt wäre. Während des Begräbnisses hat er gesehen, wie einer der Arbeiter sich verdrückte und in ein Mobiltelefon flüsterte. Bemerkenswert.

»Wartet mal. Er läßt Pulane nicht schlafen.« Michiel und Karien sehen zu, wie Lerato über den Gartenweg zu Peets Rundhütte hinübergeht.

»Dein Sohn singt sehr schön«, sagt er, um die Stille zu unterbrechen.

»Thabisos Stimme kommt bald in den Stimmbruch«, sagt sie. »Eigentlich traurig. Weißt du noch, wie es mit Benjamin war? Wie ein Brummkreisel«, kichert sie. »Aber deine ist im Lauf der Zeit tiefer geworden, fast ohne daß man es bemerkt hätte.«

»Wo soll ich anfangen, Karien?«

»Aber doch damit, wie sichs anfühlt, wieder zurück zu sein.« Sie studieren einander im Licht der Veranda und lesen wieder, diesmal in aller Ruhe, die Spuren, die die Jahre in ihren Gesichtern gezogen haben. »Eines zumindest weiß ich genau«, sagt sie, »der beste Anfang ist sicher nicht mit mir, wie ich mit gespreizten Beinen und blutend auf der Rückbank eines VW Passat sitze.«

»Herr im Himmel, Karien...«

»Na komm schon, Michiel«, lacht sie und spielt die Enormität, die sie ihm soeben an den Kopf geworfen hat, herunter. »Gestern ist ein anderes Land.« Sie zwinkert. »Komm erzähl, was ist passiert, seit du angekommen bist?«

Er blickt in den nächtlichen Garten, bevor er sich dann über den Tisch lehnt und sich ein Glas Wein einschenkt. Er fixiert ihre Augen über den Rand des Glases, vollkommen unfähig, ihre Stimmung und ihre Absichten einzuschätzen. Dann redet er von den Staus im morgendlichen Autoverkehr von Johannesburg und dem Wust an Neubauten. War die Stadt eigentlich immer schon so groß? Dann springen seine Gedanken von ihm zu ihr über den Tisch. In seinem Zustand von Überwachheit möchte er seine Zunge anhalten und ihre sich bewegen hören, möchte *ihr* zuhören, möchte daß *sie ihre* Geschichte erzählt, und zwar genau den Augenblick, der zu etwas führen wird, woraus dann seine Selbstbefragung hervorgehen muß, ein Verhör über sein Leben.

»Aber wie geht es *dir*?« fragt er.

Sie lächelt und sagt: »Fok, Michiel! Ich kann immer noch erzählen.«

Du hörst dich nicht gerade wie eine Pfarrerfrau an, könnte er sagen, stattdessen spricht er über die schamlose Schönheit dieser Jahreszeit: das Rotgras noch immer grün und Schafe auf dem Veld. Arbeiter auf der Ladefläche von Pick-ups, das ist in den USA illegal, Menschen so zu transportieren. Rote und orangene Sandsteinhäuser, und Windräder, die sich vor dem blauen Hintergrund des Himmels über Wasserreservoirs aus Beton drehen. Pappeln. Weiden. Schwalben, die unter Autobahnbrücken nisten. Alles pure Verführung für das Auge des Betrachters – und sein Herz und seine Seele – jemand anders mag das alles banal finden.

»Und was hältst du vom Zustand unserer Straßen?« unterbricht sie ihn lächelnd.

Je tiefer er ins platte Land gekommen war, desto erbärmlicher war der Zustand der Landstraßen, die die Kleinstädte miteinander verbinden. Keine Spur mehr von dem gepflegten Asphalt, an den er sich erinnert. Öffentliche Gelder müssen jetzt wohl in wichtigere Dinge investiert werden, sagt er. Sie schnaubt und sagt: Ich glaube, bei euch nennt man das, den Bonzen das Geld noch zusätzlich in den Arsch blasen. So schlimm kann es doch wohl nicht sein, sagt er. Oft genug ist es das aber, sagt sie, auch wenn sie vermutlich nicht schlimmer sind, als das, was wir vorher hatten. Der einzige Unterschied ist, daß die freie Presse es schwieriger macht, Korruption unter dem Deckel zu halten.

Als er wieder zu reden beginnt, erzählt er ihr, daß keine Stunde nach Fahrtbeginn in Jo'burg – nein im Grunde schon vorher, schon auf 10.000 Metern Höhe – die Lawine der Erinnerungen losgebrochen ist. Je länger er redet, desto eher scheint es möglich, um das verstörende Bild herumzureden, das sie für immer in seinen Kopf gepflanzt hat: ihre weißen, dünnen Schenkel auf der Rückbank eines Autos, ihr junges faltenloses Gesicht, das sich von ihm abwendet und von demjenigen, der sich mit irgendeinem schrecklichen Instrument über sie beugt. Er redet über die Veranda, die vergittert ist wie ein Gefängnis. Über Grootman, der gegen seinen Koffer gepinkelt hat. Die unglaubliche Anwesenheit von Lerato und ihren Zwillingen. Seinen Vater, der viel schwerer erkrankt ist, als Ounooi ihn glauben gemacht hat. Und daß er ihr Gemälde im Schlafzimmer seiner Eltern gesehen hat. Wie er Oubaas gebadet hat: daß der alte Mann ihn nicht nach Paradys habe kommen lassen, weil der Vater seinen Sohn so lange nicht gesehen hatte und vor lauter Mitleid und Zärtlichkeit gerührt war, nicht, um ihn zu umarmen und zu küssen, sondern nur weil er glaubte, die Mutter dieses Sohnes würde es so gewollt haben. Und daß er ihn Peet genannt hatte.

»Und wie war das für dich?«

»Hat er Alzheimer oder Parkinson?«

»Auch da gibt es Wahrnehmungsstörungen. Und die verlaufen höchstwahrscheinlich progressiv.«

»Eine Weile lang schien er so eine Art von Versöhnung mit mir zu wollen. Dann wurde er wütend. Daß das Leben mich nicht gelehrt hat, mir eine harte Schale zuzulegen, scheint ihn anzukotzen.«

Ihr Blick auf ihm läßt keinen Zweifel daran, wie gern sie ihn hat. Sie muß aber doch auch wissen, daß das, was er für sie empfindet, weit über die Tyrannei von Nostalgie, Verlust und Schuldgefühlen hinausgeht.

»Vorhin in seinem Zimmer, das hatte was wirklich Berührendes. Ich habe zum ersten Mal, seit ich ein Junge war, wieder seine Hand gehalten.«

Karien lächelt. »Er ist unberechenbar«, sagt sie. »Aber das hätte Ounooi dir nicht gesagt. Nur Gutes über die Menschen. Kein böses Wort über niemanden. Dein Leben da drüben kann ja wohl auch nicht ganz so paradiesisch sein, wie sie es geschildert hat.«

»Ich glaube, sie hat sich wohlgefühlt bei uns.«

»Sie hat uns Fotos gezeigt und viele Einzelheiten erzählt.«

»Sie mochte Kamil. Da bin ich mir sicher«, sagt er.

»Das heißt aber nicht, daß es ganz leicht gewesen wäre für sie.« Sie sehen einander schweigend an, und er versucht, in ihrem Ton zu lesen. »Wir haben uns sehr nahe gestanden«, sagt sie. »Du weißt, daß wir das haben ... oder vielleicht weißt du es auch nicht. Wir haben uns noch enger befreundet, nachdem du fort warst. Wir haben dich beide vermißt.«

In diesem Augenblick ist sein Bedürfnis sie zu berühren beinahe nicht zu ertragen.

»Als sie drüben war«, sagt er, »war es so, als wäre nie etwas passiert, als wäre alles so, wie es immer gewesen war. Sie hat nicht mit der Wimper gezuckt.«

»Die Dinge zu verdrängen ist für viele Menschen vielleicht der einzige Weg, um morgens überhaupt aus dem Bett zu kommen. Hier haben wir eine wahre Erinnerungs-Obsession. Ich glaube, das liegt daran, daß die Leute zum ersten Mal frei sprechen können. Dirk meint, es sei, weil es nur eine kleine Gruppe war, wir Weiße, die es den Schwarzen angetan haben. Aber direkt hinter der Grenze, in Mosambik, da kratzen sie sich nicht den Schorf von den Wunden. Dort sind Millionen Menschen gestorben oder verstümmelt oder vertrieben worden. Und trotzdem haben sie sich dort dazu entschlossen, es sich nicht leisten zu können, darüber zu reden. Ich weiß nichtmal, ob das ein Fehler ist.« Sie nimmt einen Schluck aus ihrem Glas. »Ounooi und ich haben kaum je darüber gesprochen, wie sie mit deinem Fall umgegangen ist.« Sie blickt hinaus in den Garten, wo eine einzelne Grille zu zirpen begonnen hat. »Aber sie hätte es gemacht wie die Mosambiker, glaube ich. Sowohl in politischer wie in persönlicher Hinsicht.«

»Und du? In persönlicher Hinsicht?«

Sie denkt eine Weile nach. Runzelt die Stirn. Sieht erst ihn an, dann anderswohin. »Die andern werden gleich zurück sind«, sagt sie. »Wir werden doch vielleicht morgen früh noch ein paar Stunden finden, bevor du abreist. Reitest du noch?«

»Nicht mehr, seit ich hier fort bin. Aber es ist doch so wie beim Fahrradfahren, oder?« Er macht eine Pause. »*Möchtest* du denn reden? Über alles?«

»Na ja. Über *alles*, das ist unmöglich. Und ich glaube auch nicht daran, daß man sich besser reden kann. Was meinst du?«

»Ich gehe seit Jahren immer wieder zum Analytiker. Das hilft, die Neurosen im Zaum zu halten, bevor sie mir ein Bein stellen. Und dann lebe ich mit einem Mann, der sogar im Schlaf redet: Michael – so nennt er mich – entweder findest du Worte, oder du beförderst deinen Arsch zur Tür hinaus. Um die Zeit, als ich ihn kennenlernte«, sagt er, »hättest du einen Dosenöffner gebraucht, um in meinen Kopf reinzukommen.«

»Wir haben beide Glück gehabt mit den Männern, die wir uns ausgesucht haben.«

»Ich mußte vorher erst ein paarmal die Welt umrunden.«

»Das muß –« sie macht eine kurze Pause, »ein ganz schöner Ritt gewesen sein.« Sie lehnt sich über den Tisch und es sieht so aus, als wolle sie seinen Unterarm berühren. Aber dann, als sie kurz davor ist, zieht sie die Hand zurück und streicht sich stattdessen über die Stirn und nach hinten übers Haar.

»Auch kein weiterer als der deine.« Als sie nicht antwortet, fragt er: »Ist es unangebracht«, er mag das Wort nicht, das er sich da sprechen hört, »zu fragen, ob du glücklich bist?«

»Mit Dirk? Es ist eine gute Ehe. Du weißt doch, wie es geht.« Sie hebt die Calvadosflasche hoch. Ohne sie zu entkorken, fährt sie, Michiels Blick erwidernd, fort: »*Mevrou Dominee* zu sein ist nicht mehr ganz das, was es war, als wir aufwuchsen. Recht wenig Tee und

Sympathie neuerdings, falls du dir mein Leben so vorgestellt hast. Dirk kommt aus der Ecke von Beyers Naudé und Tutu. Er bewundert Oscar Romero aus El Salvador. Und jetzt, mit diesem Zusammenwachsen, wenn mans so nennen will, kriegt man schmutzige Hände, im positivsten Sinne des Wortes, von ganz allein.«

»Und es tut dir nicht leid, das andere alles aufgegeben zu haben? Wenn du dir ansiehst, wo Lerato heute ist? Gewiß, sie wird von den Veränderungen profitiert haben, aber du könntest eine Anwältin sein oder eine Richterin oder was weiß ich –«

Sie lacht und wirft den Kopf zurück, und er kann sie wieder so hören, wie sie gegen Ende der Highschool klang. »Erst vor ein paar Wochen hat Ounooi, um mich aufzumuntern, gesagt, wenn ich nächstes Jahr zur Uni ginge, könnte ich es immer noch schaffen.« Sie schüttelt den Kopf. »Lerato ist nicht der Typ, der staatliche Förderungen für Benachteiligte gebraucht hätte. Sie und ihr Mann wissen, was sie wollen, und sie tun alles dafür. Sie hat diese Zwillinge aus diesem dünnen Leib rausgepreßt, und einen Monat später saß sie wieder am Schreibtisch. Ich wäre niemals in der Lage gewesen zu tun, was sie getan hat. 15-Stunden Arbeitstage. Immer und überall den Laptop dabei, und heute abend hat ihr Telefon zehnmal geklingelt ...« Sie studiert ihre Finger, die immer noch rund um die Flasche geschlossen sind. Dann hebt sie sie hoch und blickt genauer auf die Flüssigkeit, auf die das Licht fällt. »War es Olive Schreiner«, fragt sie dann nachdenklich, »die gesagt hat, daß Genie nichts anderes ist, als sich unter Aufgabe von allem anderen auf eine einzige Sache zu konzentrieren? Schreiner oder Einstein?« Wieder ein kurzes Kichern, bevor sie die Flasche wieder abstellt, die immer noch verschlossen ist. »Ich wollte Farbe um mich herum und in meinen Händen. Und hier leben.«

Er glaubt nicht so recht, daß sie nichts bedauert und nicht böse auf ihn ist.

»Schreiner hat auch geschrieben, daß nicht alles, was begraben ist, tot ist«, sagt er. Wenn sie so viele Jahre in ihm gelebt hat, war dann nicht auch er lebendig in ihr? Wo ist denn ihre Wut, oder wenigstens die Erinnerung daran? Und wenn nicht das, gibt es dann nicht theologische oder spirituelle Metaphern, die erklären, warum sie das College verlassen und den erstbesten gutaussehenden Mann geheiratet hat, der ihr über den Weg lief? So wie sie jetzt redet, untergräbt sie alles, wovon er so lange ausgegangen ist: daß sein Platz in ihrem Leben von einer Wunde eingenommen worden ist. Das ist das Gefühl, das er gebraucht hat, würde Glassman vielleicht sagen. Glassman: Warum kommen Sie Woche für Woche zu spät? Michiel: Ich glaube nicht, daß es daran liegt, daß ich eine Resistenz gegen Therapien entwickelt habe. Glassman: Wie fühlen Sie sich gerade in diesem Augenblick? Michiel: Wie ein Scheißdreck, weil ich Ihnen Ihre Zeit stehle. Glassman: Kann es wohl sein, daß Ihr Zuspätkommen, auf das regelmäßig dieses Gefühl von Scham folgt, ein Grundbedürfnis von Ihnen befriedigt, sich selbst zu bestrafen? Michiel: Das ist Ihre Vorstellung von Christentum. Glassman: Es kann auch eine selbst zugefügte Wunde sein. Was würde von Ihren Gefühlen übrigbleiben, hätten Sie nicht den Trost der Selbstgeißelung?

Karien hat die Ellbogen auf den Tisch gelegt. Sie stützt das Kinn in den Fäusten ab und betrachtet ihn eingehend. Und als ob sie ahnte, was er gerade denkt, sagt sie: »Was zwischen dir und mir geschehen ist... nach Peets Tod, hat mich gezwungen, mich neu zu orientieren. Ich hatte auch Glück. Mit der Abtreibung, meine ich. Es ist ja gutgegangen.« Sie lehnt sich zurück und mustert ihre Finger. Er versucht sich die andrängenden Tränen wegzublinzeln. Sie hat das Wort ausgesprochen, das er hat hören wollen und zugleich gefürchtet hat. In einer Sitzung bei Glassman während Ounoois Besuch vermochte er mit größerer Gewißheit und Erleichterung auszusprechen, was er seit Jahren vermutet hatte. Es hatte kein Kind gegeben. *Ich habe mich darum gekümmert* hatte tatsächlich bedeutet, daß sie hatte abtreiben lassen. Und Glassman hatte gefragt: Wie haben Sie das aufgenommen, in Ihrem Körper meine ich (und seine Hand legt sich mit gespreizten Fingern auf seine Brust), bevor Sie danach gefragt haben, und dann, als das Schweigen Ihrer Mutter es Ihnen bestätigt hat? Michiel: Ich wollte es erfahren, ohne meinerseits irgendetwas zu verraten. Bis dahin wußte ich ja nicht, daß meine Mutter Bescheid wußte. Meine Schultern waren angespannt, so, und hochgezogen.Wenn da ein Kind war, ein Enkelkind, selbst wenn es weggegeben worden wäre, das hätte meine Mutter nicht vor mir verheimlichen können. Glassman: Und, waren Sie kein bißchen enttäuscht? Michiel: Warum sollte ich? Glassman: Gibt es nicht irgendeinen Bereich in Ihnen, der wünscht, Sie hätten ein eigenes Kind gezeugt? Michiel: Nicht unter diesen Umständen. Glassman: In unserer gegenwärtigen Kultur hat der Mann, der sich fortpflanzt, ein hohes Ansehen. Hätte sie ein Baby bekommen ... hätte das nicht, obwohl oder vielleicht gerade weil Sie homosexuell sind, in gewisser Weise eine Kompensation bedeutet ...

Karien räuspert sich. »Ich male recht ordentliche Bilder. Ich habe eine gewisse Reputation in der Region, und meine Sachen werden kritisiert und ausgestellt. Letztes Jahr hat die First National Bank ein Triptychon von mir gekauft. Wenn Thabiso zur Schule ist, kommt die Zugehfrau und übernimmt Palesa. Dann male ich vier Stunden lang, fünf Tage die Woche ... Ich hätte zurück an die Uni gekonnt. Die Robe und die Soutane unter einem Dach, das hätte in dieser Stadt eine *lekker* Kombination sein können. Aber ich will mich nie mehr – und ich glaube, ich übertreibe nicht, wenn ich sage *nie* – für irgendwelche Seminare einschreiben und Abschlüsse kriegen. Ich lese immer noch, jeden Tag, aber ohne die damalige Intensität. Ich lese, weil es mir dabei hilft, die Sachen, die ich male, auf eine neue Weise zu sehen. Und dann gibt es hier Arbeit zu tun, in der Stadt, nützliche Arbeit, für die es nicht nötig ist, daß ich Anwältin bin. Ich habe nichts gewußt von diesem Ort hier, bis ich Dirk geheiratet habe. Du weiß ja, wie wir aufgewachsen sind.«

Wieviel von dem, was er in Übersee über dieses Land gelernt hat, hat sie hier direkt vor Ort mitbekommen müssen, bei der Arbeit im Pfarrhaus und hinter ihrer Staffelei?

Das Licht in der Rundhütte ist ausgegangen. Sie hören, wie die Tür geschlossen wird und sehen Lerato.

»Wenn du dir Vorwürfe machst, dann hör bitte auf damit«, sagt Karien. »Ich hätte dir mit einem Hockeyschläger den Schädel einschlagen können. Ich war zutiefst erniedrigt. Ich war außer mir vor Schmerz. Aber ich habe für die Wahl, die ich getroffen habe, nie dir die Schuld gegeben. Wir waren Kinder, um Himmels Willen. Mir geht es gut. Es sind nicht Schuldgefühle, über die ich reden will.«

»Nein?«

»Ich habe dir nicht erlaubt mitzuentscheiden. Ich habe dich mindestens ebensosehr davongejagt wie du aus eigenem Antrieb gegangen bist. Was haben wir denn schließlich von irgendwas auf der Welt gewußt, außer daß wir füreinander bestimmt wären? Götter ...«

Wie Hänsel und Gretel, deren Leben an eine blöde Geschichte verschwendet ist. Woher weiß sie – bevor er ihre gemeinsame Legende flieht – daß seine einzige Liebe die böse Hexe ist?

»Dein Großmut verblüfft mich.«

»Ohne Großmut so endlos wie der Himmel hätten wir mittlerweile alle das Hirn aus dem Kopf gepustet bekommen. Wie die Oberholzers.«

Lerato kommt die Treppe heraus: »Von wegen Großmut.« Sie prustet los und läßt sich auf ihren Sessel fallen, als hätte sie ihr Leben lang an diesem Tisch gesessen. »Es ist die drei Meter hohe Mauer um mein Haus rum, zusammen mit drei Lagen elektrischem Stacheldraht, was die Tsotsis draußenhält... Der hyperaktive Bengel ist endlich geschafft und ich brauche jetzt eine Stärkung für die Bande in New York. Michiel, bitte, gieß mir was ein.« Sie schaudert, wirft Ounoois Decke um die Schultern und reibt sich die Hände gegen die Kälte.

»Oberholzer hatte einen Zaun, der höher war als dieser hier«, sagt Karien. »Und Rottweiler, die darauf abgerichtet waren, beim Anblick jedes schwarzen Mannes anzuschlagen. Du weißt, wie dieser alte Bliksem seine Arbeiter mißhandelt hat.«

»Auch nicht mehr als dieser alte Bliksem – geht nicht gegen dich, Michiel.«

Lerato nickt ihm zu und hebt das Glas.

»Kein Problem.«

»Genau das meine ich ja«, sagt Karien. »Jeder von den Arbeitern von Diepfontein oder von Paradys hätte auch – wäre da nicht ihr Geist der Vergebung – vor Jahren schon Oubaas oder Ounooi abmurksen können.«

»Sowas wie einen mystischen Geist, der die Leute oben im Gesindetrakt davon abhält, ihre Pangas zu schärfen, gibt es nicht«, sagt Lerato. Sie runzelt die Stirn und schüttelt dann den Kopf, als würden Kariens Gefühle sie überraschen. »Es liegt an der Geduld, mit der Menschen ausgestattet sind. Die Leute glauben, daß ihre Zeit irgendwann kommen wird. Ich bezweifle, daß sie da sitzen und ihren Haß unterdrücken. Die meisten leben einfach ihr Leben, genau wie wir. Versuchen ihr bestes, ihre Kinder großzuziehen. Wie lange allerdings die Geduld des einen oder anderen anhalten wird, *das* ist eine interessante Frage.« Später wird Michiel voller Verblüffung Revue passieren lassen, mit welcher Selbstverständlichkeit sie sich und ihre Kinder ausgenommen hat, als sie von *diesen* Leuten und *ihrer* Zeit und *ihrer* Geduld redete. »Momentan sind wir in der Flitterwochen-Phase«, fährt sie fort. »Geborgte Zeit. Da gibt es dieses afrikaanse Sprichwort: spog met geleende vere – mit geborgten Federn prahlen. Oder daß du und ich hier in Ounoois Decken sitzen.« Sie schmiegt den Stoff an sich und läßt ihre schlanken Finger durch das weiche Mohair gleiten. Die Eleganz der Geste ist sowohl einstudiert als auch ganz und gar natürlich. »Weißt du noch, ihre alten Kleider?« johlt Lerato. »Oh, ich war sowas von grün vor Neid, als du den Rollkragenpulli bekommen hast, den sie immer zusammen mit dem kupferfarbenen Rock getragen hat – erinnerst du dich an das Ding?« Federschmuck, Zeit, Aktien und Obligationen: das alles gehört zusammen. In zehn, zwanzig oder dreißig Jahren wird diese Unterhaltung wieder stattfinden, die Armen werden ärmer geworden sein, die Reichen reicher, Anwesende nicht ausgeschlossen. Und das nicht nur im guten alten Neuen Südafrika. Kein Zweifel, daß sie und andere von ihrem Schlag – und auch ihre Kinder – zur Verantwortung gerufen werden. »Haben die Männer eigentlich kein Telefon mitgenommen zur Brücke?« fragt sie. »Ich hab nicht mehr viel Zeit, bevor New York anruft.«

Karien nimmt Leratos Handy und tippt Dirks Nummer ein. Sie wiederholt, was sie aus dem Telefon hört und senkt den Daumen: Wasser und Schutt einen Meter über der Brücke. Es sieht aus, als sei eine Meile des Grenzzauns von der Flut fortgespült worden und liege jetzt wie ein Netz über den Bohlen der Brücke.

»Damit wäre das erledigt«, sagt Lerato. »Ich sage dann Gute Nacht. Ich muß noch ein paar Anrufe machen. Wir sehn uns dann morgen früh.«

»Zum Frühstück?«

»Ja klar, wir kommen rein. Bei all den Kindern habe ich sonst keine Chance mit meinen.« Bevor sie sich abwendet, um davozueilen, findet ihr Blick den Michiels. »Ounooi ist eine Erleuchtung gewesen«, sagt sie. »Momentan ist es ja Mode, auf all denen rumzuhacken, die nicht genug getan haben, damit eine Straße nach ihnen benannt wird. Aber in deiner Mutter war eine Liebenswürdigkeit, die wie ein kleines Leuchtfeuer gebrannt hat, stellvertretend für all das, was damals möglich war.«

»Danke dir«, sagt er. Und während er sie beobachtet, wie sie durch den Hof davongeht, fragt er Karien: Wat is die Afrikaanse woord vir *Liebenswürdigkeit*? Vielleicht ›goedhartig‹, schlägt sie vor. Aber das hat so einen Beiklang von Barmherzigkeit, den es im Englischen nicht gibt. Vielleicht ›minsaam‹, aber das Wort wird im Alltag kaum benutzt. Und ›vriendelik‹ heißt eher freundlich als liebenswürdig.

Als sie in den Staaten war, kam Ounooi nur nebenbei auf den Mord an den Oberholzers zu sprechen. Eine Weile lang informierte Michiel sich online über die Morde an Farmern. Im Schnitt drei pro Woche in Südafrika. Indem sie die Oberholzers nur gestreift hatte, schien seine Mutter sich bemüht zu haben, nicht auch wie eine von den Weißen zu wirken, die sich im Abseits einer ansonsten riesigen und wundersamen Hoffnung andauernd beschweren. Aus Rücksicht auf ihre prekäre Versöhnung hatte er nicht weiter nachgebohrt. Laut Kariens Erzählung, die sie aus Berichten von Arbeitern, von Frauen aus dem Township, der Polizei, Zeitungen und aus dem Mund des Sohnes Obie hatte, waren die Oberholzers an ihrem elektrischen Tor überfallen worden. Bewaffnete Männer zwangen sie aus ihrem Pick-up auszusteigen. Die Hunde waren zuvor schon mit Strychnin vergiftet worden, das in Fleischstücken war, die man über den Zaun geworfen hatte. Die alten Leute wurden ins Haus gebracht, nackt ausgezogen, und ihre Knie wurden mit Oom Oberholzers Golfschlägern zertrümmert. Kneecapped. Humpeln mußten sie wie Sklaven aus Virginia und Mississippi, aus der Slowakei und Rußland bis hin nach Saudiarabien, dem südlichen Sudan und dem Kongo: zerstörte Knie und durchtrennte Achillessehnen. Kein Entkommen. Wie gut die Sklaven von ihren Herren lernen. *Das Haus des Herrn mit dem Werkzeug des Herrn auseinandernehmen.* In der Filmversion von Stephen Kings *Misery* sagt eine Frau, die ausschließlich eine Sklavin ihres eigenen Wahns ist, zu ihrem Gefangenen, einem Schriftsteller, daß den Arbeitern in den Kimberley Diamantminen auch die Knie zertrümmert worden waren. Dann bricht sie ihm beide Knöchel mit einem Vorschlaghammer. Im Buch hackt sie ihm den Fuß mit einer Axt ab. Auf diese Art und Weise zwingt sie ihm das von ihr gewünschte Buch ab – daran glaubend, daß eine Geschichte, wenn sie nur so geschrieben wird, wie sie es will, ihrem Leben Sinn geben wird – mit dem Ergebnis, daß er ihr mit seiner Schreibmaschine den Schädel einschlägt. Und dann wird er durch den Rest seiner Schriftstellerexistenz humpeln. Die Oberholzers waren gezwungen worden, ihren Safe zu öffnen, wo sie ihre Gewehre und den Lohn der kommenden Woche aufbewahrten. Michiel erinnert sich an Tannie Oberholzer von den Nachmittagen her, wenn sie vor dem Schultor wartete. In ihrem geparkten Peugeot Kombi wartete sie auf Obie und ihre Tochter. Und er sieht sie hinter dem Stand der Tombola auf der Kirchweih mit ihren berühmt-berüchtigten sauren Zitronen-Meringue-Kuchen, deren Glasur zehn Zentimeter hoch war. *Eher etwas für den barbarischen als für den feiner entwickelten Gaumen*, hatte Ounooi zwinkernd gesagt. Und von den Rängen lautstarke Unterstützung für Obie spendend, der der beste 1500-Meter-Läufer der Schule war, schwenkte sie ihre rote Rosette wie verrückt über dem Kopf: »Dis Ma se kind! Dis Ma se kind!« Das ist der Sohn dieser Mutter hier! Während Ounooi, die auch auf den Rängen sitzt, Abituraufsätze in Englisch korrigiert. Und er erinnert sich an Oom Oberholzer als Chefdiakon in der Kirche, oder mit Obie im Pick-up, wie er die Straße nach Paradys entlangrast, daß Staub und Kies aufgewirbelt werden, die Gewehrläufe aus beiden Fenster gehalten, auf der Jagd nach einem gewissen Klaas, der wie sie durch die *Befragung der andern Kaffern* wußten, ein Schaf gestohlen hatte. Diesen Klaas hatte dann niemals mehr jemand gesehen. Daß das Leben im Gesindetrakt der Oberholzers die Hölle war, hörten sie hier auf Paradys von Adam und Pietie. Und von Peet, der es auf der Schule von Obie gehört hatte. In ihrer Unglücksnacht, als ihr Herrenhaus geplündert wurde, erschoß man beide, Oom und Tannie Oberholzer, das Gesicht auf dem Wohnzimmerteppich. Zwei Arbeiter aus dem Gesindetrakt, die die Schüsse hörten, kamen, bewaffnet mit einem Spaten und einem Rechen zum Haus, bevor die Räuber flüchten konnten. Alle beide wurden kaltblütig erschossen. Niemand wurde jemals verhaftet. Der Name eines der toten Arbeiter, hört er jetzt Karien sagen, war Klaas, sein Nachname wurde in den Zeitungs- und Fernsehmeldungen nicht genannt. Es muß nicht betont werden, daß die Eindringlinge keine Arbeit hatten, keine Unterkunft, nichts, was sie von ihrer Tat hätte zurückhalten können. Keine Motivation, sich an eine Moral oder an Gesetze zu halten, die dreieinhalb Jahrhunderte lang mit der genauen Absicht erlassen worden waren, sie außen vor und an ihrem Platz zu halten.

»Wußtest du über Mamparras Kind Bescheid?« fragt Karien mit einem stirnrunzelnden Blick auf ihn.

»Geel?«

Nach den Morden war Obie ins Pfarrhaus gekommen, um Dirk zu sprechen. In solchen Momenten zieht es die Leute noch immer zu ihrem Dominee. Auch wenn sie eigentlich der Meinung sind, er und seine Frau seien Wendehälse. Obie wollte eine Art Beichte ablegen, an Stelle seines Vaters. Er sagte Dirk, daß Oubaas Oberholzer der Vater von mindestens drei Kindern in ihrem Gesindetrakt sei. »Das haben die Leute schon gemunkelt, als wir noch in der Schule waren«, erinnert Michiel sich. Obie erzählte Dirk, daß Mamparra – er nannte sie *Mamparra von Paradys* – auch ein Kind von seinem Vater hätte. Obie glaubte, einen Jungen von vier oder fünf gesehen zu haben. In Ounoois Farmverkaufsstand. Mamparra war da ja allein. Oubaas Oberholzer befahl Obie, im Pick-up zu warten und auf vorbeifahrende Autos achtzugeben und zu hupen, wenn es so aussah, als wollte irgendwer an dem Stand halten. Öfter, als er sich erinnern konnte. Obie sah dann, wie sein Vater Mamparra hinter der Theke zu Boden zwang.

Giselle, eine Decke um die Schultern gelegt und ein Tablett mit Oliven, Biltong-Scheiben und Käse in der Hand, ist herausgetreten, um sich zu ihnen zu setzen. »Ein demoralisierendes Thema für so eine Nacht«, sagt sie. Die Jungs sind angewiesen worden, mit ihrem Spiel zuende zu kommen und schlafen zu gehen. »Immer noch keine Spur von den Männern?«

»Nirgendwo ein Mann in Sicht«, entfährt es Michiel, und es braucht einen Moment, bis die Frauen zu lachen anfangen.

Giselle sitzt neben ihm mit einem Umschlag voller Bilder von Ounoois Besuch: Ounooi auf dem Times Square an ihrem ersten Tag in New York. Am Bug der Staten Island Fähre. Hier sind wir beim Schaufensterbummel auf der 5. Avenue, und das ist der Broadway bei Nacht. Eine Schneekugel, groß wie ein Felsbrocken, die von eingemummelten Kindern mit Ohrenschützern einen Hang im Central Park hinaufgerollt wird. Die Kugel ist größer, als das kleinste der Kinder. »Sie rollten sie den Hügel hinauf«, sagt er, »und dann ließen sie sie wieder runterrollen. Dann machten noch weitere Kinder mit, und wieder gings bergauf. Ounooi war fasziniert.« Hier auf der Freitreppe vor den Säulen des Metropolitan Museums. War das eine Ausstellung über die Kunst der Maya? Ein Blick über die Bucht vom Coit Tower aus. Wir drei auf der Golden Gate Bridge. Und jetzt muß er an die lächelnden Familienbilder auf ihrem Schreibtisch denken. Warum ist das hier nicht dabei, Ounooi, von ihm *und* mir mit dir?

»Und diese Statuen?« fragt Giselle.

»Das ist der Pool of Enchantment. Ein Indianerjunge, der vor zwei Pumas die Flöte spielt.«

»Und das?«

»Cervantes. Auch im Golden Gate Park. Da ging sie hin, während ich arbeitete. Sie entdeckte blaue Agapanthus und Klivien da – ein paar haben sogar noch geblüht – und andere Pflanzen von hier.«

Als er Motorengeräusch hört, geht Michiel die Verandatreppe hinunter. Der Pick-up kommt den Hügel heraufgefahren und seine Suchscheinwerfer wandern wie die Strahler, die bei einem Rockkonzert übers Publikum gleiten, über die Äste der Plantage. Er kann sich nicht an das Gesicht von Mamparras Kind erinnern. Nur an den Namen, Geel, die Bezeichnung für eine Farbe, die hier für einen ganzen Menschen aufkommen mußte. *Gestern ist ein anderes Land*. Er versucht sich vorzustellen, wie Mamparra hinter der Verkaufstheke des Stands verschwindet, als der weiße Mann sie mit seinem ganzen Gewicht zu Boden reißt; die Geldmünzen spritzen duch die Gegend, während sie in ihrem Kampf die Kasse mit runterzieht. Ob sie wohl um Hilfe ruft, den jungen Obie in dem Pick-up um Hilfe ruft? Und welche Empfindungen gestattet sie sich heute, wenn der kleine Junge von damals und sein eigener Sohn nach Paradys gewatschelt kommen, um sich den Traktor zu borgen oder ihr Beileid zu Ounoois Tod zu übermitteln? Was passiert an Sonntagen, wenn ihre Augen in der Kirche aufeinandertreffen, jetzt wo Mamparra auch hineindarf? Und was mag wohl in Obie selbst vorgehen? Und während er hier sitzt und dem Schweifen der Suchscheinwerfer zusieht, muß er an die Geschichten von den Irrlichtern denken, die sich nach dem Regen rund um den Friedhof zeigten. Er wird sich seiner tiefen Müdigkeit bewußt. Er trägt immer noch das Hemd aus der Kirche. Wie konnten Kamil und er vergessen, einen Pullover einzupacken? Als er sagt, er wolle jetzt hineingehen und noch duschen, bittet Giselle ihn darauf zu achten, daß Bianca warm zugedeckt ist und die Jungs zu ermahnen, die ihren Fernseher immer noch nicht abgeschaltet haben.

»Eure Mütter haben euch auf dem Kieker«, sagt er zu Thabiso und Thomas in ihren Schlafsäcken. »Wenn ich ihr wäre, dann würde ich damit argumentieren, daß bei der Überflutung morgen keine Schule sein wird. Warum solltet ihr dann nicht noch ein Stündchen aufbleiben können? Aber sagt ihnen nicht, daß die Idee von mir kommt.«

»Geil! Keine Schule!« In Thabisos Gesellschaft hat Thomas die

Deckung ein wenig gesenkt und wirft Michiel ein Grinsen zu. Die beiden unterbrechen ihr Spiel und gehen hinaus, um ihr Plädoyer zu halten.

Er schaltet das Licht im Korridor an. Bianca schläft in seinem Zimmer. Er nimmt die Decke vom Fußende seines alten Bettes und bedeckt seine Nichte damit. Er stopft das Schakalfell auf beiden Seiten des Kissens in die Ränder und bleibt dann noch eine Weile vornübergebeugt stehen, um ihren Atemzügen zu lauschen.

In frischen Kleidern und einem alten Pullover seines Vaters ist er wieder zu den anderen auf der Veranda zurückgekehrt. Er spürt seine schweren Lider. Anstatt ihn wieder aufzufrischen, hat das heiße Wasser ihn nur noch lethargischer gemacht.

Ein- vielleicht zweimal alle paar Jahre in der Regenzeit schlägt ein solcher Sturm zu. Gemessen an der Menge der Trümmer, die die Scheinwerfer erfaßt haben, war dieser hier, sagt Benjamin, der schlimmste seit Jahren. Zum Glück scheint nur ein kleiner Teil der Plantage ernsthaften Schaden genommen zu haben. Es sieht so aus, als hätte der Hagelschlag sich auf den Teil rings um das Herrenhaus konzentriert. Keiner auf der Veranda hat in Ounoois Obstgarten nachgesehen. Als Mamparra Bericht erstattet hat, wie es im Gesindetrakt aussieht – leckende Dächer, das Fenster von Adam und Liesbet kaputt, ein Kamin, der sauber gekappt ist – hat sie kein Wort über die Bäume entlang des Wegs verloren. Sie müssen bis zum Morgen warten, um bestätigt zu bekommen, was sie bereits befürchten: bei dem Chaos, das rund ums Haus geherrscht hat, ist es wahrscheinlich, daß die Bäume für die Marmeladenverarbeitung in Mitleidenschaft gezogen sind.

Die Schulen der Kinder werden am Morgen angerufen werden müssen. Treffen und Termine in Johannesburg müssen neu verabredet werden und ebenso am Ort, was Karien und Dirk betrifft. Benjamin hatte vorgehabt, eine Woche lang auf der Farm zu bleiben, während Giselle zur Arbeit zurückkehren sollte. Ounoois Tod hat tausend notwendige Aufgaben aufgeworfen, die schnellstens geregelt werden müssen.

Alle sind sich darüber einig, daß Oubaas nicht in der Lage ist, hier ohne umfassende Hilfe allein zu bleiben. Seit er behindert ist, hatte

Ounooi hier das Kommando übernommen. Pietie, so kenntnisreich und verläßlich er ist, kann die ausgedehnten Geschäfte nicht allein leiten. Von den Feinheiten des Steuerrechts und Exportkontrakten hat er keine Ahnung; der Mann hat nur eine dreijährige Schulzeit hinter sich. Es ist kaum vorstellbar, daß er sich verantwortlich um die Ernte kümmern sollte, obwohl es vermutlich genau darauf hinauslaufen muß, wobei Karien ein Auge auf das Ganze haben wird. Es sei denn, sie könnten auf Zeitbasis einen Farm-Manager einstellen – niemand sagt: einen Weißen. Buchhaltung, Kontoführung, Wirtschaftsbücher, Korrespondenz mit Exporteuren – seit Jahren hat sich um all diese Dinge ausschließlich Ounooi gekümmert. Auch wenn Benjamin einen Überblick über die meisten Dinge hat, die hier vor sich gehen, so haben er und Giselle doch ihr eigenes Leben und ihr eigenes Geschäft, um das sie sich kümmern müssen. Er wird über die Wochenenden nach Bloemfontein fliegen, um hier zu sein und den Finger am Puls zu haben. Karien wird unter der Woche kommen und sich um die Verteilung der Löhne am Freitag kümmern.

Und auf lange Sicht? Wird Paradys sich dem Tourismus öffnen müssen. Da gibt es einen Plan, für den Benjamin schon lange wirbt: die weit draußen liegenden Weiden und Unterstände verkaufen oder vermieten und nur rund einen knappen Quadratkilometer des pittoreskesten Landes behalten; die Hügel, den Bach und den Berg bis zur Grenze oberhalb der Höhlen. Am Bach entlang Ferienhäuser bauen, das Herrenhaus in ein superfeines Gästehaus umwandeln, ein Viertel von Ounoois Bäumen um ihres Charmes Willen behalten, aber die Ausblicke auf die Ebene sind einfach zu spektakulär, um auf dieses Land nicht irgendwas zu bauen. Einen Geschäftsplan für die nächsten zehn Jahre entwickeln – zwei, drei neue Häuschen pro Jahr, Reitferien, Wandern, Felsenklettern, die Zeichnungen der Buschmänner, Rafting auf dem Orange. Die südöstliche Ecke des Freistaats ist ein Touristenmagnet geworden, und was noch wichtiger ist: Landwirtschaft auf diesem Niveau hat keine Zukunft.

»Und dein Sohn?« fragt Karien.

»Die Vorstellungen von Landwirtschaft, die Thomas und Thabiso haben, sind Jungsträume.« Michiel ist verwundert darüber, daß Thabiso miteinbezogen wird. »Wenn die mit der Schule und dem Studium durch sind, wird die Landwirtschaft ein vollkommen anderes Geschäft geworden sein.« Agrarmultis, Bewässerungsprojekte, Spezialisierungen, Hybrid-Obst für den unstillbaren Appetit der nördlichen Hemisphäre. Nichts was irgendwie diesem antiquierten Bauernhöfchen hier gleichen wird. Man kann ja sogar darüber streiten, ob das hier überhaupt das ideale Klima für Kirschen ist. Spargel würde vermutlich einen größeren Profit generieren. So sehr sein Herz auch an all dem hier hänge, sagt Benjamin, aber das sind die Fakten.

Giselle ist dafür, das Ganze mit allem Drum und Dran zu verkaufen. Sie hätte absolut nichts dagegen, daß Oubaas in ihr Gartenhaus zieht und eine Ganztagsbetreuung bekommt. Die Kinder sind ganz verrückt nach ihm. Und wenn es dann soweit ist, gibt es ein Stück die Straße runter in Rosebank ein Pflegeheim. Veränderungen sind für niemanden einfach, aber gibt es denn eine andere Wahl? Das Altenheim hier am Ort hat eine Geriatrie, die eigentlich nur eine Verschiebestation ins Leichenschauhaus ist. Oubaas würde dort binnen eines Monats verkümmern und sterben. Und auf der Farm kann man ihn auch nicht lassen: Alida wird schließlich auch nicht jünger. »Und außerdem«, sagt Giselle, »wer weiß, wann sie entscheiden, Anspruch auf dieses Land hier zu erheben?« Ihre Augen gehen von Benjamin zu Karien und wieder zurück zu Benjamin. »Du verwandelst das in ein Touristenparadies, gibst Millionen dafür aus, und dann nehmen sie es dir weg.« Die Ringe klirren auf dem Holz, als sie beide Hände entschlossen auf die Tischplatte legt. »Wir sehen doch den Zirkus in Simbabwe. Ich sage: Verkaufen wir, bevor man uns zwingt es zu verschenken, weil irgend so ein Landkommissar entscheidet, daß Paradys vor 500 Jahren den Nachfahren von König Moshoeshoe gehört hätte.«

»Giselle«, Benjamin schüttelt ärgerlich den Kopf, »dieses Land gehört seit Generationen uns. Selbst wenn jemand Ansprüche geltend machen wollte, dann geht die derzeitige Politik doch auf Kompensation und nicht auf Konfiskation. Dafür ist das Land-Claims-Gericht schließlich da. Du bist alarmistisch, um es vorsichtig auszudrücken.«

Zu Michiel gewandt sagt Karien: »Man hat einen Gerichtshof eingerichtet, der dieselben Kompetenzen wie das High Court hat, um sich um die Landreform zu kümmern. Restitution und Neuverteilung von Besitz. Etwas, das sie in Simbabwe nie richtig getan haben.«

»Ich mag diese Vergleiche mit Simbabwe nicht«, sagt Benjamin. »Die Schwarzen hier und die Schwarzen da, das haben irgendwelche Weiße nur in Simbabwe hier und Simbabwe da umgewandelt, um ihren Rassismus zu verbergen. Dieses Land ist hier nicht irgendeine Bananenrepublik. Wir sind Teil der Weltwirtschaft, und die Regierung weiß, wo ihre Pflichten liegen.«

»Mag ja alles so sein, Benjamin«, Giselle versucht erst gar nicht, ihren Zorn zu verbergen. »Aber ich widerspreche der schwachsinnigen Behauptung, daß jeder, der Vergleiche zu Simbabwe zieht, ein Rassist sei.« Sie blickt die anderen an. »Ich habe so die Nase voll davon, daß die Rassenkarte jedesmal ausgespielt wird, um gerechtfertigte Anliegen zum Schweigen zu bringen. Was machst du denn, wenn sie dich erst mal als Rassisten abgestempelt haben? Wie kann ich denn etwas gegen Sam Thabane sagen, der da in der Kirche rumsteht und Lügen darüber erzählt, warum das städtische Schwimmbad nie wieder geöffnet wurde? Der Übergang erzwang ›andere Prioritäten‹, von wegen!« Sie setzt mit den Fingern Anführungszeichen in die Luft. »Wenn man mich erstmal als Rassisten abgestempelt hat, wie frage ich dann Bürgermeister Thabane, was aus all dem Geld geworden ist, daß Ounooi für das Projekt gesammelt hat? Ich hab selbst 1000 Rand für die Renovierung dieses Schwimmbads gegeben!«

»Sie haben eine Untersuchung darüber eingeleitet, was da passiert ist, Giselle«, sagt Karien.

»Das ist seit zwei Jahren eure Ausrede gewesen, deine und Ounoois. Das ist eine Kleinstadt hier, Karien, keine große Metropole.«

Eine Weile sitzen sie schweigend da. Zum zweiten Mal heute hat Michiel das Bedürfnis nach einer Zigarette. Dann erwähnt Dirk, daß in Thaba Nchu Landansprüche verhandelt werden. Die Heimatvertriebenen haben 170 Jahre alte Urkunden. Und im Township kommt immer wieder das alte Thema auf, einzelne Gebiete hier an Lesotho zu restituieren, von wo sie in den 1860er Jahren weggenommen wurden, und zwar alles Land diesseits des Caledon.

»Lesotho hat damals überhaupt nicht als eigenständiges Gebiet existiert«, kontert Benjamin. »Wenn überhaupt, dann wäre es für dieses winzige Königreich sinnvoll, in Südafrika aufzugehen. Je schneller das Highlands Water Project juristisch unter Dach und Fach ist, desto besser für den Fortschritt und den Seelenfrieden von Jo'burg. Gebt den Basotho ihre Wasserkraft, aber nehmen wir das Wasser in eigene Regie. Die neue Regierung weiß aber, wie sie mit so einem kleinen Land ohne Zugang zum Meer verhandeln muß. Das haben wir gemerkt, als die südafrikanische Armee letztens nach Maseru geschickt wurde, um dort die Unruhen niederzuschlagen. Undenkbar, daß die alte weiße Regierung sowas ohne einen internationalen Aufschrei hätte deichseln können. Ich hasse diesen ganzen Pessimismus. Keinem von uns ist es jemals so gutgegangen. Es gibt ein Wachstum wie nie zuvor, und überall höre ich nur Gemecker. Ich bin ganz der Meinung von Mbeki: es ist ein großes Privileg, Zeuge des Anbruchs der afrikanischen Wiedergeburt sein zu dürfen.«

»Wiedergeburt *my hol*!« spuckt Karien aus. »Und wir sind auch keine Zeugen, gottverdammt. Wir sind Teilhaber, die dabei noch reicher werden.« Benjamin klickt auf eine verächtliche Weise mit der Zunge, die Michiel sofort an ihre Jugend erinnert. »Wenn du dich in die Tourismusbranche begibst, die meiner Meinung nach der direkte Weg in die *Abhängigkeit* ist,« fährt Karien mit einem Blick über den Tisch auf Benjamin fort, »dann stellt sich die Frage, was du mit den Arbeitern von Paradys anfängst. Du kannst diese Leute nicht einfach rausschmeißen. Laut den neuen Arbeitsgesetzen ist das strafbar.«

»Karien, du weißt genau, daß ich diese Entscheidungen nicht allein fällen werde, also hör auf, dauernd *du* willst dies und *du* machst jenes zu sagen.«

Das Traurige an den Arbeitsgesetzen, sagt Dirk, ist, daß sie nicht funktionieren. Heutzutage kommen mehr Leute, die von den Farmen entlassen wurden, in die Townships als je zuvor. Und wenn sie nicht kommen, weil sie entlassen sind, dann ist es der Mythos vom tollen Leben in den Städten und Metropolen. Dementsprechend wächst die Gemeinde. Die Leute können doch auf der Farm bleiben, verteidigt sich Benjamin. Alle, wie sie da sind. Sie haben jedes Recht. Die Zahl der Festangestellten ist aber relativ klein. Es sind die Pflücker, die nur Saisonverträge haben, die darunter leiden würden. Die, die schon immer hier gewesen sind, könnten umgeschult werden: jedermann kann einen Rasen mähen, ein Bett machen und für Touristen Rühreι mit Schinken braten. Ein paar Englischstunden, und schon hast du Führer für die Wanderungen in die Berge und am Fluß entlang. Dann redet er davon, Abfüllanlagen für Wasserflaschen einzurichten. Die Leute werden immer schärfer auf Mineralwasser. *Wasser aus dem Paradies* – bitteschön, da haben wir schon einen Markennamen, um den Markt im Sturm zu erobern. »Das ganze Wasser läuft einfach ins Reservoir«, sagt er. »Das ist totale Verschwendung, damit Ounoois

Obstgarten zu bewässern. Diese alten Bäume hätten schon vor zwanzig Jahren abgehackt gehört. Wir sollten modern wirtschaften, indem wir dieses Quellwasser einem besseren Nutzen zuführen.«

Bei diesen Worten brechen Karien und Dirk in lautes Gelächter aus. Benjamin sieht sie schief an.

»Dieses *Quell*wasser, sagst du?« sagt Karien feixend.

»Kennst du die Geschichte etwa?« Benjamin grinst betreten.

»Seit Jahren kenne ich die.« Sie lacht und zieht ihm eine Grimasse.

Daß die Quelle auf dem Land von Paradys liegt, ist pure Legende. Die Wahrheit ist, daß Urgroßvater Steyn während der wenigen Jahre echter Dürre, die die Farm je durchmachen mußte, die Arbeiter einen Graben ausheben und Rohre bis zu einer unmarkierten Wasserquelle legen ließ, die auf öffentlichem Boden in mindestens zwei Kilometern Entfernung lag. In den Sechzigern hatten die Arbeiter im Schutze der Dunkelheit und zum Schweigen verpflichtet, einige neue Rohre verlegt, um die alten zu ersetzen. Bis heute hat nicht einmal Giselle davon gewußt.

»Weißt du noch« – es ist das erste Mal, daß Michiel spricht, den Blick auf Karien gerichtet – »als wir damals die Mohlakwana-Gräber fanden. Ich mußte heute in der Kirche daran denken.«

»Mamparra Mohlakwana hat nicht die geringste Chance«, sagt Karien. »Besitzansprüche weiblicher Farmarbeiter sind immer an die eines Mannes gekoppelt. Hätte sie Pietie geheiratet, als sie die Möglichkeit dazu hatte, dann würde ihr das helfen können, wenn der Tag kommt. Jemand wie Liesbet hats da besser. Sie und Adam können morgen beschließen, mit dem Arbeiten aufzuhören, und da stehst du dann da: Du kannst sie nicht von der Farm verjagen.«

»Jetzt hör dir das an, Benjamin!« Giselle Augen sprühen Funken. »Das ist ein Faß ohne Boden, das du da erbst. Schon jetzt sehen Thomas und Bianca uns so gut wie nie. Und da willst du noch mehr Zeit und Geld in dieses sinkende Schiff investieren!«

»Wir würden es einem Pächter überlassen, Giselle, und übers Wochenende und im Urlaub herkommen.«

»Nein, tut mir leid«, bringt Giselle atemlos hervor. Sie schlägt sich mit der Hand vor den Kopf und funkelt ihren Mann herausfordernd an. »Jedes Wochenende und jede Ferien auf dem Platteland, wenn es draußen eine ganze Welt zu entdecken gibt.« Sie nimmt Ounoois Fotos und wirft sie vor ihren Mann auf den Tisch. Ihre Kinder müssen auch etwas von der Welt kennenlernen. Und sie selbst waren noch nie in Mitteleuropa. »Wenn wir nicht nächstes Jahr nach Prag und Budapest kommen, dann werden diese Städte völlig vor die Hunde gekommen sein, heißt es. Ich erziehe meine Kinder doch nicht, um Plaasjapies aus ihnen zu machen.« Sie hat eine Olive mit dem Cocktailspieß aufgespießt. Kauend schüttelt sie den Kopf. »Vergiß es«, sagt sie. »Da wird nichts draus.«

»Du hast nie wirklich etwas für diesen Ort übrig gehabt, Giselle, stimmts?«

»Oh, Benjamin, bitte, nicht diese Tour. Und nicht ausgerechnet heute abend.«

In der ungemütlichen Stille, die darauf folgt, ist nur das Geräusch von Gläsern zu hören, in die etwas eingegossen wird. Michiel nimmt sich eine Handvoll Biltong. Über seinem Kauen hört er, daß sich eine zweite Grille der früheren zugesellt hat. Er denkt an Mehring in Gordimers *Der Besitzer*. Der Wochenendfarmer mit dem anglisierten holländischen Namen und seinem womöglich schwulen Sohn, der nach New York abhaut. Ob das die erste literarische Skizzierung eines Schicksals ist, das seinem eigenen ähnelt? Hier sitzen sie also, beinahe dreißig Jahre später: alle englisch sprechende Afrikaaner, Buren, die in ihrer Freizeit ihre eigenen Farmen besuchen. Hobby-Farmer, deren eigentliches Geschäft das Geldmachen ist, und die irgendwo anders leben. Und wenn der weiße Mann dann, in Ungnade gefallen, *in eines der Länder fortzieht, wo weiße Menschen hingehen*, denen ja die ganze Welt gehört, dann sind es die Afrikaner, (und nicht die arroganterweise sogenannten Afrikaaner, die mittlerweile die Sprache des internationalen Kapitals fließend beherrschen), die den, der keinen Namen hat, zur Ruhe betten. Ein Name hält sich selten auf einer Landkarte. Aber Knochen bleiben unter den Trümmern von Zäunen, Straßen und Gehwegen. In Lavafelsen und auf dem Meeresboden, in pfeifenden Winden, liegen Knochen an Orten, die einstmals kurzfristige Grenzen bezeichneten oder bezeichnen werden, oder Grundsteine oder Grenzposten, und die man lesen könnte, auf denen man herumkauen könnte, die man abbauen könnte, die man nutzen oder für immer ignorieren könnte.

Giselle dreht den Kopf und fragt Michiel: »Was würdest du denn dazu sagen, Michiel, aus der Perspektive eines Außenstehenden?«

Diese Einladung, am Gespräch und seinen Regeln teilzunehmen, erwischt ihn unvorbereitet.

»Ich weiß nicht recht, ob ich hier ein Stimmrecht habe. Und ehrlich gesagt habe ich heute abend keine Lust, irgendjemandem auf den Schlips zu treten. Bloß weiß ich wirklich nicht, ob es euch überhaupt noch so weit gehört, daß ihr entscheiden könnt, ob ihr es aufteilen oder verkaufen wollt.«

Völlig ruhig fragt Benjamin ihn: »Geht es dir als Lehrer in Amerika tatsächlich so gut, daß dein Erbteil dir ganz egal ist?«

Michiel runzelt die Stirn.

»Anders als du offenbar zu glauben scheinst, gehört es auch dir.«

Michiel fixiert das Gesicht seines Bruders.

»Hast du das ihm gegenüber gar nicht erwähnt, Karien?«

»Wir haben über so vieles geredet. Das Erbe war jetzt nicht erste Priorität in meinen Gedanken.«

»Ein Drittel gehört mir«, sagt Benjamin in freundlichem Ton, während er die Augen weiterhin auf Michiel gerichtet hält. »Ein Drittel gehört Karien.« Ein Lächeln umspielt seine Lippen. »Und ein Drittel gehört dir.« Und er wartet auf die Reaktion des verlorenen Sohns.

»Ich hatte ja keine Ahnung«, sagt Michiel, von seinem Bruder zu Karien blickend. »Ounooi hat nichts gesagt.«

»Und jetzt, wo du es weißt, ist es da immer noch so einfach zu sagen, geben wir es doch Mamparra und ihresgleichen? Wenn die es verantworten, was glaubst du wohl, wie lange es dauert, bis das alles hier wieder Buschland ist, in dem nur ein paar Boerbokke durch den Kakiboes laufen? Man hat das überall im Land versucht. Binnen eines Jahres war es immer vorbei. Bankrott. Müssen wir denn alle diesen Weg gehen wie die Lemminge?«

»Benjamin«, sagt Karien, »er hat es doch gerade erst erfahren. Jirre. Er hat doch auch keine Antwort auf Lager, wo wir keine haben.«

Was ich mich frage, ist, ob es nicht noch einen anderen Weg gibt, denkt Michiel, kann es aber nicht aussprechen. Er vermag den kindlichen Gedanken nicht laut zu sagen: Kann Paradys nicht geteilt werden, irgendwie, aufgeteilt unter all den Menschen, die hier arbeiten? Was er stattdessen sagt, ist: »Soweit ich es beurteilen kann, sehen die Dinge für die Arbeiter hier genauso bitter aus, wie als ich fortging.«

Es ist Karien, die etwas sagt, was recht dicht an seinen eigenen Gedanken ist: »Wenn du – ok: wenn wir nicht einen Weg finden, es auf eine fairere Art und Weise zu machen, dann werden wir ohnehin *alles* verlieren. Es existieren Modelle für ein profit-sharing, Modelle für eine Beteiligung der Leute am Besitz und Prämien für die Ernte. Bevollmächtigen wir –«

»Gib mir ein Beispiel für den Erfolg solcher Modelle, Karien! Die funktionieren nie. Aber ich will mich gerne eines besseren belehren lassen.« Und mit einem Blick auf Dirk und Giselle: »Habt ihr beide eure Stimme verloren?«

»Du hast meine rassistische Ansicht doch bereits gehört, so wenig wie sie wert ist.« Giselle sieht ihren Mann böse an. Dann wandert ihr Blick von ihm zu Michiel: »Ich frage mich gerade, Michiel: Ist das jetzt ein Sack voll Gold oder eine heiße Kartoffel, die sie dir da in den Schoß geworfen haben?«

Er überlegt einen Moment, sagt dann: »Ich hatte angenommen, daß ich vom Erbe ausgeschlossen wäre. Das hatte ich den Worten von Oubaas entnommen an dem Tag, als ich fortging, es sei denn, ich würde meine Zeit absitzen. In der Armee.« Er kann nicht anders, als dabei einen Blick auf Dirk zu werfen. Ihre Augen treffen kurz aufeinander, und der andere wendet den Blick ab, bevor Michiel fortfährt: »Ich weiß nicht, was ich sagen soll. Ich habe immer geglaubt, daß es alles an dich geht, Benjamin.«

»Das hätte Ounooi gar nicht erlaubt. Nicht, nachdem sie der Chef vom Ganzen geworden war. Und offengestanden ich auch nicht. Und Karien ... sie lebte hier mit ihnen, nachdem du fort warst. Bei wie vielen Ernten hast du mitgeholfen, Karien, nachdem du schon im Pfarrhaus gelebt hast?«

Karien schüttelt den Kopf, die Frage abtuend.

»Ich war auf Urlaub von der Grenze ...« Benjamin hat zu reden begonnen, den Kopf vom Tisch weggedreht. »Dort oben habe ich nichts mitbekommen. Als ich nach Hause kam, war Karien hier, und du warst weg. Ich habe mich nie viel um diese Art von Geschichten geschert, aber ich hatte mal von einem Infanterie-Hauptmann in Oshivello gehört, dessen Truppen sich in Reih und Glied aufstellten und auf seinen Uniformsternen rumtrampelten.« Er hält inne und wirft einen Blick auf seinen Bruder. »Was ist wirklich passiert?« Michiel hört keine Aufforderung, keine Rechthaberei, auch nicht das übliche Selbstvertrauen in Benjamins Stimme. Sein Bruder beugt sich vor, er hat den Kopf jetzt zu Michiel gedreht und in einer Geste der Anteilnahme leicht geneigt. »Ich hab nur die Zeitung gesehen und ein bißchen was von Karien gehört«, sagt Benjamin. »Weder Oubaas noch Ounooi haben einen Ton gesagt, und was das Zeug wert war, was damals in den Zeitungen stand, weißt du ja ...«

Obwohl diese neuerliche Gesprächswendung ihm eigentlich die letzten Kräfte raubt, ist Michiels Geist sofort klar. Es ist eine Geschichte, die er in tausendundeins Versionen, Ausschnitten und Anmerkungen erzählt hat. Glassman. Kamil. Rachel und Malik. Und den Pauls. Wie und wo soll er für diese kleine Versammlung hier beginnen? Und wie soll er Dirk und seine Nebenrolle einbauen? Soll er die Kapitel, die er nur mit Karien teilen will, umgehen? Die Zeiten rauschen durch die Matrix der Erinnerung, die sich über den Augenblick legt.

Gerade eben zehn Wochen seit wir Peet begraben haben. Karien kennt die genauen Daten. Nein, das kannst du nicht sagen. Du mußt weiter zurück, zur Zeit davor.

»Du ...« Michiel sieht seinen Bruder an, »hattest geholfen, daß ich meine Versetzung bekomme.« Er sucht und findet Kariens Augen. In ihnen nichts von dem vorausgegangenen Verständnis. Ich kann dir nicht helfen, scheinen ihre Augen zu sagen, dies ist dein weißer Fleck auf der Karte. Er wirft einen Blick in den dunklen Obstgarten seiner Mutter und fixiert ihn dann auf der Linie, die die Lampen der Veranda über die ausgefranste Feigenhecke ziehen.

»Mein Zug hatte Wachdienst bei einer kleinen Radarstation.« Diese Anlage diente, wenn er sich recht erinnert, dazu, sowjetische U-Boot-Aktivitäten zu beobachten. Wieviel vom Öl aus dem mittleren Osten kam hier auf Tankern vorüber? Wir haben über Dinge gewacht, über die wir uns nie Fragen gestellt haben. Zwei zementierte Wege führten oberhalb eines Badeorts in den Busch. Ob die Feriengäste, die dort auf ihren Badetüchern oder unter ihren Sonnenschirmen auf dem weißen Sand lagen, wohl überhaupt von der Existenz dieser Station wußten? Einmal die Woche hörte die Marinebasis von Durban für die Sportparade auf zu arbeiten. Beim Mittagessen erzählte er den anderen Zugführern und dem Padre (der nicht der offizielle Kaplan der Basis war), daß er zur Radarstation müsse. »Hübscher Strandtag«, meinte der Padre. »Ich werd nicht allein schwimmen«, antwortete Michiel mit einem halben Lächeln. Anstatt den ganzen Weg zur Station zu fahren, würde er auf die

Sandpiste abbiegen, die zum Strand führte. Er hatte Zivilklamotten für sich eingepackt. Auf den Dienstag würde eine freie Nacht folgen.

Er zwingt seine Augen von der Zickzacklinie der Feigen weg und bringt sie dazu, direkt in die Kariens zu blicken.

»In der Offiziersmesse hatte ich mich noch mit ein paar anderen Leuten angefreundet, als den Zugführern, die alle in meinem Alter waren. Ich mochte den Padre gern. Er hatte irgendwo in Europa Philosophie studiert. Es gab auch einen weiblichen Leutnant. Sie hieß Sonia. Sie hatte in Tuks Psychologie studiert und arbeitete in der Kommunikation. Sie und der Padre sind mit schwarzen und indischen Kids raus in die Wildnis des Umgami Tals gefahren. »Arbeit am Herzen und am Bewußtsein.« Ich hatte eine ungerechtfertigte Bewunderung für Leute mit akademischen Abschlüssen.

Leutnant Sol Govender war an Bord der SAS *Tafelberg,* wenn er sich nicht in der Basis aufhielt. Sein Schiff war im Dock, und er hatte Landurlaub in Tongaat bei seiner Familie.« Ebenso wie Govenders Gesicht und seine Worte hat er die Marke des kleinen weißen Autos ausgelassen, das bereits da ist und auf der Sandpiste geparkt steht. Sie kannten die Risiken, seine Pflichten zu vernachlässigen und mit der falschen Hautfarbe an einen Strand zu gehen, der *Nur für Europäer* beschildert war. Aber bei anderen Besuchen war Michiel dort nie auf eine Menschenseele gestoßen. Noch nichtmal ein Angler. Kein Vater, der seinem Sohn beibrachte, wie man eine Angel handhabt.

Sommer und das ständig in Bewegung befindliche Wasser, das in jedem Augenblick ein neues Bild bietet. Verstreute schwarze Felsen, an denen Muscheln kleben, Möwen, die sich aus der Luft fallen lassen, und am Horizont drei ankernde Frachter, die darauf warten, in den Hafen einzulaufen. Das Bild eines Ozeans, wie er überall auf der Welt hätte sein können.

»Wir wanderten ein paar Meilen Richtung Norden, dann gingen wir in die Wellen. In den Dünen oberhalb von uns sahen wir ein Pärchen, weiß natürlich, vielleicht in den Flitterwochen. In Badeklamotten und mit einer Kühltasche fürs Picknick. Sie winkten uns zu. Wir winkten zurück. Alles ganz freundlich.

Wir schwammen noch ein bißchen, und irgendwann gingen wir dann zurück zu den Autos.«

Er unterbricht sich. Er hat den Blick nicht von Karien gewendet. Ihr, wird ihm klar, nur ihr erzählt er diese Geschichte. Mittlerweile hat sich ein Fünkchen Aggressivität in ihm entzündet. »Ich glaube nicht, daß ihr jetzt eine detaillierte Beschreibung in Farbe von mir erwartet, was dann auf der Rückbank passiert ist.«

Sie schürzt die Lippen, zeigt aber sonst keine Reaktion.

Mücken aus dem Busch kamen ins Auto geflogen, also stiegen sie wieder aus, nackt, und gingen in die Dünen. Dort ließen sie sich im Sand brutzeln, immer noch aufeinander liegend, bis dann plötzlich ein Schatten auf sie fiel. Noch bevor er aufblickte – und an diesen Moment würde er sich *immer* in allen Einzelheiten erinnern – war er sicher, es müßten die Flitterwöchner sein. Stattdessen waren es zwei uniformierte Polizisten. Einer weiß, der andere schwarz. Er versucht zu filtern, was er sagen und was er auslassen soll. Dabei geht es aber nur um die Details, die Geschichte an sich erzählt sich leicht.

»Die Polizei hat uns verhaftet ... zuerst haben sie uns immerhin erlaubt uns anzuziehen.«

Die Unterwäsche wurde als Beweisstück einbehalten.

Sie hatten weder verhehlen können, wer sie waren, noch wo sie hingehörten: Da war das Auto mit dem Armee-Nummernschild. Und im Auto, in seiner Brieftasche, Govenders Marineausweis. Die Polizisten fuhren in ihrem gelben Van voraus zur Wache, sie folgten jeder in seinem Wagen. Fähnrich Steyn saß dann im Aufnahmeraum für Europäer, während Leutnant Govender durch den Eingang für Nicht-Europäer gebracht wurde. Ein schwarzer Wachtmeister nahm Michiels Fingerabdrücke, vielleicht war die Arbeit zu schmutzig für den weißen Sergeant, der überwachte, wie die Finger in das Stempelkissen gedrückt wurden und dann auf die kleinen weißen, schwarz umrandeten Quadrate.

Es müssen irgendwelche Anrufe stattgefunden haben und Absprachen mit dem Marinehauptquartier. Sie erfuhren, daß sie zum Tor der Militärbasis eskortiert würden. Mehr als einmal, während er in seinem braunen Militärfahrzeug hinter Govender herfuhr, spielte Michiel mit dem Gedanken, den Wagen einfach stehen zu lassen, und in der Menge auf dem Trottoir der Esplanade unterzutauchen. Wahrscheinlich wurde ihm da auch klar, daß es die Flitterwöchner gewesen sein mußten, die zu einem Telefon gelaufen waren und die Bullen gerufen hatten. Das mußte er sich eingestehen. Michiel sieht Dirk an. Einen Augenblick lang will er, daß ihr Mann die Anklage in seinem Blick sieht. Ganz deutlich ist da die Erinnerung an einen jungen Mann von umfassender Machtfülle als Hirte der städtischen Gemeinde. Aber dann schiebt er die Antipathien beiseite. Was damals durch Sol Govenders Kopf gegangen sein muß, daran dachte er erst Jahre später, oft genug im Sessel bei Glassman.

Benjamin hat sich vorgebeugt und deutet mit der Flasche in der Hand auf das Glas seines Bruders. Michiel nickt.

»Der Kommandant informierte uns, daß wir keinen ›Umgang‹ miteinander haben durften. Auch keinen Kontakt zum Festland, auch nicht telefonisch.« Govender war zu einem Fremden geworden, einem Feind. Hätte es die Gelegenheit gegeben, miteinander zu reden, hätten sie es dann vielleicht gemeinsam abstreiten oder herunterspielen können? Hätte die Marine sich entschlossen, die Sache vors Kriegsgericht zu bringen, dann hätte es eine ganze Latte von Anklagen gegeben: von Sodomie bis zu Erregung öffentlichen Ärgernisses, die illegale Benutzung eines Militärfahrzeugs, das Verlassen eines Militärfahrzeugs an einem nicht dafür vorgesehenen Ort, Verletzung der Aufsichtspflicht für Armeeeigentum und die Beschuldigung, Schande über seinen Offiziersstatus gebracht zu haben.

Er überspringt jetzt einiges.

»Ich wurde degradiert. Ich sollte nach einer Woche Urlaub meine Militärdienstzeit als simpler Mannschaftsgrad beenden. ›Gehen Sie und versuchen Sie, sich zu finden, junger Mann, und sagen Sie Ihrer Familie Ihr mea culpa‹, sagte der Basiskommandant.«

Govender würde seinen Rang verlieren und unehrenhaft aus der Armee entlassen werden. »Sie werden einen Weg finden müssen, damit zu leben. Ich weiß nicht, wie Ihre Familie darauf reagieren wird oder wo Sie mit einem solchen Stigma auf Ihrem Namen noch je eine Anstellung finden sollen. Unnötig zu sagen, daß Sie durch Ihr Verhalten den anderen nicht weißen Offizieren keinen Gefallen getan haben. Es sei denn, daß Aufhetzung von Anfang an Ihr Ziel gewesen ist.«

Gesichter blicken ihn wartend an, während er sich überlegt, an welchem Punkt er die Geschichte wieder aufnehmen soll. Kann er von diesem Punkt an Karien mit hineinziehen in seine Geschichte? Möchte sie, daß ihr Anteil daran den Anwesenden offenbart wird? Ist dies der Moment für die Wahrheit, die ganze Wahrheit und nichts als die Wahrheit, einschließlich jedes Kommas und Fragezeichens? Ist das etwas, wo hinein sie beide allein waten müssen, oder geht es die übrige Welt etwas an? Und wenn er dann den Ehemann erwähnen muß – *die Schrift sagt uns, daß es ein Greuel ist ... ich kannte Männer, die geheilt wurden* – wie soll er dann die Wut untenhalten, die bereits jetzt in ihm brodelt?

Mach es kurz. Es dauert eh schon zu lange.

»Ich kam zurück auf die Farm. Ich wußte nicht, daß es Artikel in der Presse gegeben hatte, in denen unsere Namen standen. Ich dachte, die Marine würde es nicht publik machen. Ich sagte Oubaas und Ounooi, es sei eine Falle gewesen, man habe uns wegen der Rassengeschichte an einem Strand nur für Weiße drankriegen wollen. Daß Govender ein Freund sei, und daß ich einen Fehler begangen hätte, indem ich an einen Ort gegangen war, wohin zu gehen gesetzlich verboten war. Oubaas war über meinen Mangel an Zerknirschung und meine Lüge ebenso wütend wie über das, was ich getan hatte. Was aus mir geworden war.«

Glassman: *Indem man Sie erwischt hatte.*

Ich war nicht mehr der Junge, den er gekannt hatte. Ich war das, was er immer befürchtet hatte. *Zeig mir, daß du wenigstens ein bißchen von einem Mann in dir hast, indem du die ehrenhafte Wahl triffst und dahin zurückgehst und deine zwei Jahre zuende dienst. Reagiere mit angemessener Demut auf deine Schande. Danach können wir dann reden.*

»Was hat Ounooi gesagt –«

»Laß ihn zuende erzählen, Giselle.«

»Sie war erstaunlich.« Er unterbricht sich und sieht Benjamin an. Er kann nichts gegen das Brennen hinter seinen Lidern tun. »Sie hat es derart raus, die Contenance zu wahren. Du kennst sie ja.« Er blickt von einem Gesicht zum nächsten, überspringt dabei das von Dirk. Dann konzentrieren seine Augen sich auf seinen Bruder. »Es tut mir so leid«, sagt er im Bewußtsein, sich für all das, was diese Sache ihnen angetan hat oder angetan haben könnte zu entschuldigen. Keineswegs aber für sein heutiges Leben.

»Karien, ich kann dir gar nicht sagen, wie sehr ich mir wünschen würde, deinen Schmerz ungeschehen zu machen.« Seine Flucht und die Pein, die sie durchgemacht haben muß, waren am Ende nur der große Abschluß zahlloser kleinerer Verrate. Im Herzen aller menschlicher Bindungen sitzt die Sprache und die Gewißheit von Solidarität, zwei Dinge, die gemeinsam das ergeben, was wir Vertrauen nennen. Ihr Zusammensitzen rund um diesen Tisch beruht genau darauf mehr als auf allem anderen. Man muß den Tisch nicht umstürzen und mit Gläsern und Flaschen um sich werfen, um das zu zerstören. Man muß nicht ein Messer ins Herz eines anderen Menschen bohren, um Vertrauen zu verlieren. Man kann das auch ganz einfach dadurch tun, indem man über das schweigt, was man selbst kaum für wahr halten kann.

Glassman: Indem Sie Ihre anderen Gelüste verschwiegen, haben Sie sie betrogen?

Michiel: Das auch.

Glassman: Mit welcher Sprache, mit welchen Vorstellungen von Moral, über die Sie in diesem Zusammenhang verfügt haben, hätten Sie es ihr denn sagen können? Ihr Überleben hing doch von Geheimhaltung ebenso sehr ab, wie diese Welt davon abhing, ob sie Sie überführen konnte.

»Du hast niemals irgendjemandem irgendwas verraten«, sagt Benjamin.

»Er ist zu mir gekommen, nach Bloemfontein«, mischt Karien sich ein.

»Und dann hast du einfach ein Flugzeug bestiegen und bist fortgeflogen?«

»Ich hab meinen Paß aus dem Safe geholt. Oubaas und Ounooi saßen hier. Er hat Fernsehen gesehen. Sie war in die Akten vertieft. Sein Schlüsselbund war auf dem Küchentisch. Wir hatten ja alle Pässe für die Transkei und Lesotho.«

»Ich wußte natürlich, daß du in England warst. Aus dem Brief«, sagt Karien.

»Um da hinzukommen brauchte ich kein Visum.«

»Ich habe Ounooi deine Adresse gegeben. Und später kam Leon aus Australien zurück und erzählte uns, daß er dich dort getroffen hatte. Er rief an, wann immer er Neuigkeiten von dir hatte. Auf die Art und Weise konnte sie deine Spur verfolgen.«

»Warum hast du nie auf Ounoois Briefe geantwortet?« fragt Benjamin.

Michiel zögert. Aus Feigheit. Weil sie mich, anstatt sich für mich einzusetzen, zu einem Priester geschleppt und sich seinem Urteil gefügt hat. Weil ich sie liebte, war es leichter, sie nicht in meiner Nähe zu haben. Er bringt es beinahe nicht über sich zu sprechen:

»Ich kann nichts über sie sagen. Sie war unsere Mutter, Herr im –« Seine Augen ruhen auf seinem Bruder, der jetzt den Kopf in die Hände sinken läßt. Seine Schultern zucken. Giselle legt einen Arm um Benjamin, ihr Gesicht, das sie an seinen Rücken lehnt, ist vom Tisch weggerichtet.

»Seht mal«, sagt Karien, von einem Bruder zum anderen blikkend. »Als Oubaas krank wurde, muß Ounooi sich viele Gedanken über die Jahre gemacht haben, die vor ihr lagen und über die Entscheidungen, die sie getroffen hatte. Einmal sind wir zusammen ausgeritten, und da wollte sie ganz unvermittelt von mir wissen, ob ich je darüber nachgedacht hätte, was wohl passiert wäre, wenn ich Dirk nicht geheiratet hätte. Vielleicht, als ob mit dir zusammenzusein, Michiel, so ähnlich gewesen wäre, wie mit einem Mann mit Oubaas' Krankheit verheiratet zu sein. Ich war verärgert, also habe ich sie auf den Punkt gefragt: Willst du wissen, was passiert wäre, wenn Michiel und ich zusammen wären? Als sie deinen Namen hörte, fing sie an zu weinen. Eines der ganz wenigen Male, daß ich sie in Tränen sah. Auf ihre Weise hat sie das von sich gezeigt, was sie zeigen konnte. Sie glaubte, Oubaas sei wahnsinnig vor Trauer gewesen wegen Peet und dem, was dein Ding in der Marine ausgelöst hatte. In den Jahren, nachdem du fort warst, hat sie versucht, vernünftig mit ihm zu reden. Soweit es ihn betraf, gab es nur noch Benjamin. Und später Klein-Thomas. Auch für mich hat er eine Schwäche entwickelt. Du wirst dich erinnern, daß er davor ... nicht viel dafür übrig hatte, wie wir zwei rumlagen und Gedichte lasen oder Ausflüge ins Veld unternahmen. Für Ounooi war Peet eine Wunde, die niemals geheilt ist. Und du desgleichen, Michiel. Es war nicht deine Flucht oder deine Lebensweise, die ihr zu schaffen machte. Sie schämte sich, daß sie sich nicht gegenüber Oubaas behauptet hatte. Was ist denn der Sinn von Liebe, wenn Liebe so dicht bei der Angst wohnt? Als dein Brief kam, war er schon seit Jahren krank. Im selben Maße, in dem er schwächer wurde, schien sie stärker zu werden. Jedermann in der Stadt sagte, ›ach die arme Beth Steyn dies und jenes‹. In Wahrheit begannen ihr Flügel zu wachsen. Sie hatte mit dem Lehrerberuf aufgehört, und jetzt sollte es um die Farm gehen und um ihr Projekt im Township. Sie renovierte das ganze Haus. An dem Tag, an dem dein Brief ankam, kam sie direkt vom Postfach in der Stadt zu mir. Dann ging sie nach Hause, um ihm zu erzählen, daß sie Nachrichten von dir hatte und dich besuchen würde. Hast du ihr ein Ticket geschickt?

Er nickt. Ich habe mich also nicht getäuscht, was Oubaas und mich betrifft. Mit Glassmann hat er den Sand aus den Gräben der Erinnerung geschaufelt. Auf irgendeine Weise vermochte der Vater nicht mit dem Sohn umzugehen. In seinem machtvollen Blick brannte ein Funke des Argwohns, gerade so viel, um sicherzugehen, daß das Kind es bemerkte. Die Andersartigkeit dieses Kindes und wie es auftrat: es war mehr *das* als ein Mißtrauen gegen die Sexualität des Jungen – denn richteten seine Augen ihn nicht lange, bevor die sich überhaupt deutlich zeigen konnte? Und was mochte Oubaas über Peet gewußt haben? Nichts in seinem Verhalten gegenüber seinem Ältesten deutete auf etwas wie das Unbehagen hin, das er gegenüber Michiel empfand. Und diese Leute hier, was wissen sie von den Geheimnissen des verstorbenen Bruders?

»Und du, Dirk?« fragt Michiel. »Ich glaube, von deiner Zeit in der Armee weiß ich gar nichts.«

»Bevor ich hierher versetzt wurde, war ich Kaplan in Valhalla.« Plötzlich ist das Geflatter, der Flügelschlag von Fledermäusen zu hören, die unter dem Dachvorsprung herausfliegen und dabei geschickt zwischen den weißen Gitterstangen hindurchschlüpfen anstatt durch die Tore, die heute nacht geöffnet sind. »Es ist wie mit so vielem anderen …« Dirk räuspert sich. Seine Stimme ist zögernd und unerwartet zaghaft. »Wir blicken zurück. Wir können es nicht glauben. Wir halten es kaum für möglich, wie die Dinge damals waren.Wie wir selbst waren. Wie wir gelebt haben, untereinander und in diesem Land.« Der Kontrast zu der hochfliegenden Eloquenz, die er auf der Kanzel gezeigt hat, ist frappierend. »Vor ein paar Jahren«, fährt er mit etwas selbstgewisserer Stimme fort, »kam ein junger Mann zu mir, aus dem Township, vielleicht sechzehn oder siebzehn. Du kannst dir vorstellen, er war dort nicht gerade willkommen. Ich ging mit ihm zu seinen Eltern. Ich brachte sie dazu, sich zu setzen und zuzuhören. Sie haben ihn wieder angenommen. Und es gab noch andere, in meiner Konfirmationsklasse. Häufiger, seit die Diskussion sich hier ein wenig geöffnet hat. Und weißt du, Michiel, wir haben jetzt hier Gesetze, die die … Vorlieben der Menschen schützen. Ich denke und handle heute anders als ich das damals tat.«

Genau wie ich, denkt Michiel, sagt es aber nicht. Und ich bin auch nicht mehr besonders beeindruckt von der Demonstration von Toleranz gegenüber sexuellen Identitäten, mein lieber Herr Zuspätkommer. Ich habe scharfe Augen und den richtigen Satz auf Lager, um schwule Männer im Film oder Kriegsmüde zu erkennen oder wenn sie in der Muckibude vor den mannshohen Spiegeln versuchen, die Kraftkerle nachzuahmen, von denen sie auf den Spielplätzen terrorisiert worden sind. Später im Bett wird Michiel denken: Ich wünschte, ich hätte dir irgendetwas Großherziges sagen können, Dirk, wie jener Moment es eigentlich verlangt hat. Aber ich kann dich nicht von der hassenswerten Institution trennen, der du dienst. Du bist immer noch auf deiner Kanzel, nach all diesen Jahren, nur hast du die radikalen Verslein in das blaue Gewand gestickt. Aber das alles sind Überlegungen von später. Jetzt im Moment sagt er lediglich: »Ja, wir ändern uns alle«, und nickt Dirk mit einem schiefen Lächeln zu.

Er war sich sicher gewesen, daß der Schlaf ihn übermannen würde, sobald sein Kopf das Kissen berührte. Im Bett liegend hört er stattdessen dem Atem seiner Nichte zu, und in seine Niedergeschlagenheit mischt sich ein Gran Erleichterung – ja sogar Freude – die aus den Gesprächen und dem Wein kommt. Darauf bedacht, das Kind nicht zu wecken, hat er den Schrank geöffnet und in der Dunkelheit eine zusätzliche Decke herausgezogen. Dann hat er sich im Badezimmer die Zähne geputzt und gefädelt. Dann stand er eine gefühlte Ewigkeit über der Kloschüssel, und als das Gesicht im Spiegel so weit entfernt schien, begriff er, daß er ein wenig betrunken war. Aus einem Fläschchen im Schrank schüttelte er sich zwei Aspirin. In der Küche, wo noch Licht war, weil die anderen die leeren Flaschen und Gläser reinbrachten, kaute und schluckte er die Tabletten mit reichlich Wasser. Er wollte, Kamil wäre bei ihm in dem Einzelbett. Es gäbe ein Fest der Kommentare angesichts all dessen, was heute hier passiert ist. Egal ob mit Jetlag oder betrunken, Kamil würde jedes einzelne Wort und jede Geste Revue passieren lassen und um letzte Klarheit nachbohren bei dem, was er in den eingestreuten Passagen auf Afrikaans nicht mitbekommen hätte. Als der Anruf kam, war klar gewesen, daß dies allein Michiels Reise sein müsse, sein Flug nach Canossa. Dennoch sehnt er sich nach Kamils Interpretation des Tages. Mit seiner eigenen Verwirrung, seiner Trauer und sogar seiner Freude kann er umgehen, aber Trost und Bestätigung und die Gewißheit, sich auf seine eigenen Einsichten verlassen zu können, all das wäre nur im Gespräch mit Kamil gewährleistet. Jetzt bleiben nur noch die paar Stunden morgen, und bis dahin der Schlaf neben den Atemzügen dieses Kindes im anschwellenden Gesang der Grillen und dem einsamen Muhen einer Kuh in der Nacht. Er muß wieder an die Weißen sowie Alidas Familie auf der einen Seite des Grabes und die Arbeiter auf der anderen denken. Er hat den Umschlag mit der Spielkarte und der Dollarnote neben die Zuckerbusch- und Geißblattsträuße auf den Sargedeckel gelegt. *Laat Heer U seen oor haar daal, U guns uit Sion haar bestraal* – Herr, laß Deine Gnade leuchten über ihr, laß Deine Barmherzigkeit auf sie scheinen von Zion – und das Gefäß wurde in die Erde hinabgelassen. Die Hunde waren unruhig gewesen, irgendwie reagierten sie auf das, was da geschah. Tränen laufen aus seinen Augenwinkeln und sammeln sich in den Ohrmuscheln. Wieder spürt er den zitternden Kopf seines Vaters gegen seine Schulter und wieder, ebenso, wie er mit Kamil in seinen Armen in die Wanne hineinglitt. Die alte Panik der Tage zwischen Leben und Tod ergreift wieder von ihm Besitz, als Kamil in vier Monaten unaufhörlicher Diarrhoe 60 Pfund an Gewicht verloren hatte und Rachel und Malik alle vierzehn Tage gekommen waren, um bei ihnen zu sein. Auch wenn er darüber mit niemandem geredet hat, ist ein Teil Michiels in Erwartung dessen, was Kamil doch noch bevorstehen mag, mit Glassman verheiratet. Und in Erwartung dessen, was durch Kamil ihm bevorstehen mag. Obwohl nichts, außer vielleicht der straffen Haut und den tiefen Kerben rund um Kamils Mund auf irgendetwas anderes als Gesundheit schließen läßt, leben sie beide mit dem Wissen, daß Statistiken über die Langzeiteffekte der Behandlung neu sind. Fünf Jahre täglich Medikamente. Für viele hatte AZT nur ein Jahr lang funktioniert. Was die neuen Medikamente betrifft, ist die Gerüchteküche am Kochen: Leber, Nieren, das Herz. Was tun sie nun dem Körper tatsächlich an, außer daß sie den Verfall stoppen? Die ersten Befunde sind exzellent, sagt ihr Arzt, die Zeit wird beweisen, daß wir auf dem rechten Weg sind. Michiel selbst verweigert sich einer Cholesterin-Behandlung aus dem einen Grund, weil niemand derselben Meinung über deren Langzeitwirkungen ist. Stattdessen verläßt er sich auf Sport und Ernährung. Kamil hat keine solche Wahl: Entweder er schluckt die Pillen, oder binnen weniger Monate ist er wieder am Rand des Grabs. Ling, Michiels Stellvertreterin im International House, hat unter der Anleitung von ganzheitlichen Heilern mehrmals versucht, von dem Cocktail wegzukommen und die tägliche Dosis durch Kräuter und gesunde Nahrung zu ersetzen, nur um zu sehen, wie ihre T-Zellen-Anzahl im Blutbild unter die kritische Schwelle sank, so daß sie hastig wieder zur Tritherapie zurückkehren mußte. Proteasehemmer. Proteus, Homers alter Meeresgott, der die Zukunft vorhersagt und die Gestalt wechselt, um seinem Schicksal zu entkommen. In Michiels Vorstellung – auch dies etwas, das er niemandem mitteilt – gleicht der Virus zunächst den Billharzia-Larven. Sich zusammenziehend und wieder ausstreckend, bewegen sie sich durch Kamils enge Venen hindurch und vermehren sich. Solange Kamil die Pillen nimmt, sterben die kleinen Biester, und er pißt die Leichen aus. Nur ganz wenige ihrer Eier oder Samen oder Polypen finden einen Platz im Körper, wo sie überwintern können: in Nagelbetten, in Lymphknoten oder in den Hoden, wird spekuliert. Solange Kamil seiner Medikation treu bleibt, schlafen sie in ihrer chemischen Betäubung. Aber in dem Augenblick, da er seine Dosis vergißt, erwachen sie zum Leben, verwandeln sich in neue Formen, sehen jetzt aus wie winzige Seepferdchen oder Nacktschnecken, laichen irgendwo in der Tiefsee des Blutes ab, und unersättliche Lippen saugen das Blut auf, gierig fressend wie PacMan. Im Ozean vor den Salomonen tauchten sie mit Unterwasserlampen, um das Ablaichen der Korallen zu beobachten. Sieben Nächte lang schwebten sie in dem unterseeischen Feuerwerk. Kamils große Augen hinter der Tauchermaske, der haarige Arm, der hier unten so weiß aussah, deutete auf die stundenlang anhaltende Extase. Der Planet erreichte seinen Orgasmus in Trillionen winziger Kapseln, die in allen existierenden Farben schillerten, und die explodierten, davonschossen, trieben, glitten, spritzten, sich zu Planulae wandelten, manche schwebten tage- wochen- monatelang in der Strömung, bevor sie sich irgendwo niederließen und vielleicht zu wachsen begannen. Im Morgengrauen kann man sehen, was in der Nacht geschehen ist, es liegt wie rötliche Sahne auf den Wellen. In überlappenden Bildern von Leben und Tod stellt er sich das Ablaichen der Korallen vor, wenn er an Kamils Blut denkt. Über den Küchentisch hin sieht Michiel Malik ins Gesicht – in einer Zeit, bevor die Hoffnung wiederkam mit den Renovierungen und der granitbedeckten Insel, und sie waren noch immer zusammen. Rachel ist im Schlafzimmer bei Kamil, der zwei Wochen davor sein 42. Begräbnis besucht hatte. (Zwölf hat er während seiner Zeit in Australien und auf den Salomonen verpaßt. Er geht nur zu den Begräbnissen von Freunden und guten Bekannten und insistiert, er sei *kein Begräbnis-Freak.*) Michiel, Malik gegenübersitzend, weiß nicht im Geringsten, wie er das sagen soll an diesem Abend durchgenäßter Laken und mit zwei Handtüchern auf Kamils Kopfkissen, mit der Scheiße auf den Laken (wieder einmal) und dem offenbar einsetzenden Delirium (wieder einmal) – und wieder einmal muß Michiel an Demenz denken und an einen mit Gewalt unter Wasser gedrückten Kopf und einen Mund, aus dem nur ein Gurgeln entweicht, und an sie selbst, wie sie in Zungen reden, während Mamparra da auf der Veranda steht vor den weißen Jungen. Er wollte nur, er könnte diese Worte sagen: *Malik, du und Rachel, ihr müßt euch irgendetwas überlegen. Ich kann das nicht länger mitmachen. Nehmt ihn nach Vancouver mit, ich flehe euch an, nur bringt ihn irgendwie fort aus meinem Blickfeld.* Maliks Gesicht ist faltig. Sein kahler Schädel von Runzeln überzogen. Seine Finger, die dieselben geraden Nägel haben, wie die Kamils, liegen ineinander verknotet auf dem Tisch, auf dem überall die halbgegessenen Reste von Fertiggerichten stehen. Heute abend hat Kamil nur eine leichte Brühe zu sich genommen. Der Pilz, der in seinem Rachen wächst, macht jede Schluckbewegung schmerzhaft. Seit Monaten hängt ein leichter Gestank in der Wohnung: wenn er den Darm entleert ist es, als würden alle Innereien sich ergießen. Diese letzte Woche hat Michiel ihn drei von den sieben Malen in die Badewanne getragen. Ob dies der letzte Besuch von Malik und Rachel sein wird? Ob man Nawal kommen lassen sollte? Aber das wurde schon einmal getan, und dann erholte sich Kamil und ging wieder an die Uni lehren. Aber diesmal, nach dem Zustand der Laken heute abend, denkt Michiel darüber nach, Freunde anzurufen, die an Sachen drankommen, die es beenden können. Das ist für ein halbes Dutzend Männer gemacht worden, die sie kennen, und zwar schon in früheren Stadien als dem, in dem sich Kamil jetzt befindet.

»Als wir Jaffa verließen«, sagt Malik, »da trug er einen blauen Matrosenanzug für den Flieger. Wir hatten einen Hund namens Malaika, der nicht mit uns kommen konnte, weil alles in größter Geheimhaltung ablief. Rachel und ich brachten es nicht über uns, den Kindern zu erzählen, daß sie Malaika nie wiedersehen würden, obwohl Nawal alt genug war, es ahnen zu können. Als wir den Hund zurückließen, versprach Kamil, ihm einen Elchknochen aus Kanada mitzubringen. Er war nur ein kleiner Junge damals. Wo in Palästina mochte er von Elchen gehört haben?«

Rachel kommt herein. Heute abend ist ihr Sohn ohne Pillen eingeschlafen. *Ein gutes Zeichen.* Ihr Gesicht ist gelassen, wie von innen leuchtendes Wachs. Es wirkt, als trage ihr Mann die gesamte Last ihrer gemeinsamen Sorge, während sie mit ihrem braunen Stachelhaar, die Augen hinter den runden Gläsern, in ihrem Innern eine Art Quelle zu besitzen scheint, aus der ihr Kraft und Helligkeit zuwachsen.

»Er hat den ganzen Teller Suppe gegessen«, sagt sie. »Er hat eine gute Gesichtsfarbe heute abend.« Und morgen früh wird er dann mit einem Liedchen auf den Lippen erwachen. Sie fragt, ob Michiel erneut mit Malik im Gästezimmer schlafen wolle oder hier drin auf der Couch. Sie wird bei Kamil bleiben. »Ihr braucht beide eine ganze Nacht zum Ausschlafen.« Malik protestiert mit schimmernden Augen. »Ich werde heute nach bei Habibi bleiben, Rachel. Du und Michiel, ihr schlaft euch aus.«

Der alte, glatzköpfige Mann liegt in seinem Schlafanzug auf dem Doppelbett, als Rachel und Michiel zum Gute-Nacht-Sagen hereinkommen. Die Lampe brennt. Über Kamil hängt die grüne Tara, ein Bein über das Lotosblatt ausgestreckt, die blaue Blüte über der linken Schulter, die rechte Hand spendet den Segen. Maliks Gesicht auf dem Kissen ist dem seines Sohnes zugewandt. Seine Hand ruht leicht auf der Stelle, wo der Schlafanzug von dem vorspringenden Schlüsselbein absteht.

In dem Schlafzimmer, in dem Jahre später Ounooi schlafen wird, sieht Michiel, sobald er Rachels regelmäßigen Atem aus dem zweiten Bett hört, Peets Fußspuren, die von dem Kleiderbündel bis zum nassen Sand eingegraben sind. Die Knöchel und kräftigen Waden seines Bruders waten in die Wellen hinein. Er sieht, wie Leon mit gesenktem Kopf den Strand verläßt. Als sie sich in den Tagen, bevor er nach London flieht, treffen, spricht aus den Augen des Mannes etwas, das bestürzender ist als Trauer. Jahre später in Sydney existiert dieser Blick noch immer, ein Flackern, das Lächeln und Gelächter zu Ratlosigkeit verbindet, als würde ein Vorgang, von dem er weiß, er werde nie enden, sich immer aufs Neue dahinter abspielen. Michiel drückt sein Gesicht ins Kissen und weint.

Nach wenigen Tagen steht er wieder vor Glassman, um die zweite Runde seiner langfristigen Besuche zu beginnen. Glassman: Ihren sterbenden Geliebten im Stich lassen. Na, das ist eine sehr bunte Decke, unter der Sie da den Rest Ihrer Tage verbringen werden. Michiel: Aber wenn es nun nur Schuldgefühle sind, die mich bei ihm bleiben lassen? Glassman: Ich sehe schon, unser Arbeitsprogramm liegt klar und deutlich vor uns.

Das verlorene Territorium der ersten ›voreilig beendeten‹ Therapie mußte wiedergewonnen werden, und die Ereignisse jedes neuen Tages besprochen. Berufliche Wechselwirkungen am International House: Lings unaufhörliche passive Aggressivität. Ihre Heirat – mit einem mexikanischen Amerikaner – zu der Michiel nicht eingeladen werden will. Paul und Paul aus dem Erdgeschoß, die soeben von einer Urlaubsreise nach Kapstadt mit der Nachricht zurückgekommen sind, daß die neue Verfassung Südafrikas die Todesstrafe verbietet und erstaunlicherweise einen Passus enthält, der die Menschen vor Diskriminierung aufgrund ihrer sexuellen Orientierung schützt. Er sieht die Vorfälle am Commonwealth Institut wieder vor sich. War das nicht erst gerade gestern? Wie war es möglich, daß Afrikas älteste Befreiungsbewegung so schnell ihre Ansichten änderte? Soviel zur Demokratie: laß mutige Eliten hinter geschlossenen Türen die Richtlinien der Politik verändern und schleife das strampelnde und schreiende Fußvolk hinüber ins neue Jahrtausend. Kamils Biodiät und was die Sachen im Bioladen kosten. Verkackte Laken selbst waschen, anstatt sie Amerika zu überlassen. Die unerträgliche Intimität, jemanden, den man liebt, zum Tode zu pflegen. Den Fahneneid zusammen mit tausend anderen aus 57 Ländern in einer Halle aufsagen, die Finger hinter dem Rücken gekreuzt. Nawal, die sich überlegt, ob sie ihr neues Baby nicht zur Erinnerung an ihn Kamil nennen soll, aber sollte Kamil nicht sterben, wären dann zwei Kamils in einer Familie nicht einer zu viel? Auf der Powell Street hält ein Schwarzer ein Plakat hoch, auf dem steht: *Gott haßt Schwuchteln.* Binnen zehn Minuten steht eine weiße Frau daneben, die ebenfalls ein Schild hochhält, auf dem steht: *Und Sie liebt Nigger.* Die Furcht, von Kamil angesteckt zu werden und Michiels Scham über diese Furcht, und als dann seine neuesten Testergebnisse kommen, Erleichterung und Schuldgefühle zugleich. Kamils Testament, in dem er Michiel das Haus hinterläßt, das er selbst von einem der frühesten Opfer der Epidemie geerbt hat. Sollten sie die Erdgeschoßwohnung des alten viktorianischen Hauses, das einst einer einzigen Familie diente, den Pauls verkaufen, die sie gemietet haben, damit die Kosten für die Medikamente nicht mehr so schwer wiegen? Kamil gehört zu den Probanden einer neuen Medikation, die ihn womöglich sogar noch schneller umbringt. Furcht. Verlassensängste. Wie er sich in manchen Momenten noch immer als Single empfindet, vielleicht zurück in Australien. Er möchte wieder tauchen, in warmem Wasser, zwischen Zwergrochen und Mantas und Haien. Stattdessen wird sein ganzes Leben von dieser Krankheit aufgefressen. Dann, Monate nachdem er beschlossen hat, nachdem er *weiß*, daß er nicht fortgehen kann, nicht fortgehen wird und es auch gar nicht will, niemals, steigt Kamils T-Zellen-Spiegel plötzlich rapide an: Sieg, das pure Glück, Beethovens neunte Symphonie bei offenen Fenstern in voller Lautstärke gespielt: *Freude, schöner Götterfunken, Tochter aus Elysium, wir betreten feuertrunken, Himmlische, dein Heiligtum ... Alle Menschen werden Brüder, wo dein sanfter Flügel weilt ...* Schillers Gedicht, das über den Balkon und den Hinterhof tönt. Laß sie es in ganz Castro hören, so als wäre das Lower Haight das Wien von vor fast zwei Jahrhunderten. Freunde kommen mit Champagner und hundertundeins roten Rosen. Alle versinken sie glücklich im Nebel von Alkohol und Pot. Im gesamten Eureka Valley werden die Leute leben! Normal komplexe Leben werden wieder die Tagesordnung sein, und nicht Leben, die nichts sind, als verschiedene Arten zu sterben. Beim Abendessen geht es um Mieterlässe, um Harvey Milk, um Prinzessin Diana, die jetzt auch einen Gebetsteppich ausrollt, um das wunderbare Wetter in der letzten Zeit, um die Homoerotik im American Football, die ganz ähnlich ist, wie die unter Soldaten. Michiel ist gereizt, obwohl schon high, bleibt er außen vor, raucht noch mehr. Durch einen Nebel von Paranoia schieben sich gewalttätige Erinnerungen an Feuer und Truppenbewegungen, an das Bild, das er in der Nacht, bevor er Namibia verläßt, gesehen hat. »Ich habe mich so lächerlich gefühlt«, sagt er, »wie ein Hochstapler in der Armee genauso wie im Gedränge.« »Du machst wohl

Witze! Jeden Abend voll im Getümmel, mit alle dem Schweiß und Testosteron!« sagt einer der Pauls. Schwachsinn, erwidert Michiel. Er war nie fähig gewesen, seinen Zweifel zu verdrängen, irgendjemand wurde immer verletzt. Der Sandsack, an dem sie mit dem Bajonett übten, die menschliche Silhouette als Zielscheibe. Nie fähig, es zu vegessen (zu ›dissoziieren‹), permanent sich schämend dazuzugehören und zugleich überhaupt nicht dazuzugehören. Ein Betrüger, ein Eindringling im Geheimbund der Gewalttätigkeit. Und daran ist überhaupt nichts sexy, murrt er und hat die Nase voll von ihrer Gesellschaft am Abend von Kamils Feier. Glassman: Das wäre dann der Aspekt, unter dem sowohl der Football als auch der Krieg als erotisch gelesen werden könnten: Solange man vergewaltigt, berührt man auch. Michiel: Anstatt zu ficken? Glassman: Selbst ficken kann eine Verteidigungsstrategie gegen Intimität sein. Das wissen Sie. Michiel: Und was, wenn es nur einfach zu einer normalen und gesunden Männlichkeit dazugehört, sexuelle Befriedigung breitgestreut zu geben und zu empfangen, wie die Tiere das auch machen? Glassman: Ich habe sehr viel mehr Menschen kennengelernt, die den Trost und die Intimität einer tiefergehenden Beziehung benötigen – mit all ihren Unzulänglichkeiten. Michiel: In mancherlei Hinsicht schäme ich mich immer noch für genau dieses Bedürfnis in mir selbst. Glassman: Davor geliebt werden zu wollen, lieben zu wollen? Michiel: Als wäre ich dann weniger Mann. Glassman: Erzählen Sie mir mehr von dieser *normalen Männlichkeit*. Michiel: Na eben einfach ein normaler Typ sein. Glassman: Wer ist denn dieser normale Typ? Michiels Blick wandert von dem Seelenklempner über das Gemälde der Meereslandschaft zu der Schwarzweißfotografie mit dem Gedicht. Dann senkt er die Augen auf den Teppich und wartet darauf, daß der Psychiater seine eigene Frage beantwortet. Er blickt wieder zurück zu Glassman und sieht Oubaas an der Mauer des Reservoirs, Miemie neben ihm, Riedhalme hängen ins Wasser. Sie starren einander wortlos in die Augen, gefühlte Minuten lang –

Er erwacht mit einem Schrei. Oubaas hat sich erhängt. Er ist auf dem Bett im Gästezimmer, und Rachel liegt neben ihm. Völlig panisch tastet er nach dem Lichtschalter.

»Onkel Michiel?«

Bianca.

Sein altes Bett.

»Bitte entschuldige, mein Kleines. Ich muß eben Licht anschalten.«

»Ist schon gut.«

Er findet den Schalter. Bianca hat sich aufgesetzt und blinzelt. Ein böser Traum, sagt er, ein blöder Alptraum. Er wirft die Decke von sich und steht rasch auf. Ich bin gleich wieder da, sagt er, ich muß schnell aufs Klo. Du kannst das Licht ruhig wieder ausmachen, Bianca, schlaf weiter, mein Schatz. Er muß sich zurückhalten, um nicht den Korridor hinunterzurennen und das ganze Haus aufzuwecken. Das Herz klopft ihm bis zum Hals, als er die Türklinke seines Vaters drückt und sich mit angehaltenem Atem auf das Schlimmste vorbereitet. Seine Hand tastet an der Zimmerwand entlang, um den Schalter zu finden.

»Is dit jy, Alida?«

»Ich bins, Oubaas.« Er atmet aus. Flüstert dann: »Kann ich das Licht anmachen?« Die Nachttischlampe geht an. Der alte Mann hat die Augen nicht geöffnet. »Was ist, Michiel?«

Michiels Augen entdecken die violette Krawatte auf dem weißen Laken, wo er sie vergessen hat.

»Nichts, Oubaas. Ich konnte nicht schlafen. Entschuldige, daß ich dich geweckt habe.« Er gleitet geräuschlos von der Tür ins Zimmer, greift die Krawattenspitze, zieht sie zu sich und knautscht sie in seiner Faust zusammen.

»Gute Nacht, Oubaas.«

»'Nacht, Michiel.«

Auf der Toilette denkt er über seinen Traum nach: Er sitzt in Glassmans Sessel, aber hier, in dem überwachsenen Rosengarten und er trägt das Haar lang und in einem Pferdeschwanz. Der Garten stammt aus einem Gemälde des Zöllners Rousseau, leuchtende Farben, Insekten summen von Blüte zu Blüte. Jemand, den er nicht sehen kann, packt sein Haar von hinten und zwingt ihn, auf die in Flammen stehende Jacaranda zu blicken; dort hängt ein Körper an einem der brennenden Äste. Ein Hund? Ein Tiger? Ein halb gehäuteter Kadaver? Irgendwas stimmt nicht mit dem Baum. Die Form ist falsch. Er versucht freizukommen: Wenn er verhindern kann, daß der Körper fällt, bevor die Flammen die Krawatte durchgebrannt haben, dann wird er nicht tot sein. Er schreit *Habibi*, *Habibi*, aber der Ast steht in Flammen, und dann hört er das Krachen, mit dem er von dem dicken Stamm abbricht, und er hechtet vorwärts, schreiend, und versucht, den Körper aufzufangen, bevor er auf dem Boden aufprallt.

Er blickt auf die Uhr. Fünf Uhr nachmitags an der Westküste. Kamil wird im BART-Zug sitzen, auf dem Rückweg in die Stadt. Ob er wohl ein Aquarium gefunden hat, und ob es ihm gelungen ist, Xanthippe wieder hineinzulocken?

Bianca hat sich die Decke um die Schultern drapiert. Sie lächelt scheu und gähnt und hält das Schakalfell über ihre Lippen. Er will gerade das Licht löschen, da fragt sie ihn nach dem Alptraum. »Erzähl' ich dir morgen früh«, sagt er, auf dem Ellbogen aufgestützt zu ihr hinüberblickend und die Krawatte auf dem Nachttisch deponierend. »Ist ja nicht nötig, daß auch du noch meinetwegen einen Alptraum bekommst.«

»Ich bin ganz wach«, sagt sie. »Wirst du jetzt gleich wieder einschlafen, Onkel Michiel?«

»In einer Weile«, erwidert er, obwohl er sich dessen gar nicht sicher ist.

»Kann ich zu dir kommen und bei dir liegen? Nur bis du einschläfst?«

Er hebt die Decke an, und sie steigt aus ihrem Bett. Sie legt den Arm über ihn und kuschelt ihre Wange auf seine Brust. Die geläufige Geste läßt ihn darauf schließen, daß sie noch immer ab und zu bei ihren Eltern schläft. Sie will eine Geschichte hören. Er erinnert sich an das Vorlesen für Nawals Kinder.

»Wenn ich dir eine über Ratten erzähle, versprichst du mir dann, keine bösen Träume zu bekommen?«

»Ich hab keine Angst vor Ratten.«

»Auch nicht vor hundert Ratten?«

»Ich hab auch keine Angst vor hundert Ratten.«

»Na gut, aber die hier erzählt von hunderttausend Millionen Ratten, die über die Meere schwimmen können.«

Sie kichert und kneift ihn in den Bauch. »Erzähl die Geschichte und hör auf, mich auf die Folter zu spannen, Onkel Michiel.«

»Es war einmal eine Stadt, die hatte ein gigantisches Rattenproblem.«

»*Der Rattenfänger von Hameln*«, flüstert sie. »Eine meiner Lieblingsgeschichten.«

»Überall sind Ratten. Auf den Straßen, in den Schränken, im Essen, in den Kirchen und auf den Farmen. Sie sind einfach überall.«

»In den Schulen und Geschäften auch. Und im Zirkuszelt«, flüstert sie.

»In den Schuhen der Leute, in ihren Betten, unter den Roben der Richter, auf ihren Tellern und auf den Pfefferminzkuchen.«

»Es gab noch gar keine Pfefferminzkuchen in den alten Zeiten. Schließlich kannst du ohne Pfefferminz-Schokoriegel keine Pfefferminzkuchen machen, stimmts nicht?«

»Damals haben sie sie aus Ziegenmilch und Honigwaben und Pfefferminzblättern gemacht. Und wer hat überhaupt gesagt, daß die Geschichte in den alten Zeiten spielt?«

»Ich glaub trotzdem, daß du unrecht hast.«

»Würdest du mir trotzdem weiter zuhören? Und mir die narrative Steuerung meiner eigenen Geschichte gestatten?«

Wieder zwickt sie ihn und kichert. »Was ist das denn: narrative Steuerung?«

»Hmm, das ist eine andere Geschichte. Also eines Tages kam ein Mann in die Stadt, der auf einer Flöte spielte.«

»Einer Blockflöte. Und er trägt einen Anzug wie ein Hofnarr und rote spitze Schuhe.«

»Noch weitere Details, die eingefügt werden müssen?«

Wieder das Kneifen. Erzähl einfach.

Der Flötenspieler bietet an, das Problem zu lösen, indem er seine Flöte spielt und das Ungeziefer aus der Stadt lockt, und die Leute erklären sich bereit, ihn für seine Hilfe zu bezahlen. An einem sonnigen Nachmittag spaziert der Rattenfänger durch die Straßen und spielt dabei seine Melodie. Die Ratten quellen überall hervor, aus den Schreibtischen, aus den Obstgärten, von den Tellern, aus jedem Haus, jedem Gully, jeder Ecke und jedem Ritz.«

»Und aus jedem Pfefferminzkuchen, nehme ich an«, murmelt sie kichernd.

Er tut so, als wolle er sie auch zwicken und sie lacht leise.

In einer langen Schlange folgen die Ratten dem Flötenspieler zum Fluß. Während er musizierend am Ufer steht, gehen sie alle ins Wasser. Zu Hunderten und Tausenden. Aber plötzlich wollen die Stadtmenschen ihm seinen Lohn nicht mehr geben. Er geht zum Bürgermeister, zum Stadtrat, zum Gericht und zur Königin. Die Erwachsenen aber machen sich alle davon und gehen zur Arbeit in ihre Büros, in die Armee und in Fabriken und Parks und Schönheitssalons und Wolkenkratzer und Krankenhäuser und Universitäten. Da hebt der Rattenfänger die Flöte an die Lippen und beginnt ein anderes Lied zu spielen. Und jetzt kommen von überall her aus der Stadt die Kinder, zu Dutzenden, Hunderten und Tausenden, und alle singen und tanzen zu dem neuen Lied des Rattenfängers und folgen ihm, der zur Stadt hinaus zieht.

»Bis zum Fluß, wo sie alle ertrinken«, murmelt sie mit einer Stimme, die schläfrig geworden ist.

Nein, sagt er. Gar niemand ertrinkt, bloß weil Erwachsene, die immer denken, sie wissen alles besser, etwas getan oder nicht getan haben ... Er führt die Kinder ganz sicher den Berg hinauf bis zu einer Höhle. Dann bittet er sie, dort zu warten. Er wandert zurück in die Stadt, wo die Erwachsenen, oh Schreck, oh Schreck, bemerkt haben, daß ihre Kinder weg sind. Und wieder verlangt der Rattenfänger seinen Lohn. Jetzt aber rennen die Leute zu ihren Safes und holen das Geld unter ihren Matratzen hervor oder von ihren Konten und Aktien und Fonds. Sie legen alles, was sie besitzen, zu Füßen des Rattenfängers mit den roten Schnabelschuhen. Der hebt seine Flöte und spielt ein weiteres kleines Lied. Und langsam kommen alle Kinder, singend und tanzend wieder nach Hause in die Stadt und erzählen die tollsten Geschichten über ihre Wanderung und was sie alles auf dem Berg gesehen haben.

Am Morgen, als sie Kaffee für Michiel und Orangensaft für ihre Tochter bringt, wird Giselle sie so finden, die alte Basotho-Decke verrutscht über sich, die Nachttischlampe immer noch schwächlich anleuchtend gegen den hellen Sonnenschein, der durch die Läden fällt. Oh, dieses ihr und Benjamins Kind, das jede Gelegenheit ergreift, zu ihnen ins Bett zu kriechen, das mit keinem lebendigen Wesen sprechen kann, ohne es zugleich anzufassen. Geliebte, schöne Bianca! Wie lang wird es dauern, bis die Welt ihre schmutzigen Finger an dich legen wird? Einen Augenblick lang wird Giselle ganz vergessen haben, daß sie Ounooi nicht rufen kann, um diesen Moment mit ihr zu teilen.

Später erzählt sie den Anblick dann in allen Details Benjamin, der es seinerseits Michiel weitererzählen wird, in der Stunde vor dessen Abreise.

»Michiel… Bianca…« sagt sie zärtlich, und blinzelt, um die Augen freizubekommen. »Zeit, den Tag zu beginnen.«

Eine Nebeldecke hat die Stadt eingehüllt, so daß der Kirchturm wie der Mast eines Schiffes aus dem wolkigen Meer herausragt, ohne Verbindung zu seiner Verankerung. Das Thermometer steht auf elf Grad. Fünfzig Grad Fahrenheit etwa, schätzt er. Auf den Malutis könnte womöglich Schnee liegen. Im Wohnzimmer trifft er auf Oubaas, der sich *Guten Morgen Südafrika* ansieht. Die altbekannten weißen Gesichter, die neue Nachrichten bekanntgaben, sind in seiner Abwesenheit durch jüngere und schwarze Gesichter ersetzt worden, die Sendung ist jetzt neben der englischen, in der die Berichte ausgestrahlt werden, gespickt mit Wörtern und Ausdrücken aus afrikanischen Sprachen. Das Hauptthema der Nachrichten ist die Währung des Landes, die gegenüber Dollar und Pfund soeben auf einen historischen Tiefstand gesunken ist, was auch der Grund ist, wie ihm jetzt klar wird, warum er beim Tauschen fast doppelt so viel Geld bekommen hat, wie erwartet. Was er davon nicht fürs Benzin braucht, wird er Alida und den anderen dalassen. Ein weiterer Bericht handelt vom Protest örtlicher Umweltschützer gegen ein amerikanisches Kriegsschiff, das in südafrikanischen Gewässern ankert. In den internationalen Nachrichten geht es um drei Leute, die bei einem türkischen Selbstmordattentat umgekommen sind.

»Konntest du wieder einschlafen?« fragt Oubaas in der Pause zwischen den Nachrichten und dem Wetterbericht.

»Ja, konnte ich, Pa. Danke der Nachfrage. Und wie geht es Pa?«

»Ich habe seit der Nacht, in der deine Mutter gestorben ist, nicht mehr geschlafen.«

Beim Frühstück erhält er eine SMS von Kamil: Bin im Bett. X immer noch nicht aufgetaucht. Hab Essen rausgestellt, um sie anzulocken. Hab neues Aquarium. Lieb' dich, K.

Karien trägt Ounoois Jodhpurs, Stiefel und eine schwarze Reitjacke. Die Levis, die er im Flugzeug getragen hat, müssen es für ihn tun, dazu ein Paar von Oubaas alten Reitstiefeln. Ohne Socken, da die Stiefel eine halbe Nummer zu klein sind. Gegen die Kälte hat er den Pullover von gestern abend übergezogen, und Alida hat eine ausgeblichene braune Armeejacke von Benjamin herbeigeholt, auf der über der Brusttasche in verblaßten Buchstaben Steyn steht.

Als sie dann losreiten, sind die Arbeiter in Ounoois Obstplantage damit beschäftigt, Blätter und Blüten zusammenzurechen, die wie eine dünne Schicht geschmolzenen Wachses den Boden bedecken. Sie stehen auf Trittleitern und kappen mit der Heckenschere die Enden von Zweigen, die die Gewalt des Hagels in Mitleidenschaft gezogen hat. Die werden dann auf große Haufen gepackt, in durchsichtige Müllsäcke gesteckt und hinauf zu den Komposthaufen gefahren. Wenn die frischen Lagen dann beinahe trocken sind, wird, sofern kein Wind geht, ein Feuer angesetzt, so daß sie tagelang ruhig vor sich hin glimmen, wie Verbrennungsöfen, und die Feuchtigkeit die Huminsäuren für die nächstjährige Düngung ausbrütet.

Ein Frühling in Lumpen. Zerrissene Borke steht von den Stämmen und Ästen ab, als hätten sie tiefe Fleischwunden. Die wenigen übriggebliebenen Blüten hängen schlapp und zerfleddert herab. Zur Mittagszeit werden auch sie häßlich braun geworden sein und mit ihnen alle Hoffnung, daß die Bäume Früchte tragen, dahin sein. Ounoois Obstgarten beginnt sein eigenes Trauerjahr. Kein Abfüllen, kein Verkauf, das lukrative Konservengeschäft von Paradys liegt auf Eis. Mamparra und Liesbet werden die Sommerwochen nicht im Schatten des Unterstandes bei Radiomusik und -gerede verbringen. Stattdessen wird man sie in die heiße Sonne rausschicken, wo sie ihre eigentliche Arbeit werden tun müssen und Vögel und Paviane aus der Plantage vertreiben. Mamparra wird die Reihen singend, aber ohne ihre Blechdose abschreiten. Und im kommenden Frühjahr? Und Sommer? Nach einem Jahr ohne Frucht spendet ein Baum häufig in Überfülle. *Macht euch auf eine Rekordernte gefaßt*, werden Benjamin und Oubaas sicher sagen. Und wer wird dann die Gläser dampfstrahlen, den Zucker bestellen, neue Etiketten entwerfen, die Daten für die Ernte festlegen, den Lastwagen zu Cafés, Lebensmittelläden, Geschenkboutiquen expedieren? Einen Moment lang kann er sich selbst an den langen Tischen stehen sehen, hört sich Befehle erteilen, diejenigen hänseln, die versuchen, ihren Pflichten zu entkommen und telefonieren, um neue Märkte aufzutun. Jedes dieser Bilder und Geräusche ist verlockender als Englischkurse in Peking feilzubieten. Eine Vision seiner selbst, die trotzdem genauso ein Luftschloß ist, wie die seines Neffen und Thabisos, weil sie darauf hinausläuft, hier eines Tages zu einer Art Oubaas zu werden, denn *eines Tages, wenn ich groß bin* ist schon längst da. Und wo, fragt er sich, wäre dann wohl Kamil, während ich in der Scheune bin. Und wie werde ich es fertigbringen zu sagen – den Blick abgewandt, während ich den Spinat wasche – *ein Drittel der Farm in Afrika gehört mir*? Es war mir nicht klar, Kamil, aber ich möchte gern die Obstplantage meiner Mutter weiterführen. Möchtest du mit mir kommen? Es gibt nur ein paar Stunden entfernt eine Universität, an der du lehren könntest, mit deiner Hautfarbe wirst du vielleicht sogar eine ganz besondere Rolle spielen ... Und wie wirst du dann Maliks und Rachels Blicken begegnen, wenn einer von ihnen den Kopf schüttelt und sagt: Laß mich dir von einer Obstplantage in Jaffe erzählen. *Laß mich dir von Orangenbäumen erzählen, die abgeschlagen wurden, und in die Wunde der Erde hat man Salz gestreut.* Und Kamil als Meryl Streep als Karen Blixen: Ich hatte eine Farm am Gestade des blauen Mittelmeers, wo Tel Yafo mit jedem Jahrzehnt höher wächst. Wo Orangenbäume – Und Malik unterbricht ihn mit den Worten: *Ironie ist ja schön und gut, Habibi, aber ...* Und Rachel, die Arme um die Schultern ihres Mannes gelegt, flüstert: *Aber welche Art des Wissens lehrt uns Demut, mein Herz?*

Seite an Seite reiten er und Karien durch eine Allee von unversehrten Bäumen in der Plantage. Sie wollen in diese Richtung und dann über das Oberholzer-Land. Von dort aus durch einige Tore und über das Gebiet der nächsten Farm bis hinunter zum Caledon. Das ist die Strecke, die Karien oft mit Ounooi geritten ist. Michiel hat ein schlechtes Gewissen, daß er es Benjamin und Dirk überläßt, die Aufräumarbeiten zu überwachen. Während er und sie auf den Spuren der Vergangenheit in eine Wunderwelt reiten, die einmal ihnen gehört hat, müssen sich der ältere Bruder und ihr Mann unten an der Brücke schmutzige Finger holen.

»Wie fühlst du dich?« fragt Karien.

»Als hätte ich jeden Tag der letzten fünfzehn Jahre hier verbracht.«

»Hast du auch.«

»Mein Seelenklempner würde dich küssen für diesen Satz.«

Sie habe jetzt auch E-Mail, sagt sie. Sie würde sich freuen, wenn sie miteinander korrespondierten. Sie möchte wissen, was für Musik er hört, zu was für Ausstellungen sie gehen, was er liest. Vielleicht könnte man auch Lektürelisten austauschen? Sie ist Mitglied des Literaturclubs, den Ounooi gegründet hat. Mit Hilfe der Bücherei und von Sam Thabane wird sie noch einen zweiten gründen, mit Frauen aus dem Township. Sie würde gerne fließend Sesotho lernen. Und hier öffnet sich dank der Bücher älterer Schriftsteller wie Mphahlele, Modisane oder Kuzwayo, die in Englisch geschrieben haben, gerade eine ganz neue Welt. Andere Stimmen hat sie erst ganz frisch kennengelernt: Njabulo Ndebele, Zoe Wicomb, Damon Galgut, Zakes Mda, Marlene van Niekerk oder Mandla Langa. Oh und natürlich Yvonne Vera aus Sim. Sie und Dirk – sie lesen einander im Bett vor – sind jetzt fast durch mit einem Roman mit dem Titel *Die stille Gewalt der Träume* von einem jungen Autor namens K. Sello Duiker. Aus allen diesen Namen wird sich einer herauskristallisieren, der den Stab von der großen Gordimer und dem noch größeren Coetzee übernimmt. Oh nein, sagt Michiel, jetzt betritts du Ounoois geheiligten Grund, und außerdem vergleichst du Äpfel mit Birnen. Es gibt auch noch Krogs *Das Land meines Schädels*, ein Buch über das Kamil neben Fanon, Todorov und Bakhtin gesprochen hat in einem Seminar über postkoloniale Konfessionen, Erinnerung und Trauma.

»Weißt du noch, wie wir –«

»Ja! War es nicht mit ihm, daß wir angefangen haben, uns für Lyrik zu begeistern?«

»Wann hat Krog eigentlich angefangen, Prosa zu schreiben?«

Eines der Dinge, die sie verpaßt haben, weil sie nicht gemeinsam zuende studiert haben, ist die tiefe Verbindung, die zwischen Menschen entsteht, die die großen Romane und Gedichte ihres Lebens gemeinsam entdecken. Stattdessen hat er in Sydney und London, wo er immer noch auf Abstand hielt, in Studentenwohnheimen gesessen und mitgehört, was an den Nachbartischen geredet wurde. Und da wurde er Zeuge von Begeisterung – dem Glauben an die Kraft eines Satzes, an ein Leben, das durch einen einzigen Satz eine entscheidende Wendung erfuhr – die sich in Stimmen zeigte, deren Drang danach, ihre Leseerfahrungen zu teilen, schier überbordend gewesen war.

Aus der blühenden Plantage reiten sie hinaus in das grüne Veld und in die blasse Sonne. Sie ist diejenige, die absteigt, um das Gatter zwischen Paradys und Diepfontein zu öffnen. Der Zaunübertritt neben dem Tor ist lange fort, der einst den schwarzen Schulkindern diente, um den Zaun zu überklettern, weil man Angst hatte, sie würden das Gattertor offen stehen lassen. Über das gepflügte Land, aus dem die ersten grünen Spitzen der Maispflanzen schimmern, stelzt ein Sekretär mit steifen Beinen, wendet den Kopf auf der Suche nach Beute hin und her, seine graue Kopfbefiederung flattert in der Brise. Sie müssen durch ein anderes Tor, und wieder springt Karien ab, um es zu öffnen. »Wenn wir am Fluß sind«, sagt sie mit einem Lächeln auf den Lippen, »wirst du sehen, daß ich dich hier teilweise unter Vorspiegelung falscher Tatsachen hergebracht habe.« Er wartet, während sie das Gatter schließt und wieder aufsitzt. Aus der Innentasche von Ounoois Jacke zieht sie eine Packung Camel Lights. »Ich rauche eine pro Tag. Deine Mom und ich, wir haben heimlich geraucht, wann immer wir allein waren.«

»Ounooi?«

»Nur ein paar. Sie ist nie abhängig geworden bei all der Lauferei.« Sie sieht ihn an. »Wann hast du aufgehört?«

»Kamil hat sich geweigert, mich zu küssen, solange ich rauche. Und Rauchen in der Öffentlichkeit ist in den USA genauso wie sich privat einen blasen zu lassen, ein schlimmeres Verbrechen, als Staatsstreiche in Lateinamerika zu unterstützen oder Serbien zu bombardieren. Also hab ich mit Laufen angefangen. Und Nikotin durch Endorphine ersetzt.«

Sie raucht nicht vor Dirk und den Kindern, weniger wegen Dirks Mißfallen darüber, was sie ihrer Lunge antut, als um Thabiso und Palesa kein schlechtes Beispiel zu geben. Dann, fast ohne Pause, sagt sie: »Ich konnte danach keine Schwangerschaft mehr bis zum Schluß austragen.«

Das hatte er bereits angenommen.

»Gestern abend«, sagt sie, und er spürt ihren Blick auf sich, »als du erzählt hast, konnte ich dein Gehirn klicken hören bei der Überlegung, was du sagen und was du auslassen sollst. Auch um meinet- und Dirks willen.«

Um seinetwillen war es nicht, denkt Michiel.

»Ein Teil von mir will dir alles exakt so erzählen, wie es gewesen ist.«

Sie schweigt eine Weile und räuspert sich dann, schnieft gegen die Kälte und wischt sich die Nase am Ärmel ab. »Aber dann ist das auch wieder unmöglich. Außerdem mache ich mir auch Sorgen, was den pornografischen Teil des Ganzen betrifft.«

Er rückt die Stiefel in den Steigbügeln zurecht und dreht dann den Kopf, um ihren Augen zu begegnen.

»Als du erzählt hast«, sagt sie und hält dann inne. »Wie du mit ihm zum Auto gegangen bist, da habe ich die Bilder ohnehin selbst eingesetzt. Ich hab mir gewünscht, daß du mir genau sagst, wer was mit wem gemacht hat. Wie sein Gesicht ausgesehen hat. Seine Beine. Seine Brust. Sein Penis. So bin ich gebaut. Ich will die Dinge wissen, auch wenn ich es nicht kann, wirklich. Dirk und ich sind zweimal in Europa gewesen. Eine der ersten Sachen, wo ich ihn hingeschleppt habe, war in einen Pornofilm. Mittlerweile sind die hier auch legal, aber sie interessieren mich nicht mehr so. Ich meine, es ist ja nicht so, daß ich welche im Haus haben wollte, mit den Kindern. Aber es hatte irgendwas, sich da in München in so ein Kino reinzuschleichen und später nochmal in Paris. Ich wollte es einfach selbst einmal sehen. Es hatte etwas befreiendes! Stell dir die Leute hier vor – der arme Dominee, der in einem Kino erwischt wird, wo er mit seiner Frau Pornofilme guckt!«

»Die Frau mit dem scharlachroten Buchstaben auf der Brust.«

»Wieviel willst du denn wissen?«

»Erzähls mir so, wie du magst. Ich habe es lange genug mit meiner Phantasie abmachen müssen.« Sein Blick wandert von den Pferdeohren zu ihr. Jetzt kannst du es mir in deinen Worten sagen, damit ich meinen Teil von dem bekomme, was dir gehört.

»Ich bin immer noch eine Anhängerin von breiten Pinselstrichen und lebendigen Farben.« Sie lächelt. »Unterbrich mich«, sagt sie, »wenn du Fragen hast.«

»Das hätte ich gestern abend auch anbieten sollen.«

Ihre Freundin, die Leiterin des Wohnheims, stammte aus Zastron. Die Familie besaß ein Cottage am Stausee, wo sie an den Wochenenden Boot und Wasserski fuhren, schwammen und grillten. Unter der Woche war dort keiner. Der Schlüssel lag unter einem Stein vor der Haustür.

Sie haben Handtücher und Laken aus der Wäscherei des Emily Hobhouse Wohnheims mitgenommen.

Sie borgen sich den Wagen einer anderen Freundin.

Sie fahren nicht nach Botshabelo hinein, wo die Armee und Polizei herumschwirrt. Schließlich herrscht Ausnahmezustand. Sie laden die Krankenschwester an einer Straßenecke außerhalb des Townships ins Auto. Wenn irgendjemand sie anhält oder an den Stausee kommt, werden die weißen Mädchen behaupten, sie hätten einen Tag frei an der Uni, und die schwarze Frau sei eine Aushilfs-Zugehfrau. Als sie am Cottage ankommen, ist der Schlüssel nicht da. Sie können nicht wieder umkehren, dies ist der einzige Tag, an dem die Krankenschwester frei hat, und die Schwangerschaft ist in der zwölften Woche. Sie schlagen eine Fensterscheibe ein, um reinzukommen und dann die Tür von innen zu öffnen. Der Fensterrahmen läßt sich nicht bewegen. Sie legt sich auf die Rückbank. Ein Draht wird in ein dünnes Plastikröhrchen eingeführt, das dann in den Uterus gestoßen wird. Der Draht wird durch das Röhrchen gestochen und dann wird mit ihm herumgestochert auf der Suche nach dem Fötus. Das Plastikröhrchen bleibt in ihr, um alles, was sich in der Gebärmutter festhält, zu stören und herauszuzwingen. Sie beginnt zu bluten. Es sind nicht genügend Watte, Baumwollaken und Handtücher vorhanden, um den Fluß zu stoppen. Die Freundin geht zum Fenster des Cottages und reißt von außen die Vorhänge runter. Mit ihnen bedecken sie die Sitzbank für die Rückfahrt. Bevor sie die Krankenschwester absetzen, fahren sie einen Umweg, damit die Freundin auf die Bank gehen und einen Scheck aus ihrem Stipendiumsfonds einlösen kann. Es sieht so aus, als hätte die Blutung aufgehört. Sie lassen die Frau an einer anderen Stelle aussteigen. Mitten in der Nacht geht die Blutung wieder los. Jeden Moment jetzt wird der Fötus abgehen, dann ist es endlich vorbei.

»Es hat sich festgeklammert und nach Kräften um sein Leben gekämpft«, sagt sie.

Karien kann die Schmerzen nicht mehr ertragen. Wenn sie jetzt in ein Krankenhaus in Bloemfontein gehen, dann wird die Polizei ins Spiel kommen. Und ihr Vater ist selbst Bulle.

Ein Stück voraus stieben einige Perlhühner beim Anblick der Pferde mit metallischem Flügelschlag auseinander, einige fliegen ein kleines Stück und landen dann im Veld. Die Pferde steuern auf die Hügel oberhalb des Flusses zu. Das Land hier ist trocken, seit Tagen ist kein Regen gefallen.

»Wir kamen auf Paradys an.« Ihre Augen treffen sich. »Es war mitten in der Nacht.«

Wieder haben sie ein Tor erreicht, und bevor sie noch absteigen kann, tut er es. Er stöhnt leise beim Wiederaufsteigen, und es wird ihm klar, daß er im Bewußtsein ihrer Erinnerung an ihre körperlichen Schmerzen vom Pferd gesprungen ist.

»Ich konnte nicht zu Dad gehen. Und auch nicht zu Mom, wo

schon jedes Kuchenrezept zu einem Melodrama wird. Es stand nie in Frage, daß Ounooi – «

Sie zieht am Zügel. Sein Pferd befindet sich ein paar Schritte vor ihrem. Er dreht sich um. Sie hält ihr Gesicht in die Sonne. »Ich kann es immer noch nicht glauben, daß sie nicht mehr da ist. Ich glaube nicht an diesen ganzen Scheißdreck von übertriebener Dankbarkeit, aber ihr schulde ich wirklich mein Leben.«

Die Pferde folgen dem ausgetretenen Pfad zum Fluß. Unter ihnen ist der Caledon ein Quecksilberfluß zwischen dem frischen Grün der Bäume. Dort unten am Ufer, zwischen den Pappeln, wurde Weihnachten oder Sylvester mit der ganzen ausgedehnten Familie der Steyns und Fords gefeiert. Klappmöbel, ein Lamm am Spieß, Kartoffel- und Rübensalate, selbstgebackenes Brot und zum Nachtisch Trifle, der Oude Meester-Brandy oder Three Ships-Whisky ausschwitzte. Die Jungs und ihre Cousins rannten flußaufwärts, glitten auf Reifenschläuchen mit der Strömung flußab, rannten wieder, trieben wieder, stundenlang, in der seligen Gewißheit, daß all ihre künftigen Tage nichts anderes sein würden als die ewige Fortsetzung der außergewöhnlichen Freuden dieses Augenblicks.

Das Licht auf der Veranda ging schon an, bevor die Mädchen noch aus dem Auto waren. Oubaas kam zur Tür, das war vor der Existenz der Anti-Einbrecher-Gitter. Sie hatte ein Handtuch gegen den Unterleib gepreßt. Er trug sie in Michiels Zimmer. Sie wollten sie ins Krankenhaus bringen. Sie flehte sie an, es nicht zu tun. Ounooi schickte Oubaas in die Stadt. »Erinnerst du dich an die Hebamme, Tannie Salie Pienaar? Sie hat im Laufe der Jahre einigen Mädchen geholfen. Ihre Tochter Pamela – weißt du noch – lebt jetzt in Neuseeland. Salie hat mich untersucht und gesagt, es sei zu gefährlich, weil ich mindestens im vierten Monat sei. Ich sagte, das könne nicht sein. Karien muß dir kein Datum geben, hat Oubaas gesagt. Ich kenne den Tag, die Stunde und den Ort, an dem das geschehen ist. Abtreibungen können bis in den dritten Monat gemacht werden, sagte ich. Natürlich weiß ich, wie weit du bist, und du bist viel zu schwach, hat Salie gesagt. Du könntest sterben. Das einzige, was ich tun kann, ist dir helfen, das zu überleben, was dir da angetan worden ist. Und das Baby zu retten.«

Er blickt auf seine Finger hinab, um die die Zügel gedreht sind und schluckt den Kloß herunter, der ihm im Hals sitzt.

Ounooi schickte Kariens Freundin mit der Nachricht zu ihren

Professoren, sie habe eine Lungenentzündung. Salie kam einmal pro Tag auf die Farm. »Gott weiß, was Oubaas ihr dafür gezahlt hat.« Ounooi überzeugte Karien, daß sie Dirks Unterstützung brauchten. Sie und Oubaas allein würden es nie schaffen, sich um eine schwangere Karien zu kümmern und um ein Enkelkind, während ihre Eltern glaubten, sie säße an ihrem Schreibtisch im Emily Hobhouse Wohnheim. Salie begegnete Constable Opperman auf seinem Motorrad oder Gerda Niehaus in der Metzgerei und mußte so tun, als sei ihr ›Hallo‹ nur eines wie immer. Sobald Dirk ins Vertrauen gezogen worden war, bot er an, mit Kariens Eltern zu sprechen. »Ich sagte, wenn Mom oder Dad auch nur ein Sterbenswörtchen erfahren würden, dann stiege ich aus dem Bett und würde nie mehr mit dem Davonlaufen aufhören. Ich hatte das Geld aus dem Stipendium und würde fortgehen und das Baby irgendwo anders in Frieden bekommen. Zehn Tage lang habe ich in deinem Bett gelegen.« Alida wusch die Laken und Handtücher aus, aber sie wurden nicht sauber, also verbrannte sie sie mit dem Kompost. Ounooi rief die Universität an und tat so, als sei sie Gerda Niehaus. Es habe eine falsche Diagnose gegeben, erzählte sie den Dozenten und der Hausmutter: die vermeintliche Lungenentzündung sei in Wahrheit Mumps gewesen, und Karien würde bald wieder zurück sein. Sie brüteten einen Plan aus, in dem Ounooi und Alida das Kind auf Paradys großziehen würden, ohne zu leugnen, daß es das von Michiel und Karien war, während Karien wieder auf die Spur des Genies mit großem G zurückfinden sollte. »Oubaas hat nichts gesagt, aber eine Menge gelächelt. Ich glaube, es war in dieser Zeit, daß wir uns ziemlich liebgewonnen haben. Ein Pavian hätte sehen können, wie sehr der Gedanke an ein Enkelkind ihn entzückte, obwohl er nicht vorhatte, dir zu verzeihen und niemand wußte, wo du stecktest. Uniformierte Männer standen eines Tages vor der Haustür. Ich war sicher, es wäre die Polizei von Botshabelo. Ounoois erster Gedanke war, irgendetwas wäre Benjamin in Angola zugestoßen. Es war furchtbar. Sie blieb mit mir im Zimmer und schickte Alida raus.« Sie unterbricht sich und sieht Michiel an. »Sie suchten nach dir.«

Er kann sehen, daß der Fluß angeschwollen, aber nicht über die Ufer getreten ist. Eine breite Sandbank reicht von der Lesotho-Seite bis in die Mitte des Flusses, wo sich die Spiegelung des kalten Himmels bricht. Sie bleiben im Sattel und erlauben den Pferden zu grasen. Grashüpfer schnellen als verwischte Farbflecken hoch, Schmetterlinge taumeln über gelbe und orangene Wildblumen.

Mit jedem Anruf oder Besuch der Militärpolizei wurde Oubaas wütender. Karien hielt Kontakt zu ihren Eltern, damit sie nicht merkten, daß sie nicht im Wohnheim war. Dirk war jetzt jeden Tag da und ganz eindeutig nicht mehr nur als der geistliche Berater der Familie. »Er hatte nichts an sich, was mir nicht gefiel. Wenn einer so aussieht, wozu braucht er dann noch ein Hirn, fragte ich. Er sagte: Wenn ich dir deine Schönheit vergeben kann, dann kannst du mir ganz gewiß auch meine vergeben. Ich war fertig. Ich hatte keine Energie mehr. Dirk hat mir wieder ein inneres Gleichgewicht gegeben. Sein Selbstvertrauen erinnerte mich an Peet. Ich fühlte mich wieder erfüllter, obwohl ich eine ganze Weile brauchte, um mich an die Idee zu gewöhnen, daß ich von dir schwanger war und mich zur gleichen Zeit in einen anderen verliebte.«

Er spürt ihre Augen auf sich, blickt aber in eine andere Richtung.

Auf die Dauer mußten sie es ihren Eltern mitteilen. Von Seiten Gerda Niehaus' führte das zu großem Wehklagen und Haareraufen. Nicht nur ihr eigenes junges Leben hatte Karien ruiniert, sondern das der ganzen Familie. Gerda schickte einen zehnseitigen handgeschriebenen Brief an Ounooi, in dem sie um Vergebung dafür bat, daß der blütenweiße Name der Steyns so kurz nach dem entsetzlichen Verlust, den die Familie erlitten habe, beschmutzt worden sei. Constable Opperman telefonierte mit jeder Polizeiwache des Oranje Freistaats, um sie anzuweisen, nach Michiel Ausschau zu halten. Seine Wut auf den *Kuli-versessenen-Homosexuellen-der-meiner-Tochter-sowas-angetan-hat* machte Gerda zur Geisel, nachdem klar wurde, daß Ounooi keinesfalls vorhatte, das Spiel des Leidens und Schämens mitzuspielen, das diese-*Schlampe-die-ich-großgezogen-habe* zu verantworten hatte. Auch die Stadt begann Bescheid zu wissen, sobald sich Dirks tägliche Fahrten nach Paradys herumsprachen. Er wurde vor den Kirchenrat zitiert. Seine Weigerung, den Umgang mit einer *gefallenen Frau* zu beenden und sein Insistieren darauf, es müsse ihr gestattet sein, *in ihrem Zustand* den Gottesdienst zu besuchen, führte dazu, daß er vom Dienst in der weißen Kirche suspendiert wurde, bis das Kind geboren wäre. Er predigte stattdessen im Township. Dort war Karien, der man die Schwangerschaft anzusehen begann, willkommen.

Als sie die Fehlgeburt erlitt, entschied sie sich dafür, dem Krankenhaus das zu überlassen, was aus ihr herauskam. Was nicht lebendig geboren wird, sagt sie, braucht auch keine Bestattung. »Ich habe nicht nach den Einzelheiten gefragt. Es schien mir besser, ohne ein solches Bild in meinem Kopf weiterzuleben.« Dirks Suspendierung wurde sofort aufgehoben. Michiel versucht an sich selbst in London zurückzudenken. Wo mochte er zu der Stunde gewesen sein, als die Gebärmutter ihren Inhalt schließlich nicht mehr halten konnte?

»Hinterher kam tagelang, wenn ich auf der Farm in einem heißen Bad saß, Zeug aus mir raus. Fetzen von rotem Gewebe. Ganz fein, wie zerrissene Seide oder Rosenblüten, das trieb dann im Wasser um mich herum. Das erste Mal, daß das passierte, rief ich nach Ounooi. Sie kniete dann vor der Wanne und hielt mich fest.«

Während ihrer Rekonvaleszenz auf Paradys begann sie wieder zu zeichnen und zu malen. In den Wochen nach dem Abbruch der Schwangerschaft beschloß sie, nicht wieder zum Jurastudium zurückzukehren. Sie hatte frische Farbflecke auf den Fingern und unter den Nägeln. Es war eigentlich nicht Ounoois Art, aber bei Karien bettelte sie und schmeichelte ihr. Für Ounooi, gefangen in ihrer Vision von intellektueller Leistung und deren öffentlicher Anerkennung, lag der wahre Sinn des Lebens in Büchern, in Examen und in Kariens Weg vom Talar zur roten Richterrobe und zur Richterbank. Es hatte im Lande bisher nur eine einzige Richterin am High Court gegeben. Daß Karien – als Frau – eine andere Richtung einschlagen wollte, verletzte Ounooi ganz besonders. Sie selbst hätte eine blendendere berufliche Karriere haben können, aber sie hatte sich für ein Dasein als Lehrerin entschieden. Hatten die Träume seiner Mutter also vielleicht ihre Wurzel in einem unausgesprochenen Bedauern darüber, daß sie selbst nicht ihren idealen Weg gegangen war?

»Sie mochte Dirk gern. Und sie liebte die Kinder. Aber bis zum Schluß hat sie gehofft, ich würde irgendwann nochmal zuschlagen, doch noch Ruhm erwerben und sie und mich in aller Öffentlichkeit rehabilitieren. Und sogar dich. Ich hätte dir wieder schreiben sollen«, sagt sie. »Mit der Zeit hab ichs laufen lassen. Das Leben geht weiter. Abrechnungen, Komitees, das Auto warten lassen, die Kinder zum Sport bringen, Streitereien, der Kirchenchor, der Kuchenbasar, Rotznasen. Wenn ich dann einmal an dich dachte, habe ich mir gesagt, es sei an dir, deinen Mut in beide Hände zu nehmen und deinen

Weg zurück zu finden. Oder wieder zu schreiben. Dirk findet es gut, daß die Juden die Regel haben, dreimal um Vergebung zu bitten und dann damit aufzuhören. Du hast es oft genug versucht. In gewisser Hinsicht war es ja auch einfacher, dich nicht hier zu haben. Einen Konflikt beizulegen ist eine so verschissen schwere Arbeit.«

»Gestern abend, am Telefon«, sagt er, »der einzige Mensch, nach dem Kamil gefragt hat, das warst du.« Dann: »Denkst du manchmal an die Zeit ... an uns?«

»Es ist da ... Als Ounooi erzählte, daß sie dich besuchen würde und als sie dann weg war, und seit wir jetzt hörten, daß du kommen würdest, da war es da, bei mir, immer wieder einmal.« Sie blickt ihn an, zögert ein wenig, dann sagt sie: »Wir haben zwei Fehlgeburten erlitten.«

Er bemerkt die bewußte Wahl des Pronomens. Sie könnten eine künstliche Befruchtung versuchen, fährt sie fort. Es gäbe eine Chance, eigene Kinder zu haben. Sie hat Freunde, die das erste Kind erst mit vierzig bekommen haben. Aber darauf haben weder sie noch Dirk Lust. Ihr und sein Unbehagen an dieser ganzen ›ein Kind aus der eigenen DNS‹-Kultur, an der ganzen Idee, ›daß wir kleine Penis- und Vagina-Skulpturen von uns selbst‹ bräuchten, mag vielleicht nur eine intellektuelle Rechtfertigung der eigenen Situation sein, aber was es auch immer ist, sie wünscht sich, es wäre ein Thema, über das die Leute ein wenig nachdenken. Zwar nicht dasselbe, findet sie, aber doch ähnlich, wie daß man besonders schöne Haustiere züchtet, während zugleich die Tierheime überlaufen und die verlassenen und ausgesetzten Tiere Hungers sterben oder en masse umgebracht werden. Da gibt es auch die Ein-Kind-pro-Familie-Politik des chinesischen Staates, sagt er. Stell dir vor, man würde ein solches Gesetz in Europa oder den USA vorschlagen. Ich wäre vermutlich dafür, sagt sie, vorausgesetzt, es hängt nicht vom Geschlecht des Kindes ab, ob es überleben darf. »Andererseits, was ist eine Familie? Wer würde denn heutzutage überhaupt die Erlaubnis bekommen, dieses eine Kind zu haben?«

Sie binden die Zügel an den Steigbügeln fest, aber so locker, daß die Pferde grasen können. Sie deutet auf den Fels, an dem sie und Ounooi ihre Zigaretten geraucht haben. Dort setzen sie beide sich hin, eng aneinander, und eine kalte Brise kommt aus Lesotho übers Wasser. »Ich will, daß du weißt«, sagt sie, und ihre Hand findet seine in der Jackentasche, »daß es zum größeren Teil eine Erleichterung gewesen ist dich aufzugeben.« Ihre Finger verschränken sich, und er drückt ihre Hand. In ihrem Innern hatte sie schon von früh an gewußt, daß sie beide ein Liebespaar geworden waren aufgrund von Vertrautheit und Zuneigung. Obwohl das an dem Tag, als sie ihm den Rücken kehrte, unter rechtschaffenem Ärger begraben wurde, empfand sie doch auch das Gefühl von wiedergewonnener Freiheit, das Gefühl, er habe ihr erlaubt, ihn zu verlassen und damit auch, vielleicht aus Ounoois Zauberbann zu entfliehen. Es war ein lustvoll schreckliches Gefühl.

»Wir haben eine Staffelei auf die Veranda gestellt. Ich habe nur das gezeichnet, was ich von dort aus sehen konnte. In unserem Wohnzimmer hängt so eine Skizze von damals, die Miemie zeigt, auf den Stufen, zwischen den Strelitzien. Dort kamen Arbeiter vorbei, die Schafe zum Schlachthof trieben. Ich malte die Herde von hinten, wie sie an den reifen Granatäpfeln vorbeiging. Es schien mir das wichtigste von der Welt. Danach nur ein einzelnes Schaf, das zurückblickte. Mehr als alles andere wollte ich Kunst schaffen.« Über die Jahre hin versuchte sie das Ounooi klarzumachen. »Sie konnte es nicht verstehen. Vielleicht war ich die Tochter, die sie nie gehabt hatte. Wäre ich ihr Kind gewesen, vielleicht hätte ich sie gehaßt.« Sie lacht und wischt sich die Tränen ab. »Es ist so seltsam«, fährt sie fort, »die Obsession von Eltern mit der Karriere und der Partnerwahl ihrer Kinder. Ich krieg jetzt schon Magengschwüre bei dem Gedanken, wo und mit wem meine beiden enden werden. Ounoois größte Erleichterung, als sie zurückkam, war, daß du eine gute Arbeit hast und einen Menschen, der dir nahesteht.«

»Meine auch«, sagt er. »Obwohl ich mich immer noch nicht damit angefreundet habe, wie banal diese beiden Dinge sind. Wie wir im Laufe der Zeit unsere Ansprüche senken.«

»Bist du denn glücklich mit deinem Job?«

»So lala. Ich müßte meinen Doktor machen, um ein richtiger Akademiker zu werden. Andernfalls muß ich an einer High School Lehrer sein oder eben bei Englisch als Fremdsprache bleiben.« Nach Berkeley hatte er sich einmal für eine Stellung als Englischlehrer an einer Privatschule der Bay Area beworben. Er war sich sicher gewesen, den Job in der Tasche zu haben, bis dann am letzten Abend das Dinner mit dem Kollegium und dem Prinzipal stattfand. Jemand fragte nach seinem Akzent. Den hatte er fast bis auf eine normale US-Aussprache runter. Nur wenn er befangen war, klang er nach Südstaaten, und einige Wörter, die er benutzte, waren wegen des Lebens mit Kamil quasi kanadisch. Einer der Lehrer kam aus Großbritannien. Er antwortete auf Michiels Anekdoten aus der Wehrpflicht, indem er seinen Rang als ehemaliger Royal Marine hervorstellte. Dann sprach er prahlerisch vom Feldzug gegen die IRA in Nordirland. *Wir haben echte Terroristen bekämpft.* Michiel, jede Bewerbungsgespräch-Etikette vergessend, erwiderte: *Wenn Ihre Terroristen echt waren, dann waren unsere das auch.* Es war, als hätte jemand eine Giftnatter auf den Tisch geworfen. Kamil, nach dem Debakel: In Teilen dieser Stadt, ebenso wie in Teilen von New York oder L. A. mußt du dir vielleicht nicht auf die Zunge beißen, bevor du dich als schwul outen kannst. Aber nirgendwo hier darfst du ein Wort gegen das sagen, was England Irland antut, und in Palästina tust du am besten so, als hättest du das Wort Israel noch nie gehört. Und die Worte *Besetztes Palästina* sprichst du niemals aus, überhaupt gar nie – auch nicht, nachdem du eine Festanstellung hast. Zu einem Ex-Offizier der Armee des Britischen Empire, also wirklich, Michael!«

»Ganz offenbar wolltest du doch nicht in die Fußstapfen deiner Mutter treten.« Karien kichert. Von oben ertönt ein düsterer Pfiff. Ein Falke fällt aus dem Blau, erwischt einen Aufwind, schraubt sich mit kräftigen Flügelschlägen wieder aufwärts, noch höher in den Himmel hinauf.

»Es gibt Momente, in denen ich lieber etwas anderes machen würde. Aber dann bin ich vielleicht doch zu ängstlich, so spät im Leben nochmal eine andere Richtung einzuschlagen.«

»Du wirst doch wohl ein bißchen mehr Phantasie haben als du da vorgibst.«

»Du hörst dich ziemlich genauso an wie Kamil.«

»Du liebst ihn.«

»Mein Seelenklempner meint, er war Psyche für meinen Amor. Nur hatte er anstatt einer Öllampe einen Dosenöffner dabei.« Sie lachen, und sie schlägt sich mit der Hand auf den Schenkel.

»Und du Dirk?«

»Tu ich«, schnaubt sie, aber wie anders zeigt sich das, als in der poetischen Verklärung, die sie beide einst für die Liebe gehalten hatten. »Liebe ist wie eine amoklaufende Psyche, die einem flüchtenden Amor hinterherrennt, und alle paar Tage werden die Rollen gewechselt.«

Die Pferdeohren gehen nach vorn, ihre Hälse sind so weit vorgestreckt, wie es die Zügel erlauben, ihre Augen spähen konzentriert über den Fluß. Eine trockene Rinne entlang begleiten eine Frau und ein Junge eine Ziegenherde. Nachdem sie die grasbewachsene Anhöhe erreicht haben, erreicht das Geläute der Glöckchen Michiels Ohren. Die Frau befindet sich am Ende der Herde und treibt die Nachzügler an, der Junge an der Spitze trägt eine kurze Gerte. Mekkernd trotten die Ziegen die Uferböschung hinunter und senken ihre Schnauzen ins Wasser.

»Einer von unseren Diakonen ... ein netter Kerl ... Er ist schwul und mit einer Frau aus meiner Lesegruppe verheiratet. Das muß alles leichter machen für ihn.«

»Und für sie?«

»Was meinst du damit? Er hat doch einen echten Freifahrtschein durchs Leben gelöst.«

»Du wirst doch wohl auch ein bißchen mehr Phantasie haben als du da vorgibst. Wir haben Freunde, die in so einer Art Ehe leben. Einer guten Ehe.«

Eine Weile lang ist sie still. Als sie dann wieder zu sprechen beginnt, sagt sie: »Darüber muß ich länger nachdenken.«

»Wie geht es deinen Eltern?« Er denkt an Gerda Niehaus in der Kondolenzreihe gestern in der Kirche. Wie tief die Zeit sich in das vollendete Gesicht eingegraben hatte, an das er sich noch von früher erinnert, an der Kasse in der Metzgerei, hinter ihr in drei Reihen die geschlachteten Tiere, die an stählernen Haken von der Decke hingen.

»Ma hat das Haus an die erste schwarze Familie verkauft, die in die Stadt gezogen ist. Sie hat sich wieder scheiden lassen und lebt jetzt mit Tante Antoinette zusammen. Letzten Monat mußte ich sie holen, weil Antoinette alles, was Ma gehört, raus auf den Gehweg geschmissen hat. Ma stand draußen auf der Straße und brüllte *Du bist eine Hure, Antoinette! Du bist schon seit wir Kinder waren eine Hure!*« Karien schüttelt den Kopf, sieht Michiel an und zuckt die Achseln. An dieser Front gibt es nichts Neues zu vermelden, scheint dieser Blick zu sagen, mir ist es wurst. Dann: »Aber Dad mag ich wirklich gern. Er wird langsam alt. Sie haben ihn zu einer Frühpensionierung gedrängt.« Sie lächelt und wechselt das Thema: »Dirk war keine große Hilfe, damals, stimmts? Störts dich, wenn ich jetzt eine rauche?«

»Stell dich da rüber wegen dem Gestank.«

»*Du* schiebst deinen Hintern beiseite«, sagt sie. »Das ist meine und Ounoois Raucherecke hier.« Sie zündet sie an und geht einige Schritte fort. Dann fragt sie wieder: »Was empfindest du gegenüber Dirk?«

Zumindest ein Teil dessen, was er von dem Mann hält, den sie geheiratet hat, resultiert aus Ereignissen, die mit jenem Tag in der Sakristei gar nichts zu tun haben. In Gizo erzählte Kiko eines Tages von Südafrikanern, die zum Wrack-Tauchen in die Stadt gekommen waren. »Da sind zwei sehr sexy Südafrikanerinnen, die heute morgen mit mir tauchen kommen. Und heute nachmittag bring ich sie rüber nach Skull Island. Vielleicht ist heute ja mein Glückstag!« Michiel hatte weniger Lust, Südafrikanern zu begegnen, als die Ortsansässigen oder andere Expatriierte von ihm zu erwarten schienen. Die Frau erkannte er zunächst nicht, da sie keine Uniform trug. Als sie redete, ließ ihre Stimme eine Erinnerungsnarbe brennen, die er kaum je berührte: Es war Sonia aus Salisbury Island. Er lief rot an, als er sie in ihrem roten Badeanzug betrachtete, ihre Liebhaberin an ihrer Seite. Auf ihr Drängen hin begleitete er die beiden Frauen zum Mittagessen. Kiko war auch wieder da, diesmal in der Verkleidung eines Kellners, der die Bestellung aufnimmt. Sonia wollte über die Ereignisse von damals reden. *Das ist lange her, ich denke kaum je an diese Zeit zurück*, sagte er. Aber sie hatte etwas, das sie sich von der Seele reden wollte. Ihre Freundin kannte die Geschichte bereits.

Damals am Strand waren es nicht die Flitterwöchner gewesen. Die Wahrheit, so wie Sonia sie ihm erzählte, war ein wenig überraschender. An einem der Abende, als sie zu viert auf der Strandpromenade trinken gewesen waren, hatte irgendetwas die Aufmerksamkeit des Padre erregt und er hatte Sonia gegenüber seinen Verdacht geäußert, daß zwischen dem indischen Leutnant und dem weißen Fähnrich etwas laufen müsse. Während er in Europa studierte, hatte der Padre aus erster Hand *die Gefahr, die von Männern ausgeht, die in Frauenkleidern in der Öffentlichkeit herumlaufen, einander küssen und so die Grundfesten unserer Zivilisation erschüttern* in Augenschein nehmen können. Michiels Bemerkung, er gehe ›nicht allein‹ schwimmen, war dann für den Padre das letzte Mosaiksteinchen, das nur eines bedeuten konnte. Besorgt darüber, daß die Militärpolizei allein aufgrund solcher Vermutungen nichts unternehmen würde, steckte der Padre seinen Verdacht der Zivilpolizei. Und als es danach keine öffentliche Anklage gab, war es wiederum er, der die Lokalzeitungen anrief. Nachdem der Padre seine Militärdienstzeit abgeleistet hatte, bereiste er die Frontstaaten als Armen-Pfarrer im Auftrag des nationalen südafrikanischen Geheimdienstes. Hätte Sonia nicht schon zu Zeiten der Offiziersmesse ihr eigenes geheimes Privatleben geführt – und zwar auch schon zu der Zeit, als der Padre sie ins Vertrauen zog – dann hätte Michiel diese Version der Ereignisse wohl nie gehört.

Kiko kam mit der Dessert-Karte zurück und seine Augen funkelten. Michiel zog ihm ein Gesicht und sagte: »Today rabis day belong you ya. Hem nao iu no lucky.«

Kiko erwiderte in spöttischer Verblüffung: »No more ya. How now bae iu savi tofela hem no laaik hem local man?«

»Iu trastem me no more, Kiko. Bae me no try for lucky witem tofela ya, if me iu!«

»Was war das jetzt?« wollte Sonia wissen, als Kiko wieder fort war.

»Ich hab ihm nur geraten, er solle eine wesentlich sicherere Route Richtung Skull Island nehmen, als er urspünglich vorhatte.«

»Wenn man sich vorstellt, daß das alles Kannibalen waren«, sagte die Liebhaberin, als Kiko außer Hörweite war. »Dabei wirkt die Gegend hier so friedvoll und zivilisiert. Laut *Lonely Planet* ist die Kopfjägerei hier bis in die zwanziger Jahre hinein praktiziert worden!«

Und 45 haben wir den Gipfelpunkt unserer Zivilisation auf Japan fallen lassen, hätte Michiel unter anderen Umständen geantwortet oder hätte er die beiden Frauen besser gekannt. War es nicht ungleich respektvoller, ungleich *christlicher* – und Kiko tat vor den Touristen auf seinen Touren zum Skull Island immerhin so, als suche er nach dem korrekten englischen Ausdruck – ab und zu ein Stück eines menschlichen Körpers zu essen, als alles menschliche Fleisch zweier Städte mit atomarer Strahlung zu verseuchen.

»Einem Kind beizubringen, an Himmel und Hölle zu glauben, ist unverzeihlich«, sagt er und sieht Karien an. »Sonntag für Sonntag in diesem Haus. Die Kommunion einnehmen: *Dies ist der Leib Jesu*

Christi, der für unsere Sünden dahingegeben wurde. Das ist unser Kannibalismus. *Ich bin das Licht und die Wahrheit.* Und damit haben wir unserer Barbarei die moralische Grundlage gegeben. Ich weiß nicht, was sich Ounooi von Dirk erwartet hatte. Oder ich selbst, was das betrifft. Er hatte weder die Macht, mich zu retten noch mich daran zu hindern fortzugehen. Auf lange Sicht hätten Mitgefühl oder Empathie von seiner Seite vielleicht etwas im Bewußtsein des alten Mannes verändern können. Wer weiß das schon? *Alles* an organisierter Religion mißfällt mir. Ich kann nichts dagegen tun. Wie hast dus geschafft?«

»Du gehst nicht mehr in die Kirche?«

Er schüttelt den Kopf.

»Letzten Endes wird unsere kleinkarierte Selbstgerechtigkeit keine Chance haben gegenüber der Phantasie, Michiel. Und auch die Geschichte hat gegen sie ungefähr ebenso gute Aussichten wie ein Schneeball in der Hölle ... Jissis, hier sind wir doch, nach allem, was geschehen ist.« Ihr Blick ist über den Fluß gewandert, zu den Ziegen, die in einer Reihe nebeneinander am Ufer stehen und ihre Köpfe aufs Wasser gesenkt haben. »Wie heißt es so schön: Der Unterschied zwischen Menschen und Engeln ist der, daß die Engel Perfektion nicht voneinander erwarten, sondern nur von Gott.«

Er hat seit 15 Jahren keinen Fuß mehr in eine Kirche gesetzt. Nicht in die Most Holy Redeemer-Kirche, wo ein ganzer Strom von Freunden bis vor vier Jahren ausgesegnet wurde, auch nicht in Westminster, Canterbury, Nôtre Dame oder Sevilla. Was er betrat, war die Hagia Sophia, eine *Moschee*, wie er sich selbst sagte, nicht länger eine Kirche, obwohl sich an den Wänden noch genügend Zeichen einer früheren Epoche befanden. Er erinnert sich noch an den Tag, an dem er sich über die Buddha-Statue auf ihrem Balkon aufgeregt hat: »Wenn wir es irgendwann mal schaffen, den ganzen Schrott von religiösem Scheiß hier wegzukriegen, könnten wir da vielleicht noch einen zusätzlichen Stuhl hinstellen, auf den sich auch mal ein Gast setzen kann.«

Kamil stürzte sich auf die Gelegenheit: Und was machen wir mit unserem Regal voller Lyrik, Michael? Laß uns die Bücher verbrennen und den freien Platz mit Brot und Konservendosen für die Armen auffüllen! Glaubst du denn, die Lyrik sei nie dazu benutzt worden, Diktatoren und massenmörderischen Präsidenten zu huldigen?

Und was machen wir mit dem Film? Und mit der Liebe? Werden etwa im Namen der Liebe keine Menschen ermordet? Haben Männer und Frauen nicht seit Jahrhunderten die Liebe dazu benutzt, einander gefangenzusetzen? Und die Eltern, um ihre Kinder kaputtzumachen? Und die Philosophie? Soll ich dir erzählen, wie Nietzsche und Marx und Fanon und Smith und Friedman benutzt worden sind? Musik! Und die englische Sprache, die wir beide sprechen und lehren? Hat die Welt je eine schrecklichere und eine schönere Sprache gesehen? Wenn du das Böse aus unserem täglichen Leben beseitigst und wenn du aufhörst, die englische Sprache zu benutzen, *das* wird der Tag sein, an dem ich diesen Buddha von diesem Balkon entferne! Es geht nicht um das Ding selbst, es geht um das, was wir daraus machen, auch nicht das, was einmal getan worden ist. Es geht um das, was wir heute damit tun. Perfektion ist Stase, und das ist Faschismus oder der Holocaust und im Endeffekt das Ende des verdammten Universums. Ich schlafe heute nacht im Gästezimmer, du afrikaanser Doofkopp!«

»Und wo ist bitteschön die Hegelsche Dialektik in deinem kleinen Ausbruch, Kamil? Wo ist der Dialog und die orale Tradition Silkos? Fick dich mit deiner Dialogik! Ich bin nicht einer von deinen postgraduierten Studenten, die es nötig haben, daß du ihnen vom Katheder runter erzählst – daß du predigst wie ein niederländisch reformierter Pastor! Von mir aus kannst du einen ganzen Monat im Gästezimmer schlafen. Und wo wir schon mal dabei sind, du nennst mich nicht nochmal einen Afrikaaner, du verschissener Mischling!«

»Ist Empathie nicht auch die Grundlage für Grausamkeit? Sogar der Folterknecht braucht Empathie für das, was er seinen Opfern antut, Meldung bitte, Fähnrich Steyn!«

»Spiel, Satz und verfickter Sieg, Kamil Kassis. Ich brauche frische Luft.«

»Na da hast du ja Stoff, wenn du am Montag Glassmans Schwanz lutschen gehst.«

»Fick dich, Kamil. Wer wollte denn, daß ich da hingehe?«

»Du betest den Phallus der Psychoanalyse an, Michael. Soll ich dir mal was darüber sagen, wie diese Seelenklempner unser Leben gefickt haben?«

»Und warum verschwende ich dann all die Zeit und all das Geld, um mich noch weiter ficken zu lassen?«

»Weil Seelenklempner uns zwei gerettet haben.«

Mit Kamil zusammenzusein ist manchmal so, als müsse man jeden Tag eine Prüfung bestehen.

Karien gräbt mit dem Absatz ein kleines Loch. Sie läßt die Kippe hineinfallen und bedeckt sie mit Sand vom Flußufer. Als sie sich hinsetzt, sagt er ihr, daß sie müffelt. »Hör auf, so etepetete zu sein«, sagt sie, »du klingst wie ein Amerikaner.«

Am gegenüberliegenden Ufer hockt der Junge und blickt herüber zu Karien und Michiel, dann wieder hinunter auf seine Ziegen. Er trägt einen roten Pullover und zerrissene Jeans, die ein eng gebundener Gürtel um seine Taille festhält, dessen Ende lose runterhängt. Die Frau trägt eine karierte Decke um die Hüften, und die Ärmel ihres dicken grauen Pullovers sind bis zu den Ellbogen aufgekrempelt. Auf dem Pullover steht in dicken Lettern irgendeine Reklame oder ein Slogan, der von hier nicht zu entziffern ist. Um ihre Arme trägt sie silberne Armreifen und an den Füßen altmodische weiße Turnschuhe. Mit einem Plastikkanister in der Hand klettert sie vorsichtig die Uferböschung hinab. Flußaufwärts von der nächsten Ziege geht sie in die Knie. Als sie sich vorbeugt, um den Kanister vollaufen zu lassen, blickt sie auf, über den Fluß und die Sandbank herüber.

Karien erhebt sich wieder von dem Felsen. Sie formt die Hände zu einem Trichter und ruft: »Dumelang!«

Die Frau, deren Kanister jetzt voll ist, ruft zurück: »Dumela, Madam!«

Sie winkt und steht dann in einer einzigen Bewegung auf und hebt den schweren Kanister vom Ufer auf ihren Kopf. Mit kleinen Schritten steigt sie rasch die Böschung hinauf, Rücken und Nacken völlig gerade, als ziehe eine unsichtbare, emporstrebende Kraft sie nach oben und spanne sie an.

»Ich mußte oft an die Krankenschwester denken«, sagt Karien, als sie sich wieder setzt und die Hand erneut in seine Tasche steckt, um seine Finger zu finden. »Wären wir erwischt worden, wäre es ihr am schlimmsten ergangen. Manchmal denke ich, ich müßte versuchen, sie zu finden. Obwohl sie sich vielleicht gar nicht mehr daran erinnert. Oder vielleicht will sie auch nicht daran erinnert werden. Vielleicht ist ihr das alles auch völlig egal.«

Die Frau und der Junge entfernen sich hinter der Ziegenherde ein Stück und verschwinden dann in einer Talsenke.

»Wolltest du denn aktiv nach ihr suchen?« fragt Michiel, als sie aufstehen, um die Pferde loszubinden.

»Ach, ich weiß es nicht«, erwidert Karien, während sie zum Aufsteigen ihr Pferd dreht. »Es heißt doch, du kannst nicht zweimal denselben Fluß überqueren.«

»Es sei denn, er ist zugefroren.«

»Selbst das Eis bewegt sich ständig, du Komiker!« Sie lacht. »Das haben wir in der dritten Klasse gelernt.«

Als sie losreitet und sofort in Trab fällt, ruft er ihr hinterher, es ruhig angehen zu lassen. Sein Herz klopft. Sie ist leichtsinnig. Sie blickt zurück, lacht und ruft ihm zu, daß die Pferde den heimatlichen Stall riechen können und er sich besser aus Leibeskräften festhalten solle. »Hör auf, ein solches Weichei zu sein!« ruft sie, als er unter sich gerade den Rhythmus des Trabs in Galopp übergehen fühlt. »Es ist wie Radfahren!« ruft sie und beugt sich vor, und ihr Hintern hebt sich aus dem Sattel. Mit gesenktem Kopf seitwärts auf ihn blickend: »So sind Ounooi und ich immer nach Hause geritten.«

Dank Gott für die Zäune zwischen hier und Paradys, und daß wir die Tore hinter uns wieder zugemacht haben. Seine Aufmerksamkeit ist ganz auf die drohenden Gefahren gerichtet, und vage erinnert er sich des Rats von damals, immer über die Schulter abzurollen. Heute würden garantiert Bänder reißen, das Schlüsselbein würde brechen wie ein trockener Zweig, nicht so wie damals, als sie nach einem Sturz wieder aufstanden und dann, nachdem sie kurz geheult und sich Spucke auf den Kratzer geschmiert hatten, wieder weiterritten, noch schneller als zuvor. Der Wind auf seinem Gesicht bringt seine Augen zum Tränen, und in seinem verkrampften Oberkörper hämmert das Herz. Langsam kriegt er ein Gefühl für das Tier unter ihm. Als er dann eins mit dem Pferd wird, scheint sein Körper anzuschwellen und sich zu entspannen. Er spürt Tränen seine Wangen hinunterlaufen, und in der Erregung aus Tempo und Angst fühlt er sich zutiefst lebendig – ein Rausch, ein Hochgefühl in jeder Faser seines Körpers, wie er es sehr, sehr lange – und ohne den Mangel überhaupt wahrzunehmen – nicht mehr erlebt hat.

Von Lerato und Giselle, die die Autos vollpacken, die unter den schon wieder festgezurrten Schattenplanen stehen, erfahren sie, daß die Kinder mit Mamparra und den Hunden den Hügel hinaufgegangen sind. Seit Stunden schon hat niemand etwas von ihnen gesehen oder gehört.

»Und Palesa?« fragt Karien verärgert. »Das Kind kann doch gar nicht so weit gehen. Sie ist drei, verdammt noch mal. Und ohnehin schon erkältet.«

»Das war das reine Irrenhaus hier heute morgen«, antwortet Lerato. »Mamparra hat ein doek genommen und sie sich auf den Rücken gebunden. Es war die einzige Möglichkeit, sie alle davon abzuhalten, uns zwischen den Beinen rumzulaufen.«

»Während ihr beiden in der Gegend herumschwarwenzelt seid«, sagt Giselle mit etwas spitzem Ton, »haben wir Sandwiches gemacht und die Bande rausgeschickt, damit wir das Haus saubermachen konnten. Auf dem Küchentisch steht was zu essen. Michiel, Alida packt dir die Reste von gestern abend ein. Sie fragt nach, ob du wohl auch Biltong willst. In der Abfüllscheune steht ein Vakuumverpackungsgerät.«

»Haben die Kinder Pullover an?«

»Wir haben uns um alles gekümmert, Karien«, sagt Giselle.

»Wo ist unser Auto denn?« fragt Karien.

Nachdem die Brücke wieder passierbar war, ist Dirk in die Stadt gefahren, um Nieten und dergleichen zu kaufen und ist jetzt wieder zusammen mit Benjamin bei der Brücke, um Pietie beim endgültigen Aufräumen zu helfen. Da liegen Tonnen von Schutt am Straßenrand, die von der Flut angeschwemmt worden sind.

Auf einer Ablage schlägt Alida für alle, die abreisen müssen, die Reste des Abendessens in Alufolie ein. Lerato kommt herein, ihr Mobiltelefon am Ohr, während Karien und Giselle die Habseligkeiten ihrer Kinder einsammeln. Beim Essen am Küchentisch wirft Michiel einen Blick durch die Tageszeitungen und versucht zugleich, Lerato zuzuhören, deren Sprache ihn verblüfft. *»Also wirklich! tsala, ke tla tloha ka nakonyana esa fedising pelo. Unglücklicherweise ke misitse phutheho ya bohlokwa … weil nämlich o tlameha … selber hoseng. Nee wat … Bruder wa ka … lefuma … sebetsa nächsten Monat in Jo'burg.«* Die leicht bebende Zeitungsseite zwischen seinen Fingern verrät die Reaktion seines Körpers auf die Geschwindigkeit des Ritts nach Hause. Er hält die Hände über die Seiten, unfähig das Zittern abzustellen. Angespannte Schultern und schmerzende

Sehnen in den Unterarmen erinnern ihn an die Kraft, die es brauchte, das Pferd zu halten. Wenn er morgen früh aus dem Flugzeug steigt, wird er genauso steifbeinig herumstelzen wie der Sekretär. Der Geruch nach Pferd und Leder auf seinen Händen ist kräftig. Wird eine Schande sein, ihn zu verlieren – als würde er eine Erinnerung abwaschen – wenn er sich für die Reise duscht.

Die englisch- und afrikaanssprachigen Blätter haben alle ähnliche Schlagzeilen: *Krise der Landreform in Simbabwe läßt Rand auf historischen Tiefstand fallen*. Dann gibt es noch einen Artikel, der die Geschichte mit dem amerikanischen Schiff, die er heute morgen im Radio hörte, auswalzt: Die USS Enterprise vor Ankunft in südafrikanischen Gewässern. Örtliche Umweltschutzgruppen haben Fragen zur nuklearen Sicherheit aufgeworfen und eine Kampagne lanciert, um das Kriegsschiff daran zu hindern, in den Hafen einzulaufen. Tourismusbehörden, die sehr dafür sind, daß das Schiff besichtigt werden kann, erwarten ungeduldig die Resultate einer Untersuchung der nationalen Nuklearbehörde und der Abteilungen des Energieministeriums, des Verteidigungsministeriums und des Außenministeriums. Auf beiden Titelseiten stehen auch Artikel über Thabo Mbekis umstrittene Haltung zu HIV. Aktivisten der Treatment Action Campaign haben ihre Empörung über einen Brief des Präsidenten kundgetan, in dem er einmal mehr die Ansicht in Frage stellt, daß AIDS eine der Haupttodesursachen im Land sei. Ein Foto, aufgenommen während des kürzlich erfolgten Präsidenten-Besuches beim erstarkten schottischen Parlament, zeigt Demonstranten, die Transparente mit den Worten »An deinen Händen klebt Blut« hochhalten. Michiels Blick gleitet über die kleineren Überschriften. *Staatliches Einheitsabitur geplant; Jungfrauen beim Schilftanz für Zulukönig*. Ein großes Farbfoto zeigt Nelson Mandelas Frau bei einer Rede vor der jüdischen Organisation Women of the World, die sich gegründet hat, um den im Lande um sich greifenden Pessimismus zu bekämpfen und die Menschen von der Auswanderung abzuhalten: *Frauen können die Welt verändern, sagt Graca Machel.*

»Täuschen meine Ohren mich?« Michiel blickt auf, als er Kariens Stimme und eilige Schritte hört.

»Einen Moment«, sagt Lerato in ihr Telefon. Aus dem Obstgarten hört man quiekendes Kindergeschrei, dann Platschen, Gelächter und darüber das unaufhörliche Gebell der Hunde.

»Nee, Jissis«, sagt Karien, bereits auf dem Weg zur Hintertür. »Heute ist endgültig der Tag, an dem ich diesen Thabiso bliksem!«

»Ich rufe zurück«, sagt Lerato und klappt ihr Telefon zu. »Die sterben doch bei dieser Kälte«, ruft sie Karien hinterher und folgt ihr durch die Küchentür.

»Was ist denn los?« Auch Giselle ist in die Küche geeilt.

»Hört sich so an, als wären die Kinder im Reservoir.«

»Das passiert eben, wenn man Mamparra die Verantwortung für irgendwas überläßt«, sagt Alida, nachdem Giselle hinaus auf die Veranda getreten ist. »Ich hab es Lerato gesagt.« Sie steckt die Rolle Alufolie in eine der Schubladen. »Aber meine Tochter glaubt ja immer, sie wäre besonders schlau. Was diese Mamparra über Kindererziehung weiß, reicht gerade um gemeingefährlich zu sein.«

Amüsiert von dem Drama, läßt Michiel die Zeitungen Zeitungen sein und folgt den Frauen, die hintereinander den Pfad durch den Obstgarten hinaufsteigen. Hinter entlaubten Bäumen und nackten Ästen kann man bereits den Anblick kleiner Körper in unterschiedlichen Stadien der Entkleidung genießen, die über die Umfassungsmauer des Reservoir rennen und dann schreiend ins Wasser springen. Mamparra, die Palesa auf dem Rücken trägt, und Adam sind die beiden einzigen vollständig bekleideten. Pulane, auf Zehenspitzen wie eine Elfe, hinter der Grootman auf der Mauer balanciert, tut so, als sehe sie ihre Mutter nicht und springt schnell ins Wasser.

»Nein, Adam! Also entschuldige mal, Mamparra!« brüllt Giselle aus der Entfernung. »Wie konntet ihr beiden das erlauben?«

»Wir haben es ja versucht, Mrs. Giselle!« protestiert Mamparra und geht den Müttern entgegen. »Aber das sind diese Thomas und Thabiso gewesen. Die zwei haben keine Ohren im Kopf. Ich sag ihnen noch, Karien wird euch die Haut abziehn, und ich werd' gefeuert werden, aber glaubst du, die hören mir zu? Und sobald die großen Jungs drin waren, gabs für Bianca und die Zwillinge kein Halten mehr.« Karien nimmt die schlafende Palesa von Mamparras Rücken. Sie hebt ihre Tochter auf die Hüfte, legt den kleinen Kopf auf ihre Schulter und schlägt das Doek um die Schultern des Kindes.

Isabella, die Hinterbeine zitternd und die Vorderpfoten auf dem Beton, steht kläffend auf dem Sprungfelsen. Grootman läuft die Umfassungsmauer entlang und leckt halbherzig das überschwappende Wasser auf. Die Gesichter der Erwachsenen, die über der Mauer auftauchen, verstärken noch das Getümmel in der Mitte des Reservoirs, wo die drei Jungs mit ineinander verhakten Beinen auf einem großen rotbraunen Reifenschlauch hocken. Bianca taumelt, von Thomas' und Thabisos raschen Armen weggestoßen, wieder zurück ins Wasser.

»Siehst du uns, Michiel?« kräht Kanu. »Wir haben gewonnen!«

»Mammi!« schreit wassertretend Pulane, »die wollen Bianca und mich nicht rauflassen! Sag ihnen was, Mammi!« Sie gibt den Kampf auf und schwimmt zu ihrer Mutter, während Bianca tapfer weiter um einen Platz auf dem Schlauch kämpft. Pulane hat den Rand erreicht und hängt mit bebenden Lippen an der Betonwand.

»Schluß jetzt!« schreit Lerato. »Sieh dir diese blauen Lippen an. Raus mit dir! Kanu! Ihr alle!« Aber Pulane hat sich bereits wieder von der Einfassung abgestoßen und taucht zurück zum Schlauch.

»Ich gebe euch allen zehn Sekunden, dann seid ihr aus diesem Becken draußen!« befiehlt Giselle, während Karien eine Hand auf das Ohr des schlafenden Kindes legt. »Ich zähle. Zehn … neun …«

Lerato droht Kanu mit dem Finger, der jetzt auf dem Schlauch steht, gestützt von den anderen Jungs.

»Wo haben sie den Schlauch her, Adam?« fragt Karien den Mann, der sich von dem Eukalyptusstumpf entfernt hat und jetzt neben Mamparra zwischen den Lilien steht.

»Nein, der war hier am Reservoir, Nooi Karien.«

Karien wirft Lerato und Giselle einen Blick zu. Sie wissen alle ganz genau, daß die Reifenschläuche und Luftmatratzen entleert im Abstellraum gelagert sind und nur im Hochsommer aufgepumpt werden.

»Ihr tut uns weh! Spielt fair!« schreien die Mädchen empört.

Ein Reimvers, an den sich Michiel aus seiner Kindheit erinnert, wird jetzt von Kanu rezitiert, während die beiden älteren Jungs die Mädchen hartnäckig von dem Reifen schubsen: *Ich bin der Schloßherr, und du bist der Dreckskerl.* Danach stecken die Jungs verschwörerisch die Köpfe zusammen und tuscheln, zur Innenseite ihres schwankenden Gefährts gewandt.

Dann hebt Thabiso den Kopf und ruft: »Mom, was reimt sich auf Wasser?«

»Nasser«, antwortet Karien und fügt hinzu: »Thabiso, komm raus. Und zwar jetzt! Ich sag es nicht nochmal!«

Anstatt zu gehorchen, versuchen die drei Jungs erfolgreich, sich gegenseitig hochzustemmen, und stehen dann aufrecht auf dem Schlauch, die Arme verschränkt, breitbeinig stehend und trampeln auf die Hände der Mädchen, die noch immer versuchen, sich an dem glitschigen Gummischlauch hochzuziehen.

Bianca erwischt den Knöchel ihres Bruders, aber er kann sie abschütteln. Die Jungs, die aufrecht balancieren und sich gegenseitig festhalten, schwanken wild hin und her und machen solche Wellen, daß Pulane kurz an den Rand des Beckens flüchten muß. Und Bianca, die sie von unten her naßspritzt, grölen sie entgegen: »Wir sind die Herren im Wasser, und ihr werdet immer nasser, wir sind die Wasserkönige, und ihr seid die Töchter der Knechte!«

»Hu, *das* war jetzt ein Satz, der die Göttin wurmen wird«, sagt Lerato und wirft einen Blick auf die Jungs, die den Vers wieder und wieder singsangen, diesen alten Kinderreim mit neuem Text, während Pulane an den Ort des Geschehens zurückkehrt und die beiden Mädchen tapfer weiterkämpfen.

»Keine Tochter Afrikas, die etwas auf sich hält, kann eine solche Provokation stehenlassen.«

Karien hebt eine Augenbraue an und macht eine Kopfbewegung zum Reservoir hin, während sie mit Lerato ein Grinsen austauscht. Lerato nickt und sieht Giselle an. »Mädchen?«

»Das meint ihr nicht ernst!« ruft Giselle aus.

»Ich kann das auch nicht tun!« Lerato zittert und zieht eine Schnute. »Und mein Haar! Ich habe ein Vorstandsmeeting!«

»Ag, donner, Lerato, scheiß doch einmal auf Anglo American«, flüstert Karien. »Bind einfach das doek drum. Hier.« Sie übergibt Palesa behutsam Michiel und hält Lerato dann das Stück Stoff hin, in den das Kind gewickelt war.

»Wir werden uns da drin die Titten abfrieren«, murrt Lerato, greift aber trotzdem nach dem doek.

Karien hockt sich hinter die Umfassungsmauer und zieht ihr Top über den Kopf. »Mach die Augen zu, Adam«, lacht sie den Mann an, »wenn du die Madams nicht in BH und Höschen sehen willst.« Peinlich berührt blickt Adam nach unten auf die Drachenwurz. »Adam!« lacht Karien, »ich hab nichts, was Liesbet nicht auch hätte!«

»Scheiß der Hund drauf«, sagt Lerato und knöpft sich ebenfalls die Bluse auf und bückt sich dann, damit die Kinder ihren Kopf nicht sehen können.

»Tut mir leid«, sagt Giselle. »Ich bleibe hier wo ich bin und trokkenen Fußes.« Sie stellt sich neben Michiel, der immer noch das Kind an seine Brust hält. Daß Palesa bei all dem Lärm nicht aufgewacht ist, ist bemerkenswert. Sie muß von dem langen Spaziergang völlig erschöpft sein.

Die beiden Hunde auf der Mauer und dem Sprungfelsen sind zur Ruhe gekommen. Die Kinder in der Mitte des Reservoirs ebenso. Die Mädchen hängen jetzt am Reifenschlauch, da der Abwehrkampf der Jungs kurz unterbrochen ist. Als die beiden Frauen auftauchen – entkleidet bis auf die Unterwäsche, Hand in Hand, mit hochgehaltenem Kinn wie zwei Königinnen zum Sprungfelsen hinaufschreitend – sind aller Augen auf ihnen. Abgesehen von der Unterwäsche könnten sie, wie sie da neben dem überhängenden Schilf stehen, Kleopatra und ihre erste Ehrenjungfer sein, am Ufer des Nils.

»Wir springen nicht von hier oben«, sagt Lerato dringlich, während sie das Tuch im Nacken verknotet. »Laß uns lieber zusammen von der Seite reingleiten.« Hand in Hand schreiten sie vom Sprungfelsen hinab auf die Mauer.

»Immer Haltung bewahren, Lerato«, flüstert Karien, während Isabelle ihr die Wade leckt. »Denk an Ounooi.«

Aus einer sitzenden Position heraus lassen die beiden sich mit angehaltenem Atem (Lerato sieht tapfer drein, als sie die grünen Schlingpflanzen, die am Rand treiben, an sich spürt) ins Wasser hinab. Die Kinder beobachten schweigend das Spektakel, das sich dort an der Mauer des Beckens abspielt.

Sobald die Frauen drin sind, gleiten sie mit noch immer hochgehaltenem Kopf wie absichtslos auf den Reifen zu. *Mammi kommt uns zu Hilfe!* schreit Pulane, und als den Jungs klar wird, was da vermutlich auf sie zukommt, bricht das Kampfgetöse wieder los. Aber bevor die Jungs sich wappnen können, heben die beiden Frauen die eine Seite des Reifens hoch, und alle drei purzeln ins Wasser. Die Mädchen jubeln, die Hunde gebärden sich wie verrückt, und die Erwachsenen applaudieren, während Michiels Hand sich auf Palesas Ohr legt.

»Mooi so! Dis hulle verdiende loon!« Recht so. Das ist euer verdienter Lohn! ruft Mamparra und vollführt einen kleinen Freudentanz auf dem Sprungfelsen, auf dem sie sich zu Isabella gesellt hat.

Während die Jungs zum Beckenrand flüchten, zieht Karien sich hoch und hilft dann Lerato hinauf, bevor sie den beiden Mädchen die Hand reichen. Und dann treiben die vier mitten auf dem Wasser. Lerato lacht die Jungs aus, während sie das doek zurechtzupft und es im Nacken festzieht.

»Ihr habt gemogelt! Ihr habt Erwachsene auf eurer Seite! Das ist unfair.« Die Jungs sind in einer Reihe am anderen Ende des Reservoirs, auf der Mauer oder hängen von ihr ins Wasser.

Dann Thomas, der Michiel wütend anfunkelt: »Und was ist mit dir? Du hättest uns helfen können, du dreckige –« Er unterbricht sich mitten im Satz.

In der plötzlichen Stille erwidert Michiel, der immer noch Palesa gegen die Brust gedrückt hält, den Blick von Thomas. Aller Augen gehen zu dem Mann, dessen Blick immer noch auf dem weißen Jungen ruht, der jetzt den Kopf gesenkt hat und nach unten blickt, aufs Wasser.

»Du hast ja keine Ahnung ... Du weißt nicht, was du da sagen wolltest, ist es nicht so, Thomas?«

Kanu, der vornübergebeugt neben Thomas sitzt, hat ein Bein hochgezogen und wimmert. Er hat sich beim Hochklettern das Knie aufgeschürft.

»Mammi, ich blute«, ruft er.

»Gibt es da nicht Piranhas in diesem Reservoir?« ruft Lerato zurück. »Bei all dem Blut, das da ins Wasser läuft, wird vermutlich gleich dein anderes Bein abgefressen.«

Kanu reißt das andere Bein aus dem Wasser. Dann, mit wutverzerrter Grimasse, spritzt er Wasser nach seiner Mutter und ruft ihr etwas auf Sesotho zu, das Michiel nicht versteht.

»Nein, Kanu«, antwortet Lerato. »Du kommst mir jetzt nicht mit Heulen. Und versuche ja nicht, mich gefühlsmäßig zu erpressen. Ich dulde nicht, daß du dich deiner Schwester gegenüber wie ein skabenga benimmst. Und wenn ihr mir das Haar naßspritzt – und das gilt für alle von euch!«

Dann, nach einer Weile: »Kommt Jungs, laßt uns mal versuchen, ob wir dort alle draufpassen.«

Die Jungs plantschen von der Mauer ins Wasser. Mit viel Gequieke und Gestrampel lassen sie sich hochhelfen, zwischen die anderen. Aus dem Riedgras schießt ein Oryxweber, gleitet über die Wasseroberfläche und verschwindet dann in den Pappeln. Frauen und Kinder treiben jetzt, alle zur Ruhe gekommen, unter der kalten Frühlingssonne übers Wasser, Arme, Beine und Finger ineinander verhakt. Jemand flüstert etwas, und alle lehnen sich nach außen, bis ihre Rücken das Wasser berühren, kommen dann wieder hoch und zusammen, entfalten sich wieder, ihre freudigen Rufe scheinen aus einer fantastischen schwimmenden Blüte zu dringen. Dann rudern sie mit gemeinsamen Handbewegungen langsam einen Kreis. Und wieder lehnen sie sich hinaus und falten sich gemeinsam wieder zu, und ihr Lachen und der leichte Wellenschlag pflanzen sich übers Wasser des Reservoirs fort. Michiel atmet leise und tief aus und drückt das kleine Mädchen an sich. Langgestreckte Spiegelbilder der Pappeln hoppeln auf dem Wasserspiegel, der Berg in der Ferne ist entlang der Felswände von dunstigem Grün überzogen, und dort wo der Kloof hinauf zu den Höhlen führt, verläuft eine dunkle Ader. Eine leichte Brise bewegt das Laub. Silbrige Kaskaden steigen von dem schwarzen Schlauch auf, der hinter den Binsen hervorkommt. Er hält sein Gesicht in den leichten Wind und fängt die Gerüche aus dem Kraal, der Molkerei und den Ställen ein.

Dann hebt er hinter dem Kopf des Kindes das Handgelenk, um nach der Zeit zu sehen.

»Ich muß mich fertigmachen«, sagt er zu Giselle. »Ich hab noch nicht gepackt.« Er reicht ihr die schlafende Palesa. Als sie ihm das Kind abnimmt, läuft Giselle rot an und vermeidet seinen Blick. »Wir sehn uns dann im Haus.«

»Bis gleich«, antwortet sie und blickt immer noch auf den Kopf des Kindes hinunter.

»Auf Wiedersehn, Mamparra. Ek moet padvat, Adam.« Dieses Mal wenigstens verabschiedet er sich von den Leuten.

»Wann kommt der Kleinbaas wieder?«

»So ein kurzer Besuch! Ag nee, man, Michiel! Ich wollte dir doch noch mein neues Ballkleid zeigen.«

»Weiß nicht genau«, sagt er. »Vielleicht schon bald. Ich geb Alida noch was für euch beide und für Liesbet.«

»Warte«, sagte Mamparra. »Mrs. Giselle, übernehmen Sie die Aufsicht hier. Michiel, ich weiß, daß du ein Mann bist, der eine solche Kreation zu schätzen weiß. Ich komme gleich ins Herrenhaus.« Sie gleitet vom Sprungfelsen, läuft den Pfad hinab und steigt dann hinauf Richtung Gesindetrakt, und beim Gehen singt sie: Oh when the Saints, oh when the Saints go marching in ...

Auf dem Weg vom Reservoir sieht er erneut den Berg oberhalb der riesigen Lotosblüte, die sich öffnet und schließt und den limettengrünen Schlingpflanzen, die wie Seegras an der Mauer treiben. Auf dem Weg durch den aufgeräumten Obstgarten bleibt das Bild der treibenden Algen vor seinem inneren Auge ... *du hättest uns helfen können, du dreckige* ... und darüber legt sich das Bild seiner selbst und seiner beiden Brüder nackt im Wasser und darüber das der ablaichenden Korallen. Die Insulaner von der Roviana-Lagune, wo Frauen seit dem Eintreffen der Missionare nicht mehr geschwommen sind, behaupten, daß das Kraulen, also Freistilschwimmen, von dort her stamme, von wo aus es in abgewandelter Form seinen Weg in die übrige Welt angetreten habe. *Wann kommt der Kleinbaas wieder ... Ich weiß, du bist ein Mann, der eine solche Kreation zu schätzen weiß* ... Wohin er zurückkäme, wenn er zurückkäme, das weiß er nicht so recht. Soll er Kamil das veränderte Land zeigen? Ihn alten Freunden und der Familie vorstellen? Die gefühlige Rhetorik des Abschieds, das weiß er, wiegt nicht schwerer als eine Feder auf den riesigen Waagschalen des Lebens.

Er geht zum Friedhof. Die Hunde sind beim Reservoir geblieben, und er vermißt ihre Gegenwart. Das Gekläffe hat wieder begonnen, und er fragt sich, wie lange der Waffenstillstand und die neue Weltordnung dort oben wohl gehalten haben.

Die aufgehäufte rote Erde ist von einem breiten rosa Band umgeben. Heute früh erst muß irgendein Spaten alles das, was im gestrigen Regen und Hagel runtergewaschen wurde, wieder aufgeschaufelt und gesäubert haben. Der Grabhügel sieht wieder ganz neu aus, als sei er erst vor einer Stunde zugeschüttet worden. Das war Adams Arbeit, ist er sich sicher, von Oubaas oder Benjamin überwacht. Michiel stellt sich vor, wie Adam, den Spaten über der Schulter, vom Grab zum Schuppen zurückging (kein Werkzeug bleibt auf dieser Farm rumliegen) und dort die Kinder getroffen hat, die mit Mamparra vom Hügel herabkamen; die größeren Jungs sind vielleicht vorausgelaufen und haben gebettelt und geschmeichelt und ein Trinkgeld angeboten, *ach bitte, Adam*, und ihn schließlich dazu gebracht, den Reifenschlauch mit der Traktorenpumpe aufzupumpen und ihn für sie hoch zum Reservoir zu tragen.

Während sein Blick zwischen Peets Grabplatte und dem Hügel, unter dem Ounooi liegt, hin und hergeht, sieht Michiel Oubaas in der Zukunft, wie er einmal die Woche von Alida hier hergebracht wird. Er hat Blumen im Schoß liegen, und der Rollstuhl hat Furchen in den grasigen Weg gegraben, was das Schieben für Alida erleichtert. Im Sommer trägt er *Gloire de Dijon* im Schoß. Oder Zimmercalla. Im Winter irgendwas anderes, vielleicht Aloes vom Hang? Bittet Oubaas dann Alida, ihn hier eine Weile allein zu lassen? Und geht sie dann ein Stück weg und setzt sich in den Schatten der Eichen, vielleicht noch immer mit einer Orange, die sie in der Tasche ihres Arbeitskleids mitgebracht hat?

»Giselle hat mir gesagt, daß du hier sein könntest.« Es ist Benjamin. »Adam muß glauben, er wär im Paradies mit all diesen halbnackten Frauen. Mußt du bald los?«

»Nur kurz unter die Dusche, dann bin ich weg.«

»Meine Tochter hat sich verknallt in den letzten 24 Stunden. Sie hat mich nach dir suchen geschickt. Sie will nicht, daß du weggehst ohne Auf Wiedersehn zu sagen.«

»Sie hat was besonderes, Bianca«, sagt er. Dein Sohn allerdings auch, sagt er nicht. »Ist Giselle auch reingesprungen?«

»Sie haßt kaltes Wasser. Unser Pool muß mit Sonnenenergie geheizt werden.«

Ist dieser ganz leicht abfällig Ton nur ein Zeichen für die kleinen Unverträglichkeiten, die alle Beziehungen kennzeichnen – die kleinen Reizbarkeiten, die man verzeiht und mit denen man lebt – oder steckt mehr dahinter?

»Karien und ich werden in den kommenden Monaten hier Inventur machen. Auf dem Boden und in den Lagerräumen müssen Kisten und Kasten aus den letzten hundert Jahren rumstehen und Truhen mit wer weiß was drin. Gibt es irgendwas, das du haben willst?« Michiel schüttelt den Kopf.

»Ich beneide dich nicht«, sagt er, »mit allem, was hier entschieden werden muß.«

»Jetzt wo wir wieder in Kontakt sind, hoffe ich doch, daß wir über die Richtung, die die Dinge nehmen sollen, gemeinsam entscheiden werden.«

»Ai, Benjamin«, sagt Michiel, unsicher, wie er darauf reagieren soll. Während des Ausritts mit Karien hat er sich eingestanden, daß er selten, wenn überhaupt je, eine Erfüllung – ein Glück? – erlebt hat wie hier. Wie etwas, daß ausgeschaltet gewesen war und nun wieder unter Strom gesetzt wurde. Ein kleines Fenster, ein Spalt, der sich geöffnet hat. Darin war alles, was sie einander gesagt haben und ihre Finger, die seine in der Jackentasche fanden, bereits ein Vorgefühl von gemeinsamem Wissen und geteiltem Leben, eine Sprache, die nirgendwo sonst zu finden ist. Na komm schon, bring es über dich: das Gefühl von Zugehörigkeit beinahe, jedenfalls so nahe daran, wie es im Leben überhaupt so etwas wie Zugehörigkeit geben kann. Er blickt auf Peets Grabstein. Was immer auch dieser kleine Spalt sein mag – und auch wenn du glaubst, du kennst ihn mit all seinen Problemem, mit seinen fein nuancierten und beängstigenden Perversionen – nirgendwo außer an diesem Ort schließt er sich wieder, erinnert er dich daran, was du in deinem ganzen Reichtum voll Leben, Freiheit und dem Streben nach Glück permanent und in jedem Augenblick *nicht* hast. Und du kannst auch nicht sagen, daß er am äußeren Tor von Paradys verschwindet oder am Flughafen mit seinem neuen Namen oder auf 10.000 Meter Höhe über der Küste, wenn die Anschnallzeichen erlöschen. Er reist mit dir. Und dann nistet er sich irgendwo in deinen Gehirnwindungen ein, in deinem afrikaansen Dickschädel und an den Wuzeln der Härchen auf deinen Unterarmen. Er sorgt dafür, daß du nicht wirklich vergißt, während du deinen Mann liebst in der Wohnung dort oben in San Francisco und während du Wein aus Napa trinkst und deine Freunde über das merkwürdige kleine Haustier aus Pakistan lächeln und die Symbole der Tarotkarten entziffern, und während du die ganze Strecke bis zur Ocean Beach läufst und den amerikanischen Kids zuwinkst, wie die United Colors von Benetton an der Bushaltestelle, und während du schedule mit sk aussprichst anstatt mit sch. Durch all diese Privilegien hindurch ist da *dieses Ding*, das in dir schläft. Bis zu dem Augenblick, in dem du einen Akzent hörst oder die Form eines Baums in den Hügeln um die South Bay bemerkst oder das Arom von Holzfeuer aus einem Brasero an der Bushaltestelle auffängst oder ein Wort wie Terrorismus hörst oder ein Kind siehst, das etwa 15 Jahre alt sein könnte. Du fährst an Big Sur vorüber und erkennst eine Sekunde lang einen weißen, felsigen Sandstrand tief unter dir wieder, du siehst, wie auf den Regalen bei Trader Joe's plötzlich Rooibos Tee erscheint, oder du bekommst von einem Freund einen Online-Artikel über Sturmfluten zugemailt, in dessen Betreffzeile steht *Frau in Mosambik gebärt Kind im Baum sitzend*, und im Rennen fragst du dich, ob sie wohl portugiesisch gesprochen hat oder überhaupt irgendeine Sprache. Hier jetzt, viele Stunden später, vor dem Grab deiner Mutter, wurzelt sich dein Traumbaum von letzter Nacht wieder dort ein, wo er hingehört: auf ein Trottoir in Monterrey über dem Ozean. Du hast ihn mehr als einmal gesehen, wenn du zum Aquarium gegangen bist und stehengeblieben bist im April und im Mai, um seine Blüte zu bewundern. Was ist los? fragt Kamil dann. Dieser Baum hier, sagst du. Jacaranda, sagt Kamil dann, aus Südamerika. Ich weiß, sagst du, aber mittlerweile wachsen sie überall. Und dann kannst du, sofern du dich traust, spüren, daß dieses Ding sich bewegt hat, wo immer es auch all die Zeit versteckt gewartet haben mag.

»Du hast ein anderes Verhältnis zu diesem Land«, sagt er zu Benjamin. »Du hast es immer bewirtschaften wollen. Du hast immer sehen wollen, daß etwas getan wird, damit etwas erwirtschaftet werden kann. Für mich dagegen ist hierzusein ein wenig so, als stände ich in einem Gemälde. Oder einem Lied. Oder einem Roman. Daß du mir sagst, daß ein Drittel davon mir gehört, ändert nichts an der Tatsache, daß ich im Gegensatz zu dir nie ein richtiger Bure gewesen bin.«

»Das sind Ausflüchte, Michiel. Karien und ich, wir werden die Dinge mit Oubaas auseinanderklamüsern. Aber Paradys ist auch dein Erbe. Du kannst dich nicht einfach umdrehen und davongehen. Laß mich ungefähr wissen, was du getan haben willst oder was du selbst tun willst. Oder ich könnte dich auch herauskaufen. Was hältst du von der Idee mit dem Ferienressort?«

»Weißt du noch, damals, der Tag, an dem Ounooi dich an der Schwarzen-Schule aus dem Auto geworfen und gezwungen hat, zu Fuß zu gehen?«

Sie schmunzeln beide.

»Ich hab mich dieser Tage auch an allen möglichen abseitigen Scheiß erinnert«, sagt Benjamin. »Man hat zu viele Erinnerungen.«

»Als sie angehalten hat, um Klein-Alida einzuladen, hat sie gesagt *Ich kann nicht mehr in den Spiegel blicken, wenn das Kind bei diesem Wetter zur Schule laufen muß.* Etwa so.« Während Benjamin vor dem Grab stehenbleibt, wendet Michiel sich ab und schlendert an die überwachsene Grenze des Friedhofs. Von dort blickt er zum Gesindetrakt hinauf. Er hat sich nicht die Zeit genommen, dort hinzugehen, und als er sie gehabt hätte, ist er lieber reiten gegangen.

»Sieh dir das an, Benjamin.« Er spricht laut, damit sein Bruder ihn hören kann. »Sieh dir an, wie wir die Leute vegetieren lassen, damit wir leben wie die Könige. Für uns ist Paradys eine Abstraktion. Es ist ein Name mit einem Zaun drumrum, der mit einem Augenzwinkern von einem Ort an den anderen versetzt werden kann, sogar nach Übersee. Aber für diese Leute hier ist es ihr Leben, nicht nur ein Wort. Ich könnte nicht mehr in den Spiegel blicken, wenn ich auch nur teilweise verantwortlich dafür wäre, daß sie so leben müssen, wie sie leben. Diese Verantwortung nehme ich nicht auf meine Schultern, Ausflucht oder nicht Ausflucht.«

»Ist es die Nähe, die es so unerträglich macht, Michiel?« ruft Benjamin ihm vom Grab her zu. »Ist es, daß du ihr Leben so aus der Nähe *sehen* mußt? Denn ich kenne die kalifornische Wirtschaft zufälligerweise gut genug, um zu wissen, wer dort die Arbeit macht. Du kannst deine Pose nur deswegen aufrechterhalten, weil du die Hände nicht siehst, die dir Erdbeeren pflücken und den Kopfsalat, die du zu essen bekommst. Ich habe Geschäftsfreunde dort, Michiel, ich kenne die Augenform der Menschen, die in San Francisco die ungelernte Arbeit tun. Komm du mir nicht und jammere mir was vor und jammere uns hier in diesem Land was vor über Ausbeutung, ich bitte dich.« Er kommt zu Michiel herüber an den Zaun. Er hebt den Arm und deutet nach Norden auf den Gesindetrakt. »Nach dem, was Ounooi uns erzählt hat, lebst du mit deinem Boyfriend recht komfortabel unter euresgleichen. Geh hin und wirf mal einen Blick auf das Land rund um Salinas, und dann sagst du mir, welcher Abstand zwischen der sogenannten verschissenen Abstraktion und dem Schweiß, der da fließt, euer Leben in Amerika ermöglicht. Ich danke Gott, daß du auf beiden Füßen gelandet bist. Der Absturz muß ziemlich tief gewesen sein. Aber ich werd dir keinen Scheißdreck um den Bart schmieren: Ich hätte dich fünfzehn Jahre lang in die Tonne treten können. Ich hab aber auch kein bißchen von dem vergessen, was du getan hast. Wenn du willst, daß ich dich rauskaufe und das Geld benutze, um bessere Unterkünfte für diese Leute zu bauen, dann tu ich das. Selbst wenn du willst, daß ich deinen Anteil am Land verkaufe oder denen gebe, tu ich es. Aber du hörst auf, mich mit dieser sentimentalen Scheiße vollzusülzen, diesen Scheißdreck von *Ich kann nicht mehr in den Spiegel blicken.* Warum bemühst du dich nicht mit deinem neunmalklugen Freund darum, das Stück Erde, auf dem ihr lebt, wieder denjenigen zurückzugeben, von denen es irgendwann mal genommen wurde?«

»Benjamin ...« Er hat keine Lust, auf den Ärger seines Bruders einzugehen. »So sehr ich all das hier liebe, so wenig brauche ich es. Und Kamil braucht es auch nicht. Es könnte so vielen Nahrung geben, wenn du es teilst.« Sie bräuchten länger für diese Diskussion als die paar Minuten, die ihnen bleiben.

»Es wird eine ganze Menge Leute ernähren, das darfst du mir glauben, solange wir es besitzen und managen. Und ich glaube, das weißt du auch, Michiel. Insgeheim, bloß bringst du es nicht über dich, es zuzugeben. Du möchtest ja noch der Verantwortung ausweichen, es auszusprechen, genauso wie du immer vor der Scheiße davongelaufen bist, die du angerichtet hast.«

Auch hier würden vielleicht ein zwei weitere Stunden ausreichen, um die verkrusteten Probleme aufzubrechen. Er sieht auf die Uhr.

Jetzt wieder in ruhigerem Ton sagt Benjamin: »Du darfst dich nicht verspäten. Laß uns zurückgehen.«

Sie gehen zum Grab ihrer Mutter. Michiel blickt ein letztes Mal auf Peets Stein. In Afrikaans: *Petrus Dawid Steyn, innig geliebter Sohn und Bruder, 29. Januar 1963–16. Dezember 1986, hier nach Paradys zurückgekehrt.* Diese Grabstelle da, sagt Benjamin und deutet neben Peet, ist für Kariens Familie. Ounooi wollte das so. Sie und Oubaas sind die Paten der Kinder.

»Oubaas ist Thabisos Pate? Gott im Himmel, was für ein Land. Gestern erst hab ich ihn gehört, wie er Leratos Zwillinge als Äffchen bezeichnet hat.«

»Du kannst deinen Teil natürlich auch an Karien abtreten. Auf die Art und Weise käme er Thabiso und Palesa zugute.«

Könnte es nicht weniger die Frage sein, wem es gehört, als was damit angestellt wird? Oder geht es hier und heute tatsächlich immer noch nur um die Rasse auf der Urkunde? Und was passiert, wenn der dunklere Erbe sich irgendwann als ebenso schlimm oder jedenfalls als kaum besser herausstellt als der zitternde Pate? Und was ist mit Mamparras Geel, könnte er womöglich legitime Ansprüche haben?«Wozu ich mich auch immer entschließen werde«, sagt er nur halb im Scherz, »werde ich vielleicht einen Acre für mich behalten. Vielleicht den mit dem Reservoir und der Quelle.« Auf die Art und Weise könnte ich wenigstens ab und zu herkommen und in meinem eigenen selbstgemalten Bild umhergehen, in meiner eigenen selbsterzählten Geschichte.

»Das Reservoir ist das eine, aber die Quelle ist eine ganz andere Geschichte!« sagt Benjamin mit schallendem Lachen. Muß ja nicht alles heute entschieden werden. Jetzt, wo sie wieder miteinander reden, haben sie alle Zeit.

»Wenn du ihre Sachen durchgehst«, sagt Michiel, »falls du darunter die Briefe findest. Die von damals. Vielleicht hat sie sie ja aufgehoben. Die hätte ich ganz gerne.«

»Wenn sie noch da sind, sind sie in ihren Akten. Sonst noch was? Was ist mit ihren Büchern? Oder irgendein Möbelstück? Wir können alles für dich in Kisten packen und verschiffen.«

Michiel schüttelt den Kopf, als sie aus dem Obstgarten heraustreten und auf den grünen Rasen gelangen.

Er hat eine SMS geschrieben, in der steht, daß er in der nächsten Viertelstunde abfährt. Kamil kann zurückrufen, bevor er nach Berkeley muß.

An Ounoois Schreibtisch steckt er Banknoten in Umschläge: das Geld, mit dem er Hotel und Mahlzeiten hatte bezahlen wollen. In seiner Brieftasche bleibt nur der voraussichtliche Bertrag für Benzin in Winburg und die Autobahnmaut bei Kroonstad. Er schreibt gerade die Namen auf die Umschläge, als er es singen hört. Mit dem Umschlag in der Hand geht er durch die Schiebetür hinaus. Die Sonne liegt hinter einem Schleier aus Zirruswolken, die Nachmittagskühle wird von einem grauen Schatten unterstrichen. Sie ist auf dem Pfad, kommt gerade zwischen den nackten Obstbäumen hindurch. Wie eine Bühnendekoration säumen einzelne weiße Blüten ihren Weg. Die bleiche Sonne läßt das Rot des Kleids zwischen den nackten schwarzen Stämmen und dem matten Grün der zerzausten Feigenhecke noch heller leuchten. Der eine Arm steckt von der Schulter bis zum Handgelenk in einem Ärmel aus rotem Netzstoff, und in der Hand trägt sie rote Pumps. Das blutrote Oberteil wird von einem einzelnen dünnen Träger über der linken Schulter gehalten, dazu kommt noch, was immer an zusätzlichen Halterungen unter dem Stoff verborgen ist. Ein weiter Rock schlägt seine Falten um ihre Waden über den nackten Füßen, ihr Gang ist selbstbewußt und entspannt.

»Was sagst du dazu?« fragt sie, am Fuß der Stufen innehaltend, um in die Schuhe zu schlüpfen. Bevor er noch antworten kann, ist sie zur Veranda hinaufgestiegen, dreht vor ihm auf dem glänzenden Betonboden eine Pirouette, so daß der Rock sich wie eine perfekte Glocke bauscht. Sie hat hellen, kirschroten Lippenstift aufgelegt und trägt einen Hauch von Rouge auf den Wangen. Ihr Haar ist straff zurückgebunden und von einem silbernen Kamm mit einer Straußenfeder festgehalten.

»Wunderschön«, sagt er. »Ist das Chiffon?«

»Charmeuse«, sagt sie, hebt den Rock an und wiegt sich auf den Fußballen hin und her, »von dem Kuli in der Stadt. Zwei Wochen Arbeit, da all die Straßsteine draufzukleben. Der Kuli mußte den Stoff per Sonderbestellung aus Jo'burg kommen lassen. Die Schuhe auch, die mußte mir Paulie aus Kapstadt schicken. Das ganze Paket«, und sie tritt einen Schritt zurück und dreht sich wieder, einmal, zweimal, dreimal, wie ein Derwisch, »hat mich zwei Jahre meiner Ersparnisse gekostet.«

Sie hat ein kleines gerahmtes Foto mitgebracht, eine Studioaufnahme von ihr und Pietie, untergehakt, neben stoffüberzogenen römischen Säulen und Palmwedeln. Sie trägt das Kleid, Pietie wirkt sehr schick in einem Frack und einer Fliege, die vom selben Rot ist wie ihr Oberteil.

»Wie hast dus geschafft, daß Pietie lächelt?«

»Der Regionalwettbewerb für Standardtänze und lateinamerikanische. Wir sind im Tango Dritte geworden. Dieses Jahr geht der Pokal nach Paradys.«

»Aber immer noch keinen Ring an deinem Finger, wie ich sehe ...« Sein Blick hat sich kurz auf ihre linke Hand gerichtet.

»Und was steckt hinter dem an deiner Hand?« fragt sie, nach unten blickend und die Brauen hochgezogen.

»Das ist kein echter Trauring«, sagt er. »Mehr ein Symbol von Zusammengehörigkeit. Von Treue.« Und dann: »Und dein Sohn? Lebt er in Kapstadt?«

»Er ist Lokführer beim Spoornet. Er kriegt jedes Jahr eine Freifahrt. Ich nehm den Zug, um ihn an Ostern zu besuchen, nach der Ernte.«

»Kommt er manchmal hierher auf Besuch?«

»Paulus hat hier nichts zu schaffen.«

Alida ist mit einer Pick 'n Pay-Tüte herausgetreten. »Ich hab dein padkos hier, Kleinbaas. Sie warten alle schon.«

»Ich komme, Alida.« Dann, zu Mamparra gewandt: »Also hast du das Meer gesehen.«

»Es ist zu groß, Michiel. Nie im Leben werd ich da auch nur einen Zeh reinstecken. Bevor du gucken kannst, hat dich so ein Hai am Bein gepackt, und Schluß ist mit dem Tanzen.«

»Ich finde dieses Kleid wundervoll«, sagt er, ihr den Umschlag reichend. »Und ich hätte dich und Pietie gern tanzen sehen.« Sie gleitet die Stufen hinab, ihr Kleid weht hinter ihr her. Bevor sie den Rasen betritt, streift sie die Pumps wieder ab. Gerade als er ihr noch etwas nachrufen will, sagt Alida: »Du hältst alle auf.«

Er sieht ihr kurz in die Augen. Dann ruft er, bevor Mamparra verschwunden ist: »Vielleicht kann Alida ja Lerato ausrichten, daß sie mir erzählt, wie der Wettbewerb ausgegangen ist!« Sie wirft, schon im Obstgarten, einen kurzen Blick zurück, sie hat wieder zu singen begonnen, und die Straußenfeder wackelt keck, als sie ihm zunickt: »Wir werden Meister.«

»Was ist ihr wirklicher Name, Alida?«

»Ihr Name? *Mamparra* bis zu ihrem Sterbebett. Da ändert auch kein rotes Kleid und keine Reise an die See was dran. Steck einem Affen einen goldenen Ring an, er bleibt doch ein häßliches Vieh. Du machst dir zuviel aus Namen.« Er folgt ihr zurück ins Haus, die Augen auf ihre gebeugten Schultern gerichtet, die sich kraftvoll und beinahe herausfordernd unter dem Hauskleid aus blauer Baumwolle abzeichnen.

Jetzt steht er, die Tüte mit padkos in der Hand, auf der vorderen Veranda.

Die Hände des alten Mannes sind in seinem Schoß gefaltet, sein Kopf zittert seitlich. Von den Autos, wo die anderen auf seinen Abschied warten, dringen Stimmen herüber.

»Die Kleinbaas se kamer wag.« Das Zimmer des Kleinbaas wartet auf ihn, sagt Alida von hinter dem Rollstuhl, und er bemerkt, daß die Anrede wieder da ist. »Der Kleinbaas wird feststellen, daß ich Lammsandwiches eingepackt habe, und zwei Päckchen Biltong in der Vakuumverpackung. Und ein paar Rosinen und getrocknete Pfirsiche von der letztjährigen Ernte. Und zwei Äpfel. Lerato sagt, daß man in den Flugzeugen nichts Anständiges zu essen bekommt.« Als sie einander umarmen, fühlen sich ihr Rücken und ihre Schultern zerbrechlich an, wie Vogelknochen. Von den Armen, die ihn als Kind getragen haben müssen, ist nichts mehr zu sehen.

Er geht vor seinem Vater in die Hocke. »Nimm dir Zeit, Oubaas.«

Der alte Mann blinzelt, blickt über die Veranda und durch die Gitter auf den Obstgarten. So zur Seite gedreht zeigt er Michiel seinen Hinterkopf über dem faltigen Nacken. »Hast du nur das wenige Gepäck da?« sagt er. »Ounooi meint, es kann kalt werden, da wo du lebst. Nimm deine Decke mit.«

Michiel weiß nicht recht, wie er die Decke aus Fellen transportieren soll und hat Angst, daß der Zoll sie womöglich konfiszieren wird.

»Die Schakale sind nicht gestern geschossen worden. Die Felle können keine Tollwut haben«, sagt Oubaas mit plötzlich weit aufgerissenen Augen. »Erzähl ihnen, du hättest sie von deinem Großvater. Und wenn sie versuchen, sie dir abzunehmen, in Gottes Namen, Michiel, dann *kämpfe* um sie.«

Alida soll die Decke in eine der gebleichten Plastikplanen einrollen, auf denen die getrockneten Früchte in der Pantry aufbewahrt werden. Er wird sie dann als Handgepäck mitnehmen und hoffen, daß er in Atlanta damit durchkommt.

Eine Hupe quäkt. Das ist sicher Kanu. Und da ertönt tatsächlich auch schon die Stimme des Jungen, der ruft: »Michiiieel! Amerika wartet auf diiich!« Michiel könnte jetzt überwältigt sein von dem Gedanken, daß dies das letzte Mal sein mag, daß er in das Gesicht seines Vaters blickt. Wieder sieht er den Körper in seinem Traum vom Ast hängen, und während er in die erschöpften, beinahe kraftlosen blauen Augen seines Vaters sieht, wünscht er sich zu wissen, was in dem alten Mann vorgeht. Er beugt sich vor. Er kniet sich hin. Als er seinen Vater umarmt, spürt er dessen bebende Unterarme um seinen Rücken. Er riecht den Geruch nach Palmöl im Nacken seines Vaters und muß einen Augenblick an Ounooi denken, vor neun Monaten am Abflug-Gate. *Durch alles hindurch. Auf tausend und mehr Arten.* Um sein Leben bringt er es nicht über sich, Worte zu finden, die er Oubaas sagen könnte.

Alida kommt mit der Decke zurück, die straff in einen Bokomo Meelsak eingewickelt ist. Bianca ist da und erzählt, daß sie sich alle fragen, wo Michiel denn bleibe. Er steht auf, die weiche Hand seines Vaters gleitet aus seiner. Er bekommt von Alida die eingeschlagene

Decke in die Hand gedrückt und steigt dann, ohne zurückzusehen, die sieben Stufen hinab, Biancas Hand in seiner und Isabella neben sich.

»Also gehst du tatsächlich *doch* noch!«

»Besser spät als nie.«

»Vergiß uns nicht wieder.«

Den Reiseproviant auf den Beifahrersitz, die Decke in den Kofferraum.

Händeschütteln mit Thabiso und Thomas, die jetzt wie siamesische Zwillinge zusammenhängen und beide Basecaps tragen. »Hör nicht mit dem Singen auf, wenn du in den Stimmbruch kommst«, sagt er zu Thabiso. Der Junge mit dem flächigen, offenen Gesicht und den großen schwarzen Augen lächelt, ein wenig beschämt darüber, ausgerechnet an dieses Talent erinnert zu werden, wo doch so viele andere eher verdienen würden, erwähnt zu werden.

»Paß auf die Schlaglöcher hinter der Hobhouse-Abzweigung auf«, sind Thabisos erste an Michiel gerichtete Worte. »Mom hat sich da letzte Woche zwei Platten geholt und eine Felge verbeult.«

»Danke für die Warnung.«

Thomas schafft es, unter seiner Kappe, ein verlegenes, halbes Lächeln hinzubekommen, während er seinem Onkel die Hand schüttelt. »Alles Gute weiterhin«, wünscht Michiel ihm. Du wirst noch an mich denken, du kleiner Scheißkerl, an dem Tag, an dem du wirst zugeben müssen, daß die Sache quer durch die Familie läuft.

Ein Kuß für die schöne Pulane. Bis nächstes Jahr, vielleicht? Das kleine Mädchen lächelt schüchtern.

Ein Kuß und eine Umarmung für Bianca, die leise weint, während sie sich an Michiels Hand klammert. »Frag deine Mom und deinen Dad, ob sie dich nicht mit Lerato rüberschicken«, sagt er. Und flüstert dann in ihr Ohr: »Amerikanische Schokolade ist übrigens ganz mies, also bring Pfefferminz-Schokoriegel mit, damit wir du weißt schon was backen können.«

»Wo ist Kanu? Kanu!« Lerato ruft nach dem Jungen, der spurlos verschwunden ist. »Schaun wir mal, was sich entwickelt«, sagt sie zu Michiel und streicht Bianca über die Wange. »Sehr gut möglich, daß wir uns da drüben treffen. Ich muß auch in ein paar Minuten los, vielleicht fahren wir unterwegs noch aneinander vorbei. Du kannst die Tore offenlassen.« Sie tauschen Visitenkarten aus und versprechen sich, in Kontakt zu bleiben. Als sie sich küssen, umfaßt er mit dem freien Arm ihren Rücken.

»Gute Fahrt und gib acht«, sagt Giselle. Sie umarmen sich, und sie löst Biancas Griff um seine Hand, indem sie ihre Tochter zu sich heranzieht. »Danke dir für deinen Besuch.«

Ein kräftiger Händedruck von Dirk, zusammen mit einem Lächeln und einem Nicken, das zu ersetzen versucht, worüber (noch) nicht gesprochen werden konnte. Der Dosenöffner, denkt Michiel; vielleicht auch die Berührung einer Bajonettspitze.

»Kanu, raus mit dir aus diesem Auto und komm her und verabschiede dich« Lerato hat Kanus Kopf dort entdeckt, wo er sich zu verstecken vorgibt, auf der Rückbank des Mietwagens.

»In der alten, zerbeulten Kiste will doch sowieso keiner fahren!« sagt der Junge und zieht einen Schmollmund, während er herausspringt und die Tür zuschlägt. Leratos Hand auf seinem Kopf, schüttelt er Michiels Hand. Der Blick des Jungen ist zugleich herausfordernd und in der Defensive.

»Auf der Autobahn werden wir so was von an dir vorbeischießen«, sagt er. »Und dann winke ich dir nicht zu.«

»Hauptsache, du hast dabei deinen Sicherheitsgurt angeschnallt«, antwortet Michiel und sieht aus den Augenwinkeln Leratos Zwinkern. »Kommt jetzt, ihr beiden«, sagt Lerato. »Holen wir unsere Sachen.«

»Ja, kommt alle jetzt«, sagt Giselle. »Es wird Zeit zu packen und Oubaas Auf Wiedersehn zu sagen. Morgen ist Schule und ich will auf der Autobahn sein, bevor es dunkel wird.«

Michiel bleibt übrig mit Benjamin und Karien.

»Bringen wirs hinter uns«, sagt sie. »Ich mag solche Szenen nicht.«

»Tja«, sagt Benjamin. »Schick Bianca ein Foto von dir auf der Chinesischen Mauer, ok? Wir sprechen dann per Telefon und E-Mail weiter.«

»Ich wüßte an deiner Stelle nicht, wo ich anfangen sollte«, sagt Michiel. »Ich meine mit Oubaas.«

»Auf die Dauer wird er mir zuhören.« Sie umarmen sich. Und bevor er sich abwendet, fügt er noch hinzu: »Und mit den anderen Sachen laß ich dich nicht so einfach davonkommen. Keinen von euch Tränenden Herzen.«

»Mail mir«, sagt Karien, als sie allein sind. Im Sonnenlicht, das durch die Wolkenschicht bricht, kann er wieder die Fältchen rund um ihre Augen sehen. Ihr Haar ist noch naß vom Schwimmen und in einem Knoten im Nacken befestigt. Sie streicht mit dem Finger über seine Wange. »Eine Wimper«, sagt sie. »Dir ist klar, daß sie alle weg sind, um uns einen Moment allein zu gönnen. Du mußt jetzt los.«

»Hast du es mir nicht zu leicht gemacht?«

»Wir sind 35«, sagt sie lächelnd. »Mit ein bißchen Glück haben wir mindestens noch mal so viele Jahre, in denen ich ohne Sattel auf deinen Schuldgefühlen rumreiten kann. Und wenn uns das zuviel Energie kostet, können wir es uns immer noch ein bißchen leichter machen, weißt du, indem wir ganz einfach die gegenseitige Vergebung unserer Laster praktizieren, die die Türen zum Paradies öffnet.« Wir haben noch kaum begonnen, die Geschichte zu hören, denkt er, hier und in diesen Tagen, an denen wir nur über die Oberfläche des feingewebten Grabtuchs geglitten sind. Der morgige Tag wird andere Farben haben und andere Kleider tragen, der Reis wird ohne Safran serviert und die Zungen werden sich gelöst haben.

»Hast du die Decke gesehen? Er hat darauf bestanden, daß ich sie mit nach Hause bringe.«

»*Nehme*. Mit nach Hause nehme«, sagt sie. »Auf Afrikaans sagt man, wenn man fortgeht, mit*nehme*, nicht mit*bringe*. Sagen Amerikaner denn tatsächlich *bringe*?«

»Glaube schon«, sagt er. »Wüßte nicht recht, wo ich das sonst aufgeschnappt haben sollte. Es sei denn, es ist eine von Kamils Spracheigentümlichkeiten.«

Aus einer Plastiktüte zieht sie eine CD und zwei dünne Bücher. Die CD enthält afrikaanse Folkmusik, in Arrangements einer neuen Generation junger Musiker. Sie möchte, daß er hört, wie die Fesseln von Sprache und Musik darin gelöst werden. Hörs dir beim Fahren an. Die neue Version von dem alten ›Sugarbush‹ ist richtig anrührend. Sie wirft einen Blick auf die Bücher, die sie in der Hand hält. »Die hat mir Ounooi gegeben. Damals. Wir haben geglaubt wir wären Dissidenten, als wir sie in jenen Tagen gelesen haben. Du weißt doch noch: die rote Gefahr?« Sie blinzelt und hebt eine Hand, um ihre Augen vor der Sonne zu beschirmen. »Laß uns das Umarmen und Küssen überspringen. Ich muß Palesa aufwecken. Die schläft jetzt schon seit Stunden.« Sie reicht ihm CD und Bücher. »Und paß auf diese Schlaglöcher auf. Ich hatte mich schon fast abgeschrieben.«

»Ich denke jetzt schon an dich zurück.«

»Ich weiß.« Noch im Sprechen wendet sie sich ab.

Er beugt sich nieder, um die Hunde zu streicheln, sein Blick folgt ihr, und sein Kopf ist voll von ihr und dem nachmittäglichen Gegurre der Turteltauben.

Als er im Auto sitzt, sieht er sie noch einmal durch den Rückspiegel, wie sie barfuß die Stufen zur Veranda hinaufsteigt. Darauf bedacht, die Hunde im Blickfeld zu haben, fährt er im Rückwärtsgang unter der Plane hervor. Der Jacarandabaum am Tor steht da, gespalten wie die Forken einer verkohlten Stimmgabel. Äste sind in Stücke gesägt worden, Blätter und Blüten zu einem lila schimmernden Haufen zusammengerecht. Der Zwilling steht majestätisch daneben, gänzlich unversehrt. In dem gesprungenen Außenspiegel sieht er, wie die Hunde hinter dem Wagen hergaloppieren und schließlich stehenbleiben. Er glaubt Kanu und Bianca auszumachen, wie sie über den Rasen zu Peets Rundhütte flitzen. Das Tal leuchtet in weißer Blütenpracht. Dort ist die Kirchturmspitze und da die Berge, dazwischen der Fluß. Er umrundet den Hügel und rollt abwärts zur Brücke hin und zur Straße, die zum Tor führt. Er bremst ab, um noch einmal zurückzublicken, aber was er sehen möchte, ist bereits zwischen Bodenerhebungen und Senken verschwunden.

Er kann bis es dunkel wird, gut vorankommen und wird in Jo'burg sein, wenn der Rush hour-Verkehr schon wieder nachgelassen hat. Er hat nur den einen Koffer zum Einchecken, und der ist, wenn es hart auf hart geht, klein genug, um zusammen mit der Decke als Handgepäck durchzugehen. Nahe der Brücke sind zwei Männer mit einer Kettensäge an einer Bohle zugange. Sie blicken auf und heben die Hand zum Gruß. Er erkennt Pietie, der über die Brücke kommt, wobei Wasser an seinen Gummistiefeln hochspritzt. Er hat wenig Erinnerungen an Pietie, außer an seine Distanziertheit und seine Omnipräsenz auf der Farm, wo er immer und überall war. Es gibt da auch Kinder, weiß er, aus einer früheren Ehe oder Verbindung. Michiel hat nicht damit gerechnet, ihn noch einmal zu sehen und auch vergessen, Alida Geld für ihn zu geben. Und jetzt vorzuschlagen, daß Pietie sich einen Anteil aus den Umschlägen der anderen nimmt, wäre geschmacklos. Andererseits kann er nicht das Benzingeld anbieten – er weiß von gestern, daß die Tankstellen hier keine Kreditkarten annehmen.

Er stellt den Motor ab.

»Michiel alweer oppad, landuit?« Schon wieder auf dem Weg, das Land zu verlassen?

»Ich muß wieder zurück an die Arbeit, Pietie.«

»So ist das Leben«, sagt der alte Mann und zieht die Nase hoch. Sein Blick geht von Michiel im Wagen zu den anderen. Sie bearbeiten die durchgesägten Bohlenstücke, die aussehen wie die Wirbel eines Tyrannosaurus Rex an einem Flußufer, jetzt mit der Axt. Pietie räuspert sich und spuckt aus.

Einmal pro Jahr ein Lächeln im Gesicht, während du Samba tanzt, wird dir Mamparras Herz nicht gewinnen, denkt Michiel. Was sie auch sonst noch für Gründe haben mag, jedenfalls ist es kein Wunder, daß sie keine Lust hat, dich zu heiraten. Andererseits, was weiß er schon davon, wie Pietie sich verhält, wenn gerade nicht der Blick eines Weißen auf ihn fällt? Was weiß er überhaupt von den Ritualen des Einander den Hof machens und der Liebe im Gesindetrakt von Paradys, über das Prosaische und Poetische daran?

»Hier wartet jetzt viel Arbeit, Pietie. Wo meine Mutter nicht mehr da ist und mein Vater in dem Zustand, in dem er ist.«

»Nicht mehr als immer.« Er sieht Michiel beim Sprechen nicht an. »Benjamin und ich haben miteinander geredet. Wir kriegen das hier geregelt.«

»Paradys kann ohne dich nicht überleben, das weiß ich.«

»Wie ist es in Übersee?«

»Ich habe ein gutes Leben. Man kommt überall irgendwie zurecht.«

»Mamparra hat mir gesagt, daß du kinderlos bist. Du solltest die Sache besser in Angriff nehmen, bevor du zu alt wirst.«

»Ich habe deine Kinder nicht gesehen auf dem Begräbnis.«

»Sem hat Arbeit im Forstwesen bei Mondi. Über Klein-Alida. Er lebt da in God's Window in Mpumalanga. Und das Mädchen in Botshabelo. Sie hat ein Baby.«

Michiel wirft einen Blick auf die Uhr. Er ist in der Zeit. Sie geben sich die Hand.

Michiel rollt langsam über die Brücke, das Wasser klatscht gegen die Reifen. Er ist bereits aus der Senke draußen, als sein Blick wieder auf seine Uhr fällt. Er bremst und schaltet den Rückwärtsgang ein. Mit dem Fuß auf der Bremse und durch den Rückspiegel blickend, läßt er den Wagen wieder bis kurz vor die Brücke hinabrollen. Er hält an, und diesmal steigt er aus. Pietie ist wieder über die Brücke auf ihn zu gekommen. Michiel öffnet das Uhrarmband.

»Pietie, die ist nicht neu. Aber es ist eine sehr gute Marke. Eine Rolex. Ich möchte sie dir gerne schenken, wenn du sie annimmst.«

Pietie nimmt die Uhr entgegen und zieht den Ärmel seines Overalls nach oben. Er schiebt das Armband übers Hangelenk und klickt es fest. Noch immer kein Lächeln. Erstaunlich.

»Die kann ein Leben lang halten. Ich hab sie bekommen, als ich auf der anderen Seite der Welt lebte. Zum Tauchen gehen, im Meer. Es war ein lieber Freund, der sie mir geschenkt hat. Der Mann, mit dem ich zusammen lebe.« Was er damit sagen will, ist: Ich gebe sie dir nicht, weil sie alt ist. Ich habe geglaubt, ich würde diese Uhr mein ganzes Leben lang tragen. Ich liebe diese Uhr.

»Man kann die ins Wasser halten?«

»Schau, auf dem Zifferblatt steht: *Wasserfest bis 100 Meter Tiefe.*«

»Es ist eine schwere Uhr.«

»Wenn du sie nicht behalten willst, kannst du sie auch verkaufen oder eintauschen«, sagt Michiel. »Aber laß dich dabei nicht übers Ohr hauen. Du mußt schon dafür bekommen, was sie wert ist.«

Als Pietie seine Hand schüttelt, spürt Michiel, daß er dasselbe mit ihm macht, was er die Männer in der Kirche hat tun sehen: Handfläche zu Daumen (aber nicht Handgelenk) und wieder zurück zu Handfläche. Als Michiel wieder im Auto sitzt, hat Pietie die Brücke überquert und nimmt ein Seil hoch, um es hinten an den Traktor zu binden.

Auf dem geraden Stück zwischen Brücke und Tor, sieht Michiel Ounooi in Trainingshose und einem grauen Sweater vor sich. Kleine Staubwölkchen explodieren hinter ihren Schuhen beim Laufen. Einen Moment lang laufen sie wieder nebeneinander und atmen die Luft des Pazifik ein, dann wieder weit zurück und hier, irgendwann in seinen späteren Jugendjahren, mit langen, dünnen Beinen und Akne auf der Stirn und Miemie, die vor ihnen herrennt und Fasane jagt. Wenn er jetzt die Worte seiner Mutter aus der Vergangenheit holen könnte, von damals, als sie hier zusammen gelaufen sind – ein einziges Wort von ihr ... Eine Hand löst sich vom Lenkrad und legt sich auf seinen Mund. Und sein Blick trübt sich. Er hält vor dem Tor an. Im Staub auf beiden Seiten der Viehdurchgänge deuten Fuß- und Hufspuren darauf hin, daß das gestrige Unwetter nicht bis hier gekommen ist. Er öffnet das Tor und starrt zurück auf den Hügel. Dann fährt er über das Gitter und hält wieder an, um das Tor zu schließen, den Motor im Leerlauf. Als er sich umdreht, um wieder ins Auto zu steigen, sieht er erneut Fußspuren, und sein Blick geht zu den zerfallenen Resten des Farmverkaufsstandes. Einen Augenblick lang verharrt er reglos zwischen Tür und Angel, hat einen Fuß im Auto, einen auf der Erde. Er sieht die Hütte vor sich, so wie sie damals gewesen sein muß. Dort parkt ein Pick-up, und ein Knabe blickt durch die Scheibe zurück. Hallo, sagt er ohne nachzudenken. Ganz gleich, wer hier vorbeikommt oder was dort drinnen vor sich geht, auf Fotos und in Bücherregalen, in Briefen, die ungeöffnet dem Absender zurückgeschickt werden, auf den Laken und der Freundlichkeit von tausendundeinem Fremden. Ganz gleich, wo Erde oder Wasser dich zur letzten Umarmung empfangen werden, hier bist du: mein Junge, mein Mann, mein Herz, mein Geliebter. Und während er sich ins Auto hinein bückt und die Tür zuschlägt, weiß er, er wird Kamil und Glassman von diesem Moment erzählen: *Da haben wir unsere Arbeit ja offen vor uns liegen.*

Auf der Schnellstraße beschleunigt er auf 120 km/h und tippt dann auf den Tempomat. Er greift eines von Kariens Büchern vom Beifahrersitz und blickt nach vorn, auf der Hut vor Schlaglöchern. Auf einer mit einem Eselsohr gekennzeichneten Seite liest er in Ounoois Handschrift: *Karien, ich fürchte, er kann unmöglich übersetzt werden, aber du kannst immerhin hören, was er sagt:* Septembermeer ... *Zuviel Reisen läßt das Herz dumm und durchnäßt zurück, wie eine Seeschildkröte, die ihre geometrisch perfekt geformten Eier an fernen Küsten ablegt, bevor sie wieder in die blinde Unendlichkeit zurückkrabbelt und davonschwimmt – und den, der die Worte liest, während ihre Schalen noch ganz weich sind? ...* Er schüttelt den Kopf. Er kann bei diesem Tempo keinen Breytenbach lesen, und jetzt ist nicht der Moment für Tränen. Er legt das Buch wieder auf den Beifahrersitz und hebt den Pasternak hoch, als er plötzlich ausweichen muß, weil vor ihm der runde Schatten eines Schlaglochs auftaucht. Die weitere Straße voraus sieht unbeschädigt aus. Seine Daumen ruhen auf dem Lenkrad, während seine Finger das Buch halten. Auch hier hat Karien oder Ounooi eine Seite markiert: Der reife Schütze ... *Ein hochgewachsener, starker Schütze, o du, mein besonnener Jäger ..., Phantom mit der Flinte in der Flut meiner Seele... Beginne deine Jagd, ich bitte dich, im morgendlichen Schilf, Erlege mich mit einem einzigen Schuß im Fluge ... Und für dieses erhabene, schallende Ende mein Dank. Vergebt mir, ich küsse euch, oh Hände meines vergessenen, verachteten Heimatlands, mein Zagen, meine Familie und Freunde.*‹ Der Waffenmeister, das Gewehr mit Aufsatz vorgestreckt, ein massiger Koloß in Uniform und Stiefeln, ein steinernes Rhinozeros, Schulter an Schulter mit dem Kommandanten der Einheit neben dem Padre. Der Pater, in weißer Uniform, der neben dem Meister wie ein Zwerg wirkt, hat die Bibel aufgeschlagen. Es ist nicht die ganze Basis, die hier versammelt ist. Nur ein Zug mit zwei Feldwebeln in Dienstbraun. Von den Wehrpflichtigen trägt allein der Fähnrich die weiße Uniform. Keine weiteren Offiziere oder Mannschaftsdienstgrade. Das Spektakel wird gänzlich anders sein, als während des Wartens im Laufe der Nacht vorgestellt. Hinter der Wand der Waffenkammer werden in einem indischen Akzent Seriennummern ausgerufen, weil ein Zug seine automatischen Waffen zurückgibt. Kamelfarbene Lastwagen und braune Pick-ups knattern vorüber. Ein Schiffshorn tutet. Die Stimmen und Motorengeräusche werden langsamer, dann beschleunigen sie wieder und bremsen wieder vor den Bodenschwellen. Das Leben der Basis geht weiter, gänzlich unbeeindruckt von der Zeremonie, die hier abläuft. Sein Zug trägt die Waffen – glücklicherweise ohne aufgepflanztes Bajonett – seitlich. Hinter den Uniformen, jenseits der vertäuten Schiffe und schwankenden Masten von Yachten sind die Wipfel hoher Kokospalmen und die Wolkenkratzer der städtischen Hafenfront zu sehen. Das Leben auf den Straßen geht verblüffenderweise seinen normalen Gang. Das Rauschen eines dicht überfliegenden Jets und die folgenden Vibrationen. Er überquert die Basis in geringer Höhe im Landeanflug auf Louis Botha und unterbricht die Lesung des Padre mitten in Psalm 23.

Bis heute weiß er nicht, wie die Sache für Govender abgelaufen ist. Nachdem sie getrennt zu ihren jeweiligen Übernachtungszellen gebracht worden waren, hatten sie einander nicht mehr wiedergesehen. Für Govender hat die Sache vielleicht auf dem großen Paradeplatz oberhalb der Docks stattgefunden – nein, er muß ein transitives Verb benutzen: *wurde die Sache also vielleicht auf dem Paradeplatz durchgezogen*, im Hintergrund die SAS Tafelberg, die mit dikken Tauen am Kai festgebunden war. Statt eines Bajonetts hat der Commodore oder Captain womöglich ein Schwert benutzt. Während der verzweifelten nächtlichen Stunden hatte Michiel Geschichten darüber aufgeschnappt: Basiskommandant oder Kapitän marschiert vom Podium zu der Stelle, wo der degradierte Offizier unter den Blicken seiner gesamten Mannschaft ihn erwartet. Das zeremonielle Schwert wird aus der Scheide gezogen, der Kapitän soll mit raschen Bewegungen die Rangabzeichen von den entehrten Schultern entfernen. Die Soldaten der Mannschaft vollführen eine ganze Drehung, so daß sie dem Degradierten den Rücken zukehren. Begleitet von Trommelschlägen wird der ehemalige Offizier dann vom Paradeplatz geführt. Ob das Govender bereits früher am Morgen geschehen war, sollte Michiel nie erfahren: der Wind blies aus Süden, so daß jedes Geräusch von der Messe fortgeweht worden wäre.

Er mußte die gesamte Zeit in Hab-Acht-Stellung stehen und den Kommandanten und die Soldaten ansehen, die in Rührt-Euch dastanden. Was er niemals vergessen würde: die Schwere seines Körpers, die vom Nabel hinab lastete, seine Schließmuskel erschlaffen ließ und in die Beine flutete, während sein Gesicht vor Hitze glühte. Im Gleichschritt traten Waffenmeister und Kommandant nach vorn. Der Waffenmeister entfernte das Bajonett von seinem Gewehr. Der Kommandant, der vormalige Selous Scout, postierte sich vor ihm. Die Augen auf die Schulter des Fähnrichs gerichtet, schob er die stumpfe Klinge unter den Verschluß und schnitt die linke Epaulette ab. Als er das Bajonett unter die andere Schulterklappe steckte, rutschte die Klinge offenbar ab, und das Rangabzeichen blieb, anstatt zu Boden zu fallen, an seinem Ort. Der Kommandant hob die freie Hand und legte sie auf die Stelle zwischen Michiels Schulter und der verbleibenden Klappe, dabei berührte die Haut seiner Hand die Haut von Michiels Nacken. Die Hand blieb dort, und Michiel spürte, wie der Vorgang wiederholt wurde. Auf Befehl des Waffenmeisters mußte der gewesene Fähnrich sich gemeinsam mit dem Obermaat rechtsum drehen. Kein Trommelwirbel. Keine Trompetenfanfare. Ein Konvoi rollte vorüber auf dem Weg zum Mannschaftsquartier oder der Werkstatt. Jenseits des Tores, wo die Zivilpolizei ihn erwartet hätte, hätte es eine Zivilanklage gegeben, stand seine Sporttasche am Wachhäuschen. »Du hast eine Woche Urlaub«, sagte der Obermaat, der genau wußte, daß er daran nicht erinnert werden mußte. »Keine Menüauswahl mehr für deine Mahlzeiten, Seemann. Deine Koje im Mannschaftsquartier wartet auf dich.« Und dann mit einem breiten Grinsen: »Und die ganze Basis ebenso. Wir werden eine Menge Spaß haben.«

Für das falsche Spiel, in dem zu Tode geängstigte Jungs beständig daran scheitern, als Männer durchzugehen, braucht ihr ihn. Er nickt. Geht fort. Kämpft. Widersteht. Versucht sich zu entmännlichen. Irgendwo auf dieser kleinen Welt. Immer.

Bald schon sieht er hinter Maisfeldern und Eukalyptushainen die Beton-Getreidesilos von Tweespruit aufragen. Sein Blick geht von seinem nackten Handgelenk zur Digitaluhr auf dem Armaturenbrett. Er könnte auch an dieser ruhigen Nebenstraße tanken, anstatt an der Tankstelle von Winburg auf der Autobahn Zeit zu verschwenden. Gerade als er an der Kreuzung nach Thaba Nchu abbremst, piept sein Mobiltelefon.

Komme nicht durch. Bin in Sicherheit. Hast du gehört, was hier passiert? K.

In dem kleinen Dorf sollte es ordentlich Mobilfunkempfang geben, denkt er. Mit einem Daumen tippt er ein: *Bin unterwegs. Tanke jetzt. Erdbeben? Ruf dich in ein paar Minuten an. M.*

Im Schatten der gewaltigen Silos entdeckt er die verloren dastehende Tankstelle mit zwei Zapfsäulen an der holprigen Hauptstraße des Ortes. Das einzige andere Auto ist ein zerbeulter weißer Pick-up. Der Farmer lächelt voller Mitgefühl und schüttelt den Kopf über die Beulen an dem einfahrenden Auto, die er als Hagelschaden erkennt. Während der Tankwart (eine Frau, ist Michiel aufgefallen) auftankt und sich daranmacht, die von Sprüngen durchzogene Windschutzscheibe des Autos sauberzuwischen, geht er ein paar Schritte die ruhige Straße hinunter. Die Signalanzeige des Telefons bleibt schwach. Er tippt die internationale Vorwahl und dann ihre Privatnummer ein. Kein einziges Tonzeichen zu hören. Er tippt erneut auf Kamils Mobiltelefonnummer: *Kein Glück. Versuche es später nochmal.* Die herabklickenden schwarzen Zahlen auf der Zapfsäule, die einem anderen Zeitalter entstammen, haben aufgehört, sich zu drehen, und die zweite Ziffer kommt auf halbem

Weg zwischen einer neun und einer Null zum Stehen. Die Tankwartin kommt mit genügend Wechselgeld zurück, daß er ein anständiges Trinkgeld lassen kann: zwei silbernen Fünf-Rand-Münzen. Als ich fortging, denkt er, war das noch eine Banknote, keine Münze, und an den Zapfsäulen arbeiteten Männer und nicht Frauen. Um das, was er ihr reichen wird entgegenzunehmen, senkt die Frau das Kinn, hält beide hohle Hände übereinander vor sich und knickst dann mit einem leisen dankie baas. Jesus Maria, denkt er, ihr zunickend, wie kriegen wir das aus ihnen raus?

Zurück auf der schmalen Landstraße beschleunigt er und schaltet wieder den Tempomat ein. Er ist gut in der Zeit und weicht in der Nähe des Westminster-Abzweigs gerade einer Folge von Narben im Asphalt aus, als auf dem Telefon endlich ein kräftigeres Signal erscheint. Er will schon auf Wahlwiederholung drücken, da klingelt das Telefon.

»Hast du das Radio an?« Es ist Benjamin.

»Ich hör eine CD an. Ich hab gerade getankt, in –«

»Du wirst das nicht glauben. Wir sitzen alle vor dem Fernseher.«

»Was ist denn los?«

»Die sind ins World Trade Center reingeflogen. Passagierflugzeuge. CNN ist voll davon. Ins Pentagon ist auch eins eingeschlagen. Alle beiden Türme brennen. Jesus, ich kenn jemanden, der da drin arbeitet.«

Er wirft einen Blick in den Rückspiegel und schaltet dann runter, das Telefon zwischen Ohr und Schulter geklemmt. Er kann Karien und Giselle hören und einen der Jungs, der gerade schreit: *Ma, schau dir das an, Pa!*

»Er stürzt ein, Gott im Himmel, Michiel, hier donder daai bliksemse toring ineeen.« Gott, der ganze verdammte Turm bricht zusammen.

»Was redest du da –« Er hat so weit abgebremst, daß er das Auto an den schmalen Straßenrand steuern kann.

»Du solltest sehn, wie die Leute durch die Straßen rennen. Die Schlagzeilen sagen: *America under attack*.

»Soll das irgendein Gag sein?«

»Gott, Michiel! Wir sehen das hier live mit an, während es geschieht! Es sei denn, die ganze Welt macht hier einen Gag mit uns. Hast du Lerato gesehen? Sie ist kurz nach dir losgefahren?«

»Betrifft das nur New York?«

»Washington auch.«

»Und San Francisco? Ich hab eine SMS von Kamil bekommen.«

»Weiter wissen wir nichts. Ich ruf dich zurück.«

Die Straße hinter ihm ist frei. Mit dem Geräusch von knirschendem Kies unter den Reifen biegt er zurück auf die Straße. Binnen Sekunden hat er wieder Geschwindigkeit aufgenommen. Er drückt die Wahlwiederholung und hört, wie er direkt mit Kamils AB verbunden wird. »Ich bin auf der Straße«, sagt er. »Die Verbindung kommt und geht. Ich habe gehört, was passiert ist. Ruf mich zurück. Hoffe, du bist ok. Die Nachrichten hier sagen nichts über die Bay Area. Ich versuchs jetzt nochmal auf dem Festnetz. Ich liebe dich.« Er drückt die Erinnerungstaste für die Festnetznummer und hört seine eigene Stimme mit dem fremd klingenden amerikanischen Akzent: *Sie haben die Nummer von Kamil und Michael gewählt. Bitte hinterlassen Sie eine Nachricht, und wir rufen zurück.* »Ich bins«, sagt er. »Ruf an, sobald du kannst.«

Er wirft die CD aus. Im Radio kann er keinen klar übertragenen Sender auf Englisch oder Afrikaans finden. Als er glaubt, Sesotho zu hören, läßt er den Sender einen Moment lang drin, bevor er sich eingesteht, daß er so gut wie nichts verstehen kann. Er drückt ein paarmal zwischen UKW und Kurzwelle hin und her und geht dann auf Sendersuche. Hier und da kurze Songfetzen, Geräusche, die Wörter sein könnten, aber weit weg und immer wieder unterbrochen. Nur selten etwas, das er versteht oder wenigstens zu verstehen glaubt: Aaaialalla ....mmmmpashhhhhAaaa ....tir, tir, sjip, sjip, wrrrr ... XXiiiiXt....mmginntitrimmm..ssschschschsch...H/MTsjjjrrrr... .X!QTA....Xha... X!!C...sechs, fünf, drei .... Mi ta twa ku nandziha ngopfu, swi famba a moyeni....uMadagaskar.... mich sehr, es ist ein d.... Ditaba ke tsena le di ballwa ke... der Minister sagte.... kwatsha! .... jeder über zehn... zonke... Neu Amster.... matla ha a na setlhare.... basch!! grr, krr, kr, hr, laaaa... setlhare se pelong...and I think to myself ... Ncino wa maguva lawa ... Mp ... Mpppp ....aaaiachaan Xmmmm...... Aaaaiiiii, eiiiiii...

Er fährt zwanzig Kilometer über der erlaubten Geschwindigkeit, als Benjamin anruft. Jetzt verkünden Banner, die bei CNN am unteren Rand über den Bildschirm laufen, daß alle Flüge in den USA aufgefordert worden sind, sobald wie möglich zu landen. Alle Flüge in die USA sind nach Kanada umgeleitet worden. Karien versucht, Jan Smuts zu erreichen, um Informationen über Michiels Flug zu bekommen; er kann ihre Stimme im Hintergrund hören. Dann, während sie immer noch redet, sagt Benjamin: »Sie sagen ihr gerade, daß alle Flüge in die USA gestrichen sind. Die Nachrichten meinen, daß momentan noch andere entführte Flüge in der Luft sein könnten. Du kannst also ebensogut umkehren.«

»Aber ich bin schon Stunden entfernt.«

»Du verschwendest deine Zeit, wenn du zum Flughafen fährst.« Die Stimme seines Bruders wird dünner. Wenn er unbedingt bis Jo'burg fahren will, – Michiel versteht Benjamins Worte kaum mehr – dann soll er die Nacht bei Giselle und den Kindern verbringen, die Paradys in Kürze verlassen werden. »Andernfalls komm nach Hause.«

Im Rückspiegel sieht er in einiger Entfernung einen Lastwagen. Er schaltet runter und rollt an den Straßenrand. Als er aussteigt, rauscht der Neun-Achser dicht vorbei und drückt ihn gegen die Flanke des Autos. »Jou fokken poes«, flucht er dem Truck mit wütendem Blick hinterher, der schon ein ganzes Stück entfernt ist.

Die Straße ist jetzt leer. Der Asphalt rollt sich Richtung Westen bis zum orangenen Himmel aus und verschwindet im Osten hinter einer Kuppe. Hochspannungsleitungen zwischen riesigen Masten verhängen eine Seite der Straße, auf der anderen Seite führen schlaff hängende Telefonkabel von Pfosten zu Pfosten bergauf und verschwinden am Horizont. Er steht vor der Motorhaube des Wagens und hält das Telefon hoch, um nach dem besten Empfang zu suchen. Er klettert auf die zerbeulte Haube, von da aufs Dach. Wenn er es gegen den Hügel hält, gibt es ein Signal, aber nicht kräftig genug für einen vernünftigen Anruf. Hinter einem schmalen Streifen Gras und wilden Sonnenblumen verläuft ein Zaun. Dahinter sieht er auf einer Erhebung jenseits der Masten die Ruine einer Scheune oder eines Bauernhauses.

Er klettert vom Auto, schlüpft dann durch den Zaun und geht ins Veld hinein, unterhalb der summenden Hochspannungsleitungen. Aus einem Eukalyptushain ist ein Pferd aufgetaucht. Es wirft den Kopf auf und nieder und kommt dann den Hügel herab. Die Wände des verfallenen Hauses sind mindestens einen Fuß dick. Michiel klettert auf den Teil des Hauses, der noch steht. Hier oben stecken noch Reste von Dachbalken im Lehm oder Mörtel. Eine Rundhütte, vielleicht die eines Häuptlings? Er hebt den Arm mit dem Telefon hoch in den Himmel. Nichts. Er fragt sich, wann Lerato und die Kinder hier vorbeikommen. Ihm ist kalt; der Wind pfeift leise durch die Löcher und Risse in der Wand unter ihm. Als er wieder unten ist, nähert sich das Pferd, das weiß ist, wie er jetzt sieht, immer noch Stück für Stück. Indem er den mittleren Stacheldraht des Zaunes hinunterdrückt, schlüpft er wieder zurück. Er wird hier am Straßenrand warten und sehen, was Lerato vorschlägt. Wieder spürt er die Kälte am Nacken und durch das Hemd hindurch. Wie konnte er bloß keinen Pullover einpacken? Wenn man weit weg ist, glaubt man, hier herrsche ewiger Sommer. Er stellt sich Kamil vor, wie er vor dem Fernseher hängt. Er ist vom Sofa runtergerutscht und hockt in seinen Jeans auf dem pinken Wohnzimmerteppich, die Beine gekreuzt und die Ellbogen auf den Knien. Vielleicht sind die beiden Pauls bei ihm, gehen heute morgen nicht ins Büro und trinken Kaffee, oder ist Amerika auf dem Weg zur Arbeit, als wäre es ein normaler Werktag? Er hört Kamil, wie er am Telefon mit Malik oder Rachel oder Nawal redet. Immer noch skeptisch angesichts dessen, was sich laut Benjamin auf dem Fernsehschirm abspielen sollte, versucht er sich vorzustellen, wie dieses Gebäude zusammenfällt, aber es gelingt ihm nicht. Ob das wirklich stimmen kann? Sein Blick geht auf die Straße und hält erneut nach Leratos Auto Ausschau. Es dauert nicht mehr lang, dann werden diese Felder goldüberströmt sein, wenn die geöffneten Antlitze der Sonnenblumen jeden Tag dem Lauf der Sonne von Ost nach West folgen. Als er sich umdreht, sieht er, daß man ihm gefolgt ist. Das Pferd hinter dem Zaun wirft den Kopf nach beiden Seiten. Du bist ein alter Knabe, hab ich recht? Fehlen da nicht ein paar Zähne in diesem Kiefer? Und dein ganzes Leben lang unterernährt. Auch nicht wirklich weiß, eher ein fleckiges, mottenzerfressenes, struppiges Grau mit ein paar Flecken braun und einigen Stückchen dunklem Sommerfell. Verwandt mit einem Schecken, denkt er und lehnt sich auf der Beifahrerseite ins Auto, um nach der Pick n Pay-Tüte zu angeln. Dann stellt er sich wieder auf den Grasstreifen zwischen Straße und Zaun. Der Blick des Pferdes ruht auf ihm, seine Ohren sind jetzt völlig gerade aufgestellt. Michiel hält einen Apfel auf der ausgestreckten Hand, noch ein Stückchen weiter, damit das Tier ihn sehen und riechen kann. Das Pferd bewegt sich seitwärts, entfernt sich vom Zaun, wirft den Kopf hoch und scheut zurück. Michiel klickt die Zunge gegen die Zähne. Stute, Wallach oder Hengst, das kann er von hier nicht erkennen. Am Ellbogen und Kniegelenk hängen Zecken in ganzen Trauben fest. Offensichtlich verbringt das Tier seine ganze Zeit hier draußen im Veld. Er streckt die Hand noch weiter durch den Zaun und schnalzt wieder mit der Zunge gegen den Gaumen, diesmal ein runderes Geräusch. Das Pferd kommt näher. Er kann sein Atmen durch die arbeitenden Nüstern hören, und empfängt den Geruch in den eigenen. Dann spürt er die samtige Schnauze auf der Haut seiner offenen Handfläche und spürt die Vibrationen des Beißens und Kauens. Er wischt mit dem freien Daumen den Eiter und die Feuchtigkeit aus einem vernarbten Augenwinkel und sieht sich ganz klein in der Iris beider Augen widergespiegelt. Das Pferd wendet sich vom Zaun ab, scheint zu zögern, dann läuft es zurück ins Veld. Michiel reibt sich Schultern und Arme gegen die Kälte des dämmernden Tages. In der allumfassenden Stille formt er die Hände zu Muscheln und bläst hinein, um sie aufzuwärmen. Dabei riecht er den Duft des Tieres auf seinen Fingern.

GLOSSAR

Amandla! Ngawethu! »Alle Macht dem Volk«: Kampfruf des ANC und seiner Verbündeten
AZAPO Azanian People's Organisation, 1978 gegründet, südafrikanische politische Organisation gegen die Apartheid und für den Boykott Südafrikas. In den 1980er Jahren blutige Rivalität zum ANC, später zur Partei gewandelt
boerbok Ziege
Bliksem Afrikaans: sowohl ein Verb: prügeln, als auch ein Nomen: Dreckskerl
Biltong luftgetrocknetes Rindfleisch, Spezialität der s. a.-Küche
Dominee Pfarrer und Prediger der niederländisch-reformierten Kirche, auch von anderen protestantischen Kirchen in SA
dikbek schmollen
doek Afrikaans: langes Tuch, hauptsächlich um den Kopf gewickelt benutzt
FAK Vereinigung der Afrikaans Kulturvereine
Habibi mein Schatz (Arabisch)
Jirre, Jissis Slang für Jesus
Kaya einfache Unterkunft
Kloof Schlucht, Klamm
Padkos Vesperpaket für die Reise
Plaasjapie Landpomeranze, Bauerntrampel
Panga eine Art Machete im südlichen und östlichen Afrika
Porra Person portugiesischen Ursprungs (abfällig)
Maties Spitzname für Studenten der Universität Stellenbosch
SADF South African Defense Force. Name der südafrikanischen Armee von 1957 bis 1994
skabenga Tunichtgut, Frechdachs, Halunke
skedonk Klapperkiste
tsotsis Gangster, Schläger
Tuks Universität in Pretoria
Trifle englische Süßspeise, bestehend aus mehreren Schichten Custard, Obst oder Marmelade, Biskuitkuchen und Schlagsahne
Wits Universität des Witwatersrand in Johannesburg

DANKSAGUNGEN

Ich bin zahlreichen südafrikanischen Werken, wie auch anderen Büchern der Weltliteratur verpflichtet. Über solche Schriftsteller und Texte hinaus, die innerhalb der Handlung angesprochen werden, zitiert oder paraphrasiert der Roman aus folgenden Werken:
James Baldwin, *Nothing Personal,* with Richard Avedon, Atheneum, 1964, (dt. *Im Hinblick*, Luzern 1964). Dambudzo Marechera, ›The Waterman Cometh‹ aus: *Cemetery of the Mind*, Baobab Books, 1992. Leonard Cohen, ›Anthem‹, aus: *The Future*, Columbia Records, 1992. André Brink, *An Instant in the Wind*, Penguin, 1985, (dt. *Stimmen im Wind*, München 1981). Zbigniew Herbert, Lamant, aus: *The Collected Poems 1956 – 1998*, Ecco Press, 2007. Sol Plaatje, *Native Life in South Africa*, Ravan Press, 1996. Pablo Neruda, *Every Day you play*, aus: *The Essential Neruda*, ed. Eisner, 2004. Nadine Gordimer, *July's People*, Penguin, 1982. (dt. *July's Leute*, Frankfurt am Main 2005); *The Conservationist*, Penguin, 1983, (dt: *Der Besitzer*, Berlin 2008). Antjie Krog, Omdat, aus: *Eerste Gedigte*, Human & Rousseau, 2004. Margaret Atwood, *The Handmaid's Tale*, Anchor/Random House, 1998, (dt: *Der Report der Magd*, Düsseldorf 1987). Derek Walcott, Love after Love, aus: *Sea Grapes*, Jonathan Cape, 1976). Eugene Marais, *Die Dans van die Reen*, aus: *Groot Verseboek*, ed. Brink, Tafelberg, 2000. Alice Walker, *Possessing the Secret of Joy*, Harcourt Brace, 1992 (dt: *Sie hüten das Geheimnis des Glücks*, Reinbek 1993). J. M Coetzee, *Disgrace*, Penguin, 2000, (dt. *Schande*, Frankfurt am Main 2001). Olive Schreiner, *The Story of an African Farm*, Penguin Classics, 1983 (dt. *Geschichte einer afrikanischen Farm*, Zürich 1964). Laurie Anderson, The Dream before, aus: *Strange Angels*, Warner Brothers Records, 1989. Michael Cunningham, *The Hours*, *Picador*, 2000. (dt: *Die Stunden*, München 2000). William Blake, A Vision of the Last Judgment und The Everlasting Gospel, aus: *Complete Writings with Variant readings*, ed. Keynes, Oxford university Press, 1966. Breyten Breytenbach, Septembersee, aus: *Kouevuur*, Buren Uitgevers, 1969. Boris Pasternak, The Grown Marksman, aus: *The Poems of Boris Pasternak*, Unwin Paperbacks, 1984.

Die freien Übersetzungen von Abschnitten der Gedichte von Breyten Breytenbach und Antje Kroog stammen, ebenso wie eine Paraphrase von Eugene Marais, von mir.

Zu besonderem Dank für ihre Hilfe, während ich diesen Roman zur Veröffentlichung vorbereitete, bin ich folgenden Personen verpflichtet: Mic Cheetham, Mariana Cooke, Lauri Dietz, Percival Everett, Sandra Kiersky, Dana Levin, Oksana Luybarski, Elisa Majaoetsa, Kathryn Newton, Paul Theron, Ian Wolfley, Kolisa Xinindlu und N. S. Zulu.

Ebenso danke ich Edwin Cameron, Leslee Durr, Annie Gagiano, Paul Morrell, Gerrit Olivier, Margaret Randall und Kfir Yefet für ihre Zeit und ihre einsichtsvollen Bermerkungen. Elizabeth Dietz und Zoe Gullen lasen das Manuskript mehrere Male und gaben ihre Anmerkungen. Danke Euch für Eure freundliche Hilfe. Wo ich diesen Ratschlägen nicht gefolgt bin, bin ich allein verantwortlich für die Ergebnisse.

MARK BEHR

Mark Behr wurde 1963 in Tansania geboren und wuchs in Südafrika auf. Die Familie emigrierte 1964 nach Südafrika, wo sie sich als Afrikaaner definierten. Nach Abschluss der Highschool wurde Behr in die Armee eingezogen und diente im Angolanischen Krieg. Sein preisgekrönter erster Roman »The Smell of Apples« (1995) erschien unter dem Titel »Krokodile weinen nicht« auch in Deutschland. Behr lehrt Literaturwissenschaft am College of Santa Fe, New Mexico/USA.

MICHAEL KLEEBERG

Michael Kleeberg ist Autor und literarischer Übersetzer aus dem Französischen und Englischen. Von ihm übersetzt erschienen u.a. Marcel Proust »Combray« (2002) und »Eine Liebe Swanns« (2004), André Brink »Die andere Seite der Stille« (2008), Troy Blacklaws »Malindi« (2008) und Herman Charles Bosman »Mafeking Road« (2010). Zahlreiche Preise und Auszeichnungen, u.a. Mainzer Stadtschreiber (2008) und Evangelischer Buchpreis (2011).

INDRA WUSSOW

Indra Wussow studierte Literaturwissenschaft, lebt in Johannesburg/Südafrika und auf Sylt. Sie arbeitet als Autorin, literarische Übersetzerin und Kuratorin für verschiedene internationale Institutionen. 2002 gründete Indra Wussow auf Sylt die von ihr geleitete Stiftung kunst:raum syltquelle, die mit Stipendien, Ausstellungen, Aufführungen und Veröffentlichungen zeitgenössische Künstler/innen und Schriftsteller/innen unterschiedlicher Nationen sowie den Dialog zwischen Wissenschaft und Kunst fördert. 2008 eröffnete die Stiftung eine Dependance in Johannesburg, das Jozi art:lab.

AFRIKA WUNDERHORN

Chirikure Chirikure

Aussicht auf eigene Schatten

Gedichte

Aus dem Englischen von Sylvia Geist

115 Seiten, mit 1 CD, gebunden

ISBN 978-3-88423-368-9

»Ein mehrsprachiger Band voller rhythmischer Gedichte, deren Thematik von Mythen bis hin zu Maschinengewehren reicht; eine Stimme, die eigen und anders ist.«

Ilija Trojanow

»Es gibt eine wunderbare neue Buchreihe, die heißt

AFRIKA WUNDERHORN.«

Denis Scheck (Druckfrisch)